傲慢与偏见
Pride and Prejudice

简·奥斯汀
Jane Austen

图书在版编目（CIP）数据

傲慢与偏见/（英）奥斯汀（Austen, J.）著；楼文宗译.
—北京：华艺出版社，2009.7
（世界名著经典文库系列）
ISBN 978-7-80142-830-1

Ⅰ.傲⋯　Ⅱ.①奥⋯②楼⋯　Ⅲ.长篇小说-英国-近代　Ⅳ.I561.44
中国版本图书馆CIP数据核字（2007）第051561号

傲慢与偏见

著　　者：	简·奥斯汀
译　　者：	楼文宗
责任编辑：	华仁
封面设计：	崔娱
版式设计：	天麦艺擘设计制作
出版发行：	华艺出版社
社　　址：	北京北四环中路229号海泰大厦10层
邮　　编：	100083　　电话 82885151
印　　刷：	北京市顺义兴华印刷厂
开　　本：	880×1230　1/32
字　　数：	210千字
印　　张：	10.375
版　　次：	2009年7月北京第1版第1次印刷
书　　号：	ISBN 978-7-80142-830-1/I·397
定　　价：	16.00元

目录

作品导读

简·奥斯汀及作品分析

简·奥斯汀（Jane Austen），于一七七五年十二月十六日出生于英格兰汉普郡一个叫史蒂文顿的村庄。她的父亲是当地教区的牧师，很喜欢读书。在父亲的影响下，简·奥斯汀从小就热爱文学，并在父母的指导之下阅读了大量的文学作品。她最崇拜的作家是克拉伯，因为克拉伯的小说中没有传奇文学的色彩，刻画的都是真真切切的现实生活。她曾经有一次对别人说过，如果她要嫁人的话，一定要嫁给克拉伯。除了克拉伯以外，她还欣赏的作家有琼森、司各特及拜伦等人。

简·奥斯汀没有受过正规的教育，但是她却精通法文、意大利文，并且熟读英国历史。充满文学氛围的家庭环境，对简·奥斯汀起着重要的影响。她的兄弟姐妹们经常在他父亲的带领下，自己在家里表演戏剧。这些剧本不仅不是父亲挑选的，有些甚至是由孩子们自己创作的。简·奥斯汀也创作过几部剧本，由此培养出了写作的兴趣。她从十六岁左右的时候，就开始写作，第一部小说是《理性与感性》。这是一本以爱情和婚姻为题材的小说，故事的主角是两姐妹，姐姐埃莉诺头脑冷静、谨言慎行，妹妹玛丽安则满脑子浪漫幻想、多愁善感。当她们的父亲去世后，大部分财产被继母的哥哥继承，妹妹们则变成了没有嫁妆的姑娘。埃莉诺和玛丽安已届婚龄，因此挑选一个适合的结婚对象就成了生活中的头等大事。理智的姐姐平淡而幸福地跟心上人结合，而感性的妹妹却被爱人抛弃，在痛苦之后终于放弃了从前那些不切实际的浪漫幻想，嫁给了跟浪漫没有半点联系的上校。这本书花费简·奥斯汀四年的时间才完成，可惜没有获得出版的机会。

但是简·奥斯汀并没有因此放弃写作，她又再接再厉，于二十一岁那年完成了《第一次印象》，也就是《傲慢与偏见》的初稿。他父亲曾尝试帮助她出版《第一次印象》，却被出版商拒绝。接连的失败并没有摧毁简·奥斯汀的信心，因为她写作的目的，并不是为了赚钱，也不是为了出名，而是在一种热爱的驱使之下，坚持笔耕不辍。在这段时间，她对《理性与感性》做了修改，并完成了《诺桑觉寺》。

从一七九八年开始，到一八〇八年的十年时间里，简·奥斯汀生活动荡不安，先后迁移到了巴思、桑普顿及汉普的乔登村。在这十年的时间里，简·奥斯汀几乎没有办法进行创作，只完成了《华青家史》的部分稿件。一八〇九年，简·奥斯汀定居乔登村以后，才恢复了写作，先后完成了《曼斯菲尔德庄园》、《埃玛》和《好事多磨》。一八一一年，她早期的作品《理性与感性》出版。紧接着，一八一三年，《第一次印象》也出版，并重新定名为《傲慢与偏见》。

一八一四年，《曼斯菲尔德庄园》出版。这同样是一部以中产阶级青年男女的恋爱婚姻为主题的小说，女主角芬妮是一位寄人篱下的姑娘，但是她却拒绝了有财产、有地位的亨利先生的求婚，因为她觉得亨利人品不端。她爱的是亨利的弟弟，聪明而正直的埃德蒙。可惜的是，埃德蒙爱的却是美丽而富有的贵族小姐克劳福德，但经过一系列的时间，他终于看出克劳福德是个冷酷、自私的姑娘，同时也发现了芬妮的善良、美丽。最终，芬妮与埃德蒙幸福地结合。作者在这部小说中，不厌其烦地表达了这样一个观点：爱情要以理智为基础，心灵的美好和灵魂的契合，才是婚姻最重要的条件。

一八一五年，《埃玛》出版。这时简·奥斯汀的文笔已经历练得炉火纯青，直到这时，她才引起了人们的注意，当时的著名作家司各特也撰文推荐她。

不久，简·奥斯汀的健康恶化，但是她仍然坚持写作。一八一七年，她的身体已经接近衰竭，在家人的再三劝说下，她到曼彻斯特修养。当年七月十八日，简·奥斯汀不幸去世，终年四十一岁。她死后第二年，《好事多磨》和《诺桑觉寺》两部小说才得以出版。

简·奥斯汀终身没有结婚。她的大部分人生，都居住在乡村小镇，因此她的所有作品，也都是以这样的环境作为背景的。在她的作品里，有的只是恬静而舒适的乡村生活、彬彬有礼的绅士和淑女、平静而柔和的爱情和婚姻，而没有任何重大的社会矛盾和历史事件的出现。她的作品中，充满了轻松和幽默、机智与诙谐，所有的冲突也都是戏剧性的。这在当时被感伤主义小说和哥特主义小说充斥着的英国文坛而言，的确就像一股清流，让人耳目一新。

简·奥斯汀的作品，对人物和事件的刻画都十分细腻，正如她自己所形容的那样："我的作品就好比是一件三英寸大的象牙雕刻品。"她的取材虽然不够广泛，着重于描写中产阶级的生活，但是细腻而独到的笔触，却弥补了这一缺点。她确实担当得起司各特对她的评价和赞美："这位年轻的小姐，在描写人们的日常生活、内心感受以及复杂的琐事方面，的确具有一种非凡的才能。就我自己来说，写些规规矩矩的文章，我也能动动笔。但是要我像这位小姐这样，用如此细致的笔法，来刻画那些平凡的人和平凡的事，我的确做不到。"

关于简·奥斯汀在文学史上的地位，很多人都称赞她在英国文学中具有承上启下的作用，也有人说她的作品缺乏深度和广度，与那些真正的文学大师相比，还有很大的差距。

简·奥斯汀在《埃玛》中借女主角埃玛说出的一句话，也许能成为这个问题最好的解答："这个世界上，总有一半人无法理解另一半人的乐趣。"这话仿佛是在预言自己的作品在读者和评论家中的口碑，人们对她的作品的看法，的确是千差万别、褒贬不一。有人认为她的作品中，充满了深邃无比的观察力和道德观，也有人认为她的小说充斥着白马王子灰姑娘一般的庸俗童话；有人认为她的小说犀利幽默、韵味十足，也有人认为她的情节安排没有波澜起伏，单调乏味。在崇拜者的眼中，她是一位眼光犀利、情感丰富、机智幽默的女性，而在反对者的眼中，她则只有一个形象，那就是一个肤浅、狭隘、言情、胡闹、琐碎的老处女。

然而不管怎么样，她的小说能让感性的人们和理性的人们，业余的读者和专业的评论家同时感兴趣，而且在被人们阅读讨论了几个世纪的时间，依然经久不衰，这就足以证明了简·奥斯汀小说的魅力。在二○○○年英国BBC电台所做的一次名为"千年作家"的评选活动中，简·奥斯汀将狄更斯、托尔金等人远远地甩开，排名第二，在人们心目中成为仅次于莎士比亚的伟大作家，也是前十名中唯一的一位女作家。人们之所以如此推崇她，也许是因为她的作品中，永远充满了幽默和启发、快乐和解脱，让人们能够将那些平凡的人物和平凡的事件反复咀嚼，回味无穷。

简·奥斯汀所生活的时代，是一个动荡不安的时代，美国独立战争、法国大革命、英国与法国长达二十年的交战等，都发生在那个时代。简·奥斯汀的作品，同样也是以她生活的时代作为背景的，然而在她的作品中，却没有一丝一毫的火药味，也没有一个历史人物的影子，更没有一件历史事件的牵涉。在她所有的作品里，我们能看到的，都是一群中产阶级的人物，自在、悠闲地生活，从容不迫地谈情说爱，享受着酒宴、舞会，谈论着衣饰、旅行。

当时英国流行的是一种叫做"哥特式传奇"的小说。这种文学风潮始于一七六四年，由一本名为《奥特兰托城堡》所引起的。这本书出版以后，立即引起了巨大的反响，一时间跟风者四起。这类传奇小说所描写的都是荒诞不经的奇思异想，要么是英雄佳人的奇遇、要么是堡垒中的鬼怪、要么是密道中的幻术，等等。但是简·奥斯汀的小说却犹如在这种陈词滥调中出现的一股清流，描写的都是琐碎而真实的现实生活。她的小说是对"哥特式传奇"的有意识的挑战，"对于唯心主义小说倾向给予了断然的打击，使小说从幻想转为现实。"

《傲慢与偏见》就是一部这种风格的作品。有的人认为，它并不是简·奥斯汀最成功的作品，但它毫无疑问是她的代表作。《傲慢与偏见》原名《第一次印象》，主要描写的是中产阶级的生活和婚姻问题，反映了作者对婚姻的见解。小说中一共描写了四门婚姻，分别是伊丽莎白和达西的婚姻、简和宾里的婚姻、夏绿蒂和柯林斯的婚姻、莉迪亚跟韦翰的婚姻。很显然，在这几门婚姻中，当事人结婚的目的和婚姻的结果都是不相同的。

莉迪亚跟韦翰的婚姻，是情欲和贪婪的产物。莉迪亚对韦翰的感情是盲目的、肤浅的，在作者眼中，这根本算不上爱情，只能算是情欲；而韦翰对莉迪亚，除了情欲之外，还希望通过婚姻来捞取财产。他们两人的结合，是无奈的、轻率的，不可能获得婚姻的幸福。作者通过伊丽莎白的思想对这门婚姻做了评价："莉迪亚婚后的生活不可能好到哪里去，但是也不至于糟糕到不可收拾的地步。当然，结婚之后，她很可能在财产上面临困难，而且在感情上多半也没有什么幸福可言，但这至少能让她避免身败名裂的下场。"

夏绿蒂和柯林斯的婚姻，表现出了当时社会里，一个女子迫于无奈，只得把嫁人当做出路的辛酸命运。显然，像柯林斯这样又愚蠢又滑稽的人，夏绿蒂是不可能真心爱他的，因为她是一位有头脑有见识的女子。然而她却毫不犹豫地答应了他的求婚，这似乎让人觉得难以理解。但是作者在这里为我们做了解答："虽然柯林斯先生既古板又讨厌，跟他相处绝不会是一件愉快的事情，并且他对她的爱情也毫无基础，但是她还是决定要嫁给他。一般来说，家境不好而又受过教育的年轻女子，总是把结婚当做唯一一条体面的退路，夏绿蒂也是如此。她虽然一向对婚姻和夫妇生活都没有什么过高的期望，也不指望能从中获得多大的快乐，但是结婚终究是她一贯的目标。通过结婚，她能够给自己安排一张长期饭票，使她不至于有朝一日要忍饥挨饿。很幸运，她现在就得到了一张这样的长期饭票。她今年已经二十七岁,人长得并不漂亮,因此对她而言,这张饭票虽然有许多缺陷,但是也已经让她心满意足了。"

简和宾里的婚姻,在作者心目中,虽然算不上十分理想,但是至少也得到了作者的认同。简和宾里是一见钟情,宾里所倾心的,主要是简的美貌,正如当有人问起他对舞会的感受时,他毫不犹豫地说道:"毫无疑问,最漂亮的要数班奈特家的大小姐!我想任何人都会同意我的意见。"那么简呢?她爱上宾里,是因为宾里具有一切让人爱慕他的理由……富有、斯文、英俊。他们两人之间,的确有爱情基础,但是否相互了解呢?作者借伊丽莎白之口回答了这个问题:"是的,这四个晚上让他们摸清了他们两人都喜欢玩二十一点,而不喜欢玩'康梅司'。但说到其它那些更为重要的个性方面,我可不认为他们已经有了多少了解。"

伊丽莎白和达西的婚姻,是作者最为推崇,认为是最幸福最美满的婚姻。他们两人是通过不断的接触,逐渐深入了解对方,在了解的基础上产生共鸣,又由共鸣而产生感情,最后完美地结合在一起。达西对伊丽莎白的感情,绝对不是因为爱慕她的美貌,因为刚开始的时候,他只觉得她的容貌一般。但后来他却渐渐地爱上了她,是因为他发现她头脑灵活、见识卓越,也因为她非常特别,跟那些刻意在他面前卖弄风情的女人不同。但是,他顾虑到门第悬殊,加上到伊丽莎白的家庭中有许多有失体统之处,因此便一再压抑自己的感情,直到实在无法忍受相思之苦的时候,才大胆向她表白。在他看来,他向她求婚是抬举了她,认为她一定会接受他的求婚,甚至认为她在期待着他的求婚。出人意料的是,伊丽莎白却毫不留情地拒绝了他的求婚。她之所以拒绝他,不仅是因为他破坏了她姐姐的婚事,也不仅是因为他损害了韦翰的利益,最主要的,还是因为他的傲慢。他的傲慢,在她看来就是一种不平等、不尊重,而没有平等和尊重的婚姻,她认为是不可能幸福的。她对他说:"从我认识你开始,我就觉得你这个人的一言一行,都表现出了你那十足的傲慢和狂妄。在你眼里，除了你自己，其他所有人你都看不起……我早就下定决心，哪怕这世界上只剩下你一个男人，我也绝对不会嫁给你的。"后来，两人又通过不断的相处，相互之间的了解和体谅越来越深，伊丽莎白渐渐发现"不管是在个性上，还是在才能上，他都是一个最为适合她的男人。虽然他的性格和对一些事情的看法，跟自己并不是完全吻合，但是一定能互补得天衣无缝。她相信，他们要是能结合的话，必然能够互相促进：自己大方活泼，可以让达西的性情变得更柔和诙谐；而达西精明稳重，一定也能让自己变得更加优雅成熟"。很显然，他们双方是彼此欣赏、彼此理解的，这种感情是他们结合的基础，也是他们婚姻幸福的前提。

整部作品没有滂沱的气势，也没有曲折跌宕的情节，只是简单而精致的描写，却充分体现了作者的匠心和才能。小说在平淡无奇的故事当中，刻划了许多性格鲜明的人物，不管是伊丽莎白、达西，还是班奈特太太、柯林斯先生，抑或是韦翰、莉迪亚，都写得真实动人。

伊丽莎白是作者塑造的一个具有反抗意识和抗争精神的女性。她聪明伶俐、知书达理、善良活泼。她对爱情和婚姻，都有着自己的见解。她父亲的遗产要由外人来继承，这在当时社会来说，对她的婚姻确实是一个非常不利的条件。但是她并没有因此就像夏绿蒂那样妥协，当有身份、有地位、将来还将继承大笔遗产的柯林斯向她求婚的时候，她果断地拒绝了，因为他们并不相爱，这样的结合不可能会有幸福；当更加富有、更加尊贵的达西向她求婚的时候，她也同样毫不犹豫地拒绝了，理由同样是因为她觉得他们之间没有爱情。

伊丽莎白这个人物的另一个特点是幽默机智，尤其在她与达西的对话当中，充分地体现了她的这一特点。她在尼日斐花园小住的时候，有一次达西邀请她跳舞。她说："我知道你希望我回答一声是的，那样的话你就正好可以逮住机会嘲弄我。只可惜，我一向喜欢拆穿这种把戏，好好治治那些存心想要嘲弄我的人。因此我要告诉你，我压根就不想跳什么舞，这下你可不敢嘲弄我了吧。"在尼日斐花园举行的舞会上，当她跟达西跳舞的时候，两人之间也有一段针锋相对的对话：

达西："这么说来，你跳舞的时候总是要说上点什么吧？"

伊丽莎白："有时候要吧。你知道，一个人总得要说些什么才好。要是待在一起连续半个钟头都一声不吭的话，好像有点别扭。不过对那些巴不得说话愈少愈好的人来说，为了照顾他们的情绪，还是少安排点谈话比较好吧。"

达西："那么在目前这样的情况下，你是在照顾你自己的情绪呢，还是在照顾我的情绪？"

伊丽莎白："一举两得，"伊丽莎白回答得很巧妙，"因为我始终觉得我们的想法很相似，我们的性格跟人家都不怎么合得来，也不愿意多说话，除非偶尔想说两句一鸣惊人的话，能够当做格言流传给子孙后代。"

即使在两人结婚之后，伊丽莎白还是非常调皮。她问达西为什么会爱上她，达西说是爱她的头脑灵活，她说："与其说是灵活，还不如说是唐突，十足的唐突……老实说，你完全没有想过我究竟有什么优点，不过，这也很正常，因为恋爱中的人大都头脑发昏，根本不会去想这种事情。"

除了伊丽莎白之外，作品中还有一些性格鲜明的人物，如傲慢自大的凯瑟琳夫人、无知粗俗的班奈特太太、轻浮放纵的莉迪亚等，都为小说增色不少，也让简·奥斯汀以其一流的人物刻画手法，在世界文学大师之中赢得了一席之地。

延伸阅读

一、《理性与感性》

　　《理性与感性》是简·奥斯汀的另一部名作，也是奥斯汀的处女作。这本小说仍然立足于描写十八世纪中产阶级青年男女的感情和婚姻。女主角埃丽诺头脑冷静、非常理智，她在选择对象的时候重视的不是仪表或浪漫，而是人品。她爱上了热诚坦率、朴实无华的爱德华，当她发现爱德华定有婚约的时候，她冷静地克制了自己的伤心，仍然若无其事地跟爱德华保持友情。最后爱德华遭到女友和母亲的抛弃，埃丽诺依然对他一往情深，与他结为终身伴侣，获得了真正的爱情。与埃莉诺形成鲜明对照的，是她的妹妹玛丽安。玛丽安是一位聪明伶俐的姑娘，但是她多愁善感，喜欢感情用事，对爱情抱着富有浪漫色彩的幻想，一心要嫁个"人品出众，风度迷人"的丈夫。她爱上了风度翩翩、花言巧语的轻薄公子威洛比，但结果被对方抛弃。在悲痛之中，她开始反省，终于变得理智起来，最终嫁给了一直倾心于她而丝毫没有浪漫气息的布兰登上校。

　　小说通过对性格截然不同的两姐妹的不同命运的描写，深刻地探讨了应该用理性与感情去对待爱情婚姻的问题。在这部小说里，简·奥斯汀仍然沿用了她一贯的犀利的文风，用细腻的笔触描写了一个又一个生动的人物，对人物的心理刻画也细致入微。作者在整部小说当中没有任何一句严肃说教的语言，只是娓娓述说一个引人入胜的故事。但是读完小说之后，当我们看到被威洛比抛弃后大病一场的玛莉安，平静地接受了布兰登上校的爱情后，并终于理解了她的姐姐时，也许我们也能同样明白，没有理智的情感，就如同清晨海面上的一抹泡沫，即使美得目眩，也会转瞬而逝。

二、《埃玛》（一八一〇年）

　　小说主角埃玛，是一位家境富裕、善良而任性的小姐。她在无

聊之中，一次一次地为附近的一个孤女哈丽叶特做媒，而且做媒的方式可笑甚至荒诞，竭力想帮助地位低下的哈丽叶攀结上一位地位比较高、财产比较丰厚的配偶。在埃玛的安排之下，哈丽叶特也很随和地一次又一次"爱"上了埃玛给她选择的求婚者。最后，她在埃玛的不负责的怂恿下，竟自以为爱上了本地的地方官奈特里先生。到了这个时候，埃玛忽然发现其实真正爱上奈特里先生的人是自己。最后，埃玛跟奈特里先生幸福地结合，而哈丽叶特也找到了跟自己更加相称的意中人。

《埃玛》是简·奥斯汀的第五部小说。与简·奥斯汀的像其它作品一样，《埃玛》的情节也是围绕着女主角的爱情和婚姻展开的。通过对女主角埃玛择偶过程的描写，生动地再现了十八世纪的中产阶级家庭重视门第、财富而忽视感情基础的爱情观和婚姻观。然而作者所塑造的女性角色，却始终坚持要求社会给予她们平等的权利和地位，追求感情上的沟通和交流。这充分地体现了简·奥斯汀个人的价值观和人生观。

从小说的内容上来看，《埃玛》没有惊险离奇的情节，也没有耸人听闻的描述，但是作者对性格和心理细致入微的描写，以及娓娓道来、层层展开的叙述，给人们展示出一幅既优美、细腻，又让人忍俊不禁的画卷。这部匠心独具的天才之作，以毫不花俏、毫不矫揉造作的笔法，从那些琐碎而平淡的场景着墨，却不偏不倚地正好触及读者心中最敏感的地方，让人如痴如醉、不忍释卷。

在写作手法上，这本书充分地体现了作者炉火纯青的写作技巧。作者将本来简单平常的情节，通过谨慎的安排和布置，将一些重要的线索隐藏起来，到需要的时候才揭露真相，使整本小说如同一部精彩的侦探小说一样，丝丝入扣、引人入胜。

三、《简爱》（一八四七年）

简·爱从小父母双亡，被寄养在舅父母家里，受尽了舅母里德太太的虐待，终于忍不住反抗，结果被舅母送进了孤儿院。从孤儿院毕业以后，简厌倦了这里的生活，到桑恩费尔德庄园当家庭教师，负责管教一个不到十岁的小女孩。在一次散步当中，简与庄园的男主人、刚从国外回来的罗切斯特邂逅，两人逐渐相互产生了爱慕之情。不久，罗切斯特向简求婚，简答应了他。在举行婚礼的时候，简忽然得知罗切斯特先生十五年前已经结婚，他的妻子已经发疯，现在被关在庄园三楼的密室里。在痛苦之中，简决定离开罗切斯特，到一所偏僻的小学任教。但是简的心中一直对罗切斯特念念不忘，最终还是回到了桑恩费尔德庄园。这时，庄园已经被那个疯女人烧毁，疯女人放火后坠楼身亡，罗切斯特也在火中受伤失明。简跟罗切斯特结婚，终于得到了自己理想的幸福生活。

《简·爱》是夏绿蒂·勃朗特的代表作，也是一部具有浓厚浪漫主义色彩的现实主义小说。小说塑造了一位不甘忍受社会压迫、勇于追求个人幸福的女性形象，她在外形上是夏绿蒂的自画像，在精神上是夏绿蒂的理想。作者对简·爱那种无论在任何环境之下都敢于抗争，努力追求人与人之间的平等，以及在任何时候都保持独立人格和尊严的精神质量做了细致的刻画和热情的歌颂。

这是一部爱情小说，但是几百年以来，人们对这本书中最津津乐道的，还是简·爱的自尊、自立、自强的精神。相信每个人都或多或少地能背诵出简对罗切斯特说的那一段经典独白："你以为我贫穷、卑微、不美，就没有灵魂，没有心灵了吗？你错了！我的灵魂跟你一样丰富，我的心灵跟你一样充实。如果上帝赐予我财富和美貌，我一定会使你难于离开我，就像现在我难于离开你。上帝虽然没有给我这些，但我们的精神是同等的！就像每个人经过坟墓，都将同样地站在上帝面前一样！"也许正是由于简·爱这个坚强的女

子带给我们如此的震撼，才使这本小说至今仍然散发着独特的魅力。

四、《咆哮山庄》（一八四七年）

　　孤儿希克厉被欧肖先生收养，但在欧肖先生去世之后，他受尽了虐待和折磨。唯一关心和爱护他的人，只有欧肖先生的女儿凯瑟琳小姐。两人自少年时代开始，便深深地相爱，但是迫于世俗和等级观念，凯瑟琳却嫁给画眉山庄的主人林敦。希克厉受到强烈的刺激，带着一腔愤恨毅然出走。三年以后，他回到咆哮山庄，开始了自己的复仇计划，娶了林敦的妹妹伊莎贝拉，并百般虐待她；引诱曾经折磨和虐待他的凯瑟琳哥哥——亨德莱赌博，最后掠夺了他的财产，然后又继续折磨亨德莱的儿子。复仇圆满地进行着，然而希克厉所深爱的凯瑟琳却在为林敦生下一个女儿后因忧伤而病逝。从这时开始，希克厉的人生也已经终结了，他活在世上已经成为了一具行尸走肉，终于在凯瑟琳死去二十年后，也在精神恍惚中去世。

　　这是一部充满了强烈的爱情、仇恨和复仇的小说，在它出版以来的半个世纪里都没有得到人们的理解和认可，被称为是一部"恐怖的、令人作呕的"小说。直到二十世纪初，人们才开始重新审视这部小说，并认为它是"在十九世纪一位女作家能写出的最好的作品"。此时，艾米莉·勃朗特，这位当初甚至连自己的姐姐……《简·爱》的作者夏绿蒂·勃朗特也无法理解的作家，她的才华终于得到了大家的认同。

　　相信任何一个读过这本小说的人，都不会忘记那一幕幕让人震撼不已又落泪不止的场面，如同是在观赏一部精彩绝伦的电影一般。尤其是凯瑟琳临死之前同希克厉见面的那一幕，当凯瑟琳在弥留之际依然声嘶力竭地说着那些让人心碎的疯话，希克厉一声声地追问着："既然你爱的是我，那你有什么权利丢下我，去嫁给林敦呢？你有什么权利？贫贱、羞辱、死亡，不管是上帝还是恶魔折磨

人的那些手段，都不能把我们分开，但是你，你却在你那可怕心灵的支配下，坚决地把我们分开了！"读到这里，相信再也没有人会怀疑这本书的魅力了，也终于明白了为什么艾米莉·勃朗特仅凭一部小说，就确立了自己在世界文学史上的地位。

傲慢与偏见

Pride and Prejudice

1

一个有钱的单身汉，就一定想娶位太太，这是一条放诸四海皆准的真理。

这条真理在人们心中是如此的根深蒂固，以至于每当这样的单身汉搬到一个新地方的时候，尽管左邻右舍对他知之甚少，也会不约而同地把他当做自己女儿应得的一笔财产。

有一天，班奈特太太对他的丈夫说："我的好老爷，你听说了吗？尼日斐尔德花园终于租出去了！"

班奈特先生回答说，他没有听说这件事。

"的确是租出去了，"班奈特太太说："朗格太太刚刚才来过，把这事的底细一五一十地告诉我啦！"

班奈特先生没发表意见。

他的太太不耐烦了："你难道就不想知道租这房子的是谁吗？"

"你要是想说的话，我也不反对。"班奈特先生答道。

这句话对班奈特太太来说，已经是足够的鼓励。

"哦，亲爱的，你得知道，朗格太太说租尼日斐尔德花园的是个从英格兰北部来的阔少爷。他星期一乘着一辆四轮马车来这里看房子，满意得不得了，当场就跟莫里斯先生定了下来。他打算在米迦勒节前就搬过来，下周末让几个佣人过来先住着。"

"他叫什么名字？"

"宾里。"

"他结婚了吗？"

"哦，没有，我的老爷，他是个单身汉，千真万确，一个有钱的单身汉！每年都有四五千镑的收入。哦，这真是女儿们的福分！"

"怎么？跟女儿扯上什么关系了？"

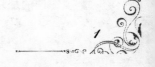

1

　　"我的老爷，"班奈特太太叫了起来："你真让人讨厌！我正在盘算把其中一位女儿嫁给他呢！"

　　"他搬到这里来，就是为了这个吗？"

　　"胡扯！你这是哪儿的话？不过，他倒是很可能看上我们其中一位女儿。他一到这里来，你就得去拜访他。"

　　"我不用去，你和女儿们去就行了。要不，你干脆打发她们自己去也行。我看哪个女儿的美貌都比不上你，说不定宾里先生把你给挑中了。"

　　"哦，亲爱的，你太抬举我了。年轻的时候倒是有人称赞过我的美貌，不过现在我可不敢说还有什么出众的地方了。一个女人有了四个成年女儿的时候，她就不能再对自己的美貌抱什么希望啦！"

　　"这么说，女人对自己的美貌抱不了多久的希望嘛！"

　　"不过，我的老爷，宾里先生搬到我们这儿来，你真的应该去拜访拜访他。"

　　"说实话，那不是我该做的事。"

　　"看在女儿的份儿上，你就去一次吧！你想想看，不管她们其中哪一个，只要能攀上这门亲事，那可就不得了了！威廉爵士夫妇也决定要去拜访他，你知道他们平常是不会去拜访新邻居的，他们肯定也是这个目的。你得去一次，不然，我们怎么去呢？"

　　"你担心得太多了。我想宾里先生一定很高兴见到你的。你可以带一封我的信过去，信上就说不管选中我的哪个女儿，我都愿意接受他做我的女婿。对了，我得替我的丽兹（伊丽莎白的昵称）多说几句好话！"

　　"千万别这么做，丽兹可没有什么出众的地方。说漂亮吧，她比不上珍的一半；论个性吧，她比不上莉迪亚的一半，可是你总是护着她。"

　　"你说的那几个女儿没有哪一个是值得夸耀的。"班奈特先生

说道："她们跟别的姑娘一样无知。倒是丽兹比她的几个姐妹要伶俐得多。"

"哦，我的老爷，你怎么能这么贬低自己的女儿呢？你是故意气我的吧？你一点也不体谅体谅我可怜的神经！"

"不，亲爱的，你可错怪我了。我非常尊重你的神经，它们可是我的老朋友了。这二十多年来，我一直听你这样郑重其事地提起它们。"

"哼！你不知道我受的是什么苦呢！"

"但愿你的神经能好起来，这样，你就能眼睁睁地看着像这种年收入四千英镑的阔少爷，一个一个地搬来做你的邻居。"

"你都不愿意去拜访他们，就算搬来二十个，对我们又有什么好处？"

"放心吧！亲爱的，等真有了二十个，我一定全都拜访，一个也不漏。"

班奈特先生是个怪人，他很有幽默感，喜欢挖苦别人，但又很沉稳内敛，让人觉得高深莫测。他太太跟他一起生活了二十三年，还是摸不清他的脾气。班奈特太太是个头脑简单、知识贫乏、喜怒无常的女人，一遇到不顺心的事，她就幻想自己神经衰弱。她生活中最重要的事就是嫁女儿，最大的乐趣就是访友拜客和打听消息。

2

尽管班奈特先生在太太面前说他不会去拜访宾里先生，可是，事实上，他一直都打算去拜访他的。而且，第一批客人去尼日斐尔德花园的时候，班奈特先生就是他们其中的一个。不过，他太太是当天晚上才知道实情的。

这个消息是这样透露出来的：班奈特先生看二女儿伊丽莎白在整理帽子，就对她说道："丽兹，我希望宾里先生会喜欢你这顶帽

子。"

他太太听了，愤愤地说："我们不去拜访人家，怎么知道人家喜欢什么！"

"你忘了，妈妈，"伊丽莎白说："我们会在舞会上遇到宾里先生的，朗格太太不是答应要介绍他给我们认识的吗？"

"我可不相信她会这么做，她自己就有两个亲侄女。她这个人很自私，而且装模作样，我瞧不起她！"

"我也瞧不起她，"班奈特先生说："不过听你说不指望她来替你介绍，我倒是很高兴。"

班奈特太太没搭理他，但是实在又忍不住生气，只好拿女儿出气。

"别老咳个不停，凯蒂（凯瑟琳的昵称）！看在老天的份儿上，体谅一下我的神经吧，你再咳下去，我简直就要神经崩溃啦！"

"凯蒂也真是的，"班奈特先生说，"咳嗽也不挑个好时候。"

"我又不是咳着好玩！"凯蒂不满地抗议。

"丽兹，你们下一次舞会是什么时候？"

"从明天开始算，还有两个礼拜。"

"啊，这样的话，"班奈特太太叫了起来，"朗格太太要到舞会的前一天才能回来，她自己都还来不及认识宾里先生，怎么可能给你们介绍？"

"那么，亲爱的，你可以抢抢你朋友的风头，反过来给她介绍。"

"办不到，我的老爷，我办不到！我自己都还不认识他呢！"

"你真是的，两个星期的认识当然太微不足道了，我们不可能通过两个星期的认识就了解一个人。可是即使我们不去试试，别人也会去做的。话说回来，朗格太太和她的侄女一定不愿意错过这个

机会。我们要是帮她介绍宾里先生，她一定会感谢我们的好意的。你如果不想管这件事，我就只好自己亲自来办了。"

女儿们都睁大眼睛瞪着班奈特先生。他的太太只说了一句："真荒唐！"

"你那么大惊小怪地做什么？"班奈特先生不满地说道："难道你认为费点工夫给别人介绍介绍就是荒唐的事情吗？我可不能同意这种看法。你呢，玛莉？我知道你是个见解独到的少女，读了不少巨著，还做了很多笔记。"

玛莉很想说几句有深度的话，但又不知道怎么说才好。

"让玛莉想好了再告诉我们她的意见吧，"班奈特先生接着说："我们还是把话题回到宾里先生身上。"

"我讨厌宾里先生！"班奈特太太叫起来了。

"哦？听你这么说我感到很遗憾。你怎么不早说呢？要是你今天早上就这么跟我说，那我就不必去拜访他啦。真要命！不过现在既然都已经拜访过了，我想今后还是免不了要结交这个朋友。"

不出他所料，他的太太和女儿们一听他这么说，都大吃一惊。当然，最吃惊的要数班奈特太太。不过，欢天喜地地闹了一阵之后，班奈特太太便大声宣布，说她早就料到他的丈夫会这么做。

"你真是太好啦，我的老爷！我早就知道你会听我的！你那么疼爱自己的女儿，当然不会不把宾里先生这样的朋友放在心上。我真太高兴了！你这个玩笑太有趣啦，你竟然上午就去拜访了他，而且还一点口风也不露！"

班奈特先生看到太太得意忘形，不由得有些反感。他站起来，一边说着："凯蒂，你现在可以大声地咳嗽啦！"一边朝外面走去。

"你们的父亲真是太好了！我的孩子们！"门刚一关上，班奈特太太兴高采烈地对几个女儿说："不知道你们该怎么报答你们的爸爸呢！当然，你们也该好好慰劳慰劳我。可以告诉你们，像我们

老俩口这么一把年纪了，天天去交朋结友的可不是一件省心的事。还不都是为了你们，什么事也都乐意去做。莉迪亚，我的乖宝贝，别看你年纪最小，在舞会上说不定宾里先生偏要跟你跳呢。"

"哈！"莉迪亚满不在乎地说，"我才不担心呢！年纪是我最小，可是个头算我最高。"

班奈特太太和她的姑娘们，不停地猜测着那位有钱的公子什么时候会来回访他们，讨论什么时候请他来家里吃饭比较合适。这个晚上就在闲谈中过去了。

3

尽管有了女儿们的帮助，但班奈特太太向丈夫打听宾里先生的情况时，得到的回答总不能让她满意。她和女儿们用尽了一切办法……厚着脸皮地提问，自作聪明地设想，还有不着边际地猜测，可是班奈特先生就是不上当。没办法，她们只好找邻居卢卡斯太太打听二手消息。卢卡斯太太说的全是动听的话：宾里先生不但很年轻，而且相貌堂堂、为人谦和，连威廉爵士都很喜欢他。

最重要的是，据说他打算请一大批客人来参加下次的舞会。没有比这更让人高兴的了！要知道，男女双方要坠入爱河，不可缺少的步骤之一就是跳舞。看来，要掳获宾里先生的心是有希望的了。

"只要能看见有一个女儿在尼日斐花园幸福地成了家，其他几个也能嫁给像这样的人家，那我这辈子就别无所求了。"班奈特太太对他的丈夫说。

没过几天，宾里先生就上门来回访班奈特先生，并在书房里待了十分钟左右。他早就听说过班奈特府上几位小姐的美貌，很希望能够见见她们。可惜的是，他没有如愿以偿。还是班奈特府上的小姐们比较幸运，她们从楼上的窗户对他审视了一番，看见他穿的是一件蓝色的外套，骑着一匹黑马。

不久，班奈特府上就向宾里先生发出了请帖，请他来家里吃饭。班奈特太太已经计划好了，如何在宾里先生来做客的时候，显示出她是个贤慧持家的主妇。不凑巧的是，宾里先生第二天要进城一趟，没有办法领受他们的盛情邀请，于是就回信说迟一些再说。

接到信之后，班奈特太太非常不安。她想象不出，这位先生才到哈福德郡就急着进城，究竟有什么事。她开始担心，难道他要一直这样东奔西走、漂浮不定吗？他不是应该在尼日斐花园安安定定地住下来吗？幸好，卢卡斯太太的话打消了她的疑虑，说他是到伦敦去，可能是为了邀请一大批客人来参加舞会。很快，又有消息纷纷传说宾里先生只带来六个女士参加舞会，其中五个是他的姐妹，另一个是表姐妹。这个消息使小姐们也放了心。

当宾里一行走进舞场的时候，却一共只有五个人……宾里先生、他的两个姐妹、姐夫，另外还有一个年轻男子。

宾里先生相貌英俊、和颜悦色，很有绅士风度，而且平易近人。他的姐妹也都美丽而优雅。姐夫赫斯特看起来是个普通绅士，不算很出众，但是他的朋友达西却引起了全场的注意。达西先生身材高大、仪表堂堂、举止高贵，进场不到五分钟，大家就纷纷传说他每年有一万镑的收入。无论男宾还是女宾，都纷纷称赞他一表人才。这个晚上差不多有一半的时间，人们都用倾慕的目光看着他，直到大家发现他态度高傲、难以接近，才转移了对他的关注。不管他在德比郡有多少财产，也不能让人们忍受他那副让人讨厌的嘴脸。再说，和他那惹人喜爱的朋友相比，他实在没有什么大不了的。

宾里先生很快就和舞会上的大部分人熟悉了。他精力充沛，又不拘束，一场舞也没有落下。他不满意的是舞会散场的太早了，说他要在尼日斐花园再开一次舞会。他这么可爱，人们自然很喜欢他。

　　他的朋友达西跟他形成鲜明的对照。他只分别跟赫斯特太太和宾里小姐跳了一次舞，人家介绍别的小姐跟他跳舞，他总是拒绝。整个晚上，他都在房间里走来走去，要不就是偶尔跟自己人说上两句。从这些事情上，就可以看出他的为人，他无疑是世界上最高傲、最让人讨厌的人，大家都希望他不要出现在这里了。对他讨厌得最厉害的，要数班奈特太太了。她本来对他整个的言行举止厌恶得很，再加上他得罪了自己的女儿，她就更加怒不可遏了。

　　由于男宾比较少，伊丽莎白·班奈特有两场舞都没人邀请，于是就坐在一旁休息。当时，达西先生正好站在她的身旁。宾里先生特地抽出几分钟的时间，走到达西面前，硬要拉他去跳舞。他们的谈话让伊丽莎白听到了。

　　"来吧，达西，"宾里说，"你一定得跳。我不想看到一个人傻里傻气地站在这儿。还是去跳舞吧。"

　　"我不跳。你也知道我不喜欢跳舞。跟很熟的人跳还凑合，要在这种舞会上跳，那真是让人难以忍受。你的姐妹们都被人邀请了，要叫舞场里其他的女人跟我跳，对我来说简直是活受罪。"

　　"我可不像你那样挑三拣四，"宾里嚷道，"说实话，我还从来没有像今天晚上这样，见到这么多美丽的姑娘。你看，有几位简直是绝色美人！"

　　"你当然了，舞场上唯一的一位漂亮姑娘就在跟你跳舞！"达西先生说着，一边望着班奈特府上的长女。

　　"哦！我从来没有见过像她那么美丽动人的姑娘！对了，她的妹妹就坐在你后面，她也很漂亮，而且我敢说她也很讨人喜欢。请我的舞伴给你们介绍一下如何？"

　　"你说的是哪一位？"达西转过身来，朝着伊丽莎白望了一会儿，等她也把目光投了过来，他才收回自己的目光，冷冷地说："她还过得去，不过没有漂亮到能打动我的地步。目前我没有兴致去抬举那些别的男士冷落的小姐。你赶快回到你的舞伴身边去欣赏

她的笑容吧，在我这里待着纯粹是浪费时间。"

于是，宾里先生就回舞池中去了，达西自己也走开了，而伊丽莎白仍然坐在原处。她是个活泼调皮的姑娘，对任何可笑的事情都有兴趣。因此，虽然她对达西先生没有一点好感，但她还是兴致勃勃地把偷听到的话去讲给她的朋友们听。

对班奈特一家来说，这个夜晚基本上过得还算开心。班奈特太太很得意，因为在这场舞会上，她的大女儿珍不但被宾里先生邀请跳了两次舞，并且还让他的姐妹们也对她另眼相看。珍和她母亲一样喜不自胜，只是不像母亲那么张扬。伊丽莎白也由衷地为珍感到高兴。玛莉听到人家在宾里小姐的面前提起她，称赞她是方圆一带最有才华的姑娘。凯瑟琳和莉迪亚非常幸运，每一场舞都有人邀请……这是她们对目前为止学会的唯一一件在舞会中关心的事。

母女们兴高采烈地回到她们所住的浪博恩……他们一家是当地的望族。尽管时间已经很晚了，班奈特先生却还没有睡觉，手里还捧着一本书。他非常好奇地想知道，今晚这场被寄予了厚望的盛会，究竟进行得怎么样。他希望太太会对那位贵客感到失望，但从他听到的情形来看，显然并非如此。

"哦！亲爱的，"班奈特太太走进房间，"今天晚上真是过得太愉快了，舞会实在太棒了！要是你也在那儿就好了。珍受到的欢迎简直无法形容，大家都夸她长得漂亮，宾里先生也觉得她很美，跟她跳了两场舞！你想想看，亲爱的，他真的跟她跳了两场！在场的有那么多姑娘，能被他邀请两次的，就只有珍一个。第一场舞，他邀请的是卢卡斯小姐。我一看到他站到她身边去，就气得不得了！不过还好，他一点也不喜欢她。事实上，你知道也没有谁会喜欢她的。但珍一走下舞池，他似乎就立刻迷上了她，又是打听又是介绍的，然后又邀请她跳下一场舞。第三场舞他是跟金小姐跳的，第四场跟玛丽亚·卢卡斯跳，第五场又跟珍跳，第六场是跟丽兹跳，还有布朗歌小姐……"

"他要是稍微体谅我一下，"班奈特先生不耐烦地叫了起来了，"他就不会跳这么多场了！看在上帝的份儿上，不要再提他那些舞伴了。哦！他要是一出场就扭到脚就好了！"

"哦！亲爱的，"班奈特太太接着说，"我很喜欢他，他真是一表人才！他的姐妹也都很迷人，我这辈子从来没有看过什么东西能像她们的衣服那么精致的。我敢说，赫斯特太太衣服上的花边……"

班奈特先生最讨厌听人家谈论服饰，因此他又打断了他太太的话。班奈特太太不得不找别的话题。于是，她用刻薄而夸张的语气，提起了达西先生那不可一世的傲慢无礼。

"不过我可以告诉你，"她补充道，"丽兹没讨得他的欢心并不是什么损失，因为他是个讨人厌的家伙，根本不值得去讨好他。那么高傲自大，真叫人受不了！他一直在舞场里走来走去，以为自己很了不起呢！说什么人家不够漂亮，不配跟他跳舞！你要是在场的话就好了，我的老爷，你就可以给他点颜色瞧瞧。哦，这个人真让我厌恶透了！"

4

当珍和伊丽莎白两个人单独相处的时候，本来不轻易赞扬宾里先生的珍，向妹妹表达了自己对宾里先生的爱慕之情。

"他具备了一个青年应该具有的一切优点，"珍说，"有见识、有幽默感、活泼有趣，我从没见过像他那样言行举止如此得当的人，既有教养，又平易近人！"

"而且他还长得很英俊，"伊丽莎白回答道，"一个年轻男人能办到，就应该把自己弄得好看些。他的确是个完美的人。"

"他第二次来请我跳舞时，我简直受宠若惊。我真没想到他会这么看得起我。"

"你没想到吗？我倒替你想到了。这也正是我和你最大的不同之处。人家的赞美和抬举总让你喜出望外，可是我从来不会这样。你比在场的任何一位小姐都要漂亮不知多少倍，他长了眼睛不可能看不出来，所以，他又来邀请你跳舞不是再正常不过的事情吗？你用不着感激他的殷勤。当然，他确实很讨人喜欢，我也不反对你喜欢他。不过，你以前也喜欢过很多笨蛋呢！"

"丽兹！"

"哦！你很容易喜欢一个人，你也从来看不到任何人的缺点。在你看来，所有的人都那么讨人喜欢。我从来没有听你说过别人的不是。"

"我不想武断地去责备任何人，我是想到什么就说什么的。"

"我知道，这也正是让我感到奇怪的地方。你这么聪明，却竟然连别人的愚蠢和荒谬都看不出来！世界上到处都是伪装的好人，但是能够发自内心地去赞美别人的优点，并且从不说别人的坏话，我看只有你一个人才能做到。话说回来，宾里先生的姐妹们你也喜欢吗？她们的风度可没办法跟他相提并论。"

"初看好像是有差距，不过要是跟她们攀谈起来，你就会觉得她们也很讨人喜欢。宾里小姐很快就要搬来跟她的兄弟一起住，还要帮他料理家务。要是我们觉得她不好，那肯定是误会。"

伊丽莎白一声不吭地听着，并不觉得姐姐的话是对的。她的观察力比她姐姐敏锐，也不像姐姐那样容易受人影响，而且她很有主见，从不因为人家对她好就改变自己的主张，她对宾里先生的姐妹们没有多大好感，因为从她们在舞会上的表现，就能很明显地看出她们并不打算讨好一般人。

事实上宾里家的小姐确实也不错。她们要是高兴的话，也不乏幽默风趣；她们要是愿意的话，也能平易近人。可惜她们骄傲自大，未必乐意去讨好别人。她们长得很漂亮，在一流的贵族学校受过教育，有两万镑的财产，习惯了挥霍无度的生活，结交的都有身

份、有地位的人。这一切造就了她们过于自负，从不把别人放在眼里。她们只记得自己出生于英格兰北部的一个豪门望族，却几乎忘记了她们的财产都是父祖辈们做生意赚来的。

宾里先生的父亲生前本来打算购置些房产，却还没来得及实现就离开了人世，只给儿子留下了一笔将近十万镑的遗产。宾里先生本想完成他父亲的遗愿，一度打算在故乡购置房产。但是现在他有了一幢这样豪华而漂亮的房子，那些了解他性格的人都纷纷猜测，他下半辈子恐怕就会在尼日斐花园里度过，购置房产的事只好又交给下一代了。宾里先生的姐妹们倒是急切地希望他购置些产业。不过虽然现在尼日斐花园只是他租下来的，宾里小姐还是非常乐意帮他料理家务。还有，那位嫁给了穷赶时髦的男人的赫斯特太太，也把弟弟这里当成自己的家一样，从来不见外。

宾里先生才二十岁出头，偶然听到人家推荐尼日斐花园，就过来这里看看。他里里外外看了半个钟头，房子的地段和几个主要的房间都很不错，再加上房东又大大地将那幢房子吹嘘了一番，使他非常满意，当场就租了下来。

宾里和达西之间交情不浅，尽管他们的性格大不相同。达西之所以喜欢宾里，是因为宾里为人坦诚开朗、温柔爽朗……和自己的个性正好相反，但他也从来不觉得自己的个性有什么不好。宾里也不辜负达西对他的器重，他非常信赖达西，也非常推崇他的见解。在领悟力方面，两人相比达西要更胜一筹。但这并不是说宾里笨，只是达西要更聪明一些。但在为人处世方面，宾里可比他的朋友要高明得多，他无论到哪儿都受到人们的欢迎和喜爱，而达西却总是得罪人。这主要是因为他为人既傲慢又不开朗，而且吹毛求疵，虽然受过良好的教养，但他的言行举止总是不受人欢迎。

从他们谈论梅列敦舞会的态度，就充分地表现出两人的性格。宾里说，这儿的人比哪儿的人都讨人喜欢，这儿的姑娘比哪儿的姑娘都漂亮。在他看来，这里的每个人都和颜悦色、礼貌周全，而且

又不生硬拘礼，他很快就觉得和全场的人都处得很熟。提到班奈特小姐，他想象不出世间还能有比她更美丽的天使。而达西正好相反，他认为这里的人既说不上漂亮，也谈不上风度，没有一个人能让他感兴趣，也没有一个人能吸引他，讨他的欢心。他承认班奈特小姐算得上漂亮，可惜她笑得太多了。

宾里先生的姐妹们同意他的看法，不过她们仍然喜欢班奈特小姐，说她是个可爱的姑娘。她们也不反对自己的兄弟跟这样一位小姐深交。宾里听到她们这样赞美珍，就觉得自己得到了许可，以后便可以为所欲为了。

5

在距离浪博恩不远的地方，住着一户与班奈特一家关系匪浅的人家，这就是威廉·卢卡斯爵士府上。威廉爵士从前是在梅列敦做生意，发了财以后担任了当地的镇长，并给国王写信，获得了一个爵士头衔。这个显要的身份让他自鸣得意，此后就开始讨厌做生意，讨厌住在小镇上。于是，他结束了这一切，带着全家搬迁到离开梅列敦大约一英里的一幢房子里，并以他的姓来给这片地方命名。威廉爵士在这里大可以以显要自居，而且在摆脱了生意的纠缠以后，他可以一心一意地从事社交活动。虽然他一直为自己的地位而欣然自得，却并没有因此而目中无人，相反对谁都应酬得很周到。他生来就和蔼可亲，从来不得罪人，而且对人热心体贴。自从被国王召见以后，就更加谦和有礼。

卢卡斯太太是个善良的女人，并且也没什么头脑，正好可以做班奈特太太的芳邻。卢卡斯府上有好几个孩子。大女儿是个聪明伶俐、明白事理的年轻姑娘，大约二十七岁，跟伊丽莎白很要好。

卢卡斯家的小姐们非要跟班奈特府上的几位姑娘见见面，一起讨论一下这次舞会不可。于是，舞会结束后的第二天早上，卢卡斯

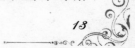

家的小姐们就来到浪博恩，来跟班府上的小姐交流交流。

"夏绿蒂，那天晚上全靠你开场开得好哇！" 班奈特太太客客气气、不疾不徐地对卢卡斯小姐说："你是宾里先生选择的第一个对象。"

"没错，但他好像更喜欢第二个对象。"

"哦，我想你是说的是珍吧，因为他跟她跳了两次。看起来，他是真的很倾慕她呢——说实话，我相信他确实是爱上她啦——我听到了一些传言，是关于鲁宾逊先生的——不过我弄不清楚。"

"莫非你指的是偷听到他和鲁宾逊先生的谈话？我不是跟你说过了吗，鲁宾逊先生问他喜欢不喜欢我们梅列敦的舞会，问他觉不觉得在场的许多女士都很漂亮，还问他觉得谁最漂亮，他立刻回答了最后一个问题：'毫无疑问，最漂亮的要数班奈特家的大小姐！我想任何人都会同意我的意见。'"

"我不就是这个意思？……好像真的是那么回事呢！——不过，谁知道呢，搞不好会全部落空的。"

"我偷听到的话就更有意思了，伊丽莎白，"夏绿蒂说，"达西先生的话就没有他朋友的那么中听了吧？可怜的伊丽莎白！他说她长得只是还过得去！"

"我求你别再让丽兹想起他那些让人气愤的话。他那个人就是那么讨人厌，要是被他看上了那才叫倒霉呢！郎格太太告诉我说，昨天晚上他在她旁边坐了半个多钟头，可是连嘴皮子都没有动一下。"

"你确定吗，妈妈？是不是说错了？"珍说，"我明明看到达西先生跟她说话来着。"

"哈！那是后来朗格太太问他喜欢不喜欢尼日斐花园，他才不得已敷衍了一下。据她说，他好像很不高兴，怪她不应该跟他说话。"

"宾里小姐告诉我，"珍说，"除非是跟自己很熟的朋友，不

然达西先生是从来不多说话的。他对很熟的人倒是和蔼可亲的。"

"哦，我才不相信呢！他要是和蔼可亲的话，就不会不跟郎格太太说话啦。我猜得出他为什么这样：大家都说他高傲得不得了，他肯定是听说朗格太太连一辆马车也没有，来参加舞会还是临时雇的车子，所以才不跟郎格太太说话的吧。"

"我倒不在乎他跟不跟郎格太太说话，"卢卡斯小姐说，"但他不跟伊丽莎白跳舞，就真是太不应该了。"

"丽兹，要是我是你，下次我就偏不跟他跳。"班奈特太太说。

"放心吧，妈妈，我可以发誓，我绝对不会跟他跳舞的。"

"他的骄傲倒是不怎么让我反感，"卢卡斯小姐说，"因为他确实是有理由骄傲。可以想象这么优秀的一个青年，家世、财产，样样都比人家强，也难怪他会目中无人。就这么说吧，他有权利骄傲。"

"这倒是真的，"伊丽莎白回答说，"如果他没有触犯我的骄傲，我也能轻而易举地原谅他的骄傲。"

"我认为，"玛莉来了兴致，"骄傲是很多人身上都存在的毛病。从我读过的书来看，我相信那是一种非常普遍的通病，人性特别容易陷入骄傲之中，只要一具备了某种质量，就会自视过高。很少有人能免俗。虚荣与骄傲经常混用，但它们的意思是截然不同的。一个人可以骄傲，但不能虚荣。骄傲多半是我们自己对自己的评价，但虚荣还牵涉到我们希望别人怎么评价我们。"

"要是我像达西先生那么有钱，"卢卡斯家一个跟姐姐们一起来的小男孩忽然喊道，"那我才不在乎什么骄傲不骄傲呢！我要养一群猎狗，还要每天喝一瓶酒。"

班奈特太太说道："那你就喝得太过分啦，要是让我看见了，我就马上夺掉你的酒瓶！"

孩子抗议说她不能那么做，她马上又宣布了一遍她一定要那么做。这场辩论一直持续到客人告辞才结束。

6

　　班奈特家的小姐们不久就去尼日斐花园做客，对方也照例来回访了她们。珍·班奈特那种讨人喜爱的举止，让宾里姐妹们越来越喜欢她。虽然她的妈妈让人无法忍受，几个小妹妹也不值得攀谈，但她们倒是愿意与珍和伊丽莎白两位小姐进一步深交。对于对方能如此看重自己，珍感到很高兴。伊丽莎白却还是不喜欢她们，因为她看出她们对待任何人态度都很高傲，甚至对珍也不例外。

　　宾里姐妹之所以对珍好，多半还是受到了她们兄弟的影响……任何看到他们俩在一起的人都能感觉到他确实是爱慕她的。伊丽莎白很清楚，她姐姐珍从一开始就喜欢上了宾里先生，而且不由自主地向他屈服，希望能讨他欢心。但幸好，珍仍然保持着镇定的情绪，在对宾里先生的态度上也没有什么特别，这就能够避免引起那些鲁莽人的猜疑。这让伊丽莎白感到很欣慰，并曾经跟自己的朋友夏绿蒂·卢卡斯小姐谈到过这一点。

　　夏绿蒂当时说道："这种事要是能瞒过大家，倒是不错，不过这样谨言慎行的，有时候反而不是什么好事。一个姑娘如果用这种遮遮掩掩的伎俩去对待自己心仪的人，不让他知道自己的心意，她可能会失去得到他的机会。如果是那样，那么即使全世界都被蒙在鼓里，也没有多大的意义。恋爱总免不了要有一些感激之情和虚荣之心，才能促成两人的结合，所以顺其自然未必是件好事。一段恋爱的开始都是很容易的，一个人暗恋另一个人，那是够自然的。问题是有几个人愿意在没有对方鼓励的情况之下，一味地去喜欢对方呢？因此，女人最好有九分喜欢就要表现出十分喜欢来。毫无疑问，宾里是喜欢你姐姐，但要是你姐姐不帮他一把的话，他也许就止步不前了。"

　　"她已经竭尽全力在帮他的忙了。连我都能看出她对他的好感，要是他还察觉不到的话，那他未免也太蠢了。"

"伊丽莎白，你得记住，他可不像你那么了解珍。"

"要是一个女人爱上了一个男人，只要她不故意隐瞒，对方就一定会看得出来的。"

"要是双方见面的机会很多的话，或许他迟早能看出来。但是宾里和珍见面的次数虽然不少，每次时间却又都不长。再说他们每次见面的时候，总有一大堆闲人在场，彼此不可能畅所欲言。所以，珍必须利用好每一个能进一步吸引他的机会。等到把他安全地抓到手里之后，有的是时间和精力去谈情说爱。"

伊丽莎白答道："要是只想嫁得好，其它什么都不在乎的话，这倒也是个好主意。如果我下定决心要找个有钱的丈夫，或者其他有身份、有地位的男人，我肯定会照你说的去做。可惜珍并不是抱着这种想法，她从不喜欢做作表演。再说，她自己都还弄不清她到底对宾里先生喜欢到什么程度，更不知道是否应该喜欢他。毕竟，她和他才认识了两个星期，在梅列敦跟他跳了四次舞，在他家里跟他见过一次面，此后又跟他吃过四次晚饭。这么少的来往，根本不够让她了解他的性格。"

"你说得不对。要是她只是跟他吃吃晚饭，那她充其量只能看得出他的胃口好不好。你可不要忘了，他们在一起吃了四顿饭，也就是在一起度过了四个晚上，这四个晚上说不定能起很大的作用呢！"

"是的，这四个晚上让他们摸清了他们两人都喜欢玩二十一点，而不喜欢玩'康梅司'。但说到其它那些更为重要的个性方面，我可不认为他们已经有了多少了解。"

"好吧，"夏绿蒂说，"我真心地希望珍能够成功。我认为，就算她明天就跟他结婚，与她花上一年的时间去仔细研究他的个性，然后再跟他结婚相比，所能获得的幸福其实都差不多。婚姻生活是否幸福，完全是个机会问题。夫妻俩即使在结婚前把对方的脾气摸到非常清楚，甚至两个人的脾气非常相同，这也不能保证他们

俩在一起就能幸福。他们总是设法地找出彼此的差距，相互讨厌和烦恼。你要和这个人过一辈子，你就最好尽量少了解他的缺点。"

"说得好，夏绿蒂！不过这种说法并不正确。你自己也知道不正确，而且你自己肯定也就不会照你说的那么做。"

伊丽莎白的整个心思都放在了宾里先生和他姐姐的事上面，一点都没想到自己已经成了宾里那位朋友关注的对象。达西先生开始确实认为她不怎么漂亮，在舞会上见到她的时候，他对她没有一点爱慕之情。第二次见面的时候，他也用挑三拣四的眼光去看待她。本来不管是在他自己心里，还是在他的朋友们面前，他都毫不含糊地说她的容貌实在没什么可取之处，可是没过多久，他就发觉她的脸蛋在那双美丽的黑眼睛衬托之下，显得聪慧非凡。在这个发现之后，他接着又有了几个让人同样懊恼的发现。虽然他带着挑剔的眼光，认为她身段一点也不匀称，但是他还是不得不承认她体态轻盈，讨人喜欢；虽然他一口咬定她的言行举止没有上流社会的那种时髦和风雅，但是他又被她的幽默风趣给迷住了。对达西先生的这些想法，伊丽莎白毫不知情。对她而言，达西只是个四处不讨好的男人，何况他还认为她不漂亮，不配跟他跳舞呢。

达西希望能更进一步地了解伊丽莎白。为了能和她攀谈，首先要做的第一步，就是留神去听她跟别人的谈话。有一次在威廉·卢卡斯爵士的府邸举行的宴会上，达西的这种做法引起了伊丽莎白的注意。

"达西先生是什么意思呢？"伊丽莎白对夏绿蒂说，"为什么要听我跟弗斯托上校的谈话？"

"这个问题只有达西先生自己才能回答。"

"要是他再这么做，我一定要让他知道我的厉害。他眼睛长到头顶上，就喜欢挖苦人，我要是再对他这么客气，就更助长他的威风啦！"

没过一会儿，达西故意走到两位小姐的身边，表面上仍然装出

一副根本不想交谈的样子。夏绿蒂怂恿伊丽莎白当面问问他刚才那个问题。伊丽莎白给她这样一激，立刻转过脸来对他说："达西先生，我刚刚取笑弗斯托上校，说要他在梅列敦给我们开一次舞会。你觉得我说得怎么样？"

"说得起劲极了，不过小姐们不就是喜欢对这些事情起劲吗！"

"你说得太过分了吧！"伊丽莎白说道。

"这下被取笑的人反而是你了，"夏绿蒂说。"我去打开钢琴，伊丽莎白，接下来就看你的啦！"

"像你这样的朋友真是世间少有！不管当着什么人的面，总想让我弹琴唱歌！如果我真的想在上面满足虚荣心，那我对你的建议真是求之不得。不过在这些听一流演奏家弹奏而把耳朵惯坏了的人面前，我实在不愿意坐下来献丑。"

在夏绿蒂的再三要求下，伊丽莎白只好说道："好吧，既然非得要献丑不可，只能献丑了。"她板着脸瞥了达西一眼，又说道："有句古话说得好，在场的人肯定都知道这句话：'留口气把稀饭吹凉'，那么我也就留口气唱我的歌吧。"

她的表演虽然称不上曼妙绝伦，但也娓娓动听。弹唱了一两首曲子以后，大家要求她再唱几首。她还没来得及回答，妹妹玛莉就迫不及待地接替了她的位置。

玛莉是班奈特家几个姐妹中唯一长得不好看的，她发奋钻研学问和各种才艺，并总是急着想要卖弄自己。可惜的是，她既没有才华，又没有品味，虽然在虚荣心的驱使之下，她刻苦用功并获得了一点成就，但这也造成她迂腐可笑的气质和自视甚高的态度，即使她弹奏得再好，也同样让人讨厌。而伊丽莎白虽然弹得没有她好，可是她落落大方，没有丝毫的矫揉造作，大家听起来就舒服多了。

玛莉在弹奏完一首很长的协奏曲之后，她的妹妹们……此刻她们正在房间那头跟卢卡斯小姐们以及几个军官在一起跳舞……要求

她再弹几首苏格兰和爱尔兰小调。玛莉高高兴兴地照办了，她很乐意博得别人的赞美和肯定。

达西先生就站在她们附近。他看到那些小姐们就这样无聊地度过一个晚上，心里暗自生气，一句话也不想说。他完全陷入了沉思之中，就连威廉·卢卡斯爵士站到他身边来也不知道。直到威廉爵士开口跟他说话，他才回过神来。

"对年轻人来说，跳舞是一种多诱人的娱乐啊！是吧，达西先生？什么都比不上跳舞，我看这是上流社会里最高雅的活动。"

"没错，先生，更妙的是，在下流社会里跳舞也很流行……哪个野蛮人不会跳舞？"

威廉先生笑了笑。顿了一下，他看见宾里也加入了跳舞的人当中，便说道："你的朋友跳得很棒，毫无疑问你对此也是驾轻就熟吧，达西先生。"

"我想你在梅列敦看过我跳舞吧，先生。"

"当然看过，而且，说实话，看你跳舞还真是一件赏心悦目的事。你经常到宫里去跳舞吗？"

"不，从来没跳过。"

"你连在宫里都不肯赏脸吗？"

"只要能避免，不管在什么地方，我都不愿意赏这种脸。"

"我想，你在城里一定有房子吧？"

达西先生点了点头。

"我以前一直有在城里定居的想法，因为我喜欢上流社会。不过我不知道伦敦的空气是不是适合卢卡斯太太。"威廉爵士说道。

说到这里，他停顿了一下，本来希望对方回答，可是达西先生根本就没打算回答。这时，正好伊丽莎白朝他们走来，威廉爵士突然想到要乘机献一下殷勤，便对伊丽莎白高声叫道："亲爱的伊丽莎白小姐，你怎么不跳舞呢？达西先生，请允许我把这位年轻的小姐介绍给你，这可是位理想的舞伴。有了这么一位漂亮小姐做你的

舞伴，你再不跳舞，那可就说不过去了！"他拉住伊丽莎白的手，打算把它送到达西手里。达西很是惊讶，但也不是不愿意接受。谁知道伊丽莎白立刻把手缩了回去，略为慌张地对威廉爵士说道："先生，我确实一点儿也不想跳舞。请你千万不要以为我是专程到这边来找舞伴的。"

达西先生很有礼貌地请她赏脸，跟自己跳一场舞，但他白费力气了。伊丽莎白已经下定决心不跳，不管威廉爵士怎么劝说，她也不动摇。

"伊莉萨小姐，你的舞跳得那么好，却不肯让我看你跳一场大饱眼福，这未免也太说不过去了吧。达西先生平时也不怎么喜欢这种娱乐，但是赏脸跳一场两场，我想他也不会不肯的吧。"

"达西先生太客气啦！"伊丽莎白笑着说。

"他是太客气了……可是，亲爱的伊丽莎白小姐，谁能拒绝像你这样一个舞伴的诱惑呢？我们可不能责怪他向你献殷勤。"

伊丽莎白笑着看了他们一眼，就转身走开了。达西并没有因为她的拒绝而感到难过，反而自得其乐地想着她。这时宾里小姐走过来跟他搭讪："我能猜得出你现在在想什么。"

"谅你也猜不中。"

"你正在想，这么多个晚上都在这种环境下，跟这些人一起度过，真是让人难以想象，对吗？说实话，我跟你也有同感，从来没有这么烦闷过！这个地方既无聊乏味又吵闹不堪，所有的人既一无所长又骄傲自大！我多想听听你指责他们几句啊！"

"我可以保证，你一点也没猜对。我心里正在想着的东西要让人高兴得多呢！我正在思索：一个漂亮女人的美丽眼睛，竟然能够给人带来这么大的快乐。"

宾里小姐立刻将目光定格在他的脸上，并且非要他告诉她，究竟是哪位小姐让他有此联想。

达西先生鼓起勇气回答道："是伊丽莎白·班奈特小姐。"

"伊丽莎白·班奈特小姐！"宾里小姐重复了一遍，"真让我吃惊。你看上她多久啦？我该什么时候向你道喜呢？"

"我早料到你会问出这样的问题来。女人的想象力太可怕了，可以从敬慕一下子跳到爱情，一下子又从爱情跳到结婚。我就知道你要来向我道喜了。"

"喏，你这么一本正经的，我当然就认为这事八成就这么定下来了。你将有拥有一位可爱至极的岳母大人，当然啦，她还会在彭伯里跟你一直住在一起。"

她自顾自地说得津津有味，他却对她的话根本充耳不闻。看到他那么镇定自若，她越发肆无忌惮，说得越起劲，简直就是滔滔不绝了。

<h2 style="text-align:center">7</h2>

班奈特先生的全部财产，几乎都在一宗产业上，他们每年可以从中获得两千镑的收入。

很不幸，由于班奈特先生没有儿子，他的产业必须要由一个远亲来继承。班奈特太太的父亲给她留下了四千英镑的遗产，在班奈特这样的人家，这也不是一笔小数目，但相对于产业要被远亲继承的损失来说，这简直是微不足道的。

班奈特太太的父亲曾经是梅列敦的一个律师。她有一个兄弟，住在伦敦，做生意做得相当顺手。还有个妹妹，嫁给了她爸爸的书记菲利普。妹夫后来继承了她爸爸的行业，现在他们一家就住在梅列敦。

浪博恩这个村子离梅列敦只有一英里，这么近的一段距离，对于班奈特家那几位年轻的小姐来说，是再方便不过了。每个礼拜她们都要到梅列敦三、四次，去那里看看她们的姨妈，路上还可以顺便逛逛那边一家卖女帽的商店。年纪最小的两位姑娘……凯瑟琳和

莉迪亚对这方面特别感兴趣，她们的脑子比她们的姐姐们还要简单，只要没什么事情可做，她们就非到梅列敦去逛一逛不可，既打发了早上的时间，又增加了晚上闲聊的内容。通常来说，这个村子里实在没什么新鲜事可言，但她们还是千方百计地想从她们姨妈那儿打听出一些。最近，附近来了一个民兵团，要在这里扎营，度过整个冬天，而军团的司令部就在梅列敦。这下可好了，她们不但大大丰富了消息来源，还能从中得到不少的乐趣。

此后，她们每次去拜访菲利普太太，都能获得最有趣的消息。每天她们的脑子里都会增加几个军官的名字以及他们的社会关系。没多久，军官们的住址也不再是秘密，后来小姐们则是干脆直接和军官本人打成一片。菲利普先生一一拜访了那些军官，这真是替他的侄女们开辟了一道前所未有的幸福源泉。她们现在开口闭口谈论的都是那些军官。在她们看来，让她们母亲为之神魂颠倒的宾里先生的巨大财产，跟军官们的制服比起来，简直就是一文不值了。

一天早晨，班奈特先生听到她们没完没了地谈论着这些东西，便冷冷地说道："看看你们说话的神气，我敢说你们两个恐怕是世界上最愚蠢的姑娘了。我对此本来只是半信半疑，现在可是完全相信了。"

凯瑟琳听父亲这么说，感到很不安，便不再接腔。莉迪亚却完全没有把爸爸的话当一回事，仍然滔滔不绝地表达着她有多么爱慕卡特尔上尉，说他明天就要动身到伦敦去，真希望今天能再跟他见见面。

"你真让我吃惊，我的老爷，"班奈特太太对她的丈夫说，"你怎么老觉得自己的孩子蠢？如果是我，什么人的孩子我都可以看不起，就是不会看不起自己的孩子。"

"要是我的孩子的确很蠢的话，我绝不愿意没有自知之明。"

"说得没错，事实上她们一个个都很聪明。"

"还好我们两个在这一点的看法上有所不同。我本来是希望

我们在各个方面的意见都能一致，但这次我实在不能同意你的意见……我确实认为我们的这两个小女儿不是一般的蠢。"

"我的老爷，你总不能指望这些孩子有跟她们的父母一样的见识啊。我敢说，等她们到了我们这么大年纪，就会跟我们一样，不会再把什么军官放在心上了。我还记得我以前有段时间也对红制服着迷得不得了呢！而且老实说，到现在我心里也还喜欢红制服。要是有位年轻英俊的上校，每年有五六千镑的收入，随便想娶我的哪个女儿，我都不会对他说不的。对了，那天晚上在威廉爵士家里，我看见弗斯托上校穿着一身制服，真是一表人材！"

"妈妈，"莉迪亚嚷道，"姨妈说，弗斯托上校跟卡特尔上尉到华森小姐家去的次数越来越少。最近她常常看到他们出现在克拉克图书馆外面。"

班奈特太太正要答话，一个送信的人来了，带来了一封从尼日斐花园的来信。他把信交给珍，并等着取回信。

班奈特太太高兴得两眼发光。珍读信的时候，她心急地叫了起来："珍，是谁来的信？信上说什么事？他说些什么？哎呀，你快点看，看完了好告诉我们！快点了，我的心肝！"

"是宾里小姐的来信，"珍说着，大声地把信读了出来："我亲爱的朋友，今天晚上你要是不赏脸到舍下来，跟露易莎和我一起吃饭，恐怕我和她两个人就要有结下冤仇的危险了。两个女人成天在一块闲聊，到头来没有不吵架的。我哥哥和他的几位朋友今晚都要到军官们那儿去吃饭。请你收到信后尽快前来。你永远的朋友卡罗琳·宾里。"

"到军官那儿去吃饭？"莉迪亚又嚷了起来，"姨妈怎么没有告诉我们这事呢？"

"出去吃饭了？"班奈特太太说："这真是太不巧啦！"

"我能坐马车去吗？"珍问道。

"不能，亲爱的，你最好骑马去。看起来好像就要下雨了，这

样你就可以在那儿过夜。"

"这个计划倒是不错，"伊丽莎白说，"只要你保证他们不会把她送回来。"

"哦！宾里先生的马车要送他的朋友到梅列敦去，赫斯特夫妇的车子又没有马。"

"我还是想坐马车去。"珍说。

"可是，亲爱的，我敢肯定你爸爸挪不出拖车的马来。农场上正需要用马呢，我的好老爷，我说得对不对？"

"马在农场上的时间，要比马在我手里的时间多得多。"

"可是如果它们恰好今天在你手里，就不能让妈妈如愿了。"伊丽莎白说道。

在太太的逼迫下，班奈特先生最后不得不承认，那几匹拉车子的马都忙不过来了，于是珍只得骑着马去尼日斐花园。母亲送她到门口，兴高采烈地说了许多预祝天气会变坏的话。她的愿望很快就实现了，珍刚走没多久，天就下起大雨来。妹妹们都很担心她，她母亲却反而喜不自胜。整个晚上大雨都一直没有停过，珍当然没有办法回来了。

"我出这个点子实在太妙啦！"班奈特太太反复地唠叨着，仿佛老天下雨都是她一手造成的。不过，直到第二天早上她才真正清楚她的功劳到底给珍带来了多大的幸福。班奈特家还没吃完早饭，就有人从尼日斐花园送来了一封信给伊丽莎白：

"亲爱的丽兹，今天早上我觉得很不舒服，我想这多半是由于昨天淋了雨的关系。这里的朋友都很关切我的身体，要我等到身体舒适一点再回家。他们坚持要请钟斯医生来替我看病，因此，你们如果听说他到我这儿来过，千万不要大惊小怪。我其实只是嗓子痛和头有点痛，并没有什么大不了的毛病……"

在伊丽莎白读信的时候，班奈特先生对他太太说："我的好太太，要是你的女儿得了什么重病，或是因为病重而送了命，倒也值

得安慰。因为她知道那都是为了去追求宾里先生，而且还是在你的命令下才去的。"

"哦，我才不担心她会送命呢！哪有这点伤风感冒就会送命的道理。人家会把她伺候的好好的，只要她乖乖地待在那儿，什么事都不会有。我倒是想去看看她，可惜没有车子。"

真正着急和担心的是伊丽莎白，她决定亲自去尼日斐花园看看。没有车，她又不会骑马，那么唯一的选择就只有步行了。她对大家说了自己的打算。

"你怎么这样蠢得厉害！"班奈特太太叫了起来："真亏你想得出来！路上这么泥泞，等你走到那儿，你那副样子怎么见人！"

"只要能见到珍就行了，我的目的也就是这个。"

"丽兹，"班奈特先生说，"你的意思是让我去弄几匹马来驾车吗？"

"我一点这个意思也没有。步行也没什么关系，才不过三英里的路，只要存心要去，这点儿路实在算不上什么。我可以赶回来吃晚饭。"

"我很敬佩你能这么做。"玛莉说道，"但是所有冲动的感情都需要由理智来引导。我认为，尽力也要适可而止，不能太过火。"

凯瑟琳和莉迪亚一起说道："我们陪你走到梅列敦吧。"伊莉萨表示同意，于是这三位年轻的小姐就一起动身了。

"我们得走快点，"莉迪亚边走边说，"也许我们还能赶在卡特尔上尉临走之前再见他一面。"

到了梅列敦，她们便分道扬镳了。两位妹妹到一个军官太太的家里去了，而伊丽莎白则独自继续往前走。她行色匆匆地穿过了一片片田野，跨过了一道道围栅，跳过了一个个水坑，终于来到了尼日斐花园。这时候，她已经双脚无力，袜子上满是污泥，脸蛋上也呈现出运动过后的绯红。

　　伊丽莎白被仆人领进了餐厅。宾里全家人都在场，只有珍不在。一进餐厅，她的样子果然引起了大家的惊讶。这么一大清早的，路上又这么泥泞，她竟然赶了三英里路，而且还是独自赶来的，这对于郝斯特太太和宾里小姐来说，根本是无法想象的事。伊丽莎白也早就想到她们肯定无法理解她的举动。不过，他们对她倒是非常客气，尤其是宾里先生，不只是客客气气，而且还和颜悦色、殷勤多礼。达西先生几乎不发一语，他一方面喜欢她那步行之后红扑扑的脸蛋，一方面又觉得她不值得为了这么点小事就大老远地独自赶来。赫斯特先生也不怎么说话，他一心一意只想着他的早饭。

　　伊丽莎白问起姐姐的病情，得到的回答可不是什么好消息。珍昨晚根本没睡好，现在虽然已经起床，却还是在发烧，而且也不能出房门。让伊丽莎白欣慰的是，很快他们就带她到了她姐姐那儿去。珍本来就希望能有个亲人来看看她的，但是又怕家里人担心和麻烦，所以就没有在信里提出要求，因此，当她看到伊丽莎白的时候高兴得不得了。不过，她还没有力气多说话，因此当宾里小姐走开以后，她只提了一下自己很感激宾里一家对自己这么好之类的话，别的就什么也没说了。伊丽莎白静静地陪着她。吃过早饭以后，宾里姐妹也来陪伴珍。看到她们这么热情关心珍，伊丽莎白便逐渐对她们产生好感。

　　医生到了，他检查了病人的症状，说她是重感冒，并叮嘱她们要小心照顾她。他建议珍回床上去睡觉，给她开了几味药。过了一会儿，珍的发烧似乎更严重了，而且头痛得很厉害，只得遵照医生的话立刻上床休息。伊丽莎白一刻也没有离开珍的房间，宾里姐妹也没怎么离开。男士们都出去了，其实他们在别处也是无事可做。

　　当钟敲响了三下的时候，伊丽莎白觉得自己应该走了。虽然她很放心不下珍，还是不情愿地向主人告别。宾里小姐要她乘马车回去，她打算在面子上稍微推辞一番，然后就接受她们的好意。正打

算要走的时候，珍说舍不得让她走，于是宾里小姐不得不打消了让她坐马车回去的主意，请她留下来在尼日斐花园小住一阵。伊丽莎白不胜感激地答应了下来，差人到浪博恩去向家里报告一声，她要在这里暂住的消息，并叫家里给她带些衣服过来。

8

　　五点钟的时候，宾里两姐妹出去更衣。六点半的时候，她们派人来请伊丽莎白去吃晚饭。在饭桌上，大家都纷纷询问珍的病情，其中，宾里先生显得尤为关切，这让伊丽莎白感到非常满意。不过她的回答可不是什么好消息，因为珍的病情一点也没有起色。宾里姐妹俩听到这话，便三番二次地说她们有多担心珍的病情，说得了重感冒是多么可怕，又说她们自己多么讨厌生病等，然后就再也不提这事了。看到她们不当着珍的面就对珍这么冷淡，伊丽莎白心里原有的那些对她们的厌恶之情又重新滋长起来。

　　的确，在伊丽莎白看来，这家人里面能让她感到满意的就只有宾里先生，只有他是千真万确地在担忧珍，他对伊丽莎白的态度也是真的和颜悦色，这让她不再感到自己是一个不速之客。除了他之外，别人都不怎么把她放在心上。宾里小姐全心全意关注的是达西先生，赫斯特太太也差不多。而挨着伊丽莎白坐的赫斯特先生，是个不折不扣的懒汉，活在世上就是为了吃、喝、玩牌。他听到伊丽莎白说比起烩肉来她更喜欢吃一盘普通的菜，就对她无话可说了。

　　吃过晚饭，伊丽莎白就径自回到珍的房间去。她刚一走出餐厅，宾里小姐就诋毁她，说她的言行举止糟糕透顶，为人傲慢又不懂礼貌，也不懂得跟人家攀谈，既没有仪表，又没有品味，也没有美貌。

　　赫斯特太太跟她的看法相同，而且还补充道："总之，她除了有跑路的本领之外，没有别的什么值得称赞的地方。她今天早上那

副尊容真令我永生难忘，简直就像个疯子。"

"的确像个疯子，露易莎，我真是要忍不住笑出声来！她跑这一趟整个就是一件荒谬透顶的事。姐姐得了点小感冒，就值得她那么大惊小怪地跑遍了整个村子？瞧她的头发，像个蓬头鬼似的，真是邋遢！"

"对，对，还有她的衬裙，真希望你看到她的衬裙了。我敢肯定，那上面足足糊上了六英寸的泥！她把外面的裙子拉低，想把衬裙盖住，可是怎么盖得住！"

"你的描述可能没错，露易莎，"宾里先生说，"可是我一点也不赞成。我倒是觉得伊丽莎白·班奈特小姐今天早上走进屋子的时候，看起来相当不错呢！我可没有注意到你说的脏兮兮的衬裙。"

"达西先生，我敢肯定你一定看到了，"宾里小姐说，"我想，你肯定不愿意看到你自己的姐妹弄成那副模样吧。"

"当然不愿意。"

"赶了三英里路、也可能是四英里、五英里，谁知道是多少英里呢！弄了满腿的泥浆，而且还是独自一个人，就她一个人！她这究竟是什么意思？我看，她不折不扣地表现出了毫无教养的目中无人，完全是个不懂礼数的乡下人。"

"那正体现了她对姐姐的真挚感情，这不是很好吗？"宾里先生说。

"达西先生，我担心她这次的可笑举动，会影响你对她那双美妙双目的爱慕吧？"宾里小姐用半高不低的声音说道。

"一点也没影响。"达西回答道："在接连跑了三英里路后，她那双眼睛更加明亮了。"

屋子里沉默了一会儿，然后赫斯特太太又说："我倒是非常关心珍·班奈特，她的确是位可爱的姑娘，我衷心地祝福她能攀上门好亲事。不过，遇到那样的父母，还有那些低俗的亲戚，恐怕她是

没什么机会了。"

"我好像听你说过，她有个姨父在梅列敦当律师？"

"没错，她还有个舅舅，好像住在齐普赛附近的哪块地方。"

"那真是太妙了！"宾里小姐补充道。姐妹俩都放声大笑起来。

宾里先生叫了起来："就算她们的叔叔、舅舅多得可以把整个齐普赛都塞满，也丝毫无损于她们那些讨人喜爱的地方。"

"但是这肯定会大大降低她们嫁给有地位男人的机会。"达西说道。

宾里先生没对这句话做出任何反应，他的姐妹们却打心眼里赞成。她们更加肆无忌惮地拿班奈特小姐那些卑贱的亲戚取乐，兴奋了好半天。

不过，她们一离开餐厅，就马上重新做出温柔体贴的样子，到珍的房间来陪伴她，一直坐到喝咖啡的时候。珍的病还是没有起色，伊丽莎白一刻也没有离开她。到了晚上，珍终于睡着了，伊丽莎白这才放下了心。虽然她并不愿意，但她还是觉得自己应该到楼下一趟。

大家正在客厅里玩牌，一见她进来就立刻邀请她加入。伊丽莎白担心他们赌得很大，便推说放心不下姐姐，婉言谢绝了他们的邀请。她说这一小段闲暇的时间，她可以拿本书来消遣消遣。

赫斯特先生万分惊讶地看着她，说："你喜欢看书，而不喜欢玩牌？这真是少有！"

宾里小姐说："伊丽莎白·班奈特小姐看不起玩牌，她是个了不起的读书人，除了读书，别的事情都不乐意做。"

"不管你这是夸奖还是奚落，我都担当不起。我可不是什么了不起的读书人，我乐意做的事情可多着呢！"伊丽莎白说道。

"我敢肯定你很乐意照顾自己的姐姐，我希望她能早日康复，那样你肯定就更开心了。"宾里先生说。

伊丽莎白打心里感激他，随即向一张桌子走去，桌子上放了几

本书。宾里先生立刻要再拿些书过来，只要他的书房里有的，都要拿来给她。

"真希望我的藏书再多一些，那样的话不但你能有更多的书看，我也有面子。可惜我生性懒散，藏书本来就不多，看过的就更少了。"

伊丽莎白对他说，房间里的这些书就已经够她消遣的了。

"真奇怪，"宾里小姐说，"爸爸留下来的书怎么就这么一点。达西先生，你在彭伯里的那个藏书室里书可真多啊！"

"能不多吗？那可是好几代人的努力。"达西说道。

"你自己也添置了不少啊，你经常都在买书。"

"我有这样的日子过，总不好意思疏忽家里的藏书室吧。"

"疏忽？我敢肯定只要是能让你那高贵的宅子增添光辉的东西，你一件也没疏忽过。查尔斯，你在建造住宅的时候，希望能有彭伯里一半美妙就好了。"

"但愿如此。"

"要是你要购买房产的话，我劝你还是就在那附近买，彭伯里就是个不错的榜样。整个英国没有哪个地方能比德比郡更好了。"

"我希望能在那里买。要是达西愿意卖，我肯定会把彭伯里买下来。"

"我们讨论的是有可能办到的事，查尔斯。"

"在我看来，卡罗琳，直接买下彭伯里要比仿照彭伯里造一座房子的可能性更大。"

伊丽莎白留意听着他们的谈话，没有心思再看书。她干脆把书放下，走到牌桌前，在宾里先生和他姐姐郝斯特太太之间坐了下来，看他们玩牌。

那边，宾里小姐又问达西："达西小姐又长高了吧？她以后能长到我这么高吧？"

"我想能的。她现在大概就有伊丽莎白·班奈特小姐那么高

了，也许还要再高一点。"

"真想再见见她！我从来没见过这么讨人喜欢的人，模样好不说，又懂礼貌，小小年纪的又多才多艺！她的钢琴弹得妙极了！"

"真让人吃惊，"宾里先生说，"年轻的小姐们怎么都有那么大的能耐，一个个地都把自己弄得多才多艺！"

"一个个地都把自己弄得多才多艺？亲爱的查尔斯，你这话是什么意思？"

"是的，一个个都多才多艺！装饰餐桌，点缀屏风，编织钱袋……哪个姑娘不是样样都会？每次听人家谈起一个年轻姑娘，没有一个不是说她多才多艺的。"

达西说："要是你说的多才多艺就是指这些的话，确实没有一个姑娘不是多才多艺的。很多女人也就只会编织编织钱袋，点缀点缀屏风，就享有了多才多艺的美名。不过，你对女人的评价我可不敢苟同。我不敢吹嘘我认识多少多才多艺的女人，在所有我认识的女人中，真正算得上多才多艺的，最多不过半打。"

"我认识的确实也不多。"宾里小姐说。

"这么说来，"伊丽莎白说道，"你认为一个女人应该具备很多条件才能算得上多才多艺了？"

"没错，我的确认为应该具备很多条件。"

"哦，当然啦，"他那忠实的助手又叫了起来，"一个女人要是不能比普通人出众许多，那她就算不上是多才多艺。她必须精通音乐、歌唱、绘画、跳舞以及时髦语言，才能对这个称号当之无愧。此外，她的步态、她的仪表、她的声调、她的谈吐和表情，都得可圈可点，不然她就不够资格谈什么多才多艺。"

"这些条件她都得具备，"达西接着说，"此外还得多读点书，长长见识，有点真才实学才行。"

"怪不得你只认识六个多才多艺的女人，现在我简直怀疑你一个也不认识。"

"你就对女人这么没信心吗，你竟然怀疑没有人能具备这些条件？"

"我从来没见过这样的女人。我从来没见过哪个女人像你说的那样又有才能，又有品位，又勤奋好学，那么仪态优雅。"

赫斯特太太和宾里小姐齐声叫起来了，对伊丽莎白的怀疑表示抗议。她们还一致提出反证，说她们知道有很多女人都符合这些条件。赫斯特先生责怪她们不该对打牌那么漫不经心，并要她们把注意力放回到牌桌上来，她们这才住嘴。谈话就此告一段落，不一会儿，伊丽莎白离开了客厅。

门关上之后，宾里小姐说："有些年轻女人为了显现自己，不惜在男人面前贬低女人，伊丽莎白·班奈特就是这种人。我敢说，很多男人都吃这一套。不过觉得这些雕虫小技是很卑鄙的手段。"

达西当然听得出这几句话是故意说给他听的，便回答道："没错，小姐们为了勾引男子所使用的手段和伎俩的确卑鄙无耻。任何只要跟狡诈扯上关系的做法都是可悲的。"

宾里小姐不太满意他的回答，因此也就没有继续谈论下去。

伊丽莎白又到他们这儿来，告诉他们她姐姐的病更加严重了，因此她不能离开她。宾里强烈要求应该立刻请钟斯大夫来，他的姐妹们却都认为乡下大夫无济于事，主张立刻到城里去请一位最有名的医生来。伊丽莎白没把她们的话当回事，倒是愿意听从宾里先生的建议。经过讨论，大家协商出一个办法：要是明天一早珍的身体还是不见好转，他们就马上去请钟斯大夫来。

宾里先生心里很不好受，他的姐妹们也宣称自己十分难过。吃过晚饭以后，她们俩一起演奏了几首曲子来解闷。而对宾里先生来说，只有关照他的管家全心全意地照顾好病人和她的妹妹，才能让他的心里稍感安慰。

9

　　这个晚上大部分时间，伊丽莎白都是在她姐姐房间里度过的。第二天早上，珍的病情终于有了起色，伊丽莎白终于可以稍微放心。并把这个还算不错的消息告诉了一大早就受宾里先生差遣来询问病情的女佣人，以及宾里姐妹打发来探病的两个侍女。

　　虽然珍的病情有所好转，伊丽莎白还是差人送了封信到浪博恩去，让班奈特太太亲自来看看珍，并亲自判断珍的病情。信很快就送达了浪博恩，信上所说的事也很快就照办了。宾里一家刚刚吃过早饭，班奈特太太就带着两个最小的女儿来到了尼日斐花园。

　　要是班奈特太太发现珍有什么危险的话，她肯定也会伤心欲绝。但是情况倒是让她很满意，珍的病情并不严重。这么一来，她非但不伤心，反而不希望珍这么快就好起来，因为珍的身体一康复，就得离开尼日斐花园回家去。珍倒是对班奈特太太提出要回家去的要求，可是她根本不理睬。而且，差不多跟她同时到达的医生，也认为现在搬回去不是明智之举。

　　班奈特太太陪着珍坐了一会儿，宾里小姐便来请她和她的女儿们到餐厅里吃早饭。宾里先生前来迎接她们，并说希望班奈特太太觉得珍的病情没有她想象的那么严重。

　　"她倒是比我想象的还要严重呢！"班奈特太太回答道，"先生，她病得太重了，根本不能移动。钟斯大夫也叫我们千万不要让她移动。承蒙你们好心，我们只得再多打扰几天了。"

　　"移动！"宾里了起来："我想都没有想过。我想我的妹妹也从来没有过这样的想法。"

　　"您大可以放宽心，"宾里小姐冷淡而礼貌地说道："班奈特太太，尊小姐在寒舍期间，我们一定会竭尽所能地把她照顾好。"

　　班奈特太太连声道谢，说道："要不是靠着你们这些朋友的照顾，我真不知道她会怎么样了。她真的病得很严重，忍受着很大的

痛苦，不过幸好她的忍耐力很强——这是她一贯以来的优点，她温柔甜美的性格真是世间少有！我常常跟另外几个女儿们说，跟珍比起来，她们实在差得太远了。宾里先生，你这所房子漂亮极了，从那条石头小路上看过去，景致可真美啊。我从来没见过这村子里有哪个地方比得上尼日斐花园。虽然你租这个房子的时间不长，我劝你可别急着搬走。"

"我干什么事情都是一时冲动，"宾里先生说，"要是我打定主意要离开尼日斐花园，可能要不了五分钟就搬走了。不过，目前我是不打算搬了。"

"我猜也是这样的。"伊丽莎白说道。

"那你是开始了解我啦，对吗？"宾里立刻转过身去对她大声说道。

"哦，对，完全了解。"

"希望你这是在称赞我。不过，这么容易就让人给看透了，恐怕也不是件好事吧。"

"也不一定。一个性格深沉复杂的人，不见得就比你这样的性格更难以捉摸。"

"丽兹，"她的母亲喊道："别忘了你这是在哪儿，你在家里像个野丫头，可别到这里来了也胡闹。"

"我以前不知道你还喜欢研究人的性格。那一定是一门趣味无穷的学问。"宾里接着说。

"没错。复杂的性格至少有这样的好处，能让人研究起来觉得分外有趣。"

"一般来说，乡下人中很少有人能具有这样性格供你研究。因为在乡下，你四周的社会都是封闭而且缺乏变化的。"达西说。

"可是人们自身的变化却很多，他们身上永远有新鲜的东西值得你去留意。"伊丽莎白说道。

班奈特太太很听不惯达西提到乡下时的口气，便叫了起来：

"丽兹说得没错，我敢说，城里有的，乡下也都有。"

她的话音一落，大家都吃了一惊。达西看了她一眼，什么也没说就走开了。班奈特太太还自以为自己占了上风，便一股脑儿地接着说下去："除了商店和公共场所之外，我实在看不出伦敦有什么了不得的好处，还是乡下舒服，是不是，宾里先生？"

宾里先生回答道："我到了乡下就不想离开，到了城里也是这样。乡下和城里各有各的好处，不管住到哪儿我都一样开心。"

"啊，那是因为你的性情好。但是那位先生，"她望了达西一眼，"好像就觉得乡下一无可取。"

伊丽莎白感到难堪，赶快说道："妈妈，你根本弄错了。你完全误会了达西先生的意思。他的意思只是说乡下不像城里那样能碰到各色各样的人，你也得承认这确实是事实。"

"那当然了，亲爱的，谁也没有说这里比得上城里。不过要是说这个村子里还碰不到多少人，我可就不相信了。比这更大的村子也没几个了，在我们这，就是平时跟我们吃饭的，就有二十四家。"

要不是为了顾全伊丽莎白的面子，宾里先生忍不住就要放声大笑了。宾里小姐可就没有他那么细心，带着颇有深意的笑容望着达西先生。

为了转移一下母亲的心思，伊丽莎白找了个借口问她母亲，自己离开家里以后，夏绿蒂·卢卡斯有没有来过浪博恩。

"来过，昨天晚上她和她父亲一起过来的。威廉爵士真是个和蔼可亲的人，宾里先生，你说是吗？那么时髦、那么温和，又那么平易近人！他跟什么人都能说上两句，我认为这才是良好的教养。那些自以为了不起的人，对谁都不肯多说几句话，真是大错特错啦！"

"夏绿蒂在我们家吃饭了吗？"

"没有，她说她得回去。我猜八成是家里等着她回去做肉饼

呢。宾里先生，在我家里，这些事情都是交给佣人去做的，我的女儿不像人家的姑娘那样还得动手做那些粗活。不过这还是要看自己怎么想吧！我跟你说，卢卡斯家的几个姑娘都是些不错的姑娘，可惜就是长得不漂亮！当然我并不是要认为夏绿蒂长得不好看，她毕竟跟我们是很好的朋友。"

"她看起来倒是位很可爱的姑娘。"宾里说。

"哦，你说得没错，可是你也得承认她的确长得不好看。卢卡斯太太自己也那么说，她还羡慕我的珍长得漂亮呢！我不喜欢吹嘘自己的孩子，可是说到珍，确实也很难见到有比她还漂亮的姑娘。这可不是我自我陶醉，每个人都是这么说的。她十五岁的时候，有位先生到我城里那位弟弟嘉丁纳的家里来小住，一见到珍就爱上了她。我弟媳看准了那位先生一定会在我们离开之前向珍求婚的，后来他却没有开口，大概是他认为她年纪太小了吧。不过，他为珍写了好多诗歌，写得漂亮极了。"

伊丽莎白不耐烦地说："他的爱情就这样结束了。我想，还有很多人也是用这种办法来结束爱情的。到底是谁第一个发现了诗竟然还有这样的作用，能够把爱情撵走！"

"我倒是一直认为，诗是爱情的粮食，"达西说。

"如果必须得是美好、坚贞、健康的爱情的话，那可能是你说的那样。爱情本身强壮、稳定了，诗才能让它锦上添花。如果只不过是有一点蛛丝马迹，那么我相信，一首十四行诗准会把它断送掉。"

达西微笑了一下，大家都不说话了。伊丽莎白很担心，生怕她母亲又要说出什么出洋相的话来。她想找点什么话来说，但是又想不出说什么好。

一阵沉默之后，班奈特太太又再次向宾里先生道谢，感谢他对珍的照顾，同时也向他表示歉意，说丽兹也来打扰了他。宾里先生的回答非常恳切而有礼貌，使宾里小姐也只好客客气气，说了很多

不得已的话，她说话就像是在表演，没有什么诚意。但是班奈特太太已经够满意的了，没过一会儿她就叫预备马车准备离开。

在他们在尼日斐花园做客的整个过程中，班奈特太太带来的两个小女儿一直都在交头接耳，两人最后商量出的结果是，由莉迪亚去向宾里先生提出，要求他兑现他刚来乡下时许下的诺言，在尼日斐花园举办一次舞会。

莉迪亚才十五岁，是个丰满的、发育得很好的姑娘，脸色红润，笑容满面。她是她母亲最宠爱的孩子，正由于过分的娇宠，她很小就进入了社交圈。她生性狂野，又没什么分寸，加上举止轻浮，让她姨父盛情宴请的那些军官们都对她有几分意思。这就更让她恃宠而骄、肆无忌惮了。她很理所当然地对宾里先生提起开舞会的事，冒冒失失地提醒他履行先前的诺言，而且还说，要是他不履行诺言，那可真是最可耻的事。

对这一番突如其来的挑衅，宾里先生答道："我向你保证，我一定会遵守自己的诺言。等你姐姐的身体康复以后，你随便定个日子都行。你总不愿意在你姐姐生病的时候跳舞吧？"

他的回答让班奈特太太很高兴，莉迪亚也表示满意："哦，没错，最好还是等珍好了以后再开舞会吧，到那时候，卡特尔上尉也许又回到梅列敦了。你开过舞会以后，我一定也要他们开一次不可。我会跟弗斯托上校说，要是他不开一次舞会的话可就太丢人啦！"

班奈特太太带着两个女儿走了，伊丽莎白立刻回到珍身边去。她一走，她和她家里人的行为就成了两位宾里小姐茶余饭后的笑料。不过，不管宾里小姐怎么调侃伊丽莎白那双"美丽的眼睛"，达西却始终不肯附和她们一起去非议她。

10

这一天过得和前一天没什么两样。虽然康复得很慢，但珍的身体确实正在逐渐康复。赫斯特太太和宾里小姐上午过来陪了珍几个钟头，晚上伊丽莎白跟她们一块待在客厅里。不过，今天晚上没有人再打"禄牌"，赫斯特先生和宾里先生在玩"皮克牌"，赫斯特太太在一旁观看。达西先生在写信，宾里小姐坐在他旁边，一边看他写，一边反复地要求他在信中附上她对他妹妹的问候。

伊丽莎白一边做针线，一面留心地听着达西跟宾里小姐的谈话。宾里小姐不停地恭维达西，一会儿说他的字写得很漂亮，一会儿说他的信写得很整齐，不然就是说他的信写得够长。而达西对宾里小姐的称赞却完全不当一回事。两个人之间形成了奇怪的对白，这和伊丽莎白的之前对他们两人的看法基本一致。

"达西小姐收到了这样的一封信，不知道会有多高兴的呢！"

达西没有回答。

"你写信的速度可不是普通的快。"

"不对吧，我写得相当慢。"

"你一年到头得写多少信啊，还得写事务上的信！要是我，不知道有多厌烦！"

"这么说，幸好这些信落在我的手上，而不是落在你的手上。"

"请你告诉令妹，我很想和她见见面。"

"遵照你的吩咐，我已经告诉过她了。"

"恐怕你的笔不太好用吧？让我来帮你修一修，我修笔可是相当厉害的。"

"谢谢，不过我一向都是自己修理。"

"你怎么能够写得那么整齐？"

他没有搭理她。

"请告诉令妹，说我很高兴地听说她弹奏竖琴有进步了。告诉她，我非常喜欢她那装饰桌子的漂亮图案，我觉得比格兰特小姐的那个要强多了。"

"可否让我把你的喜欢放到下一封信里再说？现在我的信里写不下那么多了。"

"哦，不要紧，反正我一月就可以见到她了。不过，达西先生，你总是给她写那么长、那么美妙的信吗？"

"一般我的信都写得很长，但是不是都那么美妙，这就不是由我自己来说了。"

"在我看来，这么长的一封信都能一挥而就，不可能写得不好。"

"这种恭维用在达西身上可不合适，卡罗琳！"宾里先生嚷道："他写信可不是一挥而就的，只要是有四个音节的字，他都得推敲半天。是不是，达西？"

"我写信的风格和你很不相同。"

"哦，"宾里小姐叫起来了，"查尔斯写的信潦草得要命，简直难以想象。他不是漏掉字，就是涂得一团糟。"

"我的脑子转得太快，根本来不及写，因此，看信的人往往看不懂我到底在说些什么。"

伊丽莎白说："宾里先生，你这么谦虚，真可以让原想责备你的人自动缴械投降。"

"没有什么比伪装谦虚更能欺骗人了。"达西说，"假装谦虚往往不是信口开河，就是转弯抹角的自吹自擂。"

"那么你说，我刚刚那几句谦虚的话，是属于哪一种呢？"

"是转弯抹角的自夸。你对你自己写信方面的缺点感到很得意，因为你觉得这正体现了自己思维敏捷，因此根本不必去注意书写的问题。你认为这思维敏捷即使不是什么了不起的优点，至少也相当有趣。做事敏捷迅速的人骄傲的总是这个进行的过程，而从来

不考虑做出来的结果有多糟糕。今天早上你还跟班奈特太太说，如果你决定要离开尼日斐花园，你五分钟之内就可以搬走。说这种话的目的无非是为了褒赏自己、夸赞自己。急躁只会导致很多该做的事情都做不好，对别人对自己都没有什么真正的好处，这还有什么值得称赞呢？"

"真是的，"宾里先生叫了起来，"都晚上了还记得早上那些蠢事，也太小题大做了吧。而且，说实话我坚信我对自己的看法真的就是如此，到现在我还是坚信。至少，我没必要故意假装急躁来在小姐们面前炫耀自己。"

"你也许是真的相信自己就是那样，但我怎么也不相信你做事会那么当机立断。你跟我认识的其他人一样，做事情都是见机行事。比如说，你已经跨上了你的马准备走了，突然一个朋友对你说，宾里，你最好待到下个礼拜再走吧！你可能就不走了。他要是再跟你说句什么，说不定你就会再待上一个月。"

"你的话只不过证明了宾里先生不会由着他的的性子想做什么就做什么。你这么一说，比他自己刚才说的那番话还要夸耀得厉害。"伊丽莎白说道。

"我真高兴，"宾里说，"经你这么一说，我朋友所说的话，反而成了对我性情和悦的恭维啦！不过，恐怕你的这种说法并不符合我这位朋友的本意。要是真出现他刚才说的那种情况，我若是不犹豫地谢绝那位朋友的好意，骑上马有多快跑多快的话，达西先生一定会更看得起我。"

"难道达西先生认为，不管你原本的打算是多么鲁莽，只要你打定主意要坚持下去，这样就情有可原了吗？"

"这我可说不清楚，要让达西自己来说明。"

"你非要把这种意见强加于我，我可从来没承认过。不过，就站在你的假设上来说，班奈特小姐，你可别忘了，那个朋友建议他回到屋子里不要离开，不过仅仅是一种希望而已。你不认为他因此

就不离开，是随便听从别人意见的表现吗？"

"说到随便地听从别人的意见，你的身上可找不出这样的优点。"

"不经考虑就随便听从对方的意见，这对双方来说都不是什么优点吧！"

"你似乎不承认友谊和感情对一个人的影响，达西先生。一个人如果尊重别人的意见和要求，通常是用不着争论就会主动听从对方的。我不是想就你对宾里先生的评价而借题发挥，或许我们可以等到这种情形发生的时候，再来讨论他的处理是否明智。不过一般说来，朋友之间，在一件无关紧要的事情上，一个人要求另一个人改变主意，在没有任何争论之下，这个人就听从了对方的意见，你认为这有什么不对吗？"

那个朋友提出的要求究竟重要到什么程度，两人之间的交情又深到什么程度？" 在许多问题没有弄清楚之前，我们的讨论是不明智的。"

"我们一定得听听达西先生的详尽分析！"宾里先生大声说道，"他们两人的身材高矮和尺寸大小也千万别忘了分析。班奈特小姐，你一定想象不到，这在两人的辩论中有多重要。实话告诉你，要是达西这个家伙不是比我高大那么多的话，我才不会这么忌惮他呢！有些时候，有些场合，我真是再也找不到比达西这个家伙更讨厌的了。尤其是礼拜天晚上在他自己家里，他又无事可做的时候。"

达西笑了起来。伊丽莎白本来也要笑，但又觉得他好像有点生气了，便忍住没笑。宾里小姐非常不满人家这样调侃达西，便责怪他哥哥不应该谈论这么没意思的话题。

"我明白你的用意，宾里，"达西对他的朋友说："你不喜欢辩论，希望把辩论赶快结束掉。"

"或许是吧，辩论往往跟争论没什么分别。要是你和班奈特小

姐能够容我离开房间以后再继续你们的辩论，我就要感激不尽了。到那时，你们爱怎么说我就怎么说我吧。"宾里先生说道。

"这对我来说倒是没什么损失，不过达西先生最好还是赶快去写他的信吧。"伊丽莎白说。

达西听从了她的建议，去继续完成他的信。

信写好之后，达西请宾里小姐和伊丽莎白小姐赏脸弹几首曲子来听听。宾里小姐立刻走到钢琴跟前，先假意客气了一番，要伊丽莎白先弹，伊丽莎白也客客气气、诚心诚意地推辞了。于是宾里小姐自己就在琴旁坐下来。

宾里小姐演奏的时候，赫斯特太太跟着一起唱了起来。伊丽莎白翻阅着钢琴上的几本琴谱，却发现达西先生的眼睛始终望着她。她当然不会想到，这位了不起的先生是出于爱慕之意才这样望着她，但也不会认为达西是因为讨厌她所以才望着她。最后，她得出结论，达西之所以这么注意她，是因为和在座的其他人比起来，她最让他觉得不顺眼。这个假设并不会让她感到难受，因为她根本不喜欢他，也根本不在乎他是否喜欢自己。

弹了几首意大利歌曲以后，宾里小姐又弹起了轻松活泼的苏格兰曲子。达西先生走到伊丽莎白跟前，对她说："班奈特小姐，你难道不想趁此机会跳上一曲吗？"

伊丽莎白只是笑了笑，没有回答他的问题。他对她的沉默感到奇怪，于是又问了一遍。

"哦，"她说，"我听到了，只是一时之间还没想好该怎么回答你。我知道你希望我回答一声是的，那样的话你就可以兴致勃勃地嘲弄我的品味。只可惜，我一向喜欢拆穿你这种把戏，好好治治那些存心想要嘲弄我的人。因此我要告诉你，我压根就不想跳什么舞，这下你可不敢嘲弄我了吧。"

"确实不敢。"

本想给他点颜色看看的伊丽莎白，见他竟然如此温顺，反倒感

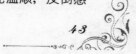

到奇怪。不过，伊丽莎白为人温和灵巧，也不轻易得罪什么人，因此也就点到为止，不再继续揶揄他。达西以前对任何女人都没有像对伊丽莎白这样着迷过，他一本正经地想道，要不是她的亲戚过分卑贱，那他可就危险了。

宾里小姐见此光景，很是嫉妒。她真巴不得她的好朋友珍快点好起来，这样她就能把伊丽莎白从这里赶出去了。

为了挑起达西对伊丽莎白的厌恶，宾里小姐常常不停地跟他谈论这桩和伊丽莎白的美满良缘，而且对他唠叨着攀上这门亲事能给达西带来多大的幸福。

"我希望当你终于如愿以偿的时候，"第二天两人在灌木丛中散散步的时候，宾里小姐说，"你得好好奉劝你那位岳母，要她管好自己那张嘴。要是能办到的话，你还得治治你那几位小姨子追逐军官的毛病。还有，我有点不好意思说出口，尊夫人有点小脾气，自负又不懂礼貌，你得尽力帮她纠正纠正。"

"对于促进我的家庭幸福，你还有什么别的建议吗？"

"哦，当然有。一定要记得把你菲利普姨丈姨母的画像挂到彭伯里的长廊里，就挂在你那位当法官的伯祖父的画像旁边。你知道，他们的职业都差不多，只是分工不同罢了。至于尊夫人伊丽莎白，你最好别找人给她画像，哪个画家能够把她那双美丽的眼睛画得惟妙惟肖呢？"

"眼神确实不容易画出来，但是眼睛的颜色、形状，还有她的睫毛，也都妙不可言，这也许能画得出来。"

就在这时，他们看见赫斯特太太和伊丽莎白从另外一条路走过来。

"我不知道你们也打算出来散步。"宾里小姐说道，有点慌乱不安，唯恐刚才的话被她们听见了。

"你们也太可恨了，"赫斯特太太答道，"招呼都不打一声，就自己跑出去了。"说着她就挽起达西的另一只手臂，把伊丽莎白

丢在一边。

这条路只能容下三个人并排走。达西觉得她们太没礼貌了，马上说道："这条路太窄，容不下我们大家一块走。我们还是到那边的大路上去吧。"

伊丽莎白本来就不想跟他们待在一起，便笑着回答道："不用不用，你们就待在这里吧！你们三个在一起真是一幅迷人的画面。要是加上第四个人，那画面就毁了。再见。"

说着，她笑嘻嘻地跑开了。她一边闲逛，一边想到这一两天内就可以回家，不由得加倍高兴起来。

11

珍的身体已经好得差不多了，当天晚上就想出去玩几个钟头。吃过晚饭，伊丽莎白就上楼到她姐姐的房间里，眼看着她穿戴整齐不会着凉，便陪她一起到客厅去。

宾里姐妹们对珍的到来表示欢迎，并纷纷表达自己很高兴看到她康复。在男士们没有进来之前的时间里，她们那么和蔼可亲，这是伊丽莎白从来没有见过的。她们非常健谈，描绘起宴会来有声有色，说起故事来风趣盎然，嘲笑起朋友来也是兴致勃勃。

可是男士们一进来，珍就不再是宾里姐妹关注的核心了。宾里小姐立刻就把眼睛转到达西身上去，想要跟他谈话。达西首先向珍问好，很有礼貌地祝贺她身体康复；赫斯脱先生也对她微微鞠了一躬，说是见到她"非常高兴"。但说到热情周到、情真意切，还是宾里先生的问候更胜一筹。他满心喜悦和关怀，用了半个小时的时间来把壁炉的火生得更旺些，生怕屋里的温度会让珍觉得冷。他再三要求珍移坐到火炉的另一边去，这样她就能离门远一点。随后，他自己也在她身旁坐下来，对其他人都不理不睬。伊丽莎白就坐在他们对面的角落，把这一切都看在眼里，感到非常高兴。

喝过茶以后，赫斯特先生提醒他的小姨子把牌桌摆好，宾里小姐却没有照办，因为她早就已经看出达西先生并不想打牌。过了一会儿，赫斯特先生公开提出要打牌，宾里小姐拒绝了他，肯定地对他说没有一个人想玩牌。赫斯特先生看到在场的人都对此默不做声，知道她确实说得不错，但是他实在又无事可做，便只好躺在沙发上打瞌睡。

宾里小姐见达西拿起一本书来读，就赶紧依样画葫芦，也拿起一本书来看。赫斯特太太玩弄着自己的手镯和戒指，偶而也在她弟弟跟珍的对话中插上几句嘴。

宾里小姐的注意力一半用在看达西读书上，一半用在自己读书上。她不断地向他问句什么，或者是看看他读到哪一页。不过，不管她怎么费心，达西始终都不怎么说话，基本上是她问一句他就答一句，然后便继续看自己的书。

宾里小姐试着去对她特意挑选的这本书产生兴趣，却很快就感到兴味索然了。她之所以要选这本书，不过也就是因为这是达西所读的书的第二册。她打了个呵欠，说道："这样度过一个夜晚真是太愉快啦！我认为没有什么能比得上读书的乐趣。除了读书，其它做什么事不是一上手就厌倦了？等我有了自己的房子，要是没有个很出色的书房，那我可会很难过的。"

没人搭理她，于是她又打了个呵欠，把书抛到一边去，把整个房间都扫视了一遍，希望能找出点什么东西让她消遣消遣。这时，她听到她哥哥跟珍提起要开一次舞会，就立刻转过头来对他说道："这么说，查尔斯，你是真的打算要在尼日斐花园开一次舞会了？我建议你再做这个决定之前，还是先征求一下在场各位的意见吧。这中间要是没有人觉得跳舞不是娱乐而是受罪的话，那我就肯定弄错啦！"

"如果你说的是达西，"她的哥哥大声说道，"那么，要是他高兴的话，可以在舞会开始之前就上床去睡觉。这件事情已经定下

来了，等尼古拉斯准备就绪，我就发请帖。"

"要是舞会能换换花样，"宾里小姐说，"我就更喜欢了。通常舞会上总是老掉牙的一套，实在沉闷得让人难以忍受。你要是能把舞会的安排由跳舞改为谈话，肯定要有意思得多。"

"可能会有意思得多吧，但是，卡罗琳，那还像什么舞会呢！"

宾里小姐没有回答，她站起来，在房间里走来走去。她的体态很优美，步履也很轻快，可惜她的猎物达西，仍然一心一意地埋头看书，丝毫没有注意他。她在失望之余，决定再做一次努力，于是她转过身来对伊丽莎白说道："伊丽莎白·班奈特小姐，我建议你也像我这样，在房间里走动走动吧。我可以保证，在坐了那么久之后，走动走动可以让你重新打起精神。"

伊丽莎白有点惊讶，但还是接受了她的建议。宾里小姐此举的真正目的达到了，达西先生果然抬起头来。达西也和伊丽莎白一样，看出宾里小姐是故意想引起注意，便不知不觉地合上了书。宾里小姐立刻邀请他加入他们，可是他谢绝了。他说据他推测，她们俩在屋子里走来走去无非有两个目的，要是他加入她们的行列，对她们任何一个目的都会有所妨碍。

"他是什么意思？"宾里小姐很想知道他说这话是什么意思，就问伊丽莎白懂不懂。

"完全不懂。"伊丽莎白回答道："不过可以肯定的是，他一定是在挪揄我们。最好的办法是根本不理睬他，让他失望一下。"

可惜宾里小姐从来都不忍心让达西失望，于是坚持要求他解释一下他所说的那两个目的。

"我不介意解释一下。"她话音一落，达西马上就接着说："你们一起在屋子里散步，要么是因为你们是知己，因此选择这个方式来谈谈各自的私事，消磨消磨时间；要么就是因为你们觉得自己散步的体态特别好看，所以要在屋子里走来走去。如果你们的目

的是前者，那么我的加入肯定会妨碍你们谈话；而如果你们的目的是第二个的话，那么我坐在壁炉旁边更可以好好欣赏你们。"

"哦，真可怕！"宾里小姐叫起来了："我从来没有听过这样恶毒的话。我们该怎么惩罚他？"

"要是你真的想惩罚他，那还不容易！"伊丽莎白说："我们每个人都有折磨和惩罚别人的办法，捉弄他，嘲笑他，什么都行。你们这么熟，你肯定知道该怎么对付他。"

"可是说实话，我真的不知道。不瞒你说，我们虽然很熟，但却一点也不知道该怎么对付他。去捉弄这样一个性格冷静和头脑清醒的人？不行，不行，我想他会反过来对付我们的。至于讥笑他，我们何必无缘无故地去嘲笑别人，结果反而让自己被嘲笑呢？让达西先生去自鸣得意吧。"

"原来达西先生不能让别人嘲笑！"伊丽莎白说道："这种优越的条件可真是少见，我可不希望一直都这样。要是这样的朋友多了，对我来说可是很大的损失。我特别喜欢嘲弄人。"

达西说道："宾里小姐太过奖了。如果一个人把开玩笑当做人生中的一等大事，那么，最聪明最优秀的人……不，是最聪明最优秀的行为，也会变得非常可笑。"

"那当然，"伊丽莎白回答道，"你说的这种人也有，不过我希望我不是其中之一。我希望我从来不会去笑话那些聪明和优秀的行为，但是愚蠢和荒唐，异想天开和前后矛盾，让我不得不去嘲弄。我承认，只要可以的话，我总是要嘲笑这些行为的。不过我想，我所说的那些可笑行为你正好没有。"

"谁都难免有缺点。不过，我一辈子都在研究应该如何避免在无知的嘲笑面前显现出过人的头脑这一缺点。"

"虚荣和傲慢就是这种缺点。"

"没错，虚荣确实是个缺点。但是傲慢……只要果真拥有过人的思想，即使傲慢也会傲慢地很有分寸。"

伊丽莎白转过头去，以免人家看到她发笑。

"我想，你对达西先生的盘问结束了吧，"宾里小姐说，"请问结果如何？"

"我完全相信达西先生没有任何缺点。他自己也毫不掩饰地承认了这一点。"

"不，"达西说，"我可没有这么自命不凡。我的缺点可不少，不过我相信这些缺点跟头脑没什么关系。至于我的脾气，我就不敢担保了，我知道我这个人一点也不能委曲求全，对别人一点也不能迁就。别人的愚蠢和过错，或者别人冒犯了我，我本来应该迅速抛到脑后的，可是就是忘不掉。我的情绪不是想赶走就可以像吹气一样一溜烟就不见的。我的脾气可以称得上是愤恨记仇，要是一旦对一个人失去了好感，那就永远也没有好感了。"

"这确实是个很大的毛病！"伊丽莎白说道："难以化解的愤恨记仇，的确是人格上的一大阴影。不过既然你自己对你的缺点已经认识得很清楚，我就不能再嘲笑你啦。你可以大放宽心。"

"我相信无论什么样的性格中都免不了有某种缺陷，一种天生的缺陷，即使受到的教育再好，也无法加以克服。"

"你的缺陷就是去憎恨所有的人。"

"而你的缺陷，"达西笑着回答，"就是故意去误解别人。"

宾里小姐见这场谈话中没有自己插嘴的余地，不由得深感厌烦，于是大声叫道："我们来听几首曲子吧！路易莎，你不介意我吵醒赫斯特先生吧？"

她的姐姐丝毫没有异议，于是宾里小姐便打开了钢琴盖子。达西并没有因此而感到不满，因为他仔细想了一想，觉得自己对伊丽莎白似乎过分关注了一些，这让他开始感到危险。

12

班奈特姐妹俩商量妥当之后，第二天早上，伊丽莎白就给她母亲写信，请她当天就派马车过来接她们。可是，班奈特太太精心盘算着，非要让她的女儿在尼日斐花园待到下星期二，这样一来珍就正好住满了一个礼拜。她可不乐意提前把她们接回家。她在回信中说，在下星期二之前，家里不可能弄得出马车来。她还在信后面补充几句，要是宾里一家挽留她们多住几天的话，她很愿意让她们在尼日斐花园继续待下去。

这封信让伊丽莎白很不满意，她就是不愿意再继续待下去，她不但不指望人家会挽留她们，反而还害怕人家以为她们赖在那里不肯走呢。下定决心以后，她便催促珍立刻去向宾里借马车。最后，她们商量妥当之后，就向主人提出，她们当天上午就要离开尼日斐花园，另外借马车的事顺便提了出来。

主人一家再三挽留她们，宾里小姐也假意关切，说希望她们至少待到明天再走。珍让被说服了，只好把行程再往后延迟一天。这么一来，宾里小姐又后悔自己挽留她们。她对伊丽莎白又嫉妒又讨厌，也顾不上对珍的感情了。

只有宾里先生才是真正地不开心。他反复地劝说珍，说她身体还没有完全康复，明天就赶路对她来说很不妥当。可是珍认为自己无论如何明天都应该离开了，因此便坚持要走。

达西倒觉得这是个不错的消息，因为他认为伊丽莎白在尼日斐花园待的时间已经够长了。尽管他不希望如此，但是她确实很吸引他，再说宾里小姐对她很不客气，而且又加倍地拿自己开玩笑，因此他认为她不应该继续待下去。他做出了一个自认为聪明的决定，觉得自己要特别当心，目前绝不能露出一点点爱慕她的蛛丝马迹，免得她知道了以后，就会来操纵他的终身幸福。他意识到，如果她果真已经有了这种想法，那他的态度就相当重要，要么进一步坚定

了她那种想法，要么就是让她完全摈弃了那种想法。

达西打定了主意，于是星期六一整天跟她说的话加起来不到十句。而且虽然当天有一次他跟她单独在一起待了半小时，他却依然专心地埋头看书，看也没看她一眼。

星期天早上做过晨祷以后，珍和伊丽莎白便向主人提出告辞，对方也几乎人人都乐意。宾里小姐对伊丽莎白忽然变得客气起来了，对珍一下子也变得亲热了。告别的时候，她说非常希望以后有机会在浪博恩或尼日斐花园跟她们再见面，而后又深情万分地拥抱了珍，甚至还跟伊丽莎白握了握手。

伊丽莎白愉快地离开了这里，但她的母亲却并不怎么欢迎她们回来。班奈特太太没想到她们竟然会提前回来，埋怨她们不该给家里招来那么多麻烦，又断言珍八成要感冒了。倒是她们的父亲，见到两个女儿回来，虽然表面上淡淡的没表现出多大的高兴，心里却是真心感到欣慰。他体会到这两个女儿在家里的重要性，晚上一家子聚在一起聊天的时候，要是珍和伊丽莎白不在场，那么谈话就毫无生气，而且也毫无意义。

她们玛莉跟以往一样，仍然在埋头声乐的学习和人性的研究。她又做了很多新的笔记，而且又有很多对陈规旧习的新见解要发表。和玛莉一样，凯瑟琳和莉迪亚也告诉了她们许多消息，但是性质却完全不同，说来说去无非就是民兵团自上星期三以来发生的新鲜事：最近几个军官跟她们的姨父一起吃过饭，一个士兵挨了鞭打，弗斯托上校确实快要结婚了，等等。

13

第二天吃早饭的时候，班奈特先生对他的太太说："亲爱的，你今天中午得准备一顿丰盛的午餐，因为我相信今天会有客人来拜访我们。"

"你指的是哪位客人呢，我的老爷？我不知道有谁会来，除非是夏绿蒂·卢卡斯碰巧会来看看我们。不过用我们的饭菜招待她也够好了，我不信她平时在家里也能吃得这么好。"

"我说的客人是位男士，而且是个生客。"

班奈特太太的眼睛亮了起来："一位男士又是一位生客！那肯定是宾里先生。怎么，珍，你半点风声也没透过啊，你这个狡猾的东西！宾里先生要来，我真是太高兴啦！可是，老天爷啊！运气真不好，今天连一条鱼也没有。莉迪亚，我的宝贝，快按按铃，我要马上对希尔交代一下。"

"要来的不是宾里先生，"班奈特先生说道："而是一位我这辈子还从来没有见过的人。"

这句话令在场的人都惊讶万分。班奈特先生很得意，因为他的太太和五个女儿都迫不及待地追问他。

拿她们的好奇心打趣了一阵以后，他解释道："大约一个月以前我收到了一封信，半个月以前我写了回信，因为我觉得这是件很微妙的事情，最好趁早留意。信是我的表侄柯林斯先生写来的。等我死了以后，我这位表侄只要高兴，就随时能把你们从这间房子里赶出去。"

"哦，天啊，"他的太太叫了起来，"你一提起这件事我就受不了，求求你别再跟我提那个让人讨厌的家伙！这真是世界上最没天理的事，自己的产业居然不能由自己的孩子来继承！我敢肯定，要是我是你，一定早就想出点什么办法来解决这事了。"

珍和伊丽莎白试图跟她解释继承权的问题。之前她们也尝试跟她解释过，但班奈特太太力理解力实在不足以使她明白这个问题。她不断地破口大骂，说所谓的继承权简直毫无道理，自己的产业不能由五个亲生女儿继承，却白白便宜一个不相干的人。

"这的确是一件不公道的事，"班奈特先生说，"而且没有什么能洗清柯林斯先生继承浪博恩产业的这桩罪过。不过，你要是听听他

在这封信里所说的话，说不定你会被他这番表白稍稍打动呢！"

"不，我相信我绝对不会。我认为他给你写信这种行为既野蛮又虚伪。我讨厌这种不诚恳的朋友。他为什么不像他爸爸那样跟你争吵不休呢？"

"对啊，真的，他怎么不跟我吵闹呢？看来他是做小辈的也有做小辈的顾虑吧。你们来听听这封信……"

"尊敬的先生：

你与先父之前存在的某些芥蒂，使我一直深感不安。自先父不幸辞世，我在悲痛之中，经常想起要弥补这个裂痕。但出于自身的顾虑，我又踌躇不前，因为先父生前与阁下结怨匪浅，而我却与阁下修好，这对先父而言未免有所不敬。——注意听啊，我的好太太！——不过，目前我对此事已经下定决心，因为我已在复活节那天受了圣职。承蒙勒维斯·德·包尔公爵的孀妻凯瑟琳·德·包尔夫人的恩惠，提拔我担任该教区的教士。此后我将尽心尽力，恭待夫人左右，并奉行英国教会的一切仪式。作为一个教士，我觉得我有责任尽我之力，让家家户户都和睦融洽。我自信阁下会重视我这一番心意，我将继承浪博恩产权一事，也请阁下无须存有芥蒂，接受我献上的这一枝橄榄枝。我对侵犯令媛利益深感不安，并为此承请阁下的宽恕。我保证将给予她们一切可能的补偿，不过此事容待以后详谈。如果你不反对我上门拜访，我将于十一月十八日星期一四点钟登门造访，也许会在府上打扰至下星期六。对此我并无不便之处，因为只要有另一个教士来主持这一天的礼拜等事宜，凯瑟琳夫人是绝不会反对我偶尔离开教堂的。最后，敬向尊夫人及令媛致候。

你的祝福者和朋友
威廉·柯林斯
十月十五日于威斯特汉附近肯德郡汉斯福村"

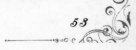

"四点钟的时候，这位带着橄榄枝的先生就要来啦！"班奈特说着，一边把信折好："照我看来，他还算是个有良心、有礼貌的小伙子。相信他一定能成为有意思的朋友，只要凯瑟琳夫人能够多开开恩，允许他以后再上我们这儿来。"

"他提到我们女儿的那几句话还有点意思。要是果真打算设法补偿她们，我可不忍心违背他的一片好意。"

"虽然猜不出他说的补偿我们究竟是什么意思，"吉英说，"但是他的一片好意确实也让人敬佩。"

伊丽莎白感到很不可思议，他竟然对凯瑟琳夫人尊敬得那么出奇，而且他居然那么好心，随时为自己教区里的居民洗礼、主持婚礼和丧礼。她说道："我看他一定是个怪人，真让人难以捉摸。他的文风好像有点夸张。他说因为继承了我们的产权而感到万分抱歉，这话是什么意思？就算他可以取消这事，我们也不相信他会那么做的。他是个有头脑的人吗，爸爸？"

"不，我的宝贝，我认为他不是，而且我相信他恰恰相反，因为他在信里的口气既谦卑又自大。我迫不及待想见见他！"

"就文笔来说，他的信好像没什么毛病。"玛莉说："橄榄枝这种说法并不新鲜，但我觉得用在这里来表达他的意思，倒是再合适不过了。"

对凯瑟琳和莉迪亚来说，不管是那封信还是写信的人，都没有半点让人感兴趣的地方，因为她们的表兄绝对不可能穿着"红制服"来的。而这几个星期以来，穿其他颜色衣服的人，她们都不感兴趣。

至于她们的母亲，原本的一腔怒火被柯林斯先生的信打消了不少，心平气和地等待他的到来。班奈特先生和女儿们对此都感到很意外。

柯林斯先生准时到达了，全家上下都非常客气地接待了他。班奈特先生话说得很少，倒是在场的女士们准备好好畅谈一番。柯林

斯似乎既不打算保持缄默，也不需要别人鼓励他多说话。他今年二十五岁，高高的个子，看起来有点胖。他的气质沉稳庄重，礼仪周全正式。他刚一坐下来，就恭维班奈特太太有这么一家子的好女儿，说对她们的美貌仰慕已久，现在才知道果然是名不虚传。他还说到，他相信不久就可以看到小姐们都结下美满良缘。

这些献殷勤的话在场没有几个人当做一回事，只有班奈特太太，句句都听在耳里，甜在心上。她干脆自己直截了当地回答道："我相信你是个好心肠的人，先生，我衷心希望你能履行你的诺言。否则，她们可就要穷困潦倒啦！这事实在是太莫名其妙啦！"

"您指的是产业继承权的问题吧？"

"唉，先生，就是这个问题。你得承认，这对我那些可怜的孩子们真是件非常不幸的事。当然，我并不是在怪你，我也知道，这些事情还不都是命吗！产业一旦要限定继承人，那就不知道会落到谁的手里去。"

"我非常理解，太太，这对表妹们来说确实很艰难。这个问题上我有很多意见，但我不敢冒失莽撞。不过我可以向年轻的小姐们保证，我来这里就是为了来表达我的敬慕。目前我也不打算多说，等我们处得更熟一点的时候也许……"

他说到这里就被打断，因为有人来请他们吃饭了。几个姑娘彼此相视而笑，她们知道自己并不是柯林斯先生唯一倾慕的对象，客厅、饭厅、屋子里所有的家具，都被他上上下下地打量和称赞了一番。这些称赞本该正好说到班奈特太太心坎里，让她得意万分的，可是她也猜到他是把这些东西都看做他未来的财产，因此又感到火冒三丈。就连一顿午饭也成了赞不绝口的对象，他请求让他知道，到底是哪位表妹能烧得这一手好菜。这话正好让班奈特太太发泄她的怒气，于是她毫不客气地跟他说，家里还雇得起一个像样的厨子，根本用不到女儿们去过问厨房里的事。柯林斯请求她原谅自己的冒昧让她感到不愉快，班奈特太太随即也语气温和地答道，这也

算不上什么冒犯。可是他却滔滔不绝地道歉了整整一刻钟。

14

　　吃饭的时候，班奈特先生几乎没怎么说话，可是等佣人们都走开以后，他认为现在该是和这位客人好好谈谈的时候了。他选择了凯瑟琳夫人作为他的开场白，因为他猜想这个话题肯定会让柯林斯眉开颜笑。于是，他便说能遇到这样一位夫人真是太幸运了，而且凯瑟琳·德·包尔夫人对他的愿望这么倍加关注，又这么体贴周到地把他照顾得舒舒服服，真是十分难得。

　　这个话题实在是选得太好了，柯林斯先生果然对那位夫人赞不绝口。一谈到这个问题，他本身的那种严肃的态度就更加庄严肃穆了。他非常自负地说，他这辈子从来没有见过其他有如此身份地位的人，能够像凯瑟琳夫人那样和蔼可亲、平易近人。他很荣幸曾在夫人面前讲过两次道，夫人也对此赞赏有加。夫人还曾经邀请他到罗新斯去吃过两次饭，上星期六晚上还请他到府上去打过"夸锥"（一种四人牌戏）。据他所知，很多人都认为凯瑟琳夫人为人高傲，但他丝毫没有这么觉得，只感到她亲切有加。在平时跟他谈话的时候，她把他当做一位绅士来对待。她丝毫不反对他和周围邻居们交往，也不反对他偶尔离开教区一两个星期去看望亲戚朋友。她甚至亲自操心他的婚事，建议他尽早结婚，但是一定要谨慎选择对象。她还光临过一次他的寒舍，对他之前在房子里做的一切修整都表示赞许，甚至亲自给予指示，要他在楼上的壁橱上多添置几层隔板。

　　"相信这一切都很得体，而且也很彬彬有礼。"班奈特太太说："我敢肯定她一定是位和蔼可亲的女士。只可惜一般贵夫人们都不像她这样。她住的地方离你近吗，先生？"

　　"寒舍的后院跟夫人下榻的罗新斯花园，仅仅一条小路相

隔。"

"我记得你说她是个寡妇，先生？她还有其他的家属吗？"

"她只有一个女儿，将来也是罗新斯以及一笔巨额财产的继承人。"

"哎，"班奈特太太叹了一声，一边摇了摇头："那她可比很多姑娘都要幸运得多啦！她是位什么样的小姐？长得漂亮吗？"

"她是位非常迷人的姑娘。凯瑟琳夫人自己也说过，要说真正的漂亮，德·包尔小姐比其他任何姑娘都要美貌得多，一看她的容貌就知道她是名门之后。可惜的是，她身体不大好，不能学习什么才艺，不然的话她就更加出色了……这话是她的女教师告诉我的，那位教师现在还跟她们母女俩住在一起……她真是和蔼可亲，经常乘着她那辆小马车屈尊光临寒舍。"

"她进过宫吗？在宫中的女士当中，我好像没有听过她的名字。"

"她的身体状况不允许她去，正如我有一天跟凯瑟琳夫人所说的那样，这实在是英国宫廷的一大损失，看起来夫人对我这种说法很满意。你们可以想象得到，在任何场合下，我都乐意说几句让太太小姐们听了会高兴的恭维话。我不止一次地跟凯瑟琳夫人说过，她那可爱至极的女儿是一位天生的公爵夫人，不管她将来嫁给多么地位显赫的贵人，都是对方高攀了小姐。夫人听到这些话别提有多高兴了，我认为自己在这方面应该多下点工夫。"

"你说的没错。"班奈特先生说："你具有这种能够很巧妙地恭维别人的才能，是一件值得高兴的事。我是否可以请教你一下，你这些讨人喜欢的奉承话，是临时想出来的呢，还是早就考虑好的呢？"

"大部分都是急中生智临场发挥的，不过有时候闲着没事我也会排练几句巧妙的恭维话，一般的场合都能用得上，而且在说的时候我尽可能说得自然，不露痕迹。"

　　班奈特先生的猜测完全正确，他这位表侄的确和他想象的一样荒唐。他津津有味地听着，表面上却装作若无其事。除了偶尔朝伊丽莎白看一眼之外，他不需要别人来分享他的这份快乐。

　　吃下午茶的时间到了，班奈特先生也打趣够了，高高兴兴地把客人带到了客厅里。喝完茶，他又高高兴兴地邀请客人朗诵点什么给他太太小姐们听，柯林斯先生立刻答应了。于是，她们就拿了一本书给他，可是一看到那本书，他就吃惊地连连后退（因为那本书一看就是从公众图书馆借来的），并求她们原谅他从来不读小说。听了他的话，凯蒂对他瞪大了眼睛，莉迪亚叫起来了。她们又另外拿了几本书来，经过慎重地考虑之后，他选了一本弗迪斯的《讲道集》。他一摊开那本书，莉迪亚就倒吸了一口冷气。他沉闷无味而又一本正经地读了两三页，莉迪亚就打断了他："妈妈，你知不知道菲利普姨父说他要解雇理查德？要是他真的解雇他的话，弗斯托上校就要雇他。这是星期六那天姨妈亲自告诉我的。我打算明天去梅列敦打听情况，顺便再问问丹尼先生什么时候从城里回来。"

　　珍和伊丽莎白都吩咐莉迪亚住嘴。柯林斯先生非常生气，他放下书说道："我经常见到年轻的小姐们对正经书不感兴趣，可是这些书恰恰对她们大有裨益。坦白地说，对此我感到很吃惊，因为对她们而言，没有什么比圣训更能让人受益匪浅的了。不过我也不愿意勉强我年轻的表妹。"

　　说完他就转过身，要求班奈特先生陪他玩"百加梦"（一种掷骰子的游戏）。班奈特先生答应了，并说这是个很聪明的办法，还是让这些女孩子们自己去搞她们那些小玩意儿吧。

　　班奈特太太和小姐们都客客气气地跟他道歉，请他原谅莉迪亚打断了他的朗诵，并且保证他要是继续读下去的话，绝不会再发生同样的事情。柯林斯先生解释说，他毫无责怪表妹的意思，也不会对她耿耿于怀。然后，他就跟班奈特先生坐到另一张桌子上去，准备玩"百加梦"。

15

柯林斯先生并不是什么有头脑的人，他虽然受过教育，在社会上也有些历练，但先天的缺陷却没有得到多大的弥补。他的大半生，都是在他那既没文化又视财如命的父亲教导下度过的。虽然名义上他也读过大学，但实际也只不过是白白在那住了几个学期而已，连一个有用的朋友也没结交到。在父亲严厉的管教之下，他本来为人相当谦逊，但是由于他天生是个蠢材，现在生活又过的悠哉自在，再加上年纪轻轻就发了意外之财，因此骄傲自大的心理就渐渐滋长起来。当时汉斯福教区正好有个空缺的牧师职位，他机缘巧合地得到了凯瑟琳·德·包尔夫人的提拔。一方面，他看到夫人地位颇高，就非常尊敬和崇拜她，而另一方面，他又因自己当上了教士而自命不凡，觉得自己好歹也有点权力。这样一来，他就形成了骄傲自大和谦卑顺从的双重性格。

他现在拥有了一幢相当不错的房子，而且收入相当可观，因此就有了结婚的念头。他这次前来和浪博恩这家人讲和修好的目的，就是为了在班奈特府上找个太太。他打定主意，如果府上的几位千金真像传闻中那么美丽可爱，他就一定要在中间挑选一个。这就是他所谓的补偿计划、赎罪计划。他自己对这个计划相当得意，认为既妥善得体，又公正慷慨。

见到几位小姐之后，他觉得自己这趟总算是没白来。珍那张可爱的脸蛋，使他拿了主意要照原计划进行，而且他更加确定了他那长幼有序的迂腐想法。头一个晚上，他就选中了她，但是第二天早上，在和班奈特太太亲热地交谈了一刻钟之后，他又改变主意了。

他先谈了谈他那幢牧师住宅，然后自然而然地提到，说是希望能在浪博恩给房子找位女主人，而且就要在她的女儿中挑选一位。他在说这话的时候，班奈特太太一直亲切地微笑着鼓励他，不过当

他谈到他已经选定了珍的时候，她提醒他注意："要是我那几个小女儿，我都没有什么意见——当然我也不能一口答应——不过我还知道她们都还没有对象。但至于我的大女儿，我有责任提醒你一下，她可能很快就要订婚了。"

柯林斯先生只好不提珍，而改选伊丽莎白。他在班奈特太太提醒的一刹那就做出这个决定。无论是年龄、美貌，伊丽莎白都只比珍差一点点，因此毫无疑问第二个人选就是她了。

得到这个暗示之后，班奈特太太如获至宝，相信自己很快就可以嫁出两个女儿。这个昨天她连提都不愿意提到的人，现在却成了她无比重视的贵客。

莉迪亚要去梅列敦走走的念头到现在还没有打消。除了玛莉之外，她的姐姐们都愿意跟她一起去。应班奈特先生的要求，柯林斯先生也要跟她们一起去。因为自早上吃过饭以后，柯林斯就跟着班奈特先生到他的书房来，一直待着不肯离开，说是来看班府的那本大型对开本收藏，事实上却不停地大谈他自己在汉斯福的房子和花园，使班奈特先生不胜其扰。他平时待在书房里就是为了图个清静，就像他曾经跟伊丽莎白说的那样，他愿意在其它任何一间房间里接见那些愚蠢至极、骄傲自大的家伙，但书房可就是个例外了。因此，他非常客气地要求他也跟着小姐们一起到梅列敦去，而柯林斯先生确实更适合做一个步行家，而不是一个读书人，于是他就高高兴兴地合上那本大型的对开书，跟着表妹们一起出发了。

柯林斯一路废话连篇，表妹们只得客客气气地附和敷衍。很快，他们就到了梅列敦。一到那里，两位年纪较小的表妹就再也不理会他，她们的眼睛不断地在街边瞄来瞄去，看看有没有军官出现。此外还能吸引她们注意的，就只有商店橱窗里的漂亮女帽，或者最新式的花布了。

可是没过一会儿，小姐们的注意力就被一位年轻人吸引住了。那位年轻人她们从来没见过，有着一副地道的绅士气派，正和一位

军官在街道那边散步。那位军官就是莉迪亚昨天提到要打听他是否从伦敦回来了的丹尼先生。看到班奈特府的小姐们从对面走过，丹尼先生向她们鞠了一躬。

大家都为他身边那位陌生人的翩翩风度而震惊不已，纷纷猜测他到底是谁。凯蒂和莉迪亚决定想办法打听清楚，便借口要到对面铺子里去买点东西，带头走到街那边去了。她们刚一走上人行道，两位男士正巧转过身来，也走到她们站着的地方。丹尼先生立刻跟她们打招呼，并请求她们同意自己将朋友韦翰先生介绍给她们认识。他告诉她们，韦翰是昨天跟他一起从城里回来的，而且已经被任命为他们团里的军官。这真是太合适了，因为韦翰这位青年，只要穿上一身军装，便会十全十美、魅力无穷。他的容貌确实很讨人喜欢，五官英俊、身材矫健，谈吐得体，没有一处不让人着迷。一经介绍之后，他就愉快而恳切地和小姐们交谈起来，言谈举止显得正派而有分寸。

正当一伙人谈兴正浓的时候，一阵马蹄声打断了他们的谈话。他们循声望去，只见达西和宾里骑着马从那边过来。这两位先生从人堆里看见这几位小姐，就毫不犹豫地来到她们面前，照常寒暄一番。说话的主要是宾里，而他大部分的话都是对珍说的。他告诉她说，他正打算到浪博恩去拜访她。达西向她们鞠了个躬，同时证明了宾里说的是实话。他正打算把目光从伊丽莎白身上移开，这时他突然看到了那个陌生人韦翰先生。

两人的目光一相碰，不由得都大惊失色。双方的脸色都大变，一个面色惨白，一个满脸通红。待了好一阵，韦翰先生才按了按帽子向对方行礼，达西也勉强回了一下礼。伊丽莎白恰好看到这个一幕，感到非常奇怪。这是什么意思呢？她怎么也想不出个所以然来，又不知道应该如何去打听个究竟。

宾里先生显然不像伊丽莎白那么细心，他似乎什么也没有注意到。过了一会儿，他就和他的朋友跟大家告别，骑上马走了。

丹尼先生和韦翰先生陪着几位年轻的小姐，走到菲利普家的大门前。莉迪亚非要让他们进去坐坐，菲利普太太也打开了窗户大声帮着她邀请，他们却礼貌地谢绝，鞠了一躬便离去了。

菲利普太太一向都乐意见到她的侄女们，尤其是两个大侄女，由于最近很少见到，因此她格外欢迎她们。她热切地说，看到她们突然回家，感到非常惊讶，因为家里并没有派马车去接她们。要不是碰巧在街上遇到钟斯医生铺子里的伙计，告诉她说已经不再送药到尼日斐花园，说是班奈特小姐们已经回家去了，她到现在都还被蒙在鼓里呢！

正说着，珍向她介绍了柯林斯先生，因此她只好对这位客人寒暄几句，客气地表示非常欢迎他的到来。对方也加倍客气地向她道歉，说是素昧平生，自己不该冒失前来打扰，又说幸好自己与介绍他的那几位年轻小姐毕竟有点亲戚关系，想必夫人一定会因此而原谅他的冒昧。菲利普太太从未见过客气得如此过火的人，因此不免有些吃惊，便上上下下地打量起这位生客来。不过，她的思绪很快就被两位小侄女对另一位陌生人的惊叹和询问打断了，只得告诉她们一些已知的消息。她说韦翰先生是丹尼从伦敦带回来的，将要在某某郡担任中尉；又说刚刚过去的整整一个小时，她都看到他在街上走来走去。

凯蒂和莉迪亚听说后便继续到窗前张望，希望能再看到韦翰先生。可惜，这时韦翰先生没有再出现，只有几位军官从窗前走过。而这些军官们和韦翰先生一比较，都变成一些"愚蠢而让人讨厌的家伙"了。

她们的姨妈告诉她们，有几个军官明天要来家里吃饭。她答应她们，要是她们一家明天晚上能从浪博恩赶来这里的话，那她就让丈夫去拜访韦翰先生，把他也邀请过来。大家都同意了。

菲利普太太还说，明天他们一定要热热闹闹地玩一番，玩玩抓彩票的游戏，然后再好好吃顿晚饭。一想到明天那愉快的场面，大

家就兴奋不已，因此告别的时候也格外高兴。柯林斯先生一边告辞，一边又再三重复为打扰主人而道歉，听到对方也客客气气地说不必介意，他才放下心来。

在回家的路上，伊丽莎白把自己看到的韦翰和达西之间的那幕情景告诉了珍。珍很想为他们两人辩护，澄清他们之间的误会，只可惜她跟她妹妹一样，对这件事完全摸不着头绪。

回到浪博恩之后，柯林斯先生大大地称赞了菲利普太太的殷勤好客，把班奈特太太说得飘飘然。他说，除了凯瑟琳夫人母女之外，他生平还从来没有见过比菲利普太太更优雅的女人，不仅对他礼貌殷勤，还指明要邀请他明天一起去吃饭。他说这肯定得益于他和她们的亲戚关系，但是这么殷勤周到的事，他这辈子还是第一次遇到呢！

16

班奈特太太不但不反对女儿们跟她们姨妈的约会，而且还热切地希望她们去。反倒是柯林斯先生觉得，自己来人家家里做客，却把主人夫妇整晚丢在家里，难免有点过意不去。不过，班奈特先生和太太都叫他千万不要把这点小事放在心上，于是，他和他的五个表妹便一起乘着马车，准时到了梅列敦。

小姐们一走进客厅，就听说韦翰先生接受了她们姨父的邀请，一会儿就要大驾光临。听到这个消息，小姐们不由得满心欢喜。大家都在客厅里坐了下来。柯林斯先生悠然自得地四处打量，屋子的大小和陈设让他赞叹不已，说自己好像走进了凯瑟琳夫人的罗新斯豪宅里的那间小饭厅。主人刚开始对这个比喻不怎么高兴，但当菲利普太太弄明白罗新斯是个什么样的地方、它的主人是谁，又听他说起凯瑟琳夫人的客厅里，光是一只壁炉架就要值八百英镑的时候，她这才觉得那个比喻实在太恭维她了。现在，就算把她的房子

比做罗新斯宅子里一个管家的房间，她也不会反对。

在讲述凯瑟琳夫人和她那富丽堂皇豪宅的时候，柯林斯不时地还要在中间穿插几句话，夸耀他自己的房子，说他的住宅也正在装修之中，等等。在男客们进来之前，他就一直这样自得其乐地侃侃而谈。菲利普太太很留心听着他的话，而且越听就越觉得他了不起，打定主意一有机会就把他的话到处广播。不过小姐们就不愿意听表兄的闲扯，她们觉得实在等得太久了，又没事可做，想弹弹琴也不行，就只好百般无聊地画一画壁炉架上那些瓷器。漫长的等待终于结束了，男士们终于进来了。

韦翰先生一走进来，伊丽莎白就觉得，他的确是一个非常出众的人，怪不得所有姑娘，包括她自己，都对他一见倾心。事实上，这个郡的军官们都是一批绅士派头十足的精英人物，参加这次宴会的更是精英中的精英，但是无论在人品、相貌、风度或地位上，他们都比韦翰先生要逊色得多。至于那位肥头大耳、满嘴酒气的菲利普姨父，就更是没法跟他相提并论了。

韦翰先生是当天最得意的男子，因为几乎每个女人的眼睛都瞄住他不放；而伊丽莎白是当天最得意的女子，因为韦翰最后在她的身旁坐了下来。他热情而得体地跟她攀谈，尽管谈的只是天气之类的闲话，但是他那和颜悦色、讨人喜欢的态度，让她感觉到即便最平凡、最无聊、最陈旧的话题，只要说话的人有技巧，一样可以说得有趣动听。

比起韦翰先生和军官们所得到的青睐，柯林斯先生简直显得无足轻重了。在小姐们的眼里，他实在算不上什么。幸亏好心的菲利普太太不时地听着他吹吹牛，并且十分细心地给他倒咖啡，又拿松饼给他吃。

牌桌摆好以后，柯林斯总算有机会报答菲利普太太的好心，坐下来和她一起玩"惠斯脱"（一种四人牌戏）。他说："我玩这个可不在行，不过我倒是很愿意切磋切磋，因为以我的身份来

说……"菲利普太太很感激他陪她玩牌，不过可不愿意听他说什么身份地位的。

韦翰先生没有玩"惠斯脱"，小姐们邀请他到另一张桌子上去玩牌，坐在伊丽莎白和莉迪亚当中。刚开始的时候情况不太妙，因为莉迪亚非常健谈，说起话来就没完没了，大有要独占韦翰之势。幸好她对摸奖券的游戏也同样感兴趣，一股劲儿地下注，得奖之后欢天喜地，就转移开对韦翰的注意力了。

韦翰先生一面跟大家玩着游戏，一面从容地跟伊丽莎白说话。伊丽莎白很乐意跟他交谈，也很想把他和达西过去的关系了解清楚，但是她担心他不一定愿意讲这事，因此提也没敢提达西一下。不过，她的好奇心终究还是得到了满足，因为韦翰竟然自己把话题扯到那个问题上去。

韦翰先生问尼日斐花园距离梅列敦有多远。她回答了以后，他略微有点犹豫地问起达西先生已经到那多久了。

"大概一个月吧。" 伊丽莎白答道。她不想就这样把这个话题一笔带过，于是就接着说："据我所知，他是德比郡一个大财主。"

"没错，"韦翰回答道，"他在那儿的财产很可观，每年大概有一万镑的净收入。关于这方面，你再也遇不到一个比我的消息还要确切的人了，因为我从小就和他家里有着特别的关系。"

伊丽莎白不禁显出惊讶的神气。

"你昨天或许看到了我们见面时那种冷冰冰的态度了吧？难怪你听了我的话会觉得诧异。班奈特小姐，你和达西先生很熟吗？"

"我还不愿意跟他这么熟呢，"伊丽莎白气恼地说，"我和他在一起待了四天，他可不是个讨人喜欢的人。"

韦翰说："我没有权利去评价他究竟是否讨人喜欢，没有资格对一个人下结论。我认识他太久，跟他也处得太熟，不可能做到大公无私，很难得到公正的意见。不过我相信，你对他的评价会令许

多人都感到吃惊的，或许你在别的地方措辞就不会这么激烈吧。这儿毕竟都是自己人。"

"除了尼日斐花园，在任何人家里我都会这么说。哈福德郡根本就没有人喜欢他，人人都看不惯他那副目中无人的模样。你绝不会从别人那里听到一句赞美他的话。"

短暂的沉默之后，韦翰说道："不管怎样，他也好，别人也好，都不应该受到言过其实的诋毁。不过这种情况倒是不容易在他身上发生，他的有钱有势蒙蔽了人们的耳目，他那骄傲自大和盛气凌人的架势又把人们给震摄住了，只能顺着他的心意去看待他。"

"虽然我跟他并不熟，但是在我看来，他是个脾气很坏的人。"伊丽莎白说道。

韦翰听了只是摇头。轮到他说话的时候，他说："我不知道他是不是打算在这个村庄里多住一段时间。"

"我也不清楚，不过我在尼日斐花园的时候，没有听他说过要走。你既然打算在这里工作，我希望你不要因为他在附近就影响了你原本的计划。"

"啊，不会，我不会让达西先生把我赶走的。如果他不想见到我，那他就自己走好了。虽然我和他之间没有交情了，每次见到他我都很难受，不过我没有理由要避开他。我只是要让大家都知道，以前他是怎么对待我的，他的为人是怎样地让我痛心。班奈特小姐，你知道吗，他那位去世的父亲，是我遇见过最好的人，也是我最真挚的朋友。每次我跟达西先生在一起的时候，我的心里就充满了千丝万缕的回忆，让我的内心备受煎熬。他对待我的行为实在是太恶劣，不过我发誓，这一切我都可以原谅，只是不能容忍他辜负了他父亲的期望，让他的父亲蒙羞。"

伊丽莎白对这件事的兴趣越来越浓厚，专心地听着韦翰的话。不过她也知道这件事情很微妙，不便进一步追根究底。

韦翰先生又谈了一些其它的事情，像是梅列敦、邻里关系和社

交之类的事。他对他到目前为止见到的一切都赞赏不已，尤其是谈到社交问题的时候，他的谈吐更加温和殷勤："这儿社交圈子不错，人也特别好，这是我喜欢这个郡的主要原因。我知道这支部队很有声望，也很受到大家的喜爱，加上我的朋友丹尼极力劝我到这里来，说他们的营房有多好，梅列敦的人对他们多么殷勤，他们在梅列敦结交了多少朋友，等等。我得承认，社交生活对我来说是必不可少的，因为我是个失意的人，受不了孤独和寂寞，一定得有事业和社交生活。这种军事生活本来不是我的本意，不过由于环境所迫，也没有办法。我本来是要做牧师的，家里也希望我能成为一位牧师。只可惜，我没能博得我们刚刚谈到的这位先生的欢心，不然我现在就有一份很可观的牧师俸禄。"

"真的吗？"

"可不是吗！老达西先生在遗嘱上说得很清楚，只要牧师的职位一有空缺，就马上让我接任。他是我的教父，对我非常好，我简直没有办法形容他的好心。他尽力想让我衣食丰裕，过上美满的生活，而且他自己认为他已经做到这一点了。但是，等到牧师职位真有了空缺的时候，却又落到别人的名下去了。"

"天哪！"伊丽莎白叫道，"竟然会有这样的事！怎么能不依照他的遗嘱办事？按法律规定，你可以申诉，你为什么不申诉呢？"

"遗嘱上有关遗产的地方措辞很含混，我不见得能够申诉成功。按理说，一个上等人是绝对不会怀疑先父的意图，但是达西先生却偏偏要怀疑。要不然就是他认为遗嘱上说明的是，在符合某些条件的情况下，才能让我接受那个职位，因此硬要说我奢侈，说我荒唐，要取消我一切的权利。总而言之，不说也罢，一说起来，什么话到了他的嘴里，都不是什么好话了。那个牧师位置其实在两年前就空出来了，那个时候我刚好够年龄就任那个职位，但是他却把这个位置给了另一个人。我实在不明白，自己到底犯了什么过错，

非得要我丢掉那份俸禄不可，只不过我这人性子急躁，心直口快，有时候难免在别人面前说几句不顺他心意的话，甚至还当面顶撞过他。他可能因此就怀恨在心吧。"

"这简直太没道理！应该把这事公开，让他好好地丢一下脸。"

"迟早总会有人来让他丢脸的，不过我希望这个人不是我。只要我没有对他的父亲忘恩负义，我就绝不会揭发他的那些行径，也不会去跟他做对的。"

他的话让伊丽莎白十分钦佩，而且她觉得，当他说完这句话之后，显得更加英俊迷人了。

顿了一顿，她又说道："可是他究竟是何居心？为什么他一定要这么做呢？"

"他这么做无非是由于怨恨我。在我看来，他这种怨恨是出于某种程度上的嫉妒。要是老达西先生不对我这么好的话，我相信他的儿子自然也不会对我这么差。就是因为他的父亲太疼爱我了，使他从小就感到气恼和嫉妒。他是个肚量狭窄的人，不能容忍我跟他竞争，也不能容忍我比他强。"

"想不到达西先生居然是这种人！虽然我以前对他没什么好感，但是也还不至于反感。我原本只以为他目中无人，没想到他竟然卑鄙到这样的地步，竟然怀着这样恶毒的报复心，这么不讲理，这么无情！"

她想了一下，接着说："我想起来了，有一回在尼日斐花园的时候，他还自鸣得意地说，他生性就爱记仇，跟人家结下了怨恨就难以消解。他的性格一定很让人讨厌。"

"在这个问题上，我的意见不一定靠得住，因为说实话，我对他难免抱有成见。"韦翰答道。

伊丽莎白思索了一会儿，然后大声地说道："你是他父亲的教子、朋友，也是他父亲器重的人，他怎么能够这么对待你！"她情

绪激动，差点把下面的话也脱口而出："他怎么能这么对待像你这样可爱的青年，光是看看你的一副脸蛋，就一定会让人喜爱万分。"不过，话到嘴边，她还是改口了："何况你们从小就一起长大，就像你所说的那样，关系那么密切！"

韦翰说道："我们是在同一个教区、同一个花园里长大的。少年时期，我们大部分时间是一起度过的，在同一幢房子里居住，一同游戏玩耍，并且都受到老达西先生的疼爱。我父亲所干的行业，和你姨爹菲利普先生一样，因为先父在这方面颇有成绩，让老达西先生受益匪浅，因此在先父临终的时候，老达西先生自动提出要负担我的一切生活费用。他这么做，一方面是出于对先父的感激，另一方面也是出于对我的疼爱。"

"真让人费解！"伊丽莎白叫道，"我实在不明白，达西先生既然那么自尊自傲，又为什么要那么对待你！除非有什么特别的理由，要不然，他既然这么骄傲，就应该不屑于这样阴险。我一定得用上'阴险'这个词！"

"确实很令人费解。"韦翰回答道，"他的一切行为，归根究底都是出于傲慢，傲慢成了他最好的伙伴。就像你刚才说得的那样，他既然这么傲慢，就应该最讲究道德。不过，人有时候总免不了自相矛盾，他在对我的态度上，就是冲动多于傲慢。"

"他这种让人憎恨讨厌的傲慢，对他自己又有什么好处呢？"

"怎么会没有好处！他的傲慢，让他做人慷慨豪爽——花钱大方、待人殷勤、资助佃户、救济穷人。他之所以会做这些事情，都是因为门第的高贵荣耀和祖辈们的显赫名声让他感到无比自豪，让他觉得自己不能辱没家族的声望，违背先辈们的期望。哥哥的身份也让他骄傲，这种骄傲再加上一些手足之情，使他成为妹妹亲切而细心的保护人。你经常都会听到大家一致称赞他是位最体贴入微的好哥哥。"

"达西小姐为人如何呢？"

韦翰摇摇头，回答道："我倒是希望自己能够说她一声可爱。因为只要是达西家里的人，我都不忍心说他们一句坏话。可是，她的确太像她哥哥了，一样地傲慢无礼。她小时候倒是很可爱，很讨人喜欢，而且她特别喜欢我，常常要我陪她接连玩上几个钟头。可是，现在她可不把我放在眼里了。她现在大约十五六岁，是个漂亮姑娘，而且据我所知，她也很有才干。她父亲去世以后，她就一直住在伦敦，跟一位教她读书的太太住在一起。"

他们接着又谈论了很多别的事情。过了一会儿，伊丽莎白又把话题扯了回来，说道："我还是不明白，像他那样一个人，怎么会和宾里先生成为知己呢！宾里先生性情那么讨人喜爱，为人也那么和蔼可亲，怎么会跟这样一个人交起朋友来？他们怎么能够相处呢？对了，你认识宾里先生吗？"

"不认识。"

"他的确是位和蔼可亲的先生。我想他肯定不清楚达西究竟是怎样的一个人。"

"可能是不清楚。不过达西先生要是想讨人喜欢，自然是有办法的。他的手段可是高明得很，只要他认为这个人值得攀谈，就会谈笑风生。在那些地位跟他相等的人面前，和那些比不上他的人面前，他的表现完全是两个人。平常他处处傲慢，可是一跟有钱有地位的人在一起，看在人家的身价地位份儿上，他就会表现得大大方方、诚实公道、通情达理，也许还会和蔼可亲呢。"

那边的"惠斯脱"牌打完了，玩牌的人都围到这边这张桌子来。柯林斯先生站在伊丽莎白和菲利普太太当中。菲利普太太问他有没有赢钱，听到他完全输了的时候，她为他表示惋惜。柯林斯先生郑重其事地安慰她，请她不要把这点小事放在心上，不必因此而觉得心里不安，因为他根本不在乎那点钱。他说："太太，我很明白，只要一上牌桌，一切就得靠运气了。不过还好，我并没有把那五个先令当回事。当然，不是每个人都能像我这样，我也是多亏凯

瑟琳·德·包尔夫人的提拔，才不必为这点小数目心痛。"

这话引起了韦翰的注意。他朝柯林斯先生看了几眼，低声问伊丽莎白，她这位表哥是不是同德·包尔家很熟。

伊丽莎白答道："凯瑟琳·德·包尔夫人最近给了他一个牧师的职位。我简直弄不明白那位夫人为什么会那么赏识他，不过我想，他们一定认识还不久。"

韦翰说道："恐怕你还不知道凯瑟琳·德·包尔夫人和安妮·达西夫人是姐妹吧。这位凯瑟琳夫人正是达西先生的姨妈呢。"

"我的确不知道。我从来没听说过有关凯瑟琳夫人亲戚的事情，就是她本人，我也是前天才第一次听说。"伊丽莎白道。

"她的女儿德·包尔小姐将来会继承一笔很丰厚的财产。大家都相信，她和她的姨表兄达西先生会把两份家产合并起来。"

伊丽莎白听了这话，不禁笑了起来。她想起了可怜的宾里小姐，如果达西真的已经有了钟情的对象，那么不管她怎么献殷勤也是枉费心机。她对达西妹妹的关怀和赞美，也全都白费了。

过了一会儿，伊丽莎白又说道："柯林斯先生一提起开凯瑟琳夫人母女俩，就赞不绝口。不过我不得不怀疑他对那位夫人的赞美有点言过其实，我看他是对她感激得不知所以了。虽然她是有恩于他，但看得出来，她仍然是个狂妄自大的女人。"

韦翰答道："你说得不错，这些毛病在她身上确实很严重。我很多年没见过她了，不过我自己一直都很讨厌她。虽然大家都说她通情达理，但是我觉得她这个人是既专横又无礼。我想，人家之所以称赞她，一方面是因为她有钱有势，另一方面是因为她盛气凌人，再加上她又有一个那么不可一世、难以高攀的姨侄。"

伊丽莎白觉得他分析得很有道理。两人都觉得彼此投缘，于是就继续畅谈下去，一直到吃晚饭的时候，别的小姐们才有机会跟韦翰搭讪。菲利普太太宴请的这些客人喧哗吵闹，让人根本不能好好

地谈话，但是好在韦翰也无须多言，只凭他的那温柔风趣的表情举止，也足以博得每个人的好感。

在回家的路上，伊丽莎白满脑子里想的都是韦翰，还有他跟她说过的那些话。但是她连提起韦翰名字的机会都没有，因为一路上莉迪亚和柯林斯先生几乎都没有住过嘴。莉迪亚不停地谈论抓彩票的事情，说她哪一次输了哪一次赢了。而柯林斯先生呢，不断地唠叨菲利普先生和太太的如何殷勤款待自己，又说自己对打"惠斯脱"输的那几个钱如何毫不在意。他还把晚餐的菜肴一道一道背了出来，并三番两次地道歉，说怕自己会挤到表妹们。他一开口就滔滔不绝，当马车在浪博恩的房子门口停下来的时候，他的话都还没有说完。

17

第二天，伊丽莎白把韦翰跟她说的那些话对珍和盘托出。珍非常惊讶，她不相信达西竟然是这样一个不值得宾里先生器重的人。但是像韦翰这样一个年轻而英俊的男子，她又实在难以对他的诚实产生怀疑，她甚至还为韦翰可能受到的那些不公正待遇起了怜悯之心。最后，她只能得出这样一个结论，认为达西和韦翰两位先生都是好人，两人之间一定是有着某种意外和误会，才会把一切事情都弄得难以解释。

珍说："我看他们两个肯定是受到了别人的蒙蔽，当然，我们不知道人家到底是如何蒙蔽他们的，也许是哪一个有关的人从中挑拨是非。总而言之，除非我们有确凿的证据，证明究竟谁是谁非，否则我们不能凭空猜测他们究竟是为什么才弄成这样的。"

"哦？要是这样的话，亲爱的珍，你是不是还得替这个挑拨是非的人也说几句好话呢？你也得替这种人辩白一下呀，否则我们就免不了要去责怪这个挑拨是非的人了。"

"随便你怎么取笑吧，反正我就是这样认为的。亲爱的丽兹，你想一想，既然达西先生的父亲生前那么疼爱这个人，而且明确答应要负担他的生活，要是达西先生本人这样亏待他的话，简直就太说不过去了。我觉得这是不可能的，一个人只要还有点起码的良心，只要尊重自己的人格，就肯定不会做出这种事来的。何况，他最要好的朋友会被他蒙蔽到这样的地步，这可能吗？根本是不可能的。"

"我还是坚持认为宾里先生的确是受了他的蒙蔽。我不相信韦翰先生昨天晚上跟我说的那些话是编造的。他把一个个的人名、一桩桩的事实，都说得有根有据，一点也不虚伪做作。你只要看看他说话的表情，就知道他没有撒谎。"

"这的确让人费解，而且也让人难过。唉，真不知道该怎么想才对。"

"我看除了你，恐怕别人都知道该怎么想。"

只有一件事情珍是十拿九稳的，那就是，如果宾里先生真的是受到了达西的欺骗，那么一旦真相大白，他一定会万分痛心。

珍和伊丽莎白在灌木丛里正谈得起劲，家里派了人来叫她们回去，说有客人来了。真是说曹操曹操就到，来的正是她们刚刚才谈论到的人。宾里先生和他的姐妹们特地前来邀请她们参加下星期二尼日斐花园举行的舞会。两位宾里小姐看到珍，表现得非常高兴。她们说自从跟珍分别之后时刻都记挂着她，又不断地问珍这段时间都在忙些什么。除了珍之外，她们几乎是毫不理睬班奈特府上其余的人，只是偶尔应付一下班奈特太太的纠缠，也没怎么跟伊丽莎白说话，对别的人就更是一句话也不说了。

没过一会儿，她们就提出要告辞了。只见她们迫不及待地从座位上站了起来，拔腿就走，急于避开班奈特太太那些唠唠叨叨的陈词滥调。

尼日斐花园要举行舞会的消息对班奈特府上的太太小姐们来

说，就如同一剂兴奋剂一样，让每个人都高兴到了极点。班奈特太太认为这次舞会是特意为了她的大女儿而举办的，而且宾里先生不发请帖而是亲自上门来邀请，更让她万分得意。珍一心想的是，到了开舞会那天晚上，可以和两个好朋友促膝谈心，还可以受到宾里先生的殷勤对待。伊丽莎白也很高兴，她想到自己到时候可以跟韦翰先生跳个够，还可以从达西身上把那件事情弄个水落石出。至于凯瑟琳和莉迪亚，虽然也跟伊丽莎白一样，想跟韦翰先生跳上大半个晚上，但是她们可绝不会把快乐寄托在一个人身上，因为舞会上能使她们跳得尽兴的舞伴决不只他一个人。就连玛莉也对大家说，她对这次舞会很有兴趣。

"只要每天上午的时间能够让我支配就行了，"玛莉说道，"偶尔参加舞会并不是浪费时间。我认为每个人都得有社交生活，谁也少不了娱乐和消遣。"

伊丽莎白兴奋过了头，禁不住主动问起她一向不愿意搭理的柯林斯先生，问他是否愿意跟她们一起到宾里先生那儿去做客，又问他觉得参加舞会是否合适。柯林斯先生的回答完全出乎伊丽莎白的意料，他不仅毫不犹豫地说他打算去尼日斐花园做客，而且对跳舞也丝毫没有忌讳，一点不担心大主教和凯瑟琳·德·包尔夫人的指责。

"说实话，"他说道，"像这样的舞会，主人是这么一个有口皆碑的青年，宾客们又都是些有头有脸的人，绝不会有什么不合适的理由让我拒绝参加。我不但不排斥跳舞，而且还希望当天晚上表妹们都赏赏脸。伊丽莎白小姐，我就趁这个机会请你陪我跳头两场舞。我相信珍表妹会认为我这么做有正当的理由，不会认为我不邀请她是对她的失礼！"

伊丽莎白本来一心打算跟韦翰跳开头几场舞的，没想到半路却杀出个柯林斯先生从中作梗。她后悔自己不该多嘴问他，感到十分扫兴。不过，既然事已至此，只好暂时先耽搁韦翰先生和她自己的

幸福了。于是，她和颜悦色地答应了柯林斯的请求，但一想到他对自己别有用心，心里就不舒服。她第一反应就是，觉得他肯定在几个姐妹中看上了自己，认为她配得上做汉斯福牧师家里的女主人。而且，要是罗新斯没有宾客的时候，打起牌来三缺一，她也可以凑个数。

　　很快，她就证实了自己的猜测是对的，因为她发现他对她越来越殷勤，不断地恭维她聪明伶俐。照理来说这件事情倒也能证明她的魅力，可是她根本无法引以为傲，反而感到非常反感。没多久，她的母亲自鸣得意地漏出风声，说他们俩有可能会结婚的。这话伊丽莎白只当做没有听见，也不跟母亲辩解。她很明白，自己一跟母亲争论就免不了要大吵一场，而柯林斯也未必会真的提出求婚，所以现在还没有必要为了他跟母亲争吵。

　　从这天开始雨就一直下个不停。要是没有舞会的事能拿来谈论谈论、准备准备，凯瑟琳和莉迪亚可就要无聊死了，因为在这样的天气里，她们没有办法到梅列敦去拜访她们的姨妈，也没有办法去看望军官、打听新闻，就连舞鞋上要用的玫瑰花都得让人去代买。伊丽莎白也对这种天气抱怨不已，因为要不是雨下个不停，她和韦翰先生的友谊也不会毫无进展。就这样，在对舞会的盼望中，小姐们熬过了星期五、星期六、星期日和星期一。

18

　　伊丽莎白原本以为一定能在舞会上见到韦翰，虽然韦翰告诉她的那些话有点令她担心，但是她的信心却并没有因此而动摇。她比平常更费心思地刻意打扮了一番，兴致勃勃地准备要完全征服他那颗还没被征服的心。她相信就在今晚的舞会上，一定能赢得他的心。

　　因此，伊丽莎白一走进尼日斐花园的客厅，就在一群"红制

服"中寻找韦翰的身影，找了好一会儿都没有找到。这时候，她才起了一种可怕的怀疑，难道宾里先生为了顾全达西的面子，在邀请军官们的时候故意不请韦翰？她正在猜测的时候，莉迪亚已经迫不及待地问韦翰的朋友丹尼先生韦翰为什么不来，于是丹尼就宣布了他缺席的原因，说韦翰前一天有事进城去了，还没有回来。说完，他又意味深长地微笑着补充道："我想他要不是为了要回避这儿的某位先生，绝不会这么凑巧偏偏在这时候缺席。"

这句话莉迪亚没有听见，但是伊丽莎白却听得很清楚。她由此断定，虽然韦翰缺席并不是因为宾里故意不邀请他，但是现在事实证明了达西依然是罪魁祸首。她觉得十分扫兴，于是就加倍地讨厌起达西来，以至于当达西走上前来向她问好的时候，她甚至都不能和颜悦色地对他。她认为对达西宽容和忍耐，就等于是对韦翰的伤害。她一句话也不跟他说，脸色阴沉地掉头就走，甚至在跟宾里先生说话的时候，她也不能心平气和，因为她非常不满他对达西的盲目偏爱。

不过伊丽莎白是天生的好性子，虽然她觉得整个晚上都黯然失色，还是很快就打起精神来了。她先是把一肚子的不满告诉了一星期没有见面的夏绿蒂·卢卡斯，过了一会儿又主动把她表兄那些荒谬的行为讲给她听，一边说一边还特地指给她看。

在跳头两场舞的时候，伊丽莎白又重新烦恼了起来，因为她不得不遵照自己的诺言，陪柯林斯先生跳这两场舞。这两场舞简直是活受罪，柯林斯先生又笨又呆，不断地弄错脚步，只知道一味地道歉，却不知道细心一些。伊丽莎白觉得跟这样一个让人讨厌的舞伴跳舞，实在是让她丢尽了脸。好不容易等到这两场舞跳完，她才如释重负。

接着，她跟一位军官跳，一边跳一边谈起韦翰的事。这位军官说韦翰不管在哪里都非常讨人喜欢，这话让伊丽莎白高兴了许多。跳过这几场舞之后，她就回到夏绿蒂·卢卡斯身边跟她说话。

这时候，达西先生突然过来叫她，出人意料地要请她跳舞。伊丽莎白虽然很惊讶，却不由自主地答应了他。一场舞跳完之后，达西便立刻走开，伊丽莎白后悔自己不该这么没主意。

夏绿蒂安慰她道："说不定你将来会觉得他很讨人喜欢呢。"

"绝对不可能！去喜欢一个自己决定去讨厌的人，那肯定是天底下最不幸的事了！你可别这么咒我！"

过了一会儿，达西又过来请伊丽莎白跳舞。夏绿蒂跟她咬了咬耳朵，提醒她不要为了韦翰而去得罪一个身价比他高上十倍的人。伊丽莎白没有回答，便跟着达西下了舞池。身旁的人们看到她跟达西跳舞，不禁露出了惊奇的目光，这倒是让伊丽莎白意想不到……他居然会有这样的体面！

他们跳了一会儿，一句话也没有交谈。伊丽莎白觉得他多半要一直沉默到底了，也打定主意不去打破这种沉默。但是后来，她又转念一想，觉得要让她的舞伴多受受罪，还是逼他说几句话更好。于是，她就说了几句跟跳舞有关的话。他回答了她的话，然后又是沉默。

过了几分钟，伊丽莎白又说道："达西先生，现在该轮到你谈谈啦。我谈了跳舞，你总得谈谈舞池的大小之类的问题吧。"

达西笑了笑说，她要他说什么他就说什么。

"好极了，这个回答也还过的去。过一会儿我说不定还会谈谈私人舞会比公共场所的舞会更好。不过现在，我们可以不必做声了。"

"这么说来，你跳舞的时候总是要说上点什么吗？"

"有时候要吧。你知道，一个人总要说些什么才好。要是待在一起连续半个钟头都一声不吭的话，好像有点别扭。不过对那些巴不得说话越少越好的人来说，为了照顾他们的情绪，还是少安排点谈话比较好吧。"

"那么在目前这样的情况下，你是在照顾你自己的情绪呢，还

是在照顾我的情绪？"

"一举两得，"伊丽莎白回答地很巧妙，"因为我始终觉得我们的想法很相似，我们的性格跟人家都不怎么合得来，也不愿意多说话，除非偶尔想说两句一鸣惊人的话，能够当做格言流传给子孙后代。"

达西说："我觉得你的性格并不是这样，至于我的性格是否接近于你说的那样，我也不敢确定。你肯定觉得你自己形容得非常恰当吧？"

"恰不恰当不是由我说了算。"

他没有回答，于是他们两人又陷入了沉默当中。等到又下舞池去跳舞的时候，他才又开口问她是不经常和姐妹们到梅列敦去。她回答说是经常去。说到这里，她忍不住接着说道："那天，你在那儿碰到我们的时候，我们正在结交一个新朋友呢。"

这句话的效果真是立竿见影，他的脸上迅速笼罩了一层傲慢的阴影，但他一句话也没有说。伊丽莎白见此光景就说不下去了，不过心里却又不断埋怨自己心软。

后来达西还是勉强地回答道："韦翰先生彬彬有礼、满面春风，交起朋友来自然得心应手。但至于他是否能长期保持和朋友的友谊，那就不一定了。"

"他真不幸，竟然失去了您的友谊！"伊丽莎白加重语气说道，"说不定这会令他抱憾终身呢。"

达西没有回答，正想换个话题，这时候，威廉·卢卡斯爵士朝这边走过来，打算穿过舞池走到屋子那边去。他一看到达西就停了下来，彬彬有礼地向他鞠了一躬，并不停地称赞他舞跳得好，舞伴又找得好："我真是高兴，我亲爱的先生，像你这样跳舞跳得这么出色的人真是少见。毫无疑问，你肯定属于一流的人才。请允许我再唠叨一句，你这位漂亮的舞伴也真配得上你。我希望自己常常都能看到这么让人高兴的事，尤其是将来某一桩美事发生的时候。"

他说着朝着珍和宾里望了一眼："亲爱的伊丽莎白小姐，到时候将会有怎样热闹的祝贺啊！我要求达西先生——我还是别打搅你吧，先生，要是我耽误了你跟这位小姐美妙的谈话，我想你是不会感激我的。她那双明亮的眼睛也在责备我呢。"

后面几句话达西几乎没有听见，因为威廉爵士一提起宾里和珍，他就大受震动，一本正经向正在跳舞的两人望过去。不过他很快就镇定了下来，转过头来对他自己的舞伴说道："威廉爵士打断了我们的话，我们刚才正在谈什么来着？"

"照我看来，我们根本就没有谈什么，这屋子里随便哪两个人谈话都比我们多，因此威廉爵士也没打断什么。我们已经换过好几次话题了，但总是话不投机。我实在想不出来还有什么可谈的了。"

"谈谈书怎样？"他笑着说。

"书！啊，还是不要吧。我相信我们读的书肯定不一样，体会也各有不同。"

"我很遗憾你竟然会这么认为。不过就算真是那样，也不见得就无话可谈。我们可以比较一下各自的见解。"

"算了，我不能在舞会上谈什么书，我脑子里老是想着别的事。"

"这种场合你老是分心，是吗？"他疑惑地问。

"是的，老是这样。"她回答道，其实她根本不知道自己在说些什么，她的思想已经游移到很远的地方去了。过了一会儿她突然说道："达西先生，我记得你有一次说过，你从来不会原谅别人，一旦跟别人结下冤仇就永远也消除不掉。我想，你在跟人家结怨的时候应该是很慎重的吧？"

"没错。"达西肯定地答道。

"你从来不会受到偏见的蒙蔽吗？"

"我想不会的。"

"对于某些固执己见的人来说，在做一个决定之前，应该特别慎重地考虑清楚。"

"请允许我请教一下，你问我这些话用意何在？"

"只是为了要解释一下你的性格，"伊丽莎白若无其事地说道，"我想弄清楚你的性格。"

"那么你现在弄清楚没有呢？"

她摇摇头，说道："一点也没有。我听到过很多关于你的事，可是都不一致，让我不知道哪个才是真的。"

"我相信人家对我的议论各不相同。"他严肃的说道，"班奈特小姐，我希望你现在最好还是不要试图去刻划我的性格。我怕你这么做对你我都没什么好处。"

"可是要是我现在不尝试去了解你的话，恐怕以后就没机会了。"

"那么就悉听尊便吧！"他冷冷地答道。伊丽莎白没有再说下去。两人又跳了一次舞，然后就沉默地各自走开了。双方都快快不乐，只是程度不同。达西对她颇有好感，因此很快就原谅了她，把怒气全都发泄到其他人身上去了。

没过一会儿，宾里小姐走到伊丽莎白面前，轻蔑而又故作礼貌地对她说道："伊丽莎白小姐，你姐姐刚才跟我谈到乔治·韦翰先生，问了我一大堆关于他的问题。据说你对他颇有好感？那位年轻的军官似乎什么都告诉你了，但偏偏忘了说他自己是老达西先生的账房老韦翰的儿子。他说达西先生亏待了他，那简直就是一派胡言。站在朋友的立场上，我奉劝你不要盲目相信他的话。达西先生一直都对他恩重如山，但是乔治·韦翰居然用卑鄙的手段去对待他的恩人。虽然我不清楚具体情形，但至少我可以肯定，这件事一点儿也不应该责怪达西先生。一听见人家提到乔治·韦翰，达西就无法忍受。我哥哥这次邀请军官们来参加舞会，本来也难把他摈除在外的，不过让我哥哥高兴的是，他自己知趣主动避开了。他真是荒

谬透顶，竟然还好意思跑到这个村里来，我简直不明白他怎么敢这样做。啊，伊丽莎白小姐，真是不好意思，我拆穿了你心上人的西洋镜。不过，你只要看看他那种出身，就知道他肯定干不出什么好事来。"

伊丽莎白生气地说："照你这么说，他的出身就决定了一定是他的过错了？你说了半天，也没说到他究竟有什么过错，只是不断地强调他是账房的儿子。老实告诉你吧，这一点他早就亲口跟我说过了。"

"对不起，请原谅我的多管闲事，不过我可是一片好意。"宾里小姐说完，冷笑着走开了。

"无礼的小姐！"伊丽莎白自言自语道，"你以为你这样卑鄙地攻击人家，就会影响我对他的看法了吗？那你就错了！除了你自己的顽固无知和达西先生的阴险卑鄙之外，我什么也没看到。"

接着，她便去找她姐姐，因为珍也向宾里问起过这件事。此刻，只见珍她容光焕发，足以说明舞会上的种种情景都令她喜不自胜。伊丽莎白明白了她的心情，随即便将对韦翰的挂念、对敌人的不满以及其它的一切都置之脑后，全心全意地关心起珍的幸福来。

"我想问问，有关韦翰先生的事，你听说了些什么？"她脸上的笑容也绝不亚于珍，"也许你太开心了，把其他人都忘得一干二净了吧？这我也是完全可以谅解的。"

"我没忘记他，"珍回答道，"只可惜我没有什么满意的消息可以告诉你。宾里先生对他完全不了解，更不知道他究竟怎么得罪了达西。不过，他可以担保达西是个行为正派，正直可信的人。而且，他还认为达西过去对韦翰好得有点过分了。从宾里和她妹妹的话来看，韦翰先生似乎不是一个正派的青年。恐怕确实是他太过鲁莽，难怪会让达西讨厌他。"

"宾里先生并不认识韦翰先生，对吗？"

"不认识，那天上午在梅列敦他还是第一次和他见面。"

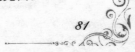

"那这些话是从达西那里听来的了！我很满意。那么，关于那个牧师职位的问题，他又是怎么说的？"

"他只是听达西提起过几次，详细情况也记不清楚。不过他相信，那个职位并不是说无条件给韦翰的。"

"宾里先生的正直我当然是信得过啦，"伊丽莎白激动地说，"可是请原谅，他袒护着自己朋友说的那些话实在很难让人信服。虽然他言之凿凿，但是这件事情有关的细节，他要么就是根本不清楚，要么就是听他们的朋友告诉他的，那么我还是不能因此就改变之前我对达西和韦翰的看法。"

随即，她换了一个能让两人谈话更舒服的话题，这也正合珍的心意。珍对宾里抱有幸福而谦虚的指望，伊丽莎白很为她感到高兴，尽可能地说了很多鼓励她的话。

过了一会儿，宾里先生到她们这边来了，伊丽莎白便回避到卢卡斯小姐身边去。卢卡斯小姐问起她跟刚才那位舞伴跳得是否愉快，她还没有来得及回答，就看到柯林斯朝这边走过来，欣喜欲狂地告诉她们，说他非常幸运地有了一个重大发现。

"这真是出人意料！"他说："我发现这里有一位客人竟然是德·包尔夫人的至亲。刚才我碰巧听到一位先生跟主人家的小姐说，他自己的表妹德·包尔小姐和他的姨母凯瑟琳夫人。这实在是太凑巧了，谁能想到我竟然会在这次舞会上碰到凯瑟琳·德·包尔夫人的姨侄！谢天谢地，我发现得还不算晚，还来得及去问候他。我想我他一定不会责怪我的失礼，因为我实在不知道夫人还有这门亲戚。"

"你打算去向达西先生做自我介绍吗？"

"没错。我一定得去请求他的原谅，希望他不要责怪我没有早点去问候他。我相信他是凯瑟琳夫人的侄子。我将义不容辞跟他汇报，夫人她老人家身体安康。"

伊丽莎白极力奉劝他不要这么做，说他如果不经人家介绍就自

己跑去跟达西先生打招呼的话，达西先生一定会觉得他冒昧唐突，而不会认为他是出于对他姨妈的尊重。她还说其实双方其实根本没有必要打交道，要是非要打交道不可，也应该由地位比较高的达西先生先来问候他。

柯林斯先生听她说完，坚决表示非要照着他自己的意思去做不可。他回答道："亲爱的伊丽莎白小姐，我非常敬佩你对许多问题的卓越见解。但是，请允许我说几句，教士的礼节和普通人有所不同，就尊严方面而言，我认为一个教士的地位可以比得上一个君王，当然同时你必须得保持适当的谦逊。所以，请你让我按照我自己良心的吩咐，去做我认为应该做的事情。原谅我不能接受你的建议，要是在其它问题上，我肯定会把你的意见当做我的指南，但是对于当前这个问题，我自信我也算是知书达理，因此我认为我的决定恐怕比你这样一位年轻的小姐来决定，要更加合适一些。"说完，他深深鞠了一躬，便向达西先生走去。

伊丽莎白望着达西先生，看他如何对待柯林斯的这种冒失行为，她敢肯定达西对这种问候方式一定会感到万分诧异。只见她这位表兄先恭恭敬敬地对达西鞠了一躬，然后才开口跟他说话。伊丽莎白虽然听不到他在说什么，却能猜到他无非就是说些"道歉"、"汉斯福"、"凯瑟琳·德·包尔夫人"之类的话。眼看自己的表兄在这样的一个人面前丢人现眼，伊丽莎白心里气愤难平。

达西先生毫不掩饰自己的惊奇和轻蔑，他斜睨着柯林斯，等他说够了，达西才敷衍地应付了他几句。但是这却没有让柯林斯灰心，他又开口唠叨起来。这时，达西先生的轻蔑就更加露骨了，对方话音一落，他就随便鞠了一躬，然后立即走开了。

柯林斯回到伊丽莎白这边来，对她说道："说实话，我没有理由对达西先生的态度感到不满意，他对我问候和关心也十分高兴，彬彬有礼地回答了我的话，甚至还夸奖我说非常佩服凯瑟琳夫人的眼光，没有提拔错人。这个看法确实相当有见地。整体而言，我对

他非常满意。"

　　伊丽莎白对整个舞会感到索然无味，只好把全部注意力都放在她的姐姐和宾里先生身上。所有的情景她都看在眼里，并由此产生了很多愉快的想象，甚至比珍自己还要愉快。她想象着姐姐做了这幢房子的主妇，夫妇之间感情和睦、生活幸福美满。要是真有这样一天，那么即使是宾里那两个不讨人喜欢的姐妹，她也会尽量去培养对她们的好感。

　　她知道她母亲这时肯定也在转着同样的念头，因此决定尽量避开母亲，否则又得听她的喋喋不休的唠叨。不幸的是，当大家坐下来吃饭的时候，她的座位偏偏离母亲很近。她对母亲一直跟卢卡斯太太毫无忌讳地信口开河感到相当反感，说的无非都是她盼望珍马上跟宾里结婚一类的话，而且越说越起劲，一个劲地数着攀上这门亲事有什么样的好处：首先，宾里先生的条件简直好得没法说，他模样英俊，又那么有钱，而且住的地方又离她们那么近，只有三英里路；而且，他的两个姐妹也非常喜欢珍，肯定也希望能够结成这门亲事，这一点也很让人高兴；另外，珍攀上了这门亲事，那么她几个小女儿也就有机会遇到别的贵人。说到她那几个没有出嫁的女儿，她认为以后她就可以把她们的婚姻大事委托给大女儿，而不必自己再出去应酬交际了。班奈特太太这话说得倒是有两分道理，只可惜她根本不可能安分地守在家里。最后，她还祝福卢卡斯太太马上也能有同样的幸运，虽然她料定了卢卡斯太太不可能有这个福分。

　　伊丽莎白见达西先生就坐在她们对面，便奉劝母亲谈起得意的事情时声音稍微低一点，否则他就会听到她说的话。但是令她生气的是，母亲不仅不听从她的劝告，还骂她废话："你倒说说看，达西先生跟我有什么关系，我为什么就得怕他？我看不出来我们有什么理由要在他面前特别斯文，他不爱听的话，我就不能说吗？"

　　"看老天的份儿上，妈妈，你小声点吧。得罪了达西先生对你

有什么好处？你这么做，他的朋友也会瞧不起你的！"

但是不管她怎么说都没有用，她的母亲偏偏要大声发表高见。伊丽莎白脸红了又红，羞愧难当，不时地向达西先生偷偷瞄两眼，达西虽然并没有老是看着她的母亲，可是却一直目不转睛地盯着伊丽莎白，脸上的表情由开始的轻蔑和厌恶，慢慢转变成为冷静和严肃。这更加剧了伊丽莎白心里的不安。

班奈特太太终于住嘴了。卢卡斯太太听她说得那么得意扬扬，又没自己的份儿，早就已经呵欠连连，现在总算可以来享用些残羹冷汤。伊丽莎白也松了口气，终于可以清静一会儿了。

只可惜这种情况并没有维持多久，因为一吃过晚饭，大家就提议说要唱歌。玛莉经不起人家的怂恿，就迫不及待地答应了大家的请求。伊丽莎白看在眼里，觉得很难受，频频向玛莉递眼色，暗示她不要这样去讨好别人。可惜的是玛莉没有理会她的用意，也根本不接受她的建议，因为这种出风头的机会正是她求之不得的。伊丽莎白痛苦地看着她，忧虑地听着她的演唱。好不容易等她唱完了，伊丽莎白本以为她的出丑会到此为止，没想到玛莉听到大家对她表示赞赏，还隐约听见有人要求她再赏一次脸的，就又唱起了另一首歌。伊丽莎白着急地要命，因为她知道玛莉的嗓子细弱、态度忸怩，根本不适合这种表演。她看了看珍，不知道她是否能忍受，但珍正在安安静静地在跟宾里先生聊天，似乎根本没有留意到这些情况。她又看见宾里先生的两位姐妹一边挤眼弄眉，一边对达西打着手势，而达西仍然板着脸。

最后，伊丽莎白只得向自己的父亲望了一眼，示意他能干涉一下，以免玛莉继续出丑。父亲明白了她的暗示，等玛莉唱完第二首歌的时候，他便大声说道："行了，孩子，你已经让我们开心得够久啦！还是留点时间给别的小姐们表演吧。"

玛莉装作没有听见，但心里却觉得很不好受。伊丽莎白也为她难过，但是还是希望自己一片苦心没有白费。幸好，大家请别人来

唱歌了。伊丽莎白这才放下心来。

紧接着，柯林斯先生说道："要是我也会唱歌的话，我一定乐意给大家唱几首。在我看来，音乐是一种很高尚的娱乐，和牧师的职业没有丝毫的抵触。当然，我的意思并不是说我们应该在音乐上花上太多的时间，因为我们还有许多别的事情要做。你们知道，负责一个教区的主管牧师，他要做的事情可真的太多啦。首先，他得用合适的税法条例，既要对自己有利，又不能侵犯地主的利益。其次，他还要撰写讲道辞，这么一来剩下的时间就没有多少了。在这些有限的时间里，他还得安排好教区里的各种事务，收拾好自己的住宅……千万不能忽略，把自己住宅收拾得舒舒服服的，我认为这非常重要。另外，他还必须对每一个人都和颜悦色，尤其是对那些提拔他的人，这是他应尽的责任。还有，要是遇到提拔他的人的亲戚朋友，就应该毫不犹豫地向对方表示尊敬，否则那简直就不像话。"说到这里，他深深地向达西先生鞠了一躬。

柯林斯说这一席话的时候声音非常洪亮，几乎整个屋子里的人都听得清清楚楚，听的人不是一片茫然，就是暗自发笑，其中听得最津津有味的还要数班奈特先生。班奈特太太却一本正经地夸奖柯林斯，她凑近了卢卡斯太太说，他显然是个聪明优秀的青年。

伊丽莎白觉得，今天晚上她家里人仿佛是约好了要一起到这里来出丑的，而且出丑得极为起劲，出丑地极为成功。她觉得珍和宾里先生非常幸运地错过了很多出丑的场面，而且即使宾里先生看到了一些可笑的情节，看在珍的面子上，也不会感到怎么难受。但是他的姐妹们和达西就不一样了，他们是绝不会放弃这个机会来嘲笑班奈特一家人的。伊丽莎白觉得非常难堪，而且她已经分辨不出，达西先生无声的蔑视和两位小姐无礼的嘲笑，究竟哪一个更叫她难堪。

在舞会的后半段时间，柯林斯先生还是一直纠缠着她，对她献殷勤，弄得伊丽莎白没有办法去跟别人跳舞。但即便如此，她也不

会再跟他跳的。她建议他去跟别的小姐跳舞，并自告奋勇地要给他介绍一位小姐，但是柯林斯拒绝了。他说，他对跳舞完全没有兴趣，他打算整个晚上都待在她身边，小心地伺候她，让她感到满意开心。伊丽莎白跟他解释了很多次，但都是对牛弹琴。幸好，她的朋友卢卡斯小姐不时地到他们身边来转一转，并勉为其难地跟柯林斯先生应付几句，才让伊丽莎白稍微解脱一下。

唯一令伊丽莎白高兴的，就是达西再也不会来惹她生气了。他虽然站得离她很近，周围也没什么人，但是却一直没有走过来跟她说话。伊丽莎白觉得可能是因为她提起了韦翰的缘故，不由得暗自得意。

舞会散了以后，班奈特太太借口等马车，赖到最后才走。等所有宾客都走完了，他们一家人还在这里多坐了十多分钟。主人一家，除了宾里之外，其余的人都迫切地希望他们赶快离开，尤其是两位宾里小姐，几乎不开口说话，只是不停地喊着疲倦，很明显是在下逐客令了。但是班奈特太太不知趣，还想跟她们攀谈，结果遭到她们冷漠地敷衍。柯林斯还在继续发表他的长篇大论，又是恭维宾里先生和他的姐妹多么殷勤有礼，又是赞叹他们家的宴席多么精美，可是他的话不但没能给大家增加一些生气，反而让气氛更加沉闷。

达西依然一句话也不说，班奈特先生也不做声，在一旁冷眼旁观。宾里和珍在离大家稍微远一点的地方亲密地交谈着。伊丽莎白也像宾里姐妹一样，始终不开口。就连莉迪亚也没有说话，只是偶然叫一声："天哪，我真累死了！"接着便大声打了一个呵欠。

过了一会儿，班奈特一家终于起身告辞了。班奈特太太恳切地邀请宾里全家都到浪博恩去玩，又特别对宾里先生本人说，要是哪天不用正式给他下请帖就能来浪博恩吃顿便饭，那真是他们一家的荣幸。宾里先生听了非常高兴，连忙说，他明天要去伦敦，可能会在那边耽搁几天，他回来以后一有机会就马上去拜访她。

这个回答让班奈特太太满意极了。在回家的路上，她一直都在打着如意算盘。她相信，要不了三四个月，她就可以看到自己的大女儿成为尼日斐花园的女主人，她这个做母亲的得赶快为她准备些嫁妆、马车什么的。班奈特太太还相信，另一个女儿也肯定会嫁给柯林斯先生。这门亲事虽然不如头一门那么让她高兴，但是她也相当满意了。因为在所有的女儿里面，她最不喜欢的就是伊丽莎白，柯林斯的人品和门第，配自己的这个女儿已经绰绰有余。当然，比起宾里先生和他的尼日斐花园来说，柯林斯先生就要黯然失色了。

19

第二天一大早，柯林斯先生就正式向伊丽莎白提出求婚了。他的假期到星期六就要结束，因此他决定不再拖延时间，速战速决。而且，他对于求婚一事，并没有感到丝毫的不好意思，而且认为这是理所当然的一个步骤。因此，刚一吃过早饭，他看到班奈特太太、伊丽莎白和一个小妹妹在一起，就对班奈特太太说道："夫人，我想请伊丽莎白小姐赏脸跟我做一次私人谈话，你同意吗？"

伊丽莎白还没反应过来，班奈特太太就回答道："哦，当然可以。我相信丽兹也很乐意，她不会反对的。来，凯蒂，跟我上楼去。"她匆匆忙忙地收拾好针线，便带着凯瑟琳走开了。

伊丽莎白脸红了，她站起来叫道："亲爱的妈妈，你别走！我求求你别走！柯林斯先生一定会原谅我。他要说的话要是别人不能听的。我也要走了！"

"不，不，胡闹！丽兹，你就待在这里别动。"她见伊丽莎白又气恼又尴尬，似乎当真就要逃走的样子，就加重语气道："我非要你待在这儿听柯林斯先生说话不可。"

母亲既然下了命令，伊丽莎白只得留了下来。她想了想，觉得这样也不错，至少能够把事情尽快地解决掉。于是，她重新坐了下

来，并小心翼翼地不让哭笑不得的心情流露出来。

　　班奈特太太和凯瑟琳一走开，柯林斯便开口说道："说实话，伊丽莎白小姐，你的羞怯不但无损于你的风姿，反而让你显得更加迷人。你要是不这样半推半就，说不定我就不会觉得你这么可爱了。不过，请允许我告诉你一声，我此次跟你求婚，是获得了你母亲的允许的。相信你也早已经看出我对你的百般殷勤，我差不多一进这屋子，就挑中了你做我的终身伴侣。关于这个问题，或许我应该趁现在还能控制住自己感情的时候，先来谈一谈我要结婚的理由。"

　　看到柯林斯先生如此一本正经，伊丽莎白不禁觉得非常好笑。她一分心，就没有来得及打断他的话。于是他接着说了下去："我之所以要结婚，有这样几点理由：第一，我认为像我这样经济宽裕、颇有地位的牧师，应当给全教区都树立一个婚姻的好榜样；第二，我坚信结婚能会大大地促进我的幸福；第三，或许我该把这一点放到前面说的，那就是我非常荣幸地能遇上高贵的凯瑟琳夫人，她对我提出了结婚的建议。承蒙她费心，在这件事情上曾两次替我提出了意见。就在我离开汉斯福的前一个星期六晚上，杰克森太太在为德·包尔小姐安放脚蹬，我正陪夫人玩牌，夫人对我说：'柯林斯先生，你必须结婚。像你这样一个牧师，必须结婚。为了我，也为了你自己，去好好地挑选一个好人家的姑娘。出身倒是不必高贵，但要活泼、能干、会算计，能把一笔小小的收入安排得妥妥帖帖。这就是我的意见。去找一个这样的女人来做你的太太吧，把她带到汉斯福来，我会好好照料她。'我的好表妹，我跟你说，凯瑟琳·德·包尔夫人对我的体贴和照顾，简直无法形容，这也算是我的一个优越条件。我想，你这么聪明活泼一定会讨她喜欢，但在像她那样身份高贵的人面前，你还要稍微再端庄些，她才会特别喜欢你。整体而言，我要结婚就是基于以上三点目的。现在，我还得再解释一下，汉斯福那边多的是年轻漂亮的姑娘，我为什么偏偏

要到浪博恩来挑选我的终身伴侣呢？我是这么想的，因为令尊过世之后，由我继承这里的财产，因此我打算娶他的女儿，这样一来，将来这件不愉快的事情发生的时候，你们的损失就可以尽量减轻一些，否则的话我实在过意不去。当然，我也说过，这件事情也许要在很多年以后才会发生。这就是我为什么选择你做我的夫人的理由。我的好表妹，恕我冒昧地问一句，你不至于因此责怪我吧？另外，说到嫁妆的问题，我是完全无所谓，绝不会在这方面向你父亲提出什么要求。我很了解，你名下应得的财产，不过是一笔年息四厘的一千镑存款，还得等你妈妈过世之后才归你所得。因此，关于那个问题我绝不会多说什么的，而且你放心，我们结婚以后我也绝不会说一句小气话。"

伊丽莎白觉得现在非打断他不可了："先生，你扯得太远了吧！你忘了我根本没有答应你的求婚呢！请不要再浪费时间，让我跟你说清楚吧。你的赞美和你的求婚让我感到无比荣幸，只可惜我只能谢绝。对此，我感到很遗憾，但是没有办法。"

柯林斯先生郑重其事地挥了挥手："年轻的姑娘们第一次遇到人家跟自己求婚的时候，虽然心里明明答应，口头上却非要故意拒绝，有时候甚至会拒绝两次、三次。这些我都非常了解。你刚才所说的话，绝不会让我灰心，我相信不久之后就能把你领到神坛面前去。"

伊丽莎白叫了起来："先生，我已经明确表示拒绝了，你却还存着那种指望，这可真太奇怪了！老实跟你说吧，就算世上真有你说的那种胆大的年轻小姐，愿意拿自己的幸福去冒险，非等人家第二次、第三次求婚才答应，我也不属于她们中的一个。我的拒绝是认真的，你不能带给我幸福，而我也相信我同样不能让你幸福。对了，要是你的朋友凯瑟琳夫人认识我的话，我相信她也一定会认为，不管从哪方面来说，我都配不上做你的太太。"

柯林斯先生严肃地说："即便凯瑟琳夫人真有那样的想法，我

想她老人家也不会反对你的。你放心好了，我下次见到她的时候，一定会在她面前把你的贤淑、聪明和其它所有可爱之处，都好好地夸奖一番！"

"柯林斯先生，不管你怎么夸奖我也是白费唇舌。对于我自己的事，我有自己的主张。你要是相信我的话，就是赏我的脸了。我之所以允许你向我求婚，是为了趁早解决这件事情，免得大家尴尬。现在你既然已经向我提出了求婚，你对于继承遗产一事，也不必再感到不好意思了。等到将来你成为浪博恩主人的时候，你大可以当之无愧。就这样一言为定，这件事到此为止吧。"说完，她站了起来，准备向门口走去。

柯林斯继续说道："下次如果我有幸再跟你谈论这个问题的话，我希望到时候你能给我一个满意的回答。当然。我并不责怪你这次的拒绝，因为我知道，你们姑娘们对于男人第一次的求婚，照例总是要拒绝的。刚刚你跟我说的那一番话，也许正是符合了姑娘们的这种微妙性格。我相信这对我而言是一个鼓励，让我继续追求下去。"

伊丽莎白听了这话，实在啼笑皆非，加重语气说道："柯林斯先生，你真是太莫名其妙了。我的话已经说到这个地步，要是你还觉得这是鼓励你的话，那我实在不知道究竟应该如何才能让你死心了。"

"我的好表妹，不是我自不量力，但是我相信你拒绝我的求婚，也不过是欲擒故纵而已。我之所以会这么想，简单说来，有这样几点理由：我相信自己的条件是值得你考虑的，我的家产你绝不会不放在眼里，还有我的社会地位，我跟德·包尔府上的关系，以及跟你的亲戚关系，都是我的优越条件。我得提醒你注意一下，虽然你有很多吸引人的地方，但不幸的是你的财产太少，你的许多可爱之处都抵消了，我相信不会再有别人来向你求婚了。基于以上理由，我不得不认为，你并不是诚心诚意地拒绝我，而只不过是模仿

那些高贵的女性，半推半就，希望能加倍博得我的爱慕。"

"先生，我向你保证，我绝不像你所说的那样去故作高雅，故意去捉弄一位有面子的绅士。你要是能相信我所说的话，我就感激不尽了。我再说一次，我很荣幸能得到你的青睐，但是要我接受你的求婚是绝对不可能的，因为我的感情不允许我这么做。我的话说地够清楚了吧，请你不要把我当做一个言不由衷的高贵女子，只要把我当做一个说真心话的平凡人就行了。"

她的话让柯林斯十分狼狈，但他仍然生硬地继续献殷勤："你真是太迷人了！我相信你的母亲和父亲都同意的话，你就再也不会拒绝我了。"

他明显是在自欺欺人，伊丽莎白不再搭理他，一声不响地走开了。她打定主意，要是他再这样纠缠不休的话，那么她就只好去向她父亲求助，让他斩钉截铁地回绝他。不管怎么样，柯林斯总不至于把她父亲的拒绝，也看做是一个高贵女子的半推半就和装腔作势了吧。

20

伊丽莎白走后，柯林斯仍然独自一个人沉醉于对他美满姻缘的幻想之中。班奈特太太一直急切不安地待在走廊里，等待求婚的结果。她一见伊丽莎白开门出来，便立刻走进饭厅，高高兴兴地对柯林斯先生表示热烈的祝贺，说他们能够亲上加亲实在是太好了。柯林斯先生也同样快乐地接受了她的祝贺，同时也祝贺她一番。接着，他把他跟伊丽莎白刚才的那场谈话和盘托出，并说他有充分的理由相信，此次的求婚是非常成功的，虽然表妹再三拒绝，但是他相信那种拒绝，是她温柔羞怯和贤淑端庄的自然流露。

班奈特太太吓了一跳，她可不敢苟同柯林斯先生的意见，也不认为伊丽莎白的拒绝只是装腔作势。她忍不住把自己的意见照实说

了出来。她说：“你放心吧，柯林斯先生，我马上就去跟丽兹谈谈，让她懂事一些。你知道，她是个固执的傻姑娘，不知道什么对她好，什么对她坏。不过你放心，我会让她明白的。”

“对不起，我得打断你一下，夫人！”柯林斯先生叫道，“要是她果真如你所说，是个固执的傻姑娘的话，那我就不得不怀疑她是否能成为我理想的妻子了。你知道，像我这样地位的人，结婚当然是为了要得到幸福。如果她是认真的拒绝了我的求婚，那我看也不必再勉强她了。不然，我想她绝不会给我带来任何幸福的。”

班奈特太太诚惶诚恐地说：“先生，你完全误会我的意思了，丽兹只不过是在这件事情上固执了些，在别的事情上她的脾气是再好不过了。你先别急，我马上就去找班奈特先生，我有把握我们很快就能给你一个满意答复的。”

不等他回答，她就急忙跑进丈夫的书房里，大声喊道：“天啦，我的好老爷，你快出来一下，我们这里闹得天翻地覆了呢！你快去劝劝丽兹，让她一定得跟柯林斯先生结婚，她竟然不识抬举，拒绝了人家的一片好意！你要是不赶紧来打个圆场，柯林斯先生也要改变主意，反过来不要她了！”

班奈特先生见她急匆匆地从外面闯进来，便从书里抬起头来，以一种漠不关心地神态望着她。他不动声色地听着她的话，等她说完后，不慌不忙地问道：“对不起，你究竟在说些什么？我没怎么听明白。”

“我说的是柯林斯先生和丽兹的事。丽兹说她绝不嫁给柯林斯先生，现在柯林斯先生也开始说他不要丽兹了！”

“这种事我有什么办法？这事看起来是没有什么希望了。”

“你去劝劝丽兹吧！你就跟她说，她非得跟柯林斯先生结婚不可。”

“你叫她下来吧，让我来跟她说。”

班奈特太太拉下了铃，伊丽莎白不一会儿就到书房里来了。

"到这边来，孩子，我要跟你谈一件很重要的事。"班奈特先生一见她进来，便大声对她说："我听说柯林斯先生向你求婚了，有这么回事吗？"

伊丽莎白回答说真有这回事。

"很好。听说你拒绝了？"

"是的，爸爸，我拒绝了。"

"很好。现在让我们来谈谈重点。你拒绝了柯林斯先生，但是你妈妈却非要你答应不可。是这样吗，我的好太太？"

"没错。她要是不嫁给柯林斯先生，我就再也不想看见她了。"

班奈特先生耸耸肩，说道："你听到了吧，摆在你面前的是个很不幸的难题，你得自己去选择，伊丽莎白。从现在开始，你要么和你父亲成为陌路人，要么和你母亲成为陌路人。你知道，要是你不嫁给柯林斯先生，你妈妈就再也不想见你；可要是你嫁给他的话，我就再也不想见你了。"

伊丽莎白听到这话，不由得如释重负地笑了起来。但是班奈特太太就没那么高兴了，她本来以为丈夫在这件事情上的意见跟自己一样，谁知道他最后居然说出这样让她失望的话来了。她抱怨道："你这话是什么意思，我的好老爷？你刚才不是答应我说一定会让丽兹嫁给柯林斯先生吗？"

"我亲爱的太太，"班奈纳先生回答道，"有两件事我希望你帮帮忙。第一，请你允许我凭自己的主意来处理这件事；第二，请你允许我自由运用我自己的书房。我请求你让我待在书房里的时候，至少让我耳根清静一会儿吧！"

班奈特太太碰了一鼻子灰，却不善罢罢休。她仍然尝试要说服伊丽莎白，软硬兼施，并想尽办法拉珍帮忙，但珍不愿意介入这件事情，委婉地拒绝了。伊丽莎白极有耐心地应付着母亲，一会儿情意恳切地讲道理，一会儿又嬉皮笑脸地转移话题。她决心已定，任

由母亲如何哄骗、威胁，也丝毫不松口。

在这段时间当中，柯林斯先生把刚才的那一幕仔细回想了一番，仍然弄不清楚自己究竟为什么会遭到表妹的拒绝，因为在他看来，自己的条件根本就是无可挑剔的。不过，伊丽莎白的拒绝，也仅仅是让他的自尊心受到了伤害而已，并没有让他有半分失恋的痛苦，因为他对她的好感完全是凭空想象的。而且，他一想到伊丽莎白这会一定受到母亲的责骂，心里就更加快慰，因为她这么不识抬举，真是活该挨骂。

正当这一家子闹得不可开交的时候，夏绿蒂·卢卡斯来了。莉迪亚在大门口见到她，就立刻奔上前笑嘻嘻地跟她说道："你来了可太好了，这里正闹得有趣极了！你知道今天早上午发生了什么事了吗？告诉你，柯林斯先生向丽兹求婚了，可是丽兹就是不答应。"

夏绿蒂还没来得及回答，凯瑟琳也跑了过来，把同样的消息重复了一遍。她们一起走进客厅，独自坐在那儿的班奈特太太一见客人来了，就马上把话题扯到这件事上来。她请求卢卡斯小姐体恤她这个做母亲的，好好劝劝她的朋友丽兹顺从全家人的意思。她用极为痛苦的声音说道："拜托你了，卢卡斯小姐。你看，谁也不站在我一边，他们都故意跟我做对，一个个地都对我狠心透顶，一点也不体谅我的神经！"

夏绿蒂刚要回答，看见伊丽莎白和珍走进来了，因此就没有开口。

"哼，她来啦！"班奈特太太接着说，"瞧她那副满不在乎的神气，简直没把我们放在眼里，一个人自作主张！丽兹小姐，我老实跟你说吧，要是你一遇到人家跟你求婚，就像这样不留情面地拒绝，你这一辈子也别想弄到一个丈夫。我看等你爸爸去世以后，还有谁来养你！先跟你声明，我反正是养不活你的。从今天开始，我就跟你一刀两断。刚刚在书房里我就跟你说过，只要你不嫁给柯林

斯先生，我就再也不想见到你了，我说得到就做得到。像你这种不孝顺的女儿，我懒得费神跟你说话。说实话，我现在跟谁都不想说话了，像我这样神经不太好的人，其实没什么兴致多说话。可是，他们谁也不体恤我！天下的事情就是这样的，只要你嘴上不诉苦，人家就不知道你苦！"

女儿们都默默地听着她发牢骚，谁也没有搭腔。她们对自己母亲的脾气非常了解，在这种时候，要是去安慰她，跟她解释，那就等于火上加油。

过了一会儿，柯林斯先生也板着脸进来了。班奈特太太一见到他，就对女儿们说道："现在我要你们一个个都住嘴，我要跟柯林斯先生单独谈一会儿。"

伊丽莎白默不做声地退了出去，珍和凯瑟琳也跟着走了出去。只有莉迪亚站在那儿不动，想听听他们谈些什么。夏绿蒂也没有走，因为柯林斯先生一来就殷勤地问候她和她的全家，所以不便走开，随后她走到窗口去，假装没有听他们谈话。但出于好奇，她还是留神地把每句话都听得清清楚楚。

"哦，柯林斯先生。"班奈特太太以一种极为忧伤的语气说话，打算把事先准备好的一席话一股脑儿地倒出来。但她刚开了个头，就被对方打断了。

"亲爱的夫人，"柯林斯先生说，"这件事情，我们就谁也不要再提了吧。请相信我，对于伊丽莎白小姐的行为，我是绝不会产生任何怨恨的。"他的声音里流露出明显的不快："我们每个人，都必须要承担许多无法避免的苦痛，这是我们的义务。尤其是像我这样年少得志的人，更是应该多受些磨难，对于一切磨难我都会逆来顺受的。现在即使我那位美丽的表妹答应了我的求婚，我仍然也可能会心存怀疑，我们的婚姻是否能获得真正的幸福。因为我一向都认为，幸福一经拒绝，它的价值就要大打折扣。在这种情况下，顺其自然是最好的办法。亲爱的夫人，希望你不要责怪我收回

了对伊丽莎白小姐的求婚，我之所以没有要求你们出面来干涉这件事情，并非是因为我不尊敬你，而是因为我是遭到了伊丽莎白小姐的拒绝，而不是遭到了你的拒绝。不过，我也没有责怪伊丽莎白小姐，因为人人都免不了有犯错的时候。对这件事，我自始至终都是一片好意，不只希望找到一个可爱的伴侣，也是为了府上的利益着想。要是我的态度在某些方面有什么不对的地方，那就让我先道个歉吧！"

21

关于柯林斯先生求婚一事，到现在差不多就结束了，但是伊丽莎白仍然感到不愉快，因为她母亲偶尔还是会埋怨她两句。而柯林斯先生本人反而丝毫没有沮丧和懊恼，也没有刻意要回避伊丽莎白，只是一直板着脸不开口说话。下午的时候，他把本来对伊丽莎白的热情和殷勤都转移到了夏绿蒂·卢卡斯小姐身上去了。还好，对柯林斯先生的喋喋不休，夏绿蒂表现得十分礼貌和耐心，让大家都松了一口气，伊丽莎白如释重负。

第二天，班奈特太太还是不高兴，柯林斯先生也仍然维持着他那副气愤而又傲慢的态度。伊丽莎白暗想，他这么一受打击，肯定会提前离开浪博恩，谁知道他根本没有打算因此就改变原来的计划，不到星期六是绝不会离开的。

吃过早饭，小姐们都到梅列敦去打听韦翰先生回来没有，同时也顺便问问他为什么不参加尼日斐花园的舞会。巧得是，当她们一到梅列敦就遇见了韦翰，他就陪着小姐们到她们姨妈家里去。在那里做客的时候，他对每个人都周到而殷勤地问候了一番，并畅谈了自己无法参加舞会的歉意和遗憾。他还主动告诉伊丽莎白，那天的舞会是他自己不参加的。

他说："离舞会的日子越近，我就越觉得自己不应该去参加那

个舞会。因为我觉得,要跟达西先生在同一个屋子里、在同一个舞会上,一起待上好几个钟头,那实在会让我难以忍受。而且,说不定还会闹出点什么笑话来。"

伊丽莎白听了,十分敬佩他的涵养。过了一会儿,小姐们告别他们的姨妈回浪博恩,韦翰和另一位军官一起送她们回来。对韦翰来说,他这么做无非就是两个目的,一来是为了讨好伊丽莎白,二来是利用这个机会,去认识她的父母。一路上,韦翰对伊丽莎白特别殷勤,他们一直都在谈论,并客客气气地互相恭维、互相赞美。

他们一行刚到家,珍就收到了一封从尼日斐花园寄来的信。她把信拆开,打开里面那张小巧而精致的信笺。信上的字迹十分娟秀,一看就是出于小姐之手。珍读着信,脸色一下子就变了。不过她很快就恢复了镇定,把信放在一旁,若无其事跟大家高高兴兴地聊天。这一切伊丽莎白都看在眼里,心里暗暗着急,对韦翰也没有热心了。

等韦翰和他的同伴一走,珍立刻对伊丽莎白使了个眼色,示意她跟她上楼去。一到她们自己房里,珍就拿出信来,对伊丽莎白说道:"这是卡罗琳·宾里写来的,真是让人想不到,她们一家人现在已经离开尼日斐花园到城里去了,而且再也不打算回来了。你看看信里是怎么说的……"

信的第一句话,是说她们已经决定要马上追随她们的兄弟到城里去,当天就要赶到格鲁斯汶纳街,并在那里吃饭,原来赫斯特先生就住在那条街上。接下去,信里是这么写的:"我亲爱的朋友,除了和你的友情之外,哈福德郡没有任何东西让我留恋。不过,我希望将来我们还是能够像现在这样愉快地来往,也希望我们能保持通信,经常联络感情。我期待着你的来信。"

听珍念到这里,伊丽莎白松了一口气。她还以为发生什么重大事情了,原来只是两位宾里小姐要搬走而已。虽然她们突然搬走让她感到非常吃惊,但是她并不觉得有什么值得惋惜的地方。因为她

们离开尼日斐花园，并不表示宾里先生就不会在这里继续住下去。只要珍仍然能跟宾里先生时常见面就行了，至于跟不跟他那高傲的姐妹们见面，倒是无所谓的事。

伊丽莎白说道："很遗憾，你没有能够在你的朋友离开之前再见见她们。但是，既然宾里小姐认为你们肯定有重聚的机会，你就要相信，这一天肯定会比想象中来得更早的。等你们将来成了一家人，不是比现在做朋友更好吗？我相信，宾里先生不会在伦敦耽搁很久的。"

"卡罗琳肯定地说，她们一家人今年冬天没有人会回到哈福郡来了。让我念给你听：'昨天我哥哥和我们告别时候，说他这次到伦敦去最多只待三四天，等事情一办好就马上回来。但是我们都认为他不可能这么快就把事情办完。而且，我们相信，查尔斯一进了城，是绝对不愿意很快就离开的。因此，我们经过考虑，决定跟他一起去伦敦，免得他一个人孤孤单单、冷冷清清的。我的很多朋友都到伦敦过冬去了，本来我以为你也会去伦敦，但结果我知道你打算在哈福德郡度过圣诞节。不管怎么样，希望你圣诞节过得愉快，也希望你能多结交一些漂亮的朋友，以免我们走了之后，你会因为少了三个好朋友而感到难过。'"

读完信，珍说道："这很明显就是说，宾里先生今天冬天是不会回来的了。"

"不，我认为这不过是说宾里小姐不让他回来罢了。" 伊丽莎白说道。

"你为什么这么想呢？我觉得他不回来一定是他自己的意思，这事他自己完全可以自己做主。你还没有把信听完呢，最让我伤心的一部分，我还没有读给你听。你听听看：'达西先生急着要回去看望他的妹妹，老实说，我们也非常希望能尽快跟她重逢。在我看来，乔治安娜·达西无论是容貌、举止或才华上，都没有人能比得上她。露意莎和我都非常希望她以后能成为我们家的一员。对

了，以前我好像没有跟你提过这件事，我哥哥早就已经深深地爱上了达西小姐。现在到了城里以后，他们可以经常见面，我相信他们会越来越亲密的。而且，看得出来，达西先生也非常赞同这门亲事。你也知道，查尔斯非常善于博得女人的欢心，这可并不是因为我出于做妹妹的偏爱才这么说的。现在，从各个方面来看，这门亲事都没有什么阻碍，因此我相信我们不久之后就能听到好消息了。亲爱的珍，我衷心地希望这件人人都赞同的事情早日实现，相信你也跟我抱着同样的想法。'"

"你觉得怎么样，亲爱的丽兹？"珍读完了以后说，"说得已经够清楚了，她根本不希望我成为她的嫂子，也根本不认为她哥哥对我有什么特别的感情。而且，她还劝告我，要是我对她哥哥有什么非分之想的话，劝我趁早死心算了。对这封信，你还能有别的解释吗？"

"当然有，而且我的解释跟你大不相同，你愿意听吗？"

"当然愿意。"

"其实很简单，宾里小姐希望她哥哥跟达西小姐结婚，但是却看出他爱上了你，因此就千方百计要把他弄到城里去，而且还用想尽办法来欺骗你，让你对她哥哥死心。"

珍听了，摇了摇头。

"相信我，珍。只要见过你和宾里先生在一起的人，都不会怀疑他对你的感情。卡罗琳·宾里不是傻瓜，她也同样能看得出来。要是她看到达西对她有像宾里先生对你那么好，恐怕她就要欣喜若狂地准备嫁妆了。问题在于，在她们家里看来，我们不够有钱，也没什么地位，因此她认为把达西小姐配给她哥哥更加合适。而且，我相信她还有一个打算，那就是等她哥哥跟达西小姐结婚之后，亲上加亲就省事多了。这件事情是很费心机，但要是没有德·包尔小姐在中间插一脚的话，这事八成是会成功的。你千万不要听信宾里小姐的片面之辞，就认为她哥哥不爱你，而是爱上了那位达西小姐

了。"

珍回答道："要是我对宾里小姐看法跟你一样的话，那我听了你的话肯定会非常安慰。但是我知道你这种说法是很偏激的……卡罗琳绝不会去故意欺骗任何人。对这件事情，我唯一的希望，就是她误会了她哥哥对达西小姐的感情。"

"你能这么想也不错。那你就认为是她自己想错了吧，宾里先生根本不可能爱上其他人。这样，你也用不着再烦恼了。"

"可是，退一步来说，我即使真的能够嫁给宾里先生，但是他的姐妹和朋友却都希望他跟别人结婚。你想，这样我会幸福吗？"

"就看你自己怎么想了，"伊丽莎白说道，"如果你考虑清楚以后，认为不能取悦他的姐妹和朋友这一痛苦，比起做他太太的幸福更加强烈的话，那我劝你还是拒绝他算了。"

"你怎么这么说呢？"珍微微一笑，"你知道，就算她们的反对让我苦不堪言，我也还是会毫不犹豫地嫁给他的。"

"你这么说，我就放心了。"

"说是这么说，但要是今年冬天他都还不回来的话，那我也用不着胡思乱想了。你知道，六个月这么长的时间，足以改变一切了。"

伊丽莎白对这种想法不以为然。她认为那不过是卡罗琳一相情愿罢了，不管卡罗琳用什么手段，也不会影响宾里先生这样一个独立的青年所做的决定。宾里先生一定会回来的。

伊丽莎白一一解释给她姐姐听，珍听了以后果然一下子就高兴起来了。按照珍的性格，她本来就不容易轻易灰心丧气，现在就更加乐观地相信宾里先生一定会尽快回尼日斐花园的。

最后，伊丽莎白和珍商量好，这件事情不宜让班奈特太太知道，只要告诉她一声宾里一家已经离开此地就行了，用不着跟她解释人家为什么要走。但班奈特太太一听说宾里一家走了，就十分不安，甚至还大哭了起来，埋怨自己运气太坏，刚刚跟两位贵妇人

熟稔起来，她们就走了。难过了一阵之后，她又安慰自己，宾里先生不久就会回来的，而且还会到浪博恩来吃饭。最后，她跟女儿们说，虽然只是请他来吃顿便饭，但是她还是得精心准备，好好款待款待这位贵人。

<h2 style="text-align:center">22</h2>

这天，卢卡斯府上邀请班奈特全家过去吃饭。夏绿蒂整天都陪着柯林斯先生谈话，让伊丽莎白感激不尽，找了个机会跟她道谢。夏绿蒂回答说，自己非常愿意为朋友效劳，虽然花费了一些时间，但毕竟给大家都带来了方便和快乐。

其实，夏绿蒂的用心远远没有这么简单，她是故意要让柯林斯先生跟她说话，以免他再去向伊丽莎白献殷勤。让夏绿蒂感到很满意的是，她的用心良苦似乎没有白费。到了晚上班奈特一家告辞的时候，她对这件事已经有了九成的把握。她唯一担心的是，柯林斯先生很快就要离开哈福德郡，这说不定会影响事情的发展。

不过，事实证明她的担心是多余的。因为第二天一大早，柯林斯就狡猾地找了个借口，溜出了浪博恩，到卢卡斯山庄来向她求爱。一路上，他都在担心，害怕被自己的表妹们遇到。他认为，要是她们知道他去卢卡斯山庄的话，肯定能猜得出他的目的，但他在事情成功之前，绝不愿意被人家知道。虽然他看出夏绿蒂对他颇有情意，觉得这事十拿九稳可以成功，但是自从星期三求婚失败之后，他可不敢再冒险了。

卢卡斯小姐从楼上的窗口看见他向她家里走来，便急忙下楼到小路上去迎接他，还假装是偶然相遇的样子。当然，她根本没有想到，柯林斯这一次竟然是来向她求婚的。

在短短的时间里，柯林斯先生说了一箩筐的话，并诚恳地要求卢卡斯小姐择定吉日，尽快让他成为世界上最幸福的人。柯林斯天

生一副蠢相，根本不可能打动女人的心，因此一求婚就四处碰壁。按理来说，夏绿蒂对他的要求应该置之不理，即使真要答应他，也要故作姿态，以显示自己的矜持和高贵。但是，她可不愿意把自己的幸福当儿戏。而且她愿意答应他，也完全是为了财产打算，至于那笔财产何年何月可以拿到手，她倒不在乎。就这样，两人很快就谈妥了。

于是，柯林斯便立刻去请示威廉爵士夫妇，后者连忙高高兴兴地答应了。威廉爵士本来就没有什么财产留给女儿，从柯林斯先生目前的状况来说，已经算是个非常理想的女婿，更何况他将来还会继承一笔可观的财产。应允柯林斯的求婚以后，卢卡斯太太便带着前所未有的兴趣，盘算着班奈特先生还有多少年可活。威廉爵士一口断定，等到柯林斯先生继承了浪博恩的财产之后，他夫妇俩就一定能够觐见国王了。当然，为这件大事开心快活的人还不只他们夫妇俩，家里几位小女儿也都十分高兴，因为这么一来自己终于可以出去交际了，儿子们也不用担心自己的姐姐夏绿蒂会成为老处女。

不过，夏绿蒂本人倒是非常冷静。她又认真地思考了这件事情一遍，觉得整体而言还是非常满意的。虽然柯林斯先生既古板又讨厌，跟他相处绝不会是一件愉快的事情，而且他对她的爱情也毫无基础，但是她还是决定要嫁给他。一般来说，家境不好而又受过教育的年轻女子，总是把结婚当做唯一一条体面的退路，夏绿蒂也是如此。她虽然一向对婚姻和夫妇生活没有什么过高的期望，也不指望能从中获得多大的快乐，但是结婚终究是她一贯的目标。通过结婚，她能够给自己安排一张安全的长期饭票，使她不至于有朝一日要忍饥挨饿。

很幸运，她现在就得到了这样一张长期饭票。她今年已经二十七岁，人长得并不漂亮，因此对她而言，这张饭票虽然有许多缺陷，但是也已经让她心满意足了。她唯一感到担忧的是，伊丽莎白·班奈特知道这件事情之后，一定会感到十分惊讶，说不定还会

笑话她竟然会嫁给这样一个人。虽然，她自己已经下定了决心，绝不会因为别人的非议就动摇，但是她还是会因此而感到难受。想到这里，夏绿蒂决定自己亲自把事情告诉伊丽莎白，便嘱咐柯林斯先生回到浪博恩以后，不要透露一点风声给班奈特家里的任何人。

柯林斯先生答应保守秘密。但他一回到浪博恩，班奈特一家就对他问长问短，问他出去这么长的时间究竟做什么去了。在大家的追问之下，他几乎招架不住，而且他本身也希望把自己的情场得意好好炫耀一番，因此差点就把事情和盘托出。不过，最后他还是忍住了。

柯林斯先生明天一大早就要启程，因此晚上就寝之前，就向大家告别。班奈特太太诚恳而有礼貌地说，要是他以后能再来浪博恩看望他们的话，那就太让人高兴了。柯林斯先生回答道："亲爱的太太，我对您的盛情邀约不胜感激，请您放心，我一有空就会来看你们的。"

这话让大家都吃了一惊，尤其是班奈特先生，因为他们根本不希望他再来，便连忙说道："你这么频繁地离开，难道不怕凯瑟琳夫人不赞成吗？你最好还是把亲戚关系看得淡一些，免得担那么大的风险，得罪了尊敬的凯瑟琳夫人。"

柯林斯先生回答道："先生，非常感激您这么好心的提醒我。您放心，没有得到凯瑟琳夫人她老人家的允许，我是绝不会自作主张的。"

"没错，谨慎一点绝不会有什么坏处。其它什么事都不要紧，重要的是千万别让她老人家不高兴。要是她不高兴让你到我们这里来的话，那么你还是顺从她的意思，安分地待在家里吧，你可以放心，我们不会因此而责怪你的。"

"您对我的关怀真让我感激不尽。您放心，我一回去就马上给您写一封感谢信，感谢你对我的关心，感谢我在哈福郡受到的种种照顾。虽然我过不了多久就会再回来，但是我还是要祝福各位表妹

一声，祝她们健康幸福。伊丽莎白表妹也不例外。"

太太小姐们向他行过礼后就告辞回自己的房间了。大家对他很快就会回来一事感到十分惊讶，班奈特太太以为他是打算再向她的哪一个女儿求婚，心想也许玛莉会答应他。在所有的姐妹中，玛莉对他最为倾心，非常敬佩他坚定的思想和意志。她觉得他虽然没有自己这么聪明，但是只要能有像她这样的太太给他做榜样，鼓励他读书上进，那他也一定会成为一个理想的丈夫。

可惜，不管是班奈特太太，还是玛莉本人，很快就会失望地发现自己不过是空想一场。第二天早上，夏绿蒂·卢卡斯小姐刚吃过早饭，就来浪博恩做客。在与伊丽莎白私下相处的时候，她主动把头一天的事说了出来。

伊丽莎白在这几天当中，也隐约想到柯林斯先生可能一相情愿地以为自己爱上了夏绿蒂，但是她无论如何也不相信夏绿蒂会答应他的求婚。因此，当她现在听到夏绿蒂亲口告诉她这件事的时候，不由得大吃一惊，一时之间连礼貌也顾不上了，大声叫了起来："跟柯林斯先生订婚！亲爱的夏绿蒂，那怎么可以呢！"

卢卡斯小姐不禁有些尴尬和慌张，不过她也早就料到了伊丽莎白会这样吃惊地责备她，因此早有准备，很快就镇定了下来，从容不迫地说："亲爱的伊丽莎白，你为什么会这么惊讶？柯林斯先生不幸没有得到你的青睐，难道他就不能得到别的女人的青睐吗？"

伊丽莎白此刻已经冷静了下来，恢复了常态，用非常肯定的语气，预祝他们婚姻幸福、白头偕老。

夏绿蒂说道："我知道你为什么会感到惊讶，因为就在几天以前，柯林斯先生还在向你求婚，现在却马上就要跟我结婚了。可是，你只要静下来好好地想一想这件事情，就知道我的做法并没有什么奇怪的地方了。你也知道，我并不是一个追求浪漫的人，我只希望有一个舒舒服服的家。柯林斯先生的人品性格、社会关系和身份地位，足以使我们的婚姻获得幸福，而且我们相信，这并不比任

何人结婚时所夸耀的那种幸福要差。"

伊丽莎白平静地回答道: "当然。"

她们俩就这样别扭地在一起待一会儿，便跟其他人坐在一起。过了一会儿，夏绿蒂就告辞了。伊丽莎白重新回想了刚才的事情，为这门可笑的亲事难受了好久。柯林斯先生在三天之内求了两次婚，本来就够稀奇了，更稀奇的是竟然会有人答应他，而且答应他的人还是自己的好朋友。虽然伊丽莎白一直都隐约觉得夏绿蒂在婚姻方面的见解跟自己不太一致，但是却怎么也想不到她竟然会不顾一切，去屈就一些世俗的利益。夏绿蒂成了柯林斯的妻子，这实在是一件非常丢人的事，而且她敢断定，夏绿蒂的这个选择，绝对不会给她带来任何幸福。

23

当伊丽莎白跟母亲和姐妹们坐在一起的时候，她回想起夏绿蒂跟她提起的那件事，拿不定主意是否应该把它告诉大家。就在这时候，威廉·卢卡斯爵士来了，他受女儿的委托，特地到班奈特府上来宣布女儿订婚的消息，同时还大大地恭维了班奈特太太和小姐们一番，说他非常荣幸能跟班奈特上结成这门亲事。大家听了这个消息，都感到十分吃惊，根本不相信真有这么一回事。班奈特太太甚至完全不顾礼貌，一口咬定威廉爵士弄错了。一向又撒野又任性的莉迪亚，竟然口无遮拦地叫道: "天哪! 威廉爵士，你肯定是弄错了! 你不知道柯林斯先生要娶的是丽兹吗? "

遇到这种情况，只有像朝廷大臣那样逆来顺受的人才能忍住不发火，幸好威廉爵士也是颇有教养的人，他非常有礼貌地听着她们无礼的非难，耐心地跟她们解释他说的是真话。

伊丽莎白觉得自己有责任帮助他应付这种尴尬的局面，于是就自告奋勇地帮他解释，说他说的确实是真有其事，刚才自己已经听

夏绿蒂本人谈起过了。伊丽莎白诚恳地向威廉爵士道喜，珍马上帮腔，说她相信这门亲事有多幸福，又说柯林斯先生人品那么好，汉斯福和伦敦相隔又近，往返又方便，等等。

　　班奈特太太虽然生气，但在威廉爵士面前不好意思发作。等他一走，她就立刻发起牢骚来。她喋喋不休地抱怨着，第一，她绝对不相信真有这回事情；第二，她断定柯林斯先生是上了威廉·卢卡斯一家的当；第三，她相信这一对夫妇绝对不可能幸福；第四，这门亲事一定会破裂。最后，她从这整个事情当中，简单地得出了两个结论，一个是，这场闹剧都是伊丽莎白一手造成的，另一个是，全家人都在欺负和虐待她。整整一天，她都不断地反复唠叨着这几点，谁也安慰不了她，谁也消不了她的气。一整个星期，她一见到伊丽莎白就骂，和威廉爵士、卢卡斯太太说起话来也总是恶声恶气，起码过了一个月，她的怒气才慢慢平息了下来。至于夏绿蒂，她过了好几个月才逐渐原谅了她。

　　但是班奈特先生却非常高兴，他原本以为夏绿蒂·卢卡斯相当懂事，没有想到她竟然跟自己的太太一样愚蠢。他觉得还是自己的女儿聪明懂事，因此感到十分欣慰。

　　珍也觉得这门亲事结得过于仓促，但是她却没有说什么。虽然伊丽莎白一再跟她说这门婚事的弊端，但是她却始终认为夏绿蒂嫁给柯林斯先生，未必不会幸福。凯瑟琳和莉迪亚丝毫不羡慕卢卡斯小姐，因为柯林斯先生只是个传教士而已，不是让她们心驰神往的"红制服"。不过，她们倒是可以把这件事情当做一件新闻，带到梅列敦去传播一下。

　　卢卡斯太太看见自己的女儿能结上这样一门美满的姻缘，心里感到十分安慰，因而她对班奈特太太的无礼，也就不怎么放在心上。不仅如此，她到浪博恩来拜访的次数更加频繁，不断地说着自己有多么高兴、多么开心。可惜的是，班奈特太太一点好脸色也没给她，也够让她扫兴的了。

这件事发生以后，伊丽莎白和夏绿蒂之间就有了一层隔膜，彼此都小心翼翼地不提起这事。伊丽莎白认为，她和夏绿蒂再也不可能恢复以前那种交情了，于是放更多关心到自己的姐姐身上来，希望她能早日得到幸福。

但是宾里先生已经走了一个星期，却没有一点要回来的消息。珍很早以前就回信给卡罗琳，现在正在数着日子等她的回信。柯林斯先生走之前答应要写来的那封感谢信，星期二就寄来了。他在信上说了一箩筐的客套话，仿佛他在班奈特府上打扰了一年那么久似的。在表达了自己的感谢之后，便用了许多欣喜若狂的措辞，告诉大家说已经幸运地获得了卢卡斯小姐的芳心，他接着又说，在他去看望他的心上人的时候，可以顺便再来拜访拜访他们，以免辜负他们对他殷切的希望。他说他希望能在两个礼拜以后的星期一到达浪博恩，还说凯瑟琳夫人也衷心地希望自己能早日结婚，并且希望越早越好。最后，他说他相信他那位心上人夏绿蒂小姐，绝不会反对早日择定婚期。

对班奈特太太说来，她再也不对柯林斯先生的重返浪博恩抱什么希望了，反而跟他的丈夫一样对此大加抱怨，说柯林斯真是太不知趣了，不去他未来的岳父家，却偏要跑来浪博恩，既不方便，也没道理。她说她现在身体正不舒服，非常讨厌客人上门来，而且上门的还是这些快要结婚人。这些事情让班奈特太太痛苦不已，成天唠叨，只有想到宾里先生一去不回，让她感到更加痛苦的时候，她才停止她的喋喋不休。

宾里离开尼日斐花园的事，同样也让珍和伊丽莎白深感不安。随着时间一天一天地过去，他还是没有一点消息传回来，梅列敦不禁纷纷地传出了谣言，说他今年冬天再也不会到尼日斐花园来了。这些话让班奈特太太非常生气，说那些都是毫无根据的谣言。

连伊丽莎白也不由自主地开始感到恐惧，她倒并不是害怕宾里先生变心，而是担心他的姐妹们真的对他造成了影响，让他不再回

尼日斐花园来了。如果真的是这样，那对珍的幸福来说，可是非常不利的。伊丽莎白实在不愿意存在着这样的想法，但是她又控制不住自己这么，他那两位无情无义的姐妹，加上那位完全能左右他的朋友，再加上达西小姐的窈窕妩媚，还有伦敦的声色娱乐，都足以使他受到影响，可能就真的再也不会回来了。

珍当然比伊丽莎白更加着急，但是她却从来没有把自己的心事暴露出来，也从不跟人家提起这件事。不幸的是，她的母亲却丝毫不能体谅她的苦衷，几乎每天都要提起宾里先生，说他可能真的不再回来了。她甚至还硬要珍承认，要是宾里真的不回来的话，那她就一定是被他抛弃了。还好，珍性情温和，又极有涵养，因此至少还能在表面上装作若无其事。

柯林斯先生准时到达了浪博恩，但是这家人却不像上次那样热情欢迎他了。不过，柯林斯先生情场得意，人家对他冷淡一点也不在意，每天一大早他就到卢卡斯府上去，一直到快要睡觉的时候，才回到浪搏恩来，跟大家道歉一声，要大家原谅他终日未归。

班奈特太太仍然还是听不得人家提起那门亲事，不幸的是，不管她走到哪里，都能听到人家在谈论着这件事情。她现在一看到夏绿蒂就觉得讨厌，一想到夏绿蒂将来有一天会接替她做浪博恩的主妇，就更加厌恶她。每当夏绿蒂来看她们的时候，她就认为人家是来考察这里的情况，看看什么时候能搬进这里来；每当夏绿蒂跟柯林斯低声说话的时候，她就认为他们是在谈论浪博恩的家产，是在计划着等班奈特先生一去世，就要把她和她的几个女儿都撵出去。

"我的好老爷，"班奈特太太忍不住对她丈夫诉苦，"我看，夏绿蒂·卢卡斯迟早要成为这里的女主人，可是我除了眼睁睁地看她搬进来之外，什么也做不了，这真是太让人难受了！"

"我的好太太，何必去想这些使你难受的事情呢？为什么不从好的方面去想想，说不定我比你还活得长些呢，那你就看不到让你伤心的那一天了！"

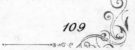

但是这些话对班奈特太太丝毫不起作用，她还是继续诉苦："一想到所有的产业都要落到他们手里，我简直就难以忍受。要不是为了继承权的问题，我才不在乎呢。"

"你不在乎什么？"

"我什么都不在乎。"

"谢天谢地，你的头脑还算清楚。"

"我的好老爷，一说到继承权的问题，就绝不会谢天谢地的。不管怎么说，不能让自己的女儿来继承自己的财产，就太不合理了，何况要来继承我们财产的人，还是柯林斯先生，为什么偏偏是他来享受这份遗产呢？"

"这个问题你自己去想吧！"班奈特先生说。

24

珍总算等到了宾里小姐的信，有关宾里先生今年冬天是否会回尼日斐花园的猜疑也就此告一段落，因为宾里小姐在信上第一句话就是说，她们一家都决定在伦敦过冬。然后，她又替他哥哥道歉，说他没有向哈福郡的朋友们辞行就一去不回，感到十分遗憾。

希望彻底破灭了。整封信都是虚情假意的关切，满篇都是赞美达西小姐的话，她的妩媚、她的温柔、她的多才多艺。宾里小姐还十分高兴地在信中说道，她哥哥和达西小姐之间的关系，一天比一天亲密，她相信她在上封信中提到的那些愿望，一定可以实现。她还十分得意地说道，她哥哥现在已经住到达西先生家里去了，而且达西正打算添置新家具。

珍读完信之后，就马上把信的内容告诉了伊丽莎白。伊丽莎白听了，又生气又难过，生气的是那帮人竟然这样无情，难过的是自己的姐姐一定会为此伤心透顶。但是无论如何，她也不会相信真如宾里小姐所说的那样，宾里先生竟然会钟情于达西小姐。她仍然相

信宾里先生真正喜欢的人是珍。尽管如此，伊丽莎白还是对他很失望，甚至觉得很看不起他，因为她以前实在没有想到这个人居然是这么一个毫无主见的人，竟然听由那帮诡计多端的朋友摆布，以至于牺牲自己的幸福。如果牺牲的只是他一个人的幸福，那伊丽莎白也不会这么担忧，但这中间还牵扯到自己姐姐的幸福，她就不能袖手旁观了，一定要把事情弄个水落石出。但是不论事情的真相究竟如何，宾里先生真的变心了也好，或者是受了他的姐妹和朋友的蒙骗也好，珍肯定都是一样伤心。

不过珍并没有表现出任何的异样，过了一两天，她才对伊丽莎白敞开了心扉。那天班奈特太太像往常一样，絮絮叨叨地说起尼日斐花园和它的主人，一说就说了好半天。后来，终于只剩下她们姐妹俩的时候，珍忍不住说道：“但愿妈妈能控制一下她自己吧！她不知道她这样时刻提起他，让我有多痛苦。不过，我绝对不会去怨恨谁的，我也相信这种局面是不可能长久。要不了多久，我们就会把那些人都忘掉，还是像以前一样照常生活。”

伊丽莎白半信半疑望着姐姐，一句话也没说。

“你不相信？”珍的脸红了，说道，“跟你说实话吧，他对我而言只不过是个非常可爱的朋友，不过就是如此而已。我对他既没有什么奢望，也没有什么担忧，更没有什么理由去责怪他。多谢老天，我对他的感情还没到那种地步，只要再给我一些时间，我就一定能把他忘记的。”

说完，她又用更加坚定的语气补充道：“说穿了，这一切都只能怪我自己胡思乱想。好在这事只是损害了我自己，并没有影响到别人。”

伊丽莎白不等她说完，就大声说道：“亲爱的珍，你实在太善良了、太心软了。你这样处处都替别人着想，简直就像天使一样！”

珍竭力否认妹妹的夸奖，说她是因为太爱自己才会说出这样太

言过其实的赞美来。

"不，"伊丽莎白说道，"你的确是太善良了。在你心目中，天底下都是好人，不管是谁，你也绝不会说他一句坏话。至于我，在我心里，真正称得上是好人、值得去喜欢的人，实在是太少了。经历的事情越多我就越加相信，知人知面难知心，我们真的不应该看一个人表面上有点见解有点头脑，就去相信他。最近我碰到了两件事，都加深了我的这种想法，其中一件我不愿意再提，另外一件就是夏绿蒂的婚姻问题。这些事情简直让人觉得莫名其妙！"

"亲爱的丽兹，你想得太多了，这样一来根本不能得到幸福的。你应该多体谅体谅每个人的性格和处境，想想柯林斯先生的身份地位和夏绿蒂的谨慎稳重，就知道这绝不是一桩冒失的婚姻。不管怎么说，夏绿蒂也算一个大家闺秀，从财产方面来讲，这也确实是一门再合适不过的亲事了。你就顾全一下她的面子，就当她对我们那位表兄确实有几分爱慕吧！"

"我当然可以勉为其难地相信，但是这对任何人都没有好处。夏绿蒂根本不懂爱情，根本不可能爱上柯林斯，要是我当真相信他是爱上了柯林斯，那我又要觉得她毫无见识。你跟我一样清楚，柯林斯是个心胸狭窄、盲目自大的笨蛋，只有头脑不清楚的女人才会嫁给他，而这个人居然就是夏绿蒂·卢卡斯！你用不着为她辩护，也用不着费尽心思来说服我。不管怎么样，我都不可能让自己相信，谨慎稳重就不是自私势利，嫁给有身份地位的人就不是冒失！"

"你说得太过火了！"珍说，"等你以后看到他们俩生活幸福时候，你就会相信我的话没有说错。不过，我们不要再讨论这件事情了，你不是举出了两件事吗？我们谈谈另外一件吧。亲爱的丽兹，不管怎么样，我希望你千万不要责怪那个人，千万不要说你看不起他，否则我会感到非常痛苦的。我们不能随随便便地就认为人家是在故意伤害我们，很可能是我们自己因为虚荣心的驱使而一时

头脑发昏。女人往往都对爱情存有太多不切实际的幻想。"

"因此男人们就故意逗弄她们去幻想。"

"要是真的是事先计划好了存心去逗弄人家的话，那这些男人确实是不应该。但是，要说这个世界上到处都是计谋，我可是不相信的。"

伊丽莎白说："我并不是说宾里先生的行为是事先计划好了的。但是有时候，一个人虽然没有存心要让别人伤心，但他做出来的事情，却恰恰引起了这样不幸的后果。一个男人，要是看不出别人对他的情意，而且又缺乏主见的话，那也同样会害人不浅。"

"你认为这件事应该归于这一类原因吗？"

"没错，而且我觉得应该归咎于那位先生缺乏主见。不过算了，要是我再说下去的话，你恐怕就会不高兴了。还是让我先住嘴吧！"

"这么说，你断定是他的姐妹们操纵了他啦？"

"没错，而且这件事的参与者还包括他那位朋友达西先生。"

"我不信。她们既然是他的姐妹，自然是希望他能幸福。如果他真的爱我的话，那么别的女人是不能让他幸福的。这一点，她们也应该明白的，为什么要去操纵他呢？"

"你的想法真是大错特错。她们除了希望他幸福以外，还希望他能更加有钱有势，因此她们当然希望他能跟一个高贵、显赫、富有的女人结婚。"

"没错，她们当然希望他能跟达西小姐结婚。但是，我相信她们是出于对他的幸福考虑，而不像你想象的那么恶劣。她们认识她比我早得多，所以难怪她们会更喜欢她，但这还不至于让她们非要拆散我们吧？除非我确实有太多让她们看不顺眼的地方，不然，哪个做姐妹的会这么无情？我相信，要是她们认为他爱的是我，她们是绝对不会拆散我们的。退一步来说，要是他真的爱我的话，即便她们想拆散，也拆散不了。不要再提这些让我痛苦的话吧，我宁愿

相信宾里根本没有爱上我，也不愿意去认为他的姐妹们竟然会那么荒谬。我们还是从合乎常理的角度来考虑这件事情吧！"

伊丽莎白无话可说。此后，她们就很少再提起宾里先生。但是班奈特太太却依然不断地提起他，反复唠叨他为什么一去不回。伊丽莎白几乎每天都要跟她解释好几遍，却丝毫起不了作用。为了安慰自己的母亲，伊丽莎白甚至说了一些连她自己也不相信的话，说宾里对于珍的迷恋只不过是出于一时高兴，一旦离开她到别的地方去，就很快就把她抛到脑后了。班奈特太太勉强相信了这些话，却仍然抱着自我安慰的想法，希望宾里先生明年夏天一定会回到这儿来。

班奈特先生的态度可就不一样了，他对伊丽莎白说："嘿，丽兹，我发现你姐姐好像失恋了。她可能因此感到难过，但我倒要祝贺她。一个姑娘总喜欢不时地尝点儿失恋的滋味，好让她们有点儿东西去填补一下她们空洞的脑袋，而且还可以在朋友们炫耀炫耀。这样的好事什么时候轮到你头上来呢？我想你也不愿意让珍独领风骚吧。现在你的机会来啦，梅列敦的军官们多的是，足够让这个村子里每一个姑娘都失恋一次。就让韦翰做你的对象，好不好？我看他是个再有趣不过的家伙了，而且我也相信他会用很体面的办法来把你遗弃。"

"谢谢你，爸爸，比韦翰再差一些的人也能使我满意了。我可不指望自己能像珍那么好运气！"

"说得对，"班奈特先生说，"不过不管你交上了什么运气，你那位好心的妈妈都会尽力成全你的。光是想到这一点，也足够让你觉得安慰了。"

由于最近连续发生几件不顺利的事情，班奈特一家的太太小姐们都闷闷不乐。在这段时间里，幸亏有韦翰经常来拜访她们，给她们带来不少乐趣。他以前对伊丽莎白所说的那些有关达西先生如何对不起他的话，现在已经传遍浪博恩了。大家听了之后都更加讨厌

达西先生，而且一想到自己在还不知道这件事情的时候，就已经开始讨厌达西了，便不禁非常得意。

只有珍·班奈特小姐认为事实可能并不像韦翰说的那样。她天生善良温和、公正稳重，觉得这中间一定有些什么误会，希望大家把事情弄清楚之后再作结论，不然很有可能弄错。只可惜，她的劝告对别人产生不了多大的影响，大家现在都一致认为达西先生是全天下最混账、最可恶的人。

25

整整一个星期，柯林斯先生一边忙着跟他的心上人谈情说爱，一边在商量筹划着婚礼。到了星期六，他不得不跟自己心爱的夏绿蒂告别。不过，他已经做好了准备，不久以后就可以来迎接新娘，因此离别的愁苦也减轻了不少。他和上次一样，郑重其事地告别了浪搏恩的亲戚们，并承诺回去之后会再给班奈特先生来一封感谢信。

星期一，班奈特太太的弟弟和弟媳嘉丁纳夫妇和往年一样，到浪搏恩来过圣诞节。嘉丁纳先生是个商人，但是却知书达理，颇有绅士气派，无论在个性方面，还是教养方面，都与他的姐姐大相径庭。嘉丁纳太太比班奈特太太和菲利普太太，要小好几岁，是个聪明文雅、和蔼可亲的女人，班奈特家的小姐们都非常喜欢她，常常进城到她那里小住一阵。

嘉丁纳太太一到这里，就忙着分发礼物，并给小姐们讲述城里最时髦的时装款式。然后，她便安静地坐在班奈特太太身边，非常有耐性地跟她说话。班奈特太太最近积压了不少的牢骚，见弟弟弟媳来了，正有一肚子的苦要诉。她说她在家里受尽了欺负，两个女儿本来快要出嫁的，结果到头来只落得一场空。

"我并不责怪珍，"她接着去说道，"因为珍要是能够嫁给宾里先生的话，她肯定早就嫁了。可是丽兹，要不是她那么使性子，早就成了柯林斯夫人了。你不知道，柯林斯先生就是在这间房子里向她求婚的，可是，她竟然把他给拒绝了，结果倒是让卢卡斯太太捡了个便宜，比我先嫁出去了个女儿，浪博恩的财产以后就得让人家来继承了。没错，卢卡斯一家的手段可真是高明，他们为了要捞进这一笔财产，什么事情都做得出来。我本来是不忍心这么批评自己的邻居的，可是事情就是这样。我在自己家里受尽了委屈，偏偏又遇到这么自私自利的邻舍，弄得我的神经都受不了啦，还大病了一场！你来得正是时候，正好陪我散散心，我非常喜欢听你讲的那些……长袖子的事情。”

嘉丁纳太太在来之前，就从珍和伊丽莎白的信中，大致得知了班奈特一家最近发生的事情。为了不让外甥女们难堪，她只是稍稍敷衍了班奈特太太几句，便岔开了话题。

过了一会儿，当嘉丁纳太太跟伊丽莎白单独在一起的时候，她重新提起了这个话题，说道：“对珍来说，这确实是一门很可惜的亲事，不过这种情况也是在所难免的。要是宾里先生真像你们说得那么优秀，那他确实很容易就会爱上一位美丽的姑娘，也很容易就把她给忘得一干二净。在这种阔少爷身上，这种见异思迁的事情多的是。”

“我知道你这么说是为了安慰我们，”伊丽莎白说，“只是我们难过的并不是他见异思迁，而是一个独立的年轻人，本来跟一位姑娘打得火热，现在却因为受到了自己朋友们的干涉，就把她给遗弃了，这太让人觉得莫名其妙啦！”

“你所谓‘打得火热’是什么意思呢？这种话未免也太笼统了吧，让人毫无概念。这种话既可以用来形容一时的头脑发热，也可以用来形容一种真正的爱情。你可否解释一下，宾里先生的‘火热’究竟是到什么程度呢？”

“我可以说从来没有见过像他那样一往情深的人，他把整个心

思都放在她的身上，根本不去理睬别人。每一个见过他们两人在一起的人，都绝对会赞同我的话。在他自己所开的舞会上，他一心一意地陪着珍，甚至不惜得罪了其他小姐。我找他说话，他也没有理我。你认为这样还称不上'火热'吗？他对她的感情，根本就没有什么值得怀疑的。"

"原来是这样！这么说来，他是真的爱上她啦。可怜的珍！我真为她感到惋惜。依照她的性格，她绝不可能很快就把这事忘记的。丽兹，如果是你还好些，因为你对这种事情多半会一笑置之，用不了多久就会抛到脑后。你看这样好不好，我们让她到我那里去住一段时间，让她换换环境。另外，离开家也不用整天听你母亲提起这事，这样一来说不定她就能很快忘记这件伤心事的。"

伊丽莎白对这个建议表示赞成，并对嘉丁纳太太说她相信珍也会赞成的。

嘉丁纳太太接着说："不过，她也许会因为担心在城里见到那位先生而不愿意去我那里。你知道，我们虽然和宾里先生同住在一个城里，但是并不住在同一个地区，平时交往的亲友也不一样，而且我们也很少外出。除非是他特地上门来看她，不然我想他们是不太可能见面的。"

"上门来看她？那是绝对不可能的。我告诉你，现在宾里先生被他的姐妹和朋友们控制着，根本不可能得知珍去城里的消息。而且，达西先生也绝不允许他到伦敦的这样一个地区去看珍！当然，达西先生可能听说过有格瑞斯乔治街这样一个地方，但他要是到那里去一次，一定会觉得花上一个月的工夫也洗不净他身上沾染的污垢，他就是这么一个人！亲爱的舅母，你放心好了，他绝不会让宾里上门来看珍的。"

"那就太好了，我也觉得他们还是最好不要见面。不过，珍不是还在跟宾里先生的妹妹通信吗？也许宾里小姐会来拜访珍呢。"

"她绝不会跟她再来往了。"

　　伊丽莎白嘴上说得十分肯定，觉得宾里先生肯定被他的姐妹和朋友控制住了，不可能再去跟珍见面。不过，后来她又重新把这件事情想了一想，认为自己也不应该完全绝望，她认为，要是宾里先生的确非常爱珍的话，姐妹和朋友的影响也许无法阻挡他对珍的感情，说不定会与珍重修旧好。

　　珍十分乐意地接受了舅母的邀请，决定到舅母家去住上一阵。她心里想的是，希望宾里先生和他妹妹卡罗琳没有住在一起，那样的话，她就可以偶尔去找卡罗琳玩上一个上午，而不必担心会撞上她的哥哥。

　　嘉丁纳夫妇在浪博恩的一个星期里面，班奈特太太安排得十分周到，以至于嘉丁纳夫妇没有安安静静地在家里吃过一顿饭，每天有赴不完的宴会，有时候在菲利普府上，有时候是在卢卡斯府上，有时候是在军官那里。当班奈特府上有宴会的时候，每次都必然会邀请几位军官，而每次都少不了韦翰。伊丽莎白在宴会上总是热烈地称赞韦翰，嘉丁纳太太看在眼里，不由得开始怀疑两人的感情。当然，尽管她经过仔细观察，并没有得出他们两人已经坠入爱河的结论，充其量只不过是相互之间稍微有点好感，但是这也已经足够让她觉得不安了。她打定主意，决定要在离开哈福郡以前跟伊丽莎白谈一次，让她知道这样的关系继续发展下去，实在是太莽撞了。

　　但是韦翰却非常会讨好嘉丁纳太太，而且跟他讨好别人的方法还不一样。十几年前，嘉丁纳太太还没有结婚的时候，曾在德比郡住过很长时间，有一些旧日的老朋友韦翰也认识。虽然自从五年前达西先生的父亲去世以后，韦翰就不大到德比郡去，但是他居然还是能给嘉丁纳太太报告一些她从前朋友们的消息，而且比她自己打听得来的还要详细。另外，嘉丁纳太太曾经去过彭伯里，也久仰老达西先生的大名，光是这一件事，就足够她跟韦翰谈上几天了。当嘉丁纳太太听到韦翰说现在这位达西先生怎么对不起他，她便努力在记忆中去搜寻对那位先生小时候的印象。后来，她终于想起

来，自己从前确实听人家说过，费茨威廉·达西是个高傲而且任性的孩子。

26

每当嘉丁纳太太有机会单独跟伊丽莎白相处的时候，她总是不厌其烦地劝告自己的外甥女，希望她不要对韦翰存有指望。她说道："丽兹，你是个非常懂事的孩子，不会因为别人阻止你谈恋爱，你就故意唱反调偏偏要谈，正因为这样，我才敢跟你说这些话。老实说，我觉得这段感情太过于冒失，你千万要当心。像韦翰这样的人，毫无财产基础，你千万不要让自己爱上他，也用不着费尽心思让他爱上你。当然，我并不是说他不好，他是个非常可爱的青年，要是他得到了他应得的那份财产的话，我对这门亲事就再赞成不过了。可是，既然现在他一文不值，你就不要对他有什么想法了。我们都知道你是个非常聪明的孩子，希望你不要辜负了你的聪明。还有，你父亲非常信任你，看重你，千万不要让他失望。"

"亲爱的舅母，你太一本正经了。"

"没错，我希望你也正经一点。"

"你不要这么着急，我自己会小心，同时也会提醒韦翰先生小心。只要我避免得了，我绝不会跟他谈恋爱的。"

"伊丽莎白，你这话可就不太正经啦。"

"对不起，现在我正经一点。就目前而言，我并没有爱上韦翰先生，不过在我认识的人当中，他确实是最可爱的一个，没有人能比得上他。要是他真的爱上我的话，我想我难免要用同样的感情回报他！所以我想他还是不要爱上我比较好。这件事情的确很冒失，父亲这么看重我，真是我的荣幸，我要是辜负了他，一定会觉得非常难过。我知道父亲对韦翰有成见。哦，亲爱的舅母，一切都太乱了，不过我绝不愿意让你们任何人因为我而不快乐。但是，一个年

轻女子一旦爱上了一个人，难道会因为他暂时没有钱就放弃爱他吗？要是我真的爱上了韦翰，恐怕我也不会因为他没钱，就压抑自己的感情。反正，我答应你不草率行事就行了，我也不会一下子就把我跟他的关系上升到那个地步。总而言之，我一定尽力而为。"

"我想你可以不让他来得这么频繁，那样也许会好些。至少，你不必提醒你母亲邀请他来。"

伊丽莎白不好意思地笑了笑说："就像我那天那样。没错，我也觉得最好不要这么做。不过，你别以为他一直都来得这么频繁，这个星期是因为你跟舅舅在这里，才常常请他来的。你知道妈妈这个人，她总是自作聪明。不知道你对我的解释是否满意？"

舅母说她很满意了，伊丽莎白对她好心的提醒表示感谢，然后两人就没有再提起这件事情了。在这种敏感的问题上，给人家出主意而没受到抱怨，这倒是不常见的事。

第二天，嘉丁纳夫妇就带着珍离开了哈德福郡。他们刚刚一走，柯林斯先生就又回哈福德郡来了，住在卢卡斯府上。直到现在，班奈特太太才终于死了心，于是就不停地用怨恨的语气说："但愿他们会幸福吧！"

星期四就是举行婚礼的日子，因此夏绿蒂星期三到班奈特府上来辞行。坐了一会儿，等客套话都说尽的时候，夏绿蒂起身告辞。伊丽莎白虽然和夏绿蒂之间存有芥蒂，但是母亲那些不得体的"祝福"使她感到十分抱歉，而且毕竟要分别了，她不可能无动于衷，于是她便送夏绿蒂到门口。

夏绿蒂说："我相信你一定会常常给我写信的，伊丽莎白。"

"你放心好啦，我一定会常常写的。"

"我还要请你赏个脸，希望你有空能来看看我。"

"我想我们会经常在哈福德郡见面的。"

"可是我暂时不会离开肯特郡，还是答应我到汉斯福来看我吧。"

伊丽莎白觉得那种拜访不可能有什么乐趣，但是碍于情面，还是勉为其难地答应了。

夏绿蒂又说："我父母三月就要到我那儿去，我希望你跟他们一块儿来。真的，伊丽莎白，我非常欢迎你到汉斯福来做客！"

婚礼结束，新郎新娘就直接从教堂门口动身到肯特郡去。没过多久，伊丽莎白就收到了她朋友的来信，此后两人便一直保持着频繁的书信往来。但是，不管怎么说，他们再也不可能像从前那样畅所欲言、毫无顾忌了。每次伊丽莎白给她写信的时候，都会难过地想到，她们之间那种推心置腹的交谈已经成为过去了。她觉得自己现在这么频繁地跟夏绿蒂通信，与其说是为了目前的友谊，还不如说是因为过去的交情。不过，最开始的时候，她还是非常迫切地盼望着夏绿蒂的来信，好奇地想知道夏绿蒂在那边的生活是否幸福。夏绿蒂的每封信里都充满了愉快的情调，几乎对每件事都要大加赞美。她说那里的住宅、家具、邻居、道路，没有一样不让她称心，而且凯瑟琳夫人既友善又亲切，对她非常好。伊丽莎白觉得，夏绿蒂的话几乎就是柯林斯那些吹嘘的翻版，只是说得稍微委婉一些罢了。实际的情况究竟如何，恐怕要等她亲自去拜访一次，才能完全了解。

珍一到伦敦，就给伊丽莎白来了一封短函，报告了她平安到达的消息，此外就没说什么了。伊丽莎白希望珍下次写信来的时候，能够说一些有关宾里先生的消息。在她热切的盼望中，第二封信终于来了。珍在信上说，她进城一个星期以来，既没有看见卡罗琳的人，也没有收到卡罗琳的信，似乎她还不知道自己已经去伦敦了，她还猜测自己从浪博恩寄给卡罗琳的那封信一定是在路上失落了。接下去，珍写道："明天舅母要到那个地区去，我想趁这个机会到格鲁斯汶纳街去拜访一下。"

珍到格鲁斯汶纳街拜访过宾里小姐之后，又写了一封信来，信上写道："卡罗琳似乎精神不大好，但是她见到我还是非常高兴，

而且还一直责怪我伦敦也不事先通知她一声。我没猜错，我上次给她的那封告诉她我要去伦敦的信，她真的没有收到。我还顺便问起了宾里先生，她说他很好，就是跟达西先生过从太密，让他们兄妹都见面的机会都很少。我在那里没待多久就告辞了，因为卡罗琳和赫斯特太太都急着要出去。我想，她们过不了多久就会上舅母家来看我的。"

伊丽莎白读完信，不禁非常担忧。她觉得，两位宾里小姐这么处心积虑，看来她们的兄弟不太可能有机会知道珍到了伦敦。

果然，四个星期过去了，珍依然没有见到宾里先生的影子。她不断的安慰自己，说自己并没有因此而感到难受。但是有一件事情她不能再欺骗自己了，那就是宾里小姐的冷漠无情。自从去拜访了宾里小姐之后，她每天上午都在家里等宾里小姐，可是整整两个星期，对方连个人影都没有。珍把事情都朝好的方面去想，每天晚上都替宾里小姐编造一个借口，告诉自己她一定是有事耽搁了，因此才没有来看她。最后，那位贵客总算上门来了，但是只心不在焉地待了一会儿，就匆匆告辞。和以前她对珍的殷勤相比，态度完全判若两人。珍的希望破灭了，她不能继续欺骗自己。她在信中把这次的情形告诉了伊丽莎白：

"亲爱的丽兹：现在我不得不承认，宾里小姐确实像你所说的那样虚伪无情。事情证明你的看法是正确的，也证明你的见解确实比我高明。我想，现在你肯定会觉得我的伤心是咎由自取，不过从她过去对我的态度来看，我依然觉得以前我对她的信任是合情合理的。请不要认为这是我固执，我想要是重来一次的话，我也还是会上当受骗的。卡罗琳一直毫无消息，直到昨天才来看我，而且还显出非常不乐意的样子。冷淡地敷衍我几句，说她没有早日来看我，感到很抱歉，此外根本就没什么话说了。我实在伤心，因此她走了以后，我下定决心要跟她断绝来往。当然，我应该埋怨她，可是又忍不住可怜她。埋怨的是她当初虚情假意地对我，当初我们的

友谊完全是她一步步主动靠近才建立起来的，如今却又判若两人；可怜的是她肯定会因为这样对我而感到自责的。我想，她之所以这么对我，多半是由于她哥哥的缘故，以为我还对他哥哥有什么非分之想。我觉得我没有必要对她解释这件事，因为我们都知道她这种担心完全是多余的。不管怎么说，作为妹妹，她这种担忧倒是合情合理，证明她确实非常爱她哥哥。不过，我实在不明白，她究竟还有什么可担心的，要是我跟宾里之间真有什么大不了的情意，那我们早就见面了。听卡罗琳的口气，我肯定宾里知道我在伦敦，但是从她讲话的态度来看，又好像确定了她哥哥十分倾心于达西小姐。我怎么也弄不明白这一切究竟是怎么回事，忍不住要认为这中间一定大有蹊跷。不过，还是让我打消这些痛苦的想法吧，我会尽力去想想那些能让我高兴的事，比如你的亲切体贴和舅父舅母的热情关切。卡罗琳说宾里再也不会回尼日斐花园，说他打算放弃那幢房子，但说得并不怎么肯定。我们还是不要再提这件事了。你从夏绿蒂那里听到了很多让人愉快的事，这让我也很高兴。你就跟威廉爵士和玛丽亚一块去看看他们吧，相信你在那里一定会过得很开心的。希望很快就能收到你的信。"

伊丽莎白为她姐姐感到难受，同时也为她姐姐感到高兴，因为珍从此以后不会再受到那帮人的蒙骗，至少不用受到那个妹妹的欺骗。伊丽莎白现在已经完全放弃了对宾里的一切希望，根本不指望他与珍重修旧好。她越来越看不起他，甚至希望他早日跟达西先生的妹妹结婚，因为照韦翰说来，那位小姐的坏脾气一定会让他吃尽苦头，让他后悔当初不该把美丽又可爱的意中人给抛弃了。另外，他早日结婚对珍也有好处，让她不用再对他有什么想法，不用这么痛苦。

嘉丁纳太太也给伊丽莎白来了一封信，把上次提醒过她的有关韦翰的话，又重复了一次，并问起她近况如何。伊丽莎白的回信让舅母十分满意，因为信上说，韦翰对伊丽莎白那种显著的好感已经

消失……他爱上别人了。伊丽莎白十分敏感地看出了事情的变化，但是却并没有感到什么痛苦，只是稍微有点感触而已。她相信，要是自己有些财产的话，那肯定会成为他唯一的意中人了。当然，她也相信他在选择另一个女人的时候，一定是非常踌躇，不舍得放弃自己真心所爱的女人。这种想法让她的虚荣心得到了满足。韦翰现在所追求的那位姑娘，她最显著的魅力就是能够让他得到一万镑的巨款，此外别无所长。对于这件事，伊丽莎白显然是当局者迷，没有上次对夏绿蒂的事情看得那么清楚透彻，因此并没有因为韦翰追求物质而责怪他，反而以为这是再正常不过的事情。

伊丽莎白把这一切都在信中对嘉丁纳太太说了。她接下来还写道："亲爱的舅母，我现在更加肯定，当初我其实并没有怎么爱他。因为要是当时我真的爱上了他的话，现在肯定会对他怨恨不已，肯定一提到他的名字就觉得无法忍受。可是，我不仅对他心无芥蒂，而且对金小姐也毫无成见，一点也不恨她，一点也不嫉妒她，而且非常愿意把她看做一个很好的姑娘。看来，以前我对韦翰的小心谨慎并不是枉然的，要是我真的不小心一发不可收拾地爱上他的话，那现在亲友们一定会把我当做一个大笑话了。我绝对不会因为人家不喜欢我就感到痛苦，因为我明白被人家喜欢有时候是需要付出很大的代价的。总之，这件事情对我造成的影响不大，但是凯蒂和莉迪亚就十分计较。她们毕竟还很幼稚，阅历也太少，还不懂得这样一个信条，那就是美少年也跟平凡人一样，也得有饭吃，有衣穿。"

27

除了这些事情以外，浪搏恩一家就再也没有别的大事了；除了偶尔到梅列敦去散散步以外，这家人再也没有别的消遣了。一月和二月就这样过去了。到了三月，伊丽莎白就要到汉斯福去了。

　　一开始伊丽莎白其实并不愿意去，但是她想到夏绿蒂对于这个约会寄予了很高的希望，也就慢慢地对这个问题抱有比较乐观的态度。几个月的离别，使伊丽莎白萌生了想要跟夏绿蒂重逢的愿望，也减弱了她对柯林斯先生的厌恶之情，她相信此次的拜访一定会给她带来乐趣。促使伊丽莎白下定决心的，还有一个因素，那就是家里有这样的母亲和妹妹，使她认为应该适当地换换环境，出去透透气。并且，趁着旅行的机会，她还可以去看看珍。在这些想法的驱使下，伊丽莎白对汉斯福之行充满了期待，而且到了出发前的几天，她简直就有点迫不及待了。

　　一切都进行得很顺利。最后，伊丽莎白依照夏绿蒂原先的意思，计划好跟威廉爵士和他的第二个女儿玛莉亚一起去。这个计划又稍稍做了一些补充，他们会中途在伦敦住一个晚上。这么一来，计划就十全十美了。唯一美中不足的就是，伊丽莎白不得不跟亲爱的父亲离别，虽然只是短暂的离别，却依然让她感到痛苦。她知道父亲一定会非常挂念她，事实上他根本就不希望她去。不过，既然事情已经安排到这个程度，只能按计划进行了。伊丽莎白答应父亲会常常写信来，父亲也答应她会亲自给她回信。

　　出发之前，伊丽莎白客客气气地跟韦翰告别，韦翰也十分客气。虽然他现在已经移情别恋，但是他并没有忘记伊丽莎白是他第一个钟情的对象，也是第一个听他倾诉心声的人。他温柔地向她告别，祝她一路平安，又再次强调了德·包尔夫人是怎样的一个人。他说，他相信伊丽莎白对那位老夫人的评价，会跟他的看法完全吻合。他的态度极其诚恳而关切，使伊丽莎白不由得对他怀着真诚的好感。她觉得，不管他结婚也好，单身也好，他在她的心目中始终都是一个温柔体贴、讨人喜欢的人。

　　第二天跟伊丽莎白同路的人，让伊丽莎白觉得索然无味。威廉爵士还是和以前一样，满嘴都是无稽之谈，而且说来说去还是那套已经让人听腻了的话，不外乎是觐见国王、获得爵士头衔之类。他

的举止也像他的言语一样陈腐不堪，着实让人反感。他的女儿玛莉亚是个脾气非常好的女孩，可惜脑子跟她父亲一样空洞，说不出一句中听的话。伊丽莎白觉得听他们父女俩说话，就跟听车轮的轱辘声一样无聊。

按照计划，他们要先到格瑞斯乔治街。这段旅程大约有二十四英里路，他们很早就启程了，为的是要在正午之前赶到格瑞斯乔治街，正好在那里吃午饭。当他们走进嘉丁纳先生的大门时，珍已经在会客室的窗户张望他们，见他们来了，赶紧出来迎接他们。伊丽莎白仔细地看了看珍的脸，见那张脸蛋还是一如往常地健康美丽，让她深感安慰。

嘉丁纳先生的孩子们知道表姐要来，都迫不及待地跑了出来，在楼梯口等待着。整个屋子里都充满了热闹而欢快的气氛。这一天大家都过得非常愉快，客人们刚到的时候大家你一言我一句地问个不停，下午大家出去买东西，晚上又到戏院去看戏。

看戏的时候，伊丽莎白坐在舅母身旁。她们首先就谈到了珍，舅母说珍虽然尽量想打起精神来，却始终免不了有些意志消沉。伊丽莎白听了这话，并没有感到十分惊讶，但是却很担心，不知道她这种消沉的情绪还会持续多久。嘉丁纳太太也跟伊丽莎白说了宾里小姐上门拜访的事，又说起珍下定决心再也不跟宾里小姐来往了。

然后嘉丁纳太太又谈起韦翰的事，把伊丽莎白笑话了一番，同时又赞美她的心平气和。

"可是，亲爱的伊丽莎白，"嘉丁纳太太说道，"金小姐是究竟是怎么样的一个姑娘呢？我可不愿意把我们的朋友看做一个贪财的人啊。"

"亲爱的舅母，我要请问你，在婚姻问题上，什么是动机正当，什么是见钱眼开？怎么做就算是贪财，怎么做又不算是贪财呢？去年圣诞节的时候，你还郑重其事地劝告我不要跟他结婚，因为他没有财产。但是现在呢，你却因为他要去跟一个有一万镑财产

的姑娘结婚，就说他是贪财之徒了。”

“你只要告诉我金小姐是一个什么样的姑娘就行了。”

“我认为她是个好姑娘，我不觉得她有什么不好的地方。”

“可是韦翰本来完全没有把她看上眼，为什么等她祖父一去世，她继承了那笔遗产，他一下子就迷上她了呢？”

“不是那么回事。如果他不再追求我是因为我没钱的话，那么一个同样贫穷并且他根本不放在眼里的姑娘，他为什么要去跟她谈恋爱呢？”

“可是，人家家里一发生变化，他就去向人家献殷勤，这未免也太露骨了吧？”

“不是每个人都这么注意这些繁文缛节。再说，人家姑娘都不反对，我们还反对什么呢？”

“她不反对，并不表示他就做得对。那个姑娘对此毫不在意，只不过说明了她本身有缺陷，不是见识有缺陷，就是感觉有缺陷。”

伊丽莎白叫了起来：“好吧，你爱怎么说就怎么说吧，说他贪财也好，说她愚蠢也好。”

“不，我不这么说。一个在德比郡住了这么久的年轻人，我才不忍心说他的不是呢！”

“要是光凭他在德比郡住过这一点，我看根本成为不了你喜欢他的理由。包括哈福德郡的那些家伙，也好不到哪里去，一个个都让人讨厌！谢谢老天，明天我就要到一个地方去见一个一无是处的人，不管在见识上，还是在为人处事上，他都没有一点讨人喜欢的地方。说到底，只有那些傻瓜才值得我们去跟他们来往。”

“丽兹，你说这种话未免也太消沉了。”

看完了戏之后，舅父舅母邀请伊丽莎白去参加他们的夏季旅行。嘉丁纳太太说：“至于究竟到什么地方去，我们还没有决定，也许是到湖区去。”

这对伊丽莎白来说，真是一种意外的快乐。她毫不犹豫地接受了邀请，而且兴奋地难以自制，欢天喜地地叫了起来："我的好舅母，亲舅母，太好了，你给了我希望，给了我活力，我再也不用忧郁和沮丧了。我们那点微不足道的忧愁，在高山流水的面前，算得上什么呢？想想看，我们会在一起度过多少快乐的日子啊！而且，等我旅行结束之后，我们一定会记得我们到过什么地方。那些名胜古迹绝不会在我们的脑子里混成一团，我们谈论某一处风景的时候，绝对不会连它的位置也弄不明白。我相信，当我们回来之后再讨论这次旅行的时候，绝对不会像一般的旅行者那样，满口的陈词滥调，让人听都不愿意听！"

28

第二天，伊丽莎白就跟威廉爵士和玛莉亚一起上路，向汉斯福出发了。旅途上的每一件事物，都让伊丽莎白感到十分新鲜。伊丽莎白心里十分轻松愉快，因为她看到自己姐姐依然健康美丽，心里感到十分安慰，另外，和舅母约定好的夏季旅行也让她十分高兴。

很快，他们就到达了汉斯福附近，踏上了一条小路。伊丽莎白一行都睁大眼睛，仔细寻找着那幢牧师住宅。他们沿着罗新斯花园的栅栏一直往前走，看到这个花园，伊丽莎白想起外界对这座房子主人的评论和传言，忍不住微笑起来。

他们终于看到柯林斯先生的房子了。远远地，他们就能看到花园、房子、栅栏，每一样东西都为迎接他们的到来而刻意布置过，柯林斯先生和夏绿蒂早已站在门口迎接他们。马车在一道小门前停下了来，客人们下车从这里穿过一条短短的鹅卵石铺筑的小路，便能直接到达客厅。柯林斯对客人们的到来表现地欣喜若狂，对他们说了很多表示热切欢迎的话。伊丽莎白受到这样的欢迎和厚待，就更加觉得不虚此行了。

　　不过，她很快就看出，她的表兄并没有因为结了婚就有所改变，还是和往常一样腐朽拘礼，在门口就不厌其烦地挨个问候，把人家一家大小都问候遍了。接着，他又指给客人们看，自己的门口多么整洁，然后才将客人带进了屋子。客人一走进客厅，他又再次表达了自己的欢迎之情，说承蒙各位大驾光临，自己感到不胜荣幸。这时候，他的太太送点心上来，他马上就大大地把这些点心夸赞了一番。

　　伊丽莎白见柯林斯先生那么得意非凡，滔滔不绝地夸耀着他那屋子的美丽和陈设的讲究，忍不住想到他是特地讲给她听的，目的是要让她知道，当初她拒绝了他的求婚是一个多么大的损失。伊丽莎白承认这里的每样东西的确都非常美丽而整洁，但是她却一点后悔的意思也没有。不仅如此，她还诧异地看着夏绿蒂，不明白她怎么能与这样一位伴侣愉快地相处。其实，夏绿蒂也经常为自己丈夫那些不得体的言论感到难堪，但是她对伊丽莎白不时投过来的意味深长的目光装作没有看见，但有一两次还是微微脸红了一下。

　　大家坐在客厅里，一边欣赏着每一件家具，一边谈论着一路上的见闻和伦敦的情形。过了一会儿，柯林斯先生请客人们到花园里去散散步。他告诉大家，花园非常大，布置地十分精致，而这一切都是由他亲手去料理的。他还自豪地说，他认为收拾花园是一种高尚的娱乐。夏绿蒂补充说，她也认为收拾花园有利于身心健康，因此尽可能地鼓励他这么做。她在说这话的时候非常镇定，让伊丽莎白不得不佩服她。

　　大家就在柯林斯先生的带领下，沿着花园的小径，欣赏着美丽的景色。每到一处，柯林斯都要啰嗦啰嗦地介绍一番，而且自顾自地说，客人们想赞美几句也插不上嘴。柯林斯对这一带的景色都了如指掌，知道哪个地方有多少庄园，甚至连最远的树丛里有多少棵树他都讲得出来。但是，他既谦虚又自豪地说，整个这一带甚至全国的景色，都不能跟罗新斯花园的景色相提并论。罗新斯花园就在

他住宅的正对面，四面绿荫环绕，从茂密树林的缝隙可以看到里面是一幢十分漂亮并且时髦的房子。

柯林斯先生本想再带客人们去看看花园外面的两块草地，但是女士们的鞋子抵挡不住草地上的寒霜，都纷纷要求要回去。于是，只剩下威廉爵士陪着柯林斯继续参观，而夏绿蒂就陪着自己的妹妹和朋友回宅子去了。夏绿蒂十分高兴丈夫不在面前，这样她就有机会显显身手。伊丽莎白又重新审视了这座房子，房子虽然不大，但是布置得很用心，美观而舒适。而且只要柯林斯先生不在，这里便真正有了一种美好的气氛。她由衷地夸奖了夏绿蒂，见夏绿蒂那么得意，便知道她平时肯定不把柯林斯放在眼里。

夏绿蒂告诉伊丽莎白，说凯瑟琳夫人现在正住在罗新斯。吃饭的时候，她们又偶然地提起了这件事。柯林斯先生听了，便立即插嘴道："没错，伊丽莎白小姐，我想星期天晚上你可以有机会荣幸地见到凯瑟琳·德·包尔夫人她老人家了。我相信你肯定会喜欢她的，她那么高贵，又那么和蔼可亲、平易近人。我可以毫不犹豫地说，当你在这里做客的这段时间，只要她赏脸请我们过去吃饭，就绝不会不请你和玛莉亚的。你知道，就像我以前跟你说的，她对待我和我的妻子都太好了，每个星期都要邀请我们过去吃两次饭，每次吃完饭都绝不会让我们步行回家，总是会打发她自己的马车送我们回来。不对，我应该说是打发她自己的某一部马车来送我们，因为她有多部车子呢。"

夏绿蒂接着说："凯瑟琳夫人确实是位和蔼可亲、通达情理的女士，也是位十分热心好客的邻居。"

"没错，亲爱的，你说得真是太对了！像她那样的夫人，我觉得不管你怎么尊敬她，都会觉得不够。"

整个晚上，男主人都在喋喋不休地谈论着哈福德郡的各种新闻，很多话都是大家早就已经听厌了的陈词滥调。大家散了以后，伊丽莎白回到自己的房间，回想起白天的一切，忍不住担心夏绿蒂是否对这种生活感到满意，是否能容忍她丈夫的可笑，是否能驾驭她的丈夫。不过，伊丽莎白还是不得不承认，这里的一切都安排得非常好，比她来之前想象得还要好。接着，她开始想象将如何度过在这里的日子，她丰富的想象力，让她很快就有了答案，无非是舒适的生活起居，柯林斯讨厌的喋喋不休，再加上跟罗新斯的应酬来往罢了。

第二天中午，伊丽莎白正打算出去散散步，忽然听见楼下一阵喧哗，似乎所有的人都突然忙乱了起来。她打开门，想下去看看发生了什么事。刚走到楼梯口，就遇到了气喘吁吁的玛莉亚，上气不接下气地对伊丽莎白喊道："快点，伊丽莎白，赶快到餐厅去！那里可热闹了！我不告诉你怎么回事，你快点下来！"

伊丽莎白问她究竟发生什么事，但是玛丽亚坚持不跟她说，于是她只好跟着她下楼到餐厅去。在餐厅面向大路的那扇门前，停着一辆豪华的四轮马车，里面坐着两位女客。

伊丽莎白不满地抱怨道："原来就是这么回事！我还以为是野兽闯进花园了呢，原来不过是凯瑟琳母女俩。"

玛丽亚连忙纠正她道："你看你，你弄错了！那位老夫人可不是凯瑟琳夫人，而是跟她们住在一起的杰克森太太。另外一位是德·包尔小姐。你看看她，谁想得到她原来这么小巧玲珑！"

"她真没礼貌，这么大的风，她却让夏绿蒂待在门外吹风。她怎么不进来呢？"

"你不知道，夏绿蒂说，她几乎从来不进来的。德·包尔小姐要是进来一次，那可真是我们天大的荣幸。"

"瞧她那副弱不禁风的模样！"伊丽莎白说着，忽然想到了另外一件事，"看起来她的身体不太好，脾气也很糟糕。要我说，她配那位达西先生真是太合适了，真是个千中选一的太太！"

此刻，柯林斯先生和夏绿蒂都站在门口，跟车子里的客人说话。可笑的是，威廉爵士也必恭必敬地站在门口，诚惶诚恐地望着

两位贵客。只要德·包尔小姐朝他这边看一眼，他就立刻深深地鞠上一躬，生怕有丝毫的怠慢。

过了一会儿，两位客人驱车离开，大家都回到屋子里。柯林斯一看到伊丽莎白和玛莉亚，就连忙恭喜她们，说她们交上好运了。两位小姐不知道他这没头没脑的话究竟是什么意思，夏绿蒂解释说，凯瑟琳夫人请他们全家，包括客人在内，明天一起到罗新斯去吃饭。

29

柯林斯先生对此次罗新斯的邀请，感到万分得意。他一心就想让自己这些远道而来的客人们，好好地去瞻仰一下罗新斯的富丽堂皇和高贵气派，也让他们好好看看那位尊敬的夫人是如何对待他们夫妻俩的。他本来还在计划如何体面地让夫人发出邀请，没想到这么快就得到了如愿以偿的机会。他欣喜若狂地说："老实说，凯瑟琳夫人会赏脸邀请我们到她府上去吃饭，我一点也不感到意外。她为人一向如此热情周到，知道我这里来了客人，她肯定会好好招待一番的，只是我没有想到她竟然这么细心。谁能想到你们刚刚到这里，她就盛情邀请你们，而且还体贴地把全部人都邀请到了。"

威廉爵士说："这事倒没什么稀奇，像我这样身份地位的人，对此就见识得很多。那些王公贵族里，很多人都是这样热情好客。"

这一整天以及第二天的上午，这一家人除了去罗新斯做客的事情之外，简直没有提起过其它的话题。柯林斯先生生怕他们到了那幢气派豪华的房子里，看到了那么多的仆人，那么丰盛的菜肴，会慌乱得手足无措，因此便一遍一遍仔仔细细地叮嘱了他们。

快要出发的时候，小姐们便各自去打扮。柯林斯先生对伊丽莎白说："亲爱的表妹，不用在衣饰上面花费太多的心思，凯瑟琳夫

人不喜欢我们穿得太过华丽，她喜欢每个人根据自己的身份地位穿出自己的本分，分出一个高低来。听我的劝告，你只要在自己的衣服里面拣一件好点的穿上就可以了，不用穿得太过讲究，只有夫人和她的女儿才配。"

在小姐们梳妆打扮的时候，他又到每个人的房间门口去催促了好几次，说凯瑟琳夫人最不能容忍的就是客人迟到。玛丽亚听到她姐夫这么说，便觉得那位夫人肯定非常严肃可怕。她一向都不怎么会应酬，此次要到罗新斯这样的豪宅去见这样一位高贵的夫人，不由得十分紧张，就跟他父亲当年进宫去觐见国王一样。

这天的天气十分晴朗，他们一行人愉快地往罗新斯走去。景色十分优美，让人心旷神怡，但伊丽莎白并不觉得自己会像柯林斯先生所形容的那样，会被眼前的景色陶醉得不知所以。他们步行了大约半英里，来到了罗新斯豪宅门口，柯林斯不厌其烦地数着屋前一扇扇窗户，告诉大家当初刘威斯·德·包尔爵士光是在这些玻璃上花的钱，就是一笔多么惊人的数目。

他们踏上台阶，走进穿堂。玛丽亚紧张得心跳加速，就连威廉爵士也不像他平时那么镇定。倒是伊丽莎白一点也不担心害怕。她觉得，不管是在才能还是德行上，她都没有听说过凯瑟琳夫人有什么让人敬佩的地方，光是有财产和权势，她还不至于会胆战心惊。

一进穿堂，柯林斯先生就欣喜若狂地对房子指指点点，要他们注意这房子是多么豪华气派，仿佛他自己就是这房子的主人一般。然后，佣人们过来带领客人们走进客厅。夫人和她的女儿，以及杰克森太太都已经在这里等候了。看到客人们到来，夫人非常有礼貌地站起来迎接他们。夏绿蒂在来之前就已经跟丈夫商量妥当，由她来介绍伊丽莎白一行。这真是个好办法，因为夏绿蒂的介绍比他的丈夫得体许多，把她丈夫津津乐道的那些繁文缛节一概都免去了。

威廉爵士虽然当年也觐见过国王，但是罗新斯府上如此富丽堂皇，依然让他诚惶诚恐。他恭敬地对夫人和小姐鞠躬，然后就一声

不吭地坐了下来。他的女儿玛莉亚更是吓得失魂落魄，坐在沙发上连眼睛都不知道往哪里看。只有伊丽莎白从容自若地坐着，大大方方地看着面前的三位女主人。

凯瑟琳夫人身材高大、五官清晰，跟达西长得有点像，年轻的时候说不定也算得上是位美人。但是她并不像传说中那样平易近人，她的接待无论如何也不会让客人们有宾至如归的感觉。她要是沉默不语的时候，倒还不特别有威慑力，可是她一开口就立刻让人觉得她高高在上、不可一世。伊丽莎白想起了韦翰先生对这位夫人的评价，觉得跟自己的结论十分一致。

她又打量德·包尔小姐，见她竟然长得如此瘦弱单薄，跟她的母亲几乎没有一点相似的地方，不由得感到十分惊奇。这位小姐脸色苍白，一副病恹恹的样子，长得也不算难看，但却是毫不起眼。她也不怎么说话，只是偶尔小声地跟杰克森太太嘀咕几句。杰克森太太的容貌就更没有什么突出之处，同样也不太喜欢说话。但是每当小姐跟她低语的时候，她总是全神贯注地听着，并且尽量挡在小姐的面前，免得人家把小姐看得太过清楚。

客人们在客厅里坐了几分钟，夫人就邀请他们到窗户去欣赏外面的风景。柯林斯先生一处处地指给他们看，凯瑟琳夫人也十分得意地告诉他们，夏天这里的景色还要更美。到了吃饭的时候，夫人吩咐柯林斯先生坐在她身边，跟他事先预料的一样，为此，他得意得简直要忘了自己身在何处了。酒席确实十分丰盛体面，仆人的衣着和礼仪，以及盘子酒杯的精致贵重，也确实跟柯林斯先生以前的描述一模一样。他几乎每尝一道菜，都要大加夸奖，威廉爵士此时也恢复了镇定，开始附和他女婿的恭维。见到这种情形，伊丽莎白不由得担心凯瑟琳夫人会受不了。但是，夫人似乎并不认为这些过分的恭维话有什么不得体的地方，反而认为恰到好处，十分满意。她的脸上一直挂着看似仁慈的微笑，每当客人们对菜肴发出惊叹和赞美的时候，她更是得意非凡。

除了柯林斯和威廉爵士之外，其他的人几乎都不怎么说话。平常在这样的场合，伊丽莎白都不会无话可说，但是这次她坐的地方不太好，左边的夏绿蒂正专心致志地听着凯瑟琳夫人说话，右边的德·包尔小姐根本没打算搭理她。杰克森太太主要的注意力都花在了小姐身上，看她吃得太少，就催促她多吃一点，又不停地询问她需要什么，生怕小姐受到半点委屈。至于玛丽亚，就更是一声不吭，只管低头吃饭。

就餐完毕，小姐太太们都回到客厅。凯瑟琳夫人一直在侃侃而谈，而且不管说到什么事情，她的语气都十分强硬，绝对不允许人家反对。直到仆人们把咖啡端上来的时候，她仍然还在滔滔不绝地讲话。她仔细地盘问夏绿蒂的日常生活以及家务琐事，并毫不客气地提供她一大堆意见，告诉她说，像她这样的一个小家庭，所有的事情都必须小心谨慎，每一笔花销都要精心安排才行。她甚至还指导夏绿蒂应该如何喂养母牛和家禽。伊丽莎白觉得，这位夫人有一种天生的控制欲，绝不会放过任何可以对别人颐指气使的机会。在与夏绿蒂说话的时候，夫人不时地会跟玛丽亚和伊丽莎白说上几句。她不清楚伊丽莎白与柯林斯一家是什么关系，因此就对她盘问得特别仔细。她问伊丽莎白有几个姐妹，姐姐比她大几岁，妹妹比她小几岁，姐妹中有没有哪个已经结婚，长得好看不好看，在哪里读书，她们的父亲的有多少马车，她母亲的娘家姓什么，等等。伊丽莎白觉得她的问题十分唐突无礼，但她还是和颜悦色地做了回答。

凯瑟琳夫人说："我想，你父亲的财产得由柯林斯先生来继承吧？"说着，她转过头来对夏绿蒂说："站在你的角度上想，我倒觉得非常高兴。不过，这种规矩我实在觉得没什么道理。为什么自己的财产不能由自己的女儿来继承，却非要交给别人呢？我丈夫家里就觉得没有必要这样做。班奈特小姐，你会弹琴唱歌吗？"

"稍微会一点。"

"这样的话，什么时候我们倒想要听一听。我们的琴非常好，说不定比……你什么时候来弹弹看吧。你的姐妹们会弹琴唱歌吗？"

"有一个会。"

"为什么不都学呢？我觉得像这种才艺，年轻姑娘们应该人人都会才行。韦伯先生的收入还比不上你父亲呢，但是他家里的小姐们就个个都会弹琴。你们会画画吗？"

"不会。"

"什么意思，一个也不会吗？"

"对，我们都没学过画画。"

"这真是奇怪，不过可能是因为你们没有机会学习。你母亲应该让你们到城里来学一学才行。"

"我母亲肯定不会反对的，不过我父亲很讨厌伦敦。"

"那你们的家庭教师呢？"

"我们没有家庭教师。"

"什么，这怎么行？家里有五个女儿，却连一个家庭教师也没有，你母亲肯定是把你们当做奴隶来教育啦！"

伊丽莎白笑起来了，说她们的母亲并没有那样。

"没有家庭教师的话，那么是谁教育你们呢？你们总不至于连读书写字都不学习吧？"

"和人家相比，我们家里在这方面管得比较松。但是只要存心想学的话，也不是没有办法。必要的老师我们还是有的，而且家里还是经常鼓励我们读书。只不过，没有人来监督和指导，有时候难免就会比较松懈一点。"

"那是当然，聘请家庭教师的目的就是为了杜绝这种偷懒的情况。我要是见到你们的母亲，我一定会建议她给你们请一位家庭教师。一个有许多孩子的家庭里，要是少了家庭教师的督促和指导，那么孩子们的教育难免会出问题。说起来真有意思，我给很多人家

都介绍过家庭教师，而且推荐的人也都让主人们十分满意。杰克森太太的四个侄女，都被我介绍去做家庭教师了，而且听说都做得不错。前几天我又推荐了一个姑娘，那家人对她非常满意。柯林斯太太，我有没有告诉过你，麦特卡夫人昨天特地来向我表示谢意？她告诉我说波普小姐实在是个人才。她跟我说：'凯瑟琳夫人，你给了我一件珍宝。'对了，班奈特小姐，你的姐妹当中有没有哪个已经进入社交圈了？"

"有的，全部已经出来交际了。"

"全部？五个姑娘全部都出来交际？真是太奇怪了，姐姐还没出嫁，妹妹们就出来交际？你的妹妹们年纪一定都还很小吧？"

"没错，最小的一个只有十六岁。从她的年纪来看，她也许还不适合这么早就进入社交圈。但是，我想这跟姐姐们出不出嫁没什么关系。要是姐姐们没办法早嫁，或者她们根本不想早嫁，做妹妹的因此就不能出来社交的话，那也太不公平了。即便是家里年纪最小的一个姑娘，只要她成年了，她就有权利参加社交活动，享受青春。怎么能因为姐姐没有出嫁，就剥夺妹妹快乐的权利呢？要是这么做的话，姐妹之间就很难培养出深厚的感情，对姑娘们的性格的培养也没有什么好处。"

"想不到，你年纪轻轻的，居然这么有主见。请问，你年纪多大啦？"

伊丽莎白笑着回答："我有了三个成年的妹妹，您说我多大了？您老人家不会逼我招出自己的年纪吧！"

凯瑟琳夫人想不到她竟然会这么回答，因为以前她问任何人问题，对方都一定毕恭毕敬地回答得清清楚楚。敢跟她这样开玩笑的，伊丽莎白恐怕还是有史以来的第一个。

"你没有必要隐瞒年龄，因为你最多不到二十岁。"

"我不到二十一岁。"

喝完咖啡，男宾们也到客厅来了。凯瑟琳夫人提议摆起牌桌

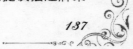

打牌，她自己、威廉爵士和柯林斯夫妇坐在一桌，打"夸锥"。德·包尔小姐想玩"卡西诺"（一种类似于"二十一点"的牌戏），于是，在杰克太太的张罗下，伊丽莎白和玛莉亚勉为其难地加入，总算凑足了人数。她们这一桌牌打得十分沉闷，杰克太太不停地询问德·包尔小姐会不会觉得太冷或是太热，会不会觉得灯光太强或是太弱。除此之外，大家谈论的话都是有关打牌的。

另外一桌可就热闹得多了。凯瑟琳夫人一直滔滔不绝，不是挑出另外三个人的毛病，就是谈论她所见到的奇闻轶事。柯林斯先生不厌其烦地做着她的应声虫，要是他赢了，就不停地向夫人道谢，甚至还要道歉。威廉爵士没怎么说话，他忙着把一件件轶事和那一个个贵人的名字都塞进脑子里去。

凯瑟琳夫人母女俩不想再玩的时候，大家才散场。夫人让人准备马车，好送客人们回去。在等马车的时间里，大家继续围着火炉，听凯瑟夫人对明天的天气发表预言，一直等到马车准备好了，他们才耳根清静。告别的时候，柯林斯先生又对夫人说了一箩筐的感谢话，威廉爵士也鞠了数不清的躬。

马车刚走出罗新斯，柯林斯就迫不及待地问伊丽莎白对罗新斯有何感想。为了照顾夏绿蒂的面子，伊丽莎白勉为其难地敷衍着说了几句赞美的话。尽管如此，柯林斯先生还是对她的话不满意，只得自己亲自说了一堆热情洋溢的赞美之辞。

30

威廉爵士在汉斯福逗留了一个星期便回去了。在这一个星期当中，柯林斯先生几乎每天上午都陪着威廉爵士，乘双轮马车到郊外去游玩。这次拜访的时候虽然很短，但是却让威廉爵士感到十分满意，因为他看到自己的女儿嫁得那么得意，有这样一个殷勤体贴的丈夫，还有那样一位高贵好客的邻居。

　　他走了之后，伊丽莎白和玛莉亚继续住了下来。伊丽莎白对此次的做客也十分满意，因为她与她表兄柯林斯相处的机会并不多。柯林斯先生每天上午不是在收拾他的花园，就是在他那间面临大路的书房里看书写字，或是凭窗远眺。伊丽莎白刚来的时候，还在感到奇怪，客厅比较小，光线也不好，为什么不把那间敞亮舒适得多的餐厅兼做客厅呢？现在，她终于明白她的朋友夏绿蒂为什么这么安排：要是客厅也跟柯林斯先生的那间书房同样舒适的话，那他待在书房的时间就少了，很可能大部分的时间就会在客厅里跟她妻子和客人们待在一起。伊丽莎白十分赞赏夏绿蒂这番煞费苦心的安排。

　　会客室没有面临着大路，因此看不见外面大路上的情形。不过，只要大路上有车辆经过，柯林斯先生都会告诉她们一声，尤其是见到德·包尔小姐乘着小马车经过时，他就更加兴奋不已。每次小姐都会顺路在柯林斯家门口停一小会儿，跟夏绿蒂说几句话，但是从来没有下过车，也从来没有进来过。

　　柯林斯先生几乎每天要到罗新斯去，夏绿蒂隔一两天也要去一次。伊丽莎白认为他们除了领取牧师这份俸禄之外，肯定还能领到其它收入，否则这么殷勤地和罗新斯密切往来似乎没有必要。夫人也不时地会光临他们这里，她一来就问东问西，连他们的日常生活也要过问，并经常指出各种毛病来。要不然就是觉得他们的家具摆放得不对，又或者佣人不够勤快等。反正只要她看得到的，她都一定要加以批评。偶尔，她也会留下来吃点东西，但这并不是因为感激主人的热情招待，而是为了检查他们的饭菜有没有问题，看看夏绿蒂有没有勤俭持家。

　　这位夫人并没有在本郡担任司法职务，但事实上她就是这个教区里最积极最权威的法官，任何一点芝麻绿豆的小事她都要亲自过问。哪怕有一个穷人在叫苦叫穷，或是滋事生非，她一定会亲自到村子里去调解处理，用她那盛气凌人的态度，骂得那些穷人相安无

事才肯罢休。

虽然缺少了威廉爵士，但罗新斯每星期还是会请柯林斯一家过来吃一两次饭，而且酒席都和第一次一样精致。除了凯瑟琳夫人的邀请之外，柯林斯一家就没有别的宴会了，因为这附近都是极为显赫的人家，柯林斯先生还高攀不上。

虽然宴会不多，但是伊丽莎白仍然过得十分舒服，她和夏绿蒂的交谈十分畅快，再加上天气晴朗，她可以时常到户外去透透气。她非常喜欢花园旁边那条绿荫小路的醉人美景，每当其他人去拜访凯瑟琳夫人的时候，她总喜欢一个人到那里去散散步。

在汉斯福的头两个星期就这样过去了。复活节的前一个星期，伊丽莎白听说罗新斯府上要新添一个客人……达西先生最近几天就要来。在伊丽莎白看来，她所认识的人当中，没有哪个比达西先生更加讨厌了，但是他的到来能给罗新斯的宴会添上一张新鲜面孔，也是一件不错的事情。而且，她还可以看看他对他那位弱不禁风的表妹究竟是如何情真意切的，也十分有趣。凯瑟琳夫人显然早已认定了达西先生会成为他的女婿，一听说他要来便得意非凡，对他赞不绝口。当她知道夏绿蒂和伊丽莎白早就跟他认识，而且以前还经常见面，不由得有些不高兴。

柯林斯先生弄清楚了达西先生抵达的具体时间，那天整整一个上午，他都在罗新斯府邸的大门前走来走去，以便能第一时间获得贵人到来的消息。一见达西先生的马车驶进花园，他就赶紧深深地一鞠躬，然后迅速回家去向大家报告这一重大的消息。

第二天一大早，柯林斯先生就到罗新斯去拜访新来的客人。除了达西先生以外，还有一位贵宾费茨威廉上校，他是达西舅父的小儿子，也是凯瑟琳夫人的侄子。让人意想不到的是，柯林斯先生回家来的时候，居然将两位贵客也带来了。夏绿蒂从她丈夫书房的窗户，看见他们三位男士正向这边走来，便立刻奔进客厅，告诉小姐们马上就有贵客光临了。接着，她又对伊丽莎白说道："伊丽莎

白，这都是沾你的光，否则达西先生才不会这么快就来拜访我们呢！"

伊丽莎白正想申辩，门铃就响了起来。随即，柯林斯先生殷勤地伺候着两位绅士走进屋来。费茨威廉上校大约三十岁左右，长得并不英俊，但是从他的谈吐和举止来看，是个地道的绅士；达西先生还是跟在哈福德郡一样，维持着他一贯的矜持和高傲。他们都礼貌地问候了柯林斯太太和她的妹妹、朋友。达西先生虽然对伊丽莎白怀着异样的感情，但是他却表现地非常镇定，若无其事地向她问好。伊丽莎白也没有说话，只对他行了个屈膝礼。

费茨威廉上校是个开朗外向的人，他很快就跟大家攀谈起来，言语十分得体，并且不失风趣诙谐。他那位表兄就跟他形成了鲜明的对比，只是礼貌性地将柯林斯家的房子和花园赞许了几句，就不再跟任何人说话了。过了好一会儿，他才终于开口，问候伊丽莎白家里人。伊丽莎白敷衍了几句，然后说道："最近三个月来，我姐姐一直在城里。你有没有碰到过她？"

其实伊丽莎白心里很清楚，达西先生肯定没有在城里见过珍，她这么问无非就是想探探他的口风，试图从中得知一些有关宾里先生和珍之间关系的事情，看他是不是真的参与拆散他们两人这一行动。达西回答说，他从来没有碰到过珍。伊丽莎白觉得他在说这话的时候，神色极为不自然，显然是有些心虚。之后，他们就没有谈论这件事。两位客人坐了一会儿就告辞了。

31

客人们走了之后，大家都对费茨威廉的风度赞不绝口。女士们都认为有了他这样一个人，罗新斯宴会就不会那么沉闷无趣了。可惜的是，整整一个星期，他们一直都没有受到罗新斯的邀请，看来凯瑟琳夫人有了贵客，就用不着他们去陪她了。在这段时间里，费

茨威廉上校到柯林斯家里来拜访过好几次，但达西先生却一次也没有来过。直到复活节那一天，柯林斯一家终于荣幸地等到了凯瑟琳夫人的邀请。其实这也算不上是一次正式的邀请，只是当天上午教堂的仪式举行完毕，大家正准备离开的时候，夫人一时兴起，约他们下午过去玩一玩而已。

大家准时到达了凯瑟琳夫人的豪宅，夫人也客客气气地接待了他们。但是再迟钝的人也能看出，当有了这两位贵客之后，柯林斯一家显然没有以前那么受欢迎了。夫人的心思几乎都在两位侄子身上，只顾跟他们说话。尤其是达西，她对他简直是一刻不肯放松，跟他说的话比跟其他所有人说的加起来都还要多。

费茨威廉上校倒是非常欢迎这些客人，因为罗新斯的生活实在是太单调无味了，需要有这些可爱的客人来调剂调剂。他尤其喜欢柯林斯太太的那位漂亮朋友，殷勤地坐到她身边去，不停地跟她说话，肯特郡、哈福德郡、旅行、新书和音乐，什么都谈论到了。伊丽莎白觉得自己在这间房子里从来没有受到过这样热情的款待，也感到十分愉快，兴致勃勃地跟他谈论着。他们两人引起了凯瑟琳夫人和达西先生的注意，达西好奇地盯着他们，夫人就更加嚣张了，盛气凌人地问道："你们在说些什么，嗯？你在跟班奈特小姐说什么？说给我听听看。"

"我们在谈论音乐，姨妈。"费茨廉上校勉为其难地回答道。

"谈论音乐？那么，你们就说大声一点吧！我这个人最喜欢音乐，我想目前在英国，恐怕没有几个人能像我这样，真正地欣赏和爱好音乐，也没有人能比我的品味更高。可惜我没有学音乐，不然我肯定能成为一个著名的音乐家。安妮要是身体好些的话，也一定会在音乐上有相当成就的，可惜……达西，乔治安娜现在学弹琴学得怎么样啦？"

达西先生谦虚而恳切地赞美了自己妹妹的成就。

"这我就放心了！"凯瑟琳夫人说，"请你替我转告她，要是

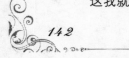

她不认真练习的话，那她也好不到哪里去。"

"你放心吧，姨妈，"达西说，"即使你不警告她，她也会认真练习的。"

"那就好。练习总是越多越好，下回我有空给她写信的时候，我一定要督促她多加练习。我常常跟年轻小姐们说，要想弹得一手好琴，就必须得勤于练习才行。我已经跟班奈特小姐说过好几次了，提醒她应该经常练习，否则她的琴艺可就要落后了。我跟她说，虽然柯林斯太太那里没有琴，但要是她愿意到罗新斯来练琴的话，我不会不欢迎的。她可以弹奏在杰克森太太房间里的那架钢琴。在那间房间里，我想她是不会妨碍到别人的。"

达西先生见自己的姨妈如此傲慢无礼，便没有搭话。

喝过咖啡之后，费茨威廉上校对伊丽莎白说，要她履行刚才的承诺，弹琴给他听。伊丽莎白便在琴边坐了下来，费茨威廉也拖了一把椅子过来，在钢琴旁边坐下，仔细地听她演奏。凯瑟琳夫人听了一小段，就依旧跟达西说起话来，后者十分不耐烦，便站起身来，不慌不忙地走到钢琴面前，以便能更加专心地欣赏伊丽莎白的演奏。

伊丽莎白见他走过来，便停止弹奏，回过头来对他微微一笑，说道："达西先生，你走得这么近，难道想吓唬我？没错，我是没有你妹妹弹奏得好，但是我也不怕。我这个人就是这样的性子，不会轻易就被人家给吓倒，而且人家越是吓我，我的胆子也就越大。"

达西说："我不会反驳你的话，因为我知道你不会当真认为我是要吓你。认识你这么久，我好歹也对你有所了解，知道你就喜欢说一些言不由衷的话。"

伊丽莎白笑了起来，对费茨威廉说道："你看看，你表哥竟然在你面前把我说成这样一个人，说我经常言不由衷，让你一句也不要相信我的话。我的运气真不好，本来我是想到这个没人认识我的

地方来招摇撞骗的，没想到偏偏遇到一个对我了如指掌的人，让我想骗人也骗不了。"她又转过头对达西说道："达西先生，你真是太过分了，竟然把我在哈福德郡那些陈年旧事都搬了出来。恕我冒昧，你要是这么做的话，说不定引起我的报复，也说出一些你的事情来，好让你的亲戚们听了吓一跳。"

"我才不怕你呢。"达西微笑着说。

费茨威廉伊丽莎白说道："你倒是得说说看，他都做过些什么不好意思让我们知道的事。我很想知道他跟其他人在一起的时候，究竟是个什么样的人。"

"那我就讲给你听吧。你不知道，我第一次见他，是在哈福德郡的一个舞会上。在整个舞会当中，他一共只跳了四次舞！我知道你会感到惊讶，但是事情确实是这样。那天男宾本来就很少，他还不肯赏脸，弄得很多小姐都不得不坐坐冷板凳。达西先生，这件事情你可不能否认吧！"

"是有这么回事。但那天舞会上的绝大多数小姐，我都不认识。"

"没错，可是舞会上难道不能请人家介绍舞伴吗？啊，费茨威廉上校，你还想听我弹什么呢？我的手指可是在等着你的吩咐啊。"

达西说："当时我确实应该请别人帮我介绍一下，但又害怕自己不配介绍给陌生人。"

"什么，那么我们倒要问问你这位表哥，"伊丽莎白仍然对着费茨威廉上校说，"我们应该问问他，为什么一个有身份、有见识的人，会不配介绍给陌生人呢？"

费茨威廉说："不用问他，这个问题我可以替他回答，不是什么不配，根本就是他自己怕麻烦。"

达西说："我承认自己是比不上有些人那样，跟陌生人也能够谈笑自如。跟陌生人在一起我总觉得不自在，不知道说什么好，又

不想假装殷勤。"

伊丽莎白说："这一点我就跟你不一样了。我弹奏钢琴不如别的女士那样灵活动听，不如别人弹奏得那么优美流畅。我一直都觉得这是我自己的缺点，也是我平时没有用功练习的缘故。但是不管怎么样，我可不认为我的手指，就比不上那些弹奏比我高明的女士的手指。"

"说得没错，可见你确实比我要高明得多。"达西笑了笑说，"只要听过你演奏的人，都不会觉得你弹奏得有什么不好。像我跟费茨威廉，就肯定不愿意……"

他的话被凯瑟琳夫人打断，夫人大声地询问他们在谈论些什么。没有人回答她，伊丽莎白又重新弹起琴来。凯瑟琳夫人也走到钢琴前面，听她谈了几分钟，就对达西说道："班奈特小姐要是能够再多练习练习，最好能在伦敦请一位名师指导一下，这样弹起来就不会有这么多毛病。她的品味虽然比不上安妮，但她的指法倒是很不错。可惜安妮就是身体不好，不然的话，我们就有动听的音乐可以听啦！"

伊丽莎白听了这话，忍不住看了达西几眼，看他对夫人提到的那位小姐有没有什么特别的反应。可是不管她怎么看，可从达西的脸上看不出一丝一毫爱慕德·包尔小姐的痕迹。她替宾里小姐感到安慰，要是她哥哥跟达西是亲戚的话，那么达西先生一定也愿意跟她结婚的。

凯瑟琳夫人继续评论着伊丽莎白的演奏，并郑重其事地给了她很多有关演奏和鉴赏方面的建议。这些话伊丽莎白实在不愿意听，但碍于情面，她只好勉为其难地敷衍着她。她就这样坐在钢琴边，一直弹到夫人打发马车送他们回去为止。

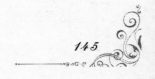

32

第二天早上，夏绿蒂和玛丽亚有事出去了，伊丽莎白独自一个人坐在家里给珍写信。正写着，门铃忽然响了起来，她心想可能是凯瑟琳夫人来了，便赶紧将写了一半的信收了起来，免得她看见了又问东问西。刚收好信，门就开了，一看见进来的客人是谁，伊丽莎白不由得大吃一惊，因为她无论如何也没有想到来的人竟然会是达西先生。

达西看见只有她一个人在，也显得非常吃惊，连忙道歉说，他以为柯林斯太太和她妹妹也在，因此才冒昧地闯了进来。

伊丽莎白客气地说不用放在心上，她请达西坐下，礼貌地问候了他几句，然后两个人似乎就无话可说。伊丽莎白觉得，要是再不找点话来说一说，局面就太僵硬了。这时，她想起上次在哈福德郡跟他见面时的情况，便突发奇想，想问问他对突然离开哈福德郡有什么意见，就说道："达西先生，去年十一月的时候，你们怎么那么突然就离开了尼日斐花园呢？宾里先生刚到伦敦，就看到你们全部都跟来了，一定非常吃惊吧！我记得那次他好像只比你们早走一天。对了，宾里和他姐妹们还好吧？"

"很好，谢谢。"

他简短地回答之后，便不再说话了。过了一会儿，伊丽莎白又问道："我想，宾里先生恐怕不打算再回尼日斐花园了吧？"

"这倒没听他说过。不过，估计他不会在那里住很久的。他的朋友到处都有，而且像他这样的年纪，交际应酬越来越多。"

"要是他真的不打算在尼日斐花园长住的话，那么他就最好把那个房子退掉，也好让我们有个固定的邻居。不过我看，宾里先生租那幢房子，压根也没有为街坊邻居想过，继续租也好，退租也好，都是凭他一时高兴。"

达西先生说："他要是找到合适的房子，一定会尽快把尼日斐

花园退掉的。"

伊丽莎白没有回答。她觉得不应该老由自己来挑起话题，也应该让他费点心思，另外找个话题来谈。达西领会了伊丽莎白的意思，便说道："柯林斯先生这所房子真是不错，他刚到汉斯福的时候，凯瑟琳夫人一定帮他在房子上花了不少心思。"

"她肯定是费了一番心思，但是我敢肯定她的好心并没有白费，因为没有哪个人比他更懂得知恩图报的了。"

"柯林斯先生真是有福气，能娶到这样一位贤慧的太太。"

"没错，他实在是太有福气了，难得会有这样一个头脑清楚的女人愿意嫁给他，而且还给他带来这么多的幸福。我那位女性朋友非常聪明，也很有见识，可是我不认为她跟柯林斯先生结婚是明智的选择。不过，她自己倒是非常满意，而且从常人的眼光来看，她这门亲事当然也攀得不错。"

"她肯定觉得很满意，你看，离娘家又那么近。"

"很近？差不多有五十英里的路程呢！"

"只要路途方便，五十英里当然算不上远，最多大半天就到了。我觉得很近。"

伊丽莎白说道："我不知道原来距离的远近，也成为了衡量一门婚姻的标准了。而且那只是你个人的看法，要我说，我就不会觉得柯林斯太太离娘家很近。"

"这只能说明你太留恋哈福德郡。我想你只要离开浪搏恩一步，就会觉得远的。"

他一边说，一边微微地笑了一下。伊丽莎白以为他想起了珍和尼日斐花园，便稍微有点脸红，回答道："我不是说一个女人不能嫁得太远。远近是相对的，要针对个人不同情况来决定。要是你非常有钱的话，即便远一些也没有关系，因为你有能力这样来回折腾。但是柯林斯夫妇的情况并不是这样，他们虽然算得上富有，但也经不起经常旅行。我想，就算把距离再缩短一半，柯林斯太太也

肯定不会认为自己离娘家很近的。"

达西先生把椅子移近一些，说道："你可不能老是这么留恋娘家，你总不能一辈子都待在浪博恩啊。"

伊丽莎白听了这话，感到有些诧异，达西也觉得自己说得不妥，便把椅子向后拉了一点，顺手从桌子上拿了一张报纸看了一眼，冷静地对伊丽莎白说道："你喜欢肯特郡吗？"

他们简短地将这里评论了几句，语气既客气又冷淡。过了一会儿，夏绿蒂和她的妹妹回来了，见到他们两人竟然单独交谈，不禁感到非常惊讶。达西先生稍稍解释了一下，又坐了几分钟，跟谁都没怎么说话，然后就告辞了。

"这是怎么回事？"夏绿蒂说，"亲爱的伊丽莎白，我看他肯定是爱上你了，不然他是不会这样随随便便就来拜访我们的。"

伊丽莎白说他们坐在一起的时候，根本没什么话说。夏绿蒂听了，觉得事情似乎不像她想象得那么回事。她们猜来猜去都猜不出个所以然来，只能认为他是穷极无聊，因此出来走走，路过这里，顺便进来看看他们。

这种说法也有几分道理。在这个季节，基本上野外活动都不能进行了，在家里待着虽然可以看看书、打打牌，但是对一个男人来说，整天都待在家里毕竟有些沉闷无聊，还不如到邻居那里走走。而且，柯林斯先生的住宅离他们很近，那家人又非常有趣，因此趁着散步顺便来府上转转，也是个不错的消遣方法。

就这样，这两位先生在做客期间，差不多每天都要到柯林斯府上来一趟，一般都是上午去，有时候早一些，有时候迟一些，有时候一起来，有时候分头来。偶尔他们的姨妈也会跟着一起过来。

费茨威廉来拜访他们，是因为他觉得跟这些小姐们在一起很愉快，而且他显然特别爱慕伊丽莎白。伊丽莎白也很喜欢他，并将他跟以前的心上人乔治·韦翰相比，虽说费茨威廉不如韦翰那么英俊迷人，但是她相信他更加幽默而有见地。

　　至于达西先生为什么常来拜访，大家仍然说不出个道理来。他肯定不是为了凑热闹，因为他经常坐在那里一句话也不说，即便开口说话也是勉为其难，似乎是出于礼貌而不是真心想说话。更让人弄不懂的是，他高兴的时候越来越少，经常闷闷不乐地发呆。夏绿蒂实在弄不清楚他究竟为什么如此。费茨威廉笑他呆笨，但她明白事实显然并不是这样。她希望这种变化是恋爱造成的，而且恋爱的对象就是她的朋友伊丽莎白。她下定决心要把这件事情弄个水落石出，因此每次他们见面的时候，她都密切地留意他一举一动，但一无所获。没错，他确实经常望着伊丽莎白，但是他的目光中是否包含着爱慕，还需要进一步确认。

　　夏绿蒂也跟伊丽莎白提过一两次，说那位先生可能倾心于她，但伊丽莎白根本就不相信。后来，夏绿蒂觉得自己不应该老在这个问题上纠缠不休，否则要是伊丽莎白真动了心，而对方万一又不是那个意思的话，自己可就帮倒忙了。至于伊丽莎白对他的厌恶之情，她倒并不担心，因为她认为只要伊丽莎白确定了他爱她，那么对他的一切厌恶和反感都会自然而然地烟消云散。

　　夏绿蒂实在是个不错的朋友，时刻为伊丽莎白操心着她的终身大事。有时候，她认为伊丽莎白要是嫁给费茨威廉也不错，因为他的幽默风趣实在是无人能比。何况，他也很爱慕伊丽莎白，而且身份地位也没话说。只不过，跟他的表哥达西相比，他还是略微失色，因为达西先生在教会有很大的权力，而费茨威廉却一点也没有。

33

　　有好几次，伊丽莎白在散步的时候，都会跟达西先生不期而遇。对伊丽莎白来说，这实在是一件非常不幸的事，因为她并不愿意在一个风景优美的地方，碰到这样一个讨厌的人。第一次碰到他

的时候，她就意味深长地对他说，她喜欢独自一人到这里来散步，意思再明显不过，就是警告他以后不要再发生这种事情了。不过，老天似乎是故意跟她过不去，她第二次又在这里遇到了达西，而且最近这次，他并不像以前那样跟她说几句话后就转身走开，而是一本正经地掉过头来，陪她一块散步。

第三次见面的时候，他的话就多了起来，问她在汉斯福住得舒不舒服，问她为什么喜欢独自散步，又问她是否觉得柯林斯夫妇很幸福。谈到肯特郡的时候，听他话里的意思，似乎是希望伊丽莎白有机会再到这里来小住一阵。伊丽莎白觉得不解，难道他在替费茨威廉费心吗？她想，要是他真的是这个意思的话，那就暗示着费茨威廉一定是对她有点动心了。

有一天，她一边散步，一边重新读着珍上次写来的一封信，看到几段心灰意冷的描写时，她不由得感到十分担忧。这时候，她听见有人向她走来，便抬起头来。不过，这次来的却并不是达西，而是费茨威廉上校。她赶紧把信收好，勉强地对他笑了一笑，说道："想不到你也会到这里来。"

费茨威廉回答道："每年我临走之前，都会到花园里各处去转一转，还会去拜访拜访牧师。你还要继续往前走吗？"

"不，我正准备往回走呢。"

于是她转过身来，两人便一起朝柯林斯先生的住宅走去。

"你星期六就得离开肯特吗？"她问。

"没错，要是达西不再拖延的话，我想应该是在星期六出发。反正我都得听他差遣，他这人办起事来都是凭自己高兴。"

"他就是这样，就算不能按照自己的意思去安排，至少也得按照他的意思去选择。我还没见过哪个人像达西先生那样控制欲那么强的呢。"

费茨威廉上校回答道："他确实太任性了，不过我们都是这样，只是他有钱有势，因此更有条件那么做而已了。我说的都是真

心话。你知道，一个没有继承权的小儿子就不敢那么任性妄为了，有时候不得不克制自己，对别人低声下气。"

"不完全对，在我看来，一个伯爵的小儿子就不可能懂得什么叫克制，什么叫低声下气。你老实说吧，你难道懂得克制自己，懂得要低声下气地讨好别人吗？你有没有什么时候是因为没有钱，而不能去自己想去的地方，不能买自己想要的东西？"

"问得好！在这些方面，我确实比一般人吃的苦头要少。但是要是一遇到重大的问题，我可能就会因为没有钱而痛苦了。你也知道，小儿子常常不能跟自己的意中人结婚，为什么？不是就因为没钱吗？"

"所以，他们常常都是找个有钱的女人结婚。"

"是的，我们奢侈享受惯了，因此不能忍受没有钱的生活。就拿我周围的朋友来说，能够结婚不讲究财产的，恐怕还真数不出来几个。"

伊丽莎白认为这话是针对她而说的，不由得脸红了起来。不过，她很快就镇定了下来，活泼而愉快地说："我想请问一下，一个伯爵的小儿子通常要多少钱才能结婚呢？我想，总不超过五万镑吧。"

他也十分幽默地做了回答，之后两人便不再说话。伊丽莎白担心这样沉默下去，会让对方以为她是因为听了他刚才那番话而感到难过，于是便说道："照我看来，你表哥把你带在身边，多半是为了有个人让他摆布。我真不明白，他为什么还不结婚呢？要是结了婚，不就有人可以让他摆布个够了吗？不过我忘了他还有个妹妹，现在他是达西小姐唯一的监护人，可以爱怎么摆布就怎么摆布她了。"

"不对，"费茨威廉上校说，"我也是达西小姐的监护人，因此你说的好处还有我一份！"

"你也是？那么，请问你觉得当监护人的感觉如何？我想你们

这位小姐肯定很难侍候吧？很多像她那个年纪的小姐都是特别难对付的。何况，要是她的脾气也和她哥哥一样的话，那她做事情一定也是只管自己高不高兴，其它什么都不管。"

费茨威廉表情有些不自然，问她为什么会认为达西小姐很难应付。她见他这么紧张，就断定自己的猜想没有错，达西小姐肯定跟她哥哥一样不讨人喜欢。但是她却回答道："不用紧张，我没听说过半句关于她的坏话。我有几位女性朋友非常喜欢她，比如赫斯脱太太和宾里小姐，对了，我好像听你说过你也认识她们？"

"认识是认识，不过不是很熟。我跟她们的兄弟来往倒是比较多一些，他是达西的好朋友，是一位非常讨人喜欢的绅士。"

"对啊，"伊丽莎白冷冷地说，"达西先生的确跟宾里先生十分要好，而且对他照顾得简直无微不至。"

"照顾他？没错，我认为确实是这样。凡是他拿不定主意的事情，达西都能替他想出办法来。我们到这里来的路上，达西就跟我说了一件事，在那件事情上，宾里先生的确是得到了他的帮助。不过，他并没有明说那个人就是宾里先生，可能只是我的胡思乱想罢了。"

"他说的是什么事情呢？"

"这件事情达西肯定不愿意说出去的，要是传到了那位小姐的家里，说不定会有什么麻烦。"

"你放心，我会保守秘密的。"

"告诉你可以，但是你要记住，我并没有说那个人一定就是宾里。达西跟我说，在他的帮助之下，他的一位朋友避免了一门冒失的婚姻，也避免了很多麻烦和难堪。他就是这么说的，并没有提到那位朋友的名字，也没有解释事情的详细情况。不过，我知道去年夏天他都是跟宾里一起度过的，而且像宾里那样的青年，的确容易惹上这种麻烦，因此我才大胆地猜测他说的那个人就是宾里。"

"达西先生有没有解释，他为什么要去干涉人家的婚姻大

事？”

"好像是说那位小姐的有些条件不太够格。"

"那他是用了什么手段，硬生生将人家好好的一对拆散的？"

费茨威廉听到她激烈的措辞，便笑了一笑说："他并没有跟我说他用了什么手段。他跟我说过的，我刚才已经全部都告诉你了。"

伊丽莎白脸色铁青，沉默地低着头往前走。费茨威廉看了她一眼，问她在想什么。

"我在想你刚才跟我说的话，"伊丽莎白说道："我认为你那位表哥的做法有点问题，人家的事情，他凭什么多管闲事？"

"你觉得他这是多管闲事吗？"

"没错。我实在不知道，达西先生有什么权利去干涉他朋友的恋爱和婚姻，凭什么去断定人家姑娘够不够格。他就是习惯了按照自己的意思去指挥人家，根本不考虑别人的看法。"说着，她深深地吸了一口气，意识到自己说得似乎太过火，便接着说道："不过，也许我们不应该这样指责他，因为毕竟我们都不清楚这件事情的来龙去脉。也许，宾里和那位姑娘之间根本就没有什么感情。"

"你说得也有道理。"费茨威廉笑着说，"我表哥做这件事情本来是出于高兴，可是经你这么一说，他的功劳就要大打折扣了。"

这本来是一句玩笑话，但在伊丽莎白听来，觉得简直就是达西的真实写照。她气得说不出话来，不想再继续讨论这个问题，便东拉西扯地谈了一些别的事情。

他们一边说一边走，不知不觉就到了柯林斯先生家。等客人一走，伊丽莎白立刻回到自己的房间，关上房门，坐下来把刚才那番对话仔细地回忆了一遍。达西先生说的那位朋友，一定就是宾里先生，除了他，世界上不会再有第二个人对达西这样言听计从。而那位"不够格"的小姐，肯定指的就是珍。伊丽莎白一向都认为，这

傲慢与偏见

件事情不可能完全是宾里小姐的主意，肯定也少不了达西的功劳。现在，她姐姐珍所承受的一切痛苦，以及将来还要继续承受的痛苦，都得归罪于达西先生，归罪于他的傲慢和任性。他竟然凭自己一时高兴，就去把人家的幸福完全摧毁了，把珍那颗最真挚最善良的心完全伤害了。

"这位小姐有些条件不太够格。"费茨威廉上校告诉她达西是这么说。这些不太够格的条件，指的是什么？是因为她们有个姨父在乡下做律师？还是因为她们有个舅舅在伦敦做生意？或者，他觉得她们一家人压根就没法高攀宾里先生？

伊丽莎白想到这里，不由得大声叫了起来："可是，这些跟珍本身有什么关系呢？她的身上没有一点缺陷，有见识、有修养，而且又美丽动人，世界上再也找不出比她更善良更可爱的姑娘了。我的父亲也没有什么可以被挑剔的，虽然他有点古怪，但是谁都不能否认他是一个多么聪明多么受人尊敬的绅士。至于我的母亲……"当她想到母亲的时候，不免有点灰心，但是她认为达西先生并非是因为这点问题就阻止珍嫁给宾里先生。他最在意的，肯定还是她们家里地位低微，而且还有些不怎么上得了台面的亲戚。最后，她得出了结论，达西先生之所以对这门婚事多加干涉，一方面上出于他那可恶的骄傲自大，另一方面则是因为他想把自己的妹妹嫁给宾里先生。

伊丽莎白一边想一边哭，最后头也痛了起来。本来今天晚上柯林斯一家是接受了凯瑟琳夫人的邀请，要到罗新斯去吃茶点的，但是她一想到会在那里见到达西先生，就觉得难以忍受，因此就推说自己头疼，不过去了。夏绿蒂见她似乎确实生病了，也就不再勉强。但是柯林斯先生知道表妹不去，便十分不安，生怕凯瑟琳她老人家知道了会不高兴。

154

34

　　柯林斯夫妇和玛莉亚走了以后，伊丽莎白便将她到肯特郡以来收到的所有珍的来信，都拿出来一封一封地重新阅读。越往下读，她越是觉得难受，因为她发觉字里行间所流露出来的，都是一种痛苦不安的心情。其实珍的信上并没有写什么抱怨和诉苦的话，她为人一直善良娴静，什么事情也总是往好的方面去想，因此并没有在信中透露出一丝灰暗的色彩，而总是尽量说些让人高兴的事情。但此刻伊丽莎白心情沉重，因此再读这些信的时候，觉得每一句话的背后，似乎都隐藏着深刻的痛苦。她责怪自己以前读信读得太仓促了，竟然没有看出信中这些深层的情绪。她又想到，姐姐的这一切痛苦，都是由达西先生一手造成的，不禁越发痛恨达西。不过，令她感到安慰的是，达西先生后天就要离开罗新斯，她再也不用见到这个可恨的人了。更令她感到安慰的是，再过两个星期，她就能够见到珍，可以照顾她、体贴她，尽一切努力让她重新振作起来。

　　想到达西就要离开肯特，伊丽莎白又想起了他的表弟也要一起离开。虽然她很喜欢费茨威廉，但是他却已经向她表明了自己不会对她有什么意图，因此他的离开，还不至于会让她觉得难受。

　　正在胡思乱想的时候，门铃突然响了。伊丽莎白以为是费茨威廉上校来了，不由得紧张起来，觉得他肯定是特意来问候自己的，说不定还会说出一些意想不到的话。不过事实证明了她的想法是错误的，因为进来的人并不是费茨威廉，而是达西先生。

　　一见达西走进来，伊丽莎白心里的慌乱立刻变成了一腔愤怒。达西对伊丽莎白心里的变化一点也不清楚，一进来就带着焦虑的神色，问她身体怎么样了。伊丽莎白十分勉强地维持着礼貌，客气地敷衍了他几句，并请他坐下。达西显得有点坐立不安，他只坐了几分钟便站了起来，在房间里踱来踱去。他的反常行为让伊丽莎白感到很奇怪，不过她却保持着沉默，一句话也不说。

　　达西先生就这样在屋子里来回走了几趟，忽然走到伊丽莎白的面前，以一种从未见过的激动神情对她说道："我没有办法再压抑自己的感情了，这样下去怎么行呢？请让我告诉你，我有多么爱你，多么迷恋你。"

　　这种突如其来的状况让伊丽莎白来不及反应。她红着脸，睁大眼睛瞪着达西先生，一句话也说不出来。达西见到她这样，以为她是在鼓励他继续说下去，便将自己对她的感情痛痛快快地倾诉了出来，同时也将自己的许多其它想法也和盘托出。这真是奇怪的表白，他一方面动听地表达着自己对伊丽莎白的浓情蜜意，一方面又傲慢地解释了自己之所以一直没有向她表白的原因……他觉得她出身低微，家庭里有种种不如意的地方，觉得自己跟她结婚显得有失体统。

　　在达西看来，他把一些都说得明明白白，正说明了他的郑重其事；但在伊丽莎白眼中，这根本不是在向她示爱，而是在侮辱她。本来，任何女人面对一个男人这样的深情和厚爱，都不可能无动于衷，伊丽莎白也不例外。尽管她对达西厌恶透顶，但是当她听说达西是如何爱她倾慕她的时候，她也为他所承受的相思之苦而深感同情。但是，他后来的那些话却激怒了她，让她心里好不容易才有的片刻柔情荡然无存。不过，她还是竭力控制着自己，没有打断他的话，耐心地等着他说完，好给他一个完美的回答。

　　达西仍然继续叙说着自己对她的痴情，并对她说，尽管自己一再地想克服这种痴情，却根本毫无办法。他希望她能接受自己的一番盛情，接受他的求婚。伊丽莎白看出，他在说这些话的时候，虽然表现得焦急不安，骨子里却是十拿九稳，认为她根本不可能拒绝他的求婚。这样一想，伊丽莎白更加怒不可遏，等他话音一落，便说道："一般来说，一个女人遇到别人向她求婚的时候，即便她不答应，至少也得真心诚意地向对方表示感谢。按理说，我现在就应该对你说几句感谢的话，只可惜我实在没有办法勉强自己。我根本

就不希罕你的爱慕，何况你的爱慕又是如此勉强；我从来不想看到任何人为我感到痛苦，即使真让人家痛苦，也并非出于有心。既然你说你以前因为有那么多的顾虑，所以才没有及早向我表白你的爱慕，那么在听了我这一番话之后，你也能够及时把这种爱慕打消了吧！"

她在说话的时候，达西先生一直斜靠在壁炉架上，一动不动地盯着她看。听到她竟然给了他这样一个回答，脸色大变，整张脸上都写满了愤怒。但是他拼命控制着自己，不让自己的情绪表现得太过明显。他神情严肃，一句话也不说。

这片刻的沉默让伊丽莎白感到非常难受。达西先生确定自己已经足够冷静的时候，才开口说道："我很荣幸地得到你这样的一个回答，但是这也无关紧要。不过，我还是想请问一下，究竟是什么原因，竟然让我受到这样没有礼貌的款待？"

伊丽莎白回答道："我也想请问你一下，为什么你明明是想侮辱我、贬低我，却非要说是因为喜欢我、爱慕我呢？还说爱慕我违背了你的身份、违背了你的意愿、违背了你的性格？如果你真的觉得我的回答很没有礼貌的话，我想这也足够成为我没有礼貌的理由了。但是，我可以告诉你，我对你的不满还远远不止这些。你自己去想一想，一个毁掉了我姐姐终身幸福的人，我怎么可能去接受他的爱，接受他的求婚呢？"

达西先生听到这里，脸色变了一下，不过很快就恢复了镇定。他若无其事地听着她继续往下说，根本没打断插嘴来替自己申辩两句。

"我一听到这件事情，就对你反感至极。不知道你是出于什么目的，用了什么方法，把两个明明相爱的人拆散的。这件事情实在不可原谅，就算不是你一个人造成的，也是你一手策划的。你让那位先生被大家指责成朝三暮四，让我姐姐受尽了大家的嘲笑和失恋的痛苦。你能否认你做过这件事吗？"

　　她说到这里，紧紧地盯着达西。而他竟然没有一丝愧疚和不安，还轻描淡写地说："我不会否认，我确实用尽了一切办法，去拆散你姐姐跟我朋友宾里。我可以毫不隐讳地说，在这件事情上，我对自己的成绩感到满意。至少，这比我自己的那件事情处理得好。"

　　伊丽莎白知道他指的是什么，不禁稍微有点心软，但这却根本无法平息她的怒气。她接着说道："不止这个，还有韦翰先生的事，也让我觉得你这个人实在可恶。在几个月以前，我听韦翰先生说了很多事情，那时候我就知道你这个人的道德有问题。对这件事情，你又有什么可说的，难道你还能用维护朋友这个借口，来为你那些荒谬的行为开脱吗？"

　　达西先生脸色越来越难看，甚至连说话的声音也不能完全保持镇定。他冷笑说道："看来，你确实非常关心那位先生。"

　　"没错，只要听说过他不幸遭遇的人，都不可能不关心他。"

　　"他的不幸遭遇？"达西冷笑着说道："是啊，他真是太不幸啦！"

　　伊丽莎白见他这样态度，不由得怒火中烧："他的一切不幸，都是你一手造成的。是你，剥夺了他本来应得的利益，让他现在这样穷困潦倒。多可怜的年轻人啊，他现在本应该有一份丰厚的俸禄了，可是却因为没有得到你的欢心，就什么都没有了。你把人家害成这样，提到人家的不幸时，你竟然还要嘲笑他！"

　　"这就是你对我的看法吗？"达西大声说道，背着手向屋子那头走去，"太好了，原来在你眼里，我就是这样一个人！这样罪孽深重、无情无义！我要谢谢你解释得这么清楚明白。"说到这里，他停住脚步，转过身来对她说道："不过我想，要是我没有把我犹豫不决的原因说出来，没有因此让你自尊心受到伤害的话，你可能就不会计较我的那些过错了吧？要是我只是一味地恭维你，告诉你我有多爱你，那么你也不会这样严厉地指责我了吧？只可惜我这个

人，最痛恨的就是虚情假意，我并不觉得我把我犹豫不决的原因告诉你有什么不妥当，我认为那完全是正常的顾虑。难道我会因为攀上你那些卑微的亲戚，反而会感到万分荣幸吗？难道你以为我有了你那位没有见识的岳母和你那些不成体统的妹妹，会感到欢天喜地吗？"

伊丽莎白气得简直说不出话来。她竭力让自己冷静下来，尽量用一种平静的语调说道："达西先生，要是你有礼貌一点的话，我在拒绝你之后也许会觉得过意不去。除此之外，你这次的求婚在我身上是根本不会起到任何作用的。"

她见他皱着眉头不说话，便接着说下去："不管你对我说些什么，做些什么，都不可能会打动我，让我接受你的求婚。"

达西听了这话，吃了一惊，眼神复杂地望着她。伊丽莎白接着说道："从我认识你开始，我就觉得你这个人的一言一行，都表现出了你那十足的傲慢和狂妄。在你眼里，除了你自己，其他所有人你都看不起。不过，最开始的时候，我只是对你的这种态度有所不满而已。后来，我接二连三地听说你的一些事情，让我对你越来越深恶痛绝。我早就下定决心，哪怕这世界上只剩下你一个男人，我也绝对不会嫁给你的。"

"够了，小姐，"达西打断她的话，"我已经完全明白了你的心意。现在，我除了感到羞耻和遗憾以外别无他法。请原谅我耽误了你这么多时间，也请接受我的祝福，希望你的身体尽快康复。"

说完，他便匆匆走出房间。他刚刚一走，伊丽莎白就忍不住哭了起来。她的心既烦乱又难过，觉得自己虚弱极了。她回想起刚才那一幕，感到简直就像做梦一般毫不真实。达西先生竟然会向她求婚！他说他已经爱上她很长时间了！他因为觉得她们门户低微，因此阻止了珍跟宾里的姻缘，但是他却愿意跟她结婚！这实在是一件匪夷所思的事情。伊丽莎白想到自己竟然能在不知不觉中博得那位傲慢的先生如此垂青，不禁感到些许安慰，甚至还打心眼里对他生

出一丝好感。可是，她一想到他是那么傲慢无礼，居然毫无愧色地承认自己毁掉了珍的幸福，毁掉了韦翰的前程，实在让人无法原谅。

伊丽莎白一直这样翻来覆去地想着，直到听见马车的声音，知道柯林斯一家已经回来了。她想到要是他们看到自己这副模样，一定会追根究底，因此就赶快回自己房间去了。

35

伊丽莎白被各种想法折磨得一晚上都没有睡好。早上她一醒来，立刻又想起了昨天晚上那件事情。各种想法塞满了她的脑子，让她简直不能做别的事情。吃过早饭之后，她决定出去散散步，透一透新鲜的空气，免得自己继续胡思乱想。

她朝她往常散步的那条小路上走去。当她走到路口的时候，忽然想起达西先生有时候也会到这里来散步。她可不愿意再遇到他，因此就停止了脚步，想了一想，走上了另外一条路，沿着花园的栅栏往前走。

清晨的花园美景实在让人心旷神怡，伊丽莎白不由自主地在花园前面停了下来，从容地欣赏着美丽的景色。此刻这里的树木已经比她刚到肯特郡的时候要茂密得多了，草地也比那时更加碧绿。伊丽莎白深深地吸了几口新鲜空气，便打算继续向前走。忽然，她看到花园里有一个男人正在朝这边走来，看样子像是达西先生，因此她便立刻掉头往回走。但是已经来不及了，那个人一看到她，就加快了脚步，并大声地叫着她的名字。既然对方已经叫出了她的名字，伊丽莎白虽然十分不情愿，但也只好转身走回到花园边上。这时候，达西也已经走到花园边，隔着栅栏把一封信递到她的手中，并维持着他那一贯的傲慢态度，从容地说道："我已经在林子里等了好一阵子了，希望能在这里碰到你。请你赏脸看看这封信，好

吗？"说完，他向她微微地鞠了一躬，便向花园那边走去。

达西先生一走，伊丽莎白就不由自主地立刻把信拆开了。她这么做完全是出于好奇，而并不是抱着某种希望。信封里装着两张信纸，写得密密麻麻的，看起来是一封很长的信。伊丽莎白沿着小路一边走，一边开始读信。

"小姐：收到这封信的时候，请不必感到担心和害怕。既然我昨天晚上向你求婚引起了你的厌恶和反感，你可以放心，我一定不会又在信里重提此事。虽然在昨天晚上以前，我是真心地希望我们能够得到幸福，但既然这种想法让你感到痛苦，同时也让我自己感到委屈和难受，那我最好还是不要再提这件事情了。我甚至不应该写这封信，因为我知道你是绝对不愿意费神去读我的信。可是，我认为有些事情实在有必要加以解释，因此还是冒昧地给你写了这封信。希望你能赏赏脸，耐着性子把信看完。

昨天晚上，你强加给我两件性质不同的罪名。第一件罪名，是指责我不顾你姐姐和宾里先生的浓情蜜意，将他们两人硬生生地拆散；第二件罪名，是指责我丧尽天良，残酷地剥夺了韦翰先生指日可待的富贵，毁掉了他的大好前途。在这件事情上，我居然如此不顾仁义道德，残忍地对待我童年时代的朋友……那个无依无靠并从小获得了我父亲喜爱的青年。这个罪名十分严重，甚至比拆散你姐姐和宾里先生美满姻缘的罪名都还更严重。现在就让我从你认为罪名稍轻的那一件事说起吧，希望你在了解了事情的来龙去脉之后，不再像昨天晚上那样对我恨之入骨。在解释的过程中，也许会提到一些引起你不快的事，希望你能谅解。

我到哈福德郡不久，就看出了宾里先生对你姐姐情有独钟。其实，在我跟宾里先生认识以来，我已经见过他恋爱了很多次，因此也没把他喜欢你姐姐这事看得很严重。但是直到在尼日斐花园开舞会的那个晚上，我才真正感到，他确实是真心诚意地爱上了你姐

姐。而且，当我很荣幸地跟你跳舞时，我听到威廉·卢卡斯爵士的话，才知道宾里先生对你姐姐的爱情已经是人尽皆知的事了，似乎大家都认为他们很快就会谈婚论嫁。听到这些话，我就开始密切留意我朋友和你姐姐，发现他此次的恋爱果然与往常大不相同。我也注意观察了你姐姐，发现她却显得落落大方、无动于衷，并没有钟情于宾里的迹象，虽然她也乐意接受男方的殷勤关切，却没打算用同样的深情来回报对方。但是昨天晚上你却告诉我，你姐姐十分爱慕宾里先生，如果你没有弄错的话，那错的就一定是我，因为毕竟你比我更了解你姐姐。如果真是这样的话，那我要承认确实是我造成了你姐姐的痛苦。

我认为这是一门门不当户不对的婚事，要是发生在我自己身上，我肯定会极力过止自己的感情。不过这件事情的主角是宾里，他并不像我这样看中门第，因此我也并不是因为这个原因才加以反对的，而是由于另外一些更让人觉得难堪的原因。这些原因到现在都还存在，因此我必须把它们说一说。虽然你母亲的娘家亲戚地位低微，但是比起你自己家里人那些让人哭笑不得的情形，实在是微不足道。你的母亲和三个妹妹一贯地做出许多有失体统的事情来，甚至有时候连你的父亲也是这样。请原谅我的直言不讳让你感到难受，因为当你感到难受的同时，我比你还要难受。你大可以把事情往好的方面想一想，虽然你家里人不太让人满意，但是你和你姐姐却举止幽雅、见识独到，非常讨人喜欢，相信这一点也能让你稍感安慰了吧。话说回来，就是由于以上那些原因，才让我下定决心一定要阻止我的朋友结上这门不幸的婚姻。

我把我的想法跟宾里的姐妹们商量了一下，发现她们跟我抱着同样的看法，因此就很快达成一致，认为应该立刻行动。你应该还记得，宾里先生说他要到伦敦去几天吧？他走了的第二天，我和他的姐妹们就立刻赶到伦敦。到了那里，由我出面去说服宾里，对他指出缔结这门婚事的种种坏处。他在我的劝说之下，开始有点犹豫

不决，但并没有完全动摇。等最后我告诉他说，我相信你姐姐根本就没有爱上他的时候，他才被彻底说服了，相信是自己自作多情，决定不再对这件事情存有指望。关于这件事情，我并没有觉得自己有什么不对的地方，我相信如果你是我，也一定会这么做。只有一件事情让我不能安心，那就是当你姐姐到伦敦来的时候，我和宾里小姐不择手段地把这个消息瞒着宾里先生。我当时之所以这么做，是由于我认为宾里还没有对你姐姐完全死心，要是他们见面的话，说不定会节外生枝。我承认这件事情做得不对，而且有失身份，但我当时确实是出于关心和爱护朋友之心。

现在我们来谈谈另外一件更严重的罪名。关于这件事，我不知道韦翰先生特别指责我的是哪一点，也不知道该解释哪一点，因此只好从他与我家的关系说起，让你自己去判断其中的是非曲直。对于我说的话，有不少有身份、有信誉的人都可以作证。

韦翰先生的父亲是个非常可敬的人，他老人家在一直在彭伯里掌管产业，非常尽职。我父亲也很器重他，对他的儿子乔治·韦翰也宠爱有加。由于他父亲无力供他读书，我父亲便一直供他上学，让他一直读到剑桥大学。韦翰是个相貌堂堂、风度翩翩的年轻人，我父亲非常器重他，希望他能从事教会职业。

我和韦翰从小就是好朋友，但是随着一天天地长大，我对他的印象也在逐渐地改变。我发现他是个放荡不羁的人，而且还沾染上了很多恶习。虽然他小心翼翼地掩饰着自己，但是终究还是逃不过一个和他年纪相仿的年轻人的眼睛。当然，我父亲是看不到他这些恶习的。说到这里，我相信又会引起你的痛苦了，因为或许你已经能够对那位韦翰先生产生了某种感情。不过，不管你对韦翰抱有什么样的情感，我都要提醒你注意，不要被他彬彬有礼的外表和花言巧语所蒙蔽。

还是回到我们所说的事情上来吧。我父亲大约在五年之前去世，直到他去世的时候，他仍然宠爱着韦翰，并在遗嘱上特别提到了他，要我帮助他张罗圣职的事，一旦职位有了空缺，就让我马上把他提拔上去。此外，我父亲还留给他一千镑的遗产。没多久，韦翰的父亲也去世了。这之后不到半年，韦翰先生就写信，说他已经决定不受圣职，希望我能给他一些更加直接的经济利益。他又说他想学习法律，还提醒我说，只依靠他那一千镑财产的利息去学法律，是根本不够的。虽然我根本不相信他的话，但是我还是满足了他的要求，这件事情最后就这样解决了……我给了他三千镑，他自动放弃担任圣职的权利。

从此之后，我便和他一刀两断，既不再请他到彭伯里来，在城里也不再跟他相见。他大部分的时间都住在城里，但是我相信他并没有真正去学习什么法律，那只不过是一个借口而已。当他摆脱了一些束缚之后，他便肆无忌惮地过起了挥霍无度的浪荡生活。起码有三年，他都没有跟我联系过。后来，有一位牧师去世了，腾出来一个职位，要是韦翰当初不放弃的话，这个职位本该是由他来接替的。没想到，这时候他竟然又写信给我，要求我推荐他去担任那个职位。他在信里说他现在穷困潦倒，又说他发现学习法律没有前途，还是决定当牧师。我当然没有答应他的要求，后来他又三番五次地来信要求，我都置之不理。亲爱的班奈特小姐，我想，我这么做总不至于受到你的责备吧。

他遭到拒绝之后，对我怀恨在心，从那时候开始，我跟他之间连面子上的那一点交情也完蛋了。毫无疑问，他在很多人面前批评我的不是，但我对此都置之不理。不幸的是，去年夏天，我却不得不理一理他了。我得告诉你一件让我非常痛苦的事情，这件事情我本来不愿意让任何人知道的，可是现在我却不得不说出来，希望你也为我保守秘密。你知道，我有一个比我小十几岁的妹妹，由费茨威廉上校和我一起做她的监护人。她离开了学校以后，就一直在伦敦居住。去年夏天，她跟女管家杨吉太太到拉姆斯盖特去了。韦翰先生得到消息之后，也跟到那里去。我们没有想到杨吉太太是个如

此不可靠的人，错误地相信了她。在杨吉太太的帮助之下，韦翰有了跟乔治安娜相处的机会，并大胆地向她求爱。乔治安娜当时只有十五岁，是个善良而腼腆的姑娘，从来没有经历过这种事情，竟然也以为自己爱上了这位从小就认识的先生，答应跟他一起私奔。

你知道，乔治安娜一直都是在我的照顾之下长大的，对她来说，我不仅是位哥哥，更是一位父亲，她不忍心让我伤心难过，因此她虽然年少轻狂，在一时糊涂之下做出了冲动的决定，但是她在私奔之前，还是把这件事情告诉了我。可以想象，当时我真是既吃惊又愤怒，很想把事情公布出来，好让韦翰先生名誉扫地。但是为了顾全我妹妹的名誉，我不能那样做。我给韦翰写了一封信，要他立刻离开这个地方，并且把杨吉太太也打发走了。毫无疑问，韦翰之所以要诱拐我妹妹，主要目的是为了她那三千镑的财产，另外也可以利用这个机会好好报复我一下。

班奈特小姐，现在有关我跟韦翰之间的恩恩怨怨，我都已经向你和盘托出了，如果你相信我的话，那就请你以后不要认为我是一个那样残酷无情的人。当初你会受到他的蒙蔽，是因为你对事情的底细一无所知，也无从去打听真相，因此相信他的一面之词，也是在所难免的。

当然，你也许会感到奇怪，为什么昨天晚上我不当面向你解释清楚，这可能是因为当时我正在气头上，没有办法冷静地思考，不知道哪些话可以说，哪些话不可以说。至于今天这封信上所说的话是真是假，你可以去向费茨威廉上校求证，他不但是我的亲戚，也是我的朋友，而且还是我父亲遗嘱的执行人之一，对事情的来龙去脉都了解得非常清楚。我之所以要在今天早上把信交到你的手中，就是希望能让你有时间赶在我们离开之前去询问费茨威廉此事。我要说的一切都说完了，愿上帝保佑你。"

　　在伊丽莎白打开那封信之前，她认为信上的内容一定是向她重新提出求婚。除此之外，她根本想象不出达西先生还有别的什么可说。当她拆开信，看见这样的内容时，她的惊讶是可想而知的。当她看到信的开头，那位先生居然还自以为能获得原谅，不由得怒火中烧。正因为如此，她在读信的时候，就一直抱着偏见，总觉得他的话都是欲盖弥彰，企图自圆其说。尤其是读到姐姐和宾里先生的那一段，见他列举了种种她家庭的缺陷，让她非常又生气又羞愧，简直难以继续读下去。

　　等读到有关韦翰的那一部分时，她比刚才冷静了一些，能够比较理智地分析信中的话了。达西在信中所说的事情，和韦翰自己亲口所述说的身世经历十分吻合，但又截然相反。如果达西先生的话是真的，那么她从前对韦翰的好感简直就是个彻头彻尾的笑话。一想到这里，她感到更加痛苦。"不！一定是达西在撒谎！这是不可能的！真是荒谬的谎话！"她的心里乱极了，恨不得从来没有看到这封信。信的最后到底说了些什么，她几乎都没怎么看清楚，便匆忙把信收起来，告诉自己绝对不会再去看这封满篇谎话的信。

　　但是不到一分钟，她又忍不住把信抽出来，认真地重新读了关于韦翰的那几段话。这对伊丽莎白来说，实在是极大的痛苦，但是她仍然逼着自己去仔细地体会每句话的意思。信上提到的有关韦翰跟彭伯里的关系，跟韦翰自己所说的毫无出入，老达西先生生前对韦翰的关爱和照顾，也与韦翰的话一般无二。但是当提到遗嘱问题的时候，信上所说的话就与韦翰自己所说的完全不同了。毫无疑问，两个人之中肯定有一个人在说谎话，而且说谎的那个肯定是达西先生。一想到这里，伊丽莎白心情突然轻松了起来。"没错，一定是他在撒谎！"接着，她又往下读。读到韦翰放弃牧师职位而向达西索取了三千镑一事的时候，她又犹豫了起来，这件事情难道完

全是达西捏造的吗？她继续读下去，越读心里的疑云就越重。本来她认为，不管达西说什么，都不会对她的看法造成任何影响，也不能为他自己的卑鄙和自私开脱，但是现在她不得不承认，当她看了这封信之后，她的心再也平静不下来了。

达西竟将骄奢淫逸的罪名加在韦翰先生身上，她当然不愿意相信，但是她又无法证明他说的是谎话。在韦翰加入民兵团之前，从来没有人听说过他。即使他在加入民兵团之后，大家对他的来历和身世也都一无所知，一切都是他的片面之辞，没有人能证明真假。他英俊的容貌和温柔的举止，让人一眼看上去就会不由自主地喜欢上他，以为他就具备了一切的美德。但是只要静下心来仔细想想，除了他的能言善道和殷勤多礼之外，根本想不出他还具备别的什么优点。

伊丽莎白只要眨一眨眼睛，就可以看到韦翰那英俊潇洒、风度翩翩的模样。这样的一个人，会像达西先生所说的那样荒淫无度吗？伊丽莎白思考了好一会儿，然后接着读信。当读到他企图诱拐达西小姐的时候，伊丽莎白的脑子里便嗡嗡作响。"这不可能是真的！"她对自己说。但是她想起昨天上午她跟费茨威廉上校谈到达西小姐的时候，对方那种不自然的神情。费茨威廉上校亲自说过，他对达西家的所有事情都很熟悉，而且他也是达西小姐的监护人，因此他肯定知道达西小姐打算跟韦翰私奔一事。伊丽莎白想起达西先生在信的末尾写到，要她去向费茨威廉求证。她确实有这样的打算，但又觉得这件事情难于启齿，而且达西要是没有把握他表弟的回答跟他一致，也不会冒冒失失地提出这个建议。因此，她想来想去，最终还是打消了这个念头。

伊丽莎白还清楚地记得，那次在菲利普先生家里的时候，她第一次跟韦翰交谈，韦翰跟他说的那些话。当时她认为他们的交谈是那么地愉快，现在她忽然想到，这样冒昧地跟一个陌生人交谈，是一件很不理智的事情。她回想起他的自吹自擂，说自己是个多么善

良大度的人，但是他的行为却与他所说的话不符。她记得那次在尼日菲花园开舞会之前，他说他绝对不会刻意避开达西先生，但是最终他却没有出席舞会。她还记得，在宾里和达西先生离开哈福德郡之前，除了她之外，他从来没有跟任何一个人谈论自己的身世。但是当那两位先生一走，几乎整个哈福德郡的人都知道了达西先生是如何对不起他。他总是说自己看在老达西先生的份儿上，不愿意去批评他的儿子，但是他却无时无刻不在批评他。

他追求金小姐那件事，以前她觉得完全可以理解，现在看起来，无非也是贪恋金小姐的财产。虽然金小姐的钱并不多，但这并不意味着他容易满足，而是说明了他是个见钱眼开的人。她想起他也曾经向自己献过殷勤，那不是因为他误会了她很有钱，就是他想借此来满足自己的虚荣心。伊丽莎白越想越觉得难受，越想越觉得韦翰确实是个伪君子。她又想起当珍问起宾里先生这件事情的时候，宾里说达西先生在这件事情上没有任何不对的地方，现在看来宾里先生的话是正确的。

她又仔细地回忆了一下，自从她跟达西先生认识以来，虽然觉得达西傲慢无礼，但是没有发现他有其它缺点，没有任何不端的行为，也没有任何违反道义的恶习，他的亲戚朋友，像宾里先生、费茨威廉上校，都很尊重他、喜欢他，就连韦翰也都承认达西是一位好哥哥。如果达西真的像韦翰说的那么十恶不赦的话，那他的行为怎么可能蒙蔽得了所有的人呢？而且，他又怎么可能跟宾里这样一位好好先生做了那么多年的朋友呢？

想到这里，她不禁觉得自己当初实在太肤浅太偏激了，竟然盲目地相信韦翰的一面之辞，而对达西先生抱有那么严重的偏见。而且，珍不只一次地说过这件事情中间可能有蹊跷，嘉丁纳太太也一再地提醒过自己，可是自己却依然执迷不悟。

伊丽莎白不禁失声叫道："多么讽刺啊！我一直以为自己有知人之明，一直都看不起姐姐那种宽大的胸襟，老是无端地猜测别

人，却竟然相信了一个如此卑鄙的人！多么可怕的虚荣心！没错，就是虚荣心。我之所以相信韦翰，是因为他喜欢我，因此满足了我的虚荣心；而我之所以讨厌达西先生，是因为他对我傲慢无礼，怠慢了我，因此让我觉得生气。所以到最后，我盲目地相信韦翰，又盲目地讨厌达西。天啦，这就是我自鸣得意的知人之明吗？"

她的思绪又跳到了珍和宾里先生的事上，于是就又把信中关于这件事的解释读了一遍。这一次她的感受就跟刚才读到这部分的时候大不相同了。达西先生说他看不出珍对宾里的情意，夏绿蒂以前也说过类似的观点。不能否认，达西先生对珍的观察和评价都很得当，她的确是那种内心澎湃但表面上却不露痕迹的人，难免让人误以为她的心不容易被打动。

至于他提到了有关她家里人的那一段，虽然让她觉得十分难受，但也不得不承认，他的指责一针见血。她的母亲、妹妹确实如他所说，很多时候都十分不成体统。他还特别指出在尼日菲花园的那次舞会上，她家里人的种种表现，是他反对这门婚事的主要原因。老实说，关于那场舞会上的情景，不仅他印象深刻，就连伊丽莎白也一直耿耿于怀。

他对她和她姐姐珍表示了肯定和赞赏，让她觉得稍感安慰，但这并不足以弥补她家里人不争气而给她带来的痛苦。现在，她认为珍和宾里先生之间的问题，完全都是自己的家里人一手造成的。而且，即便她们两姐妹有再多的优点，都同样会因为家里人那些有失检点的行为而受到损坏。达西先生在向她求婚之前的犹豫不决，也充分地证明了这一点。想到这里，伊丽莎白感到前所未有的灰心和沮丧。

她沿着小路走了两个钟头，脑子里一直都处于纷乱的状况，她觉得自己疲倦极了。想到自己已经出来两个小时，差不多应该回去了。她稍稍整理了一下杂乱无章的思绪，希望自己回去之后跟人家说话的态度像往常一样自然愉快，免得被人家看出端倪来。

　　伊丽莎白刚走进屋子，柯林斯先生就告诉她说，在她出去散步的时候，达西先生和费茨威廉都来拜访过她。达西先生是来告辞的，见她不在，只待了几分钟就走了。而费茨威廉上校却一直等了足足一个钟头，希望能在走之前再见她一面，甚至还打算跑出去找她。

　　伊丽莎白听了，说了几句表示惋惜的话，但心里却并没有因为没有见到费茨威廉而觉得可惜。现在，除了那封信之外，她心里再也装不下别的东西。

<h2 style="text-align:center">37</h2>

　　第二天一大早，柯林斯先生就在罗新斯的大门口等着给两位先生送行。他们离开之后，柯林斯高高兴兴地回来了，并且兴高采烈地告诉他们，说两位贵客虽然满怀着离愁别绪，但是精神却还很好。过了一会儿，他又再次赶到罗新斯，去安慰凯瑟琳夫人母女两人。在回家的时候，他带来了一个令他十分得意的消息……凯瑟琳夫人亲口邀请他们全家过去吃饭，说客人走了以后她觉得十分沉闷，希望他们能过去陪陪她。

　　于是，他们全家便又到罗新斯去做客。伊丽莎白一见看到凯瑟琳夫人，就不由自主地想起了达西先生，想到自己那天晚上要是答应了他的求婚，那么她很快就将成为夫人的侄媳妇了。夫人本来是打定主意要把自己的女儿嫁给达西的，要是知道达西要娶的人是伊丽莎白的话，那肯定会又生气又吃惊。"到时候，她将会说些什么话呢？她将会做些什么事情来呢？"伊丽莎白想着这些，觉得非常有趣。

　　主人一见他们到来，便谈起了那两位贵客离开的事情。凯瑟琳夫人说道："你们不知道我有多难受。我相信再也没有谁像我这样，会因为亲友的离别而伤心得这么厉害。我非常喜欢这两个年轻

人，而且他们也非常喜欢我，临走的时候简直是舍不得离开呢！最后，还是可爱的费茨威廉上校勉强打起了精神，才不至于让告别的场面过于悲戚。可怜的达西看上去真是难过极了，比去年还要难受。我知道他对罗新斯的感情，是一年比一年深了。"

她说到这里，柯林斯先生插进了一句恭维话。母女俩听了，都高兴地笑了起来。

吃过饭以后，凯瑟琳夫人见伊丽莎白有点闷闷不乐，以为她舍不得这么快就离开肯特回家，就对她说道："你要是不愿意回去的话，可以给你母亲写封信，请她允许你再在这里多待一段时间。我相信柯林斯太太一定也非常舍不得你离开的。"

伊丽莎白回答道："谢谢你的一番盛情，可是我下星期六一定得离开。"

"这么说来，你在这里才住了六个星期啦。我本来希望你至少能住上两个月的。你还没来之前，我就跟柯林斯太太谈论过，让她一定挽留你多住些日子。你用不着急着赶回去，我想你母亲一定会允许你再待上两个星期的。"

"可是我父亲不会允许的，他上星期就写信来催我回去。"

"哦，只要你母亲允许了，你父亲自然就会允许的。做爸爸的怎么会那么自己的女儿，舍不得离开一时半刻的？六月初我正好要去伦敦，要是你能等到那时候再走，我就可以顺便带上你们两个。只要到时候天气凉快就行了，好在你们个头都不大。"

"谢谢你的好意，太太。可是我们还是得下星期六就离开。"

凯瑟琳夫人不再挽留，转过头对夏绿蒂说道："柯林斯太太，你要记得到时候打发一个佣人送送她们。我可不放心让两位年轻小姐自己赶路，平常我最不喜欢的就是这种事。对于年轻的小姐们，我都得按照她们的身份好好地照顾她们，去年夏天我的侄女乔治安娜到拉姆斯盖特的时候，我就特意打发了两个男佣人送她去。要知道，乔治安娜是老达西先生和安妮夫人的千金小姐，要是在路上

没有两个佣人的话，那也太不成体统了。对于这些事情，我一直都十分留意。柯林斯太太，你可千万不要忘记了。幸亏我及时想起了这件事，及时提醒你一下，不然她们两个要是自个上路，不但她们丢脸，连你的面子也要丢光了。"

"不用了，我舅舅会打发人来接我们的。" 伊丽莎白说道。

"你舅舅？他有男佣人吗？很好，总算有人替你想到这些事。那么，你们打算在哪儿换马呢？当然是在白朗莱啦。到了那里，你们只要提一提我的名字，就马上会有人来招呼你们的。"

凯瑟琳夫人对她们的旅程提出了很多建议和意见。虽然大家听得不耐烦，但还得做出一副全神贯注的样子去听。伊丽莎白觉得这样也不错，不然要是没有什么事情分散分散她的注意力，她就老是惦记着那封信的事，说不定一不小心连自己做客的身份也忘记了。

没错，心事应该等到单独一个人的时候再去想。每次她独自一人的时候，她就要拿出那封信再读一读，翻来覆去把所有事情都想一遍。那封信她简直都快要背得出来了，而对写信的这个人，她一会儿充满了热情，一会儿又充满了愤怒。他信中的语气当然让她生气，但是一想到她曾经错怪了他，误会了他，她就忍不住对他心生歉意和同情。她感激他对自己的爱慕，也尊敬他的为人和性格，但是她却仍然不能爱上他。即便是在看了那封信之后，她仍然没有为自己拒绝他的求婚而感到丝毫的后悔，而且根本就没想过还要跟他见面。

伊丽莎白为自己从前的无知感到悔恨和苦恼，但是更让她痛苦的是，她的家庭里那些种种不尽如人意的地方。她相信，这些缺陷根本是无法去纠正的。她的父亲对几个小女儿的轻狂和浪荡，虽然加以讽刺和打趣，但是却懒得去管她们，就任由她们去胡闹；而她母亲本身就没有什么见识，根本意识不到她那几个小女儿的不检点之处。伊丽莎白和珍曾尝试要对凯瑟琳和莉迪亚加以约束，但是那两位年轻的小姐有了母亲的纵容，根本没把姐姐们的劝告放在眼

里。凯瑟琳意志薄弱，只知道跟着莉迪亚胡闹，一听到姐姐们的规劝就要生气；而莉迪亚则是个不折不扣的野丫头，没心没肺。她们两个无知又爱慕虚荣，只知道卖弄风情，勾搭军官，成天都往梅列敦跑，迟早要做出有失体统的事情来。

她又想到了她姐姐珍，十分为她感到惋惜。珍本来有这么一个理想的机会，能跟如此优秀的宾里先生成就一段美满姻缘，但是就因为家里人的愚蠢可笑和有失检点，她就丧失了这个机会，这怎么能让人不感到痛心呢！

在伊丽莎白和玛莉亚临走前的一个星期里，罗新斯的邀请还是和她们刚来的时候一样频繁。最后一个晚上，她们在那里做客的时候，夫人又仔细地问了她们旅行的细节，告诉他们应该如何收拾行李。玛莉亚听了之后，回去便把已经收拾好的箱子打开，把里面的东西全部倒出来重新收拾了一遍。

她们离开罗新斯的时候，凯瑟琳夫说了一些祝她们一路平安的之类的话，又邀请她们明年再到汉斯福来。德·包尔小姐向她们行了个屈膝礼，并伸出手来跟她们握手告别。

38

星期六吃早饭之前，伊丽莎白和柯林斯比别人早到了几分钟。柯林斯先生郑重其事地对她说了许多道别的话，对他来说，这种礼貌是必不可少的。

他说："伊丽莎白小姐，这次你光临寒舍，实在是我们莫大的荣幸。我不知道我太太是否已经向你表达过感激之情，但我相信她绝对不会连这点基本的礼貌都不懂的。不知道你在这里住的这段时间是否愉快？我们这里房屋简陋，又没有多少仆人，肯定让你觉得十分不适。恐怕像你这样一位年轻的小姐，会觉得汉斯福是个枯燥无味的地方吧！不管怎么样，你肯赏脸来看我们，我们就会竭尽全

力来招待你，尽量不让你感到不愉快。

伊丽莎白连声道谢，说在这里逗留的六个星期过得十分愉快。又说自己能跟好朋友在一起相处，感到十分有趣，再加上主人的殷勤好客，让她觉得宾至如归。

柯林斯先生听了这话，感到既满意又得意，满脸堆笑而又一本正经地说道："听到你说你在这里过得十分愉快，让我感到无比欣慰。我们总算是尽了主人的心意，更幸运的是，能够把你介绍给上流社会的人物认识。寒舍虽然没什么可取之处，但是幸好还有罗新斯这个高贵的邻居，让你不觉得过于单调，也不至于让你感到此次来汉斯福毫无收获。凯瑟琳夫人热情好客，十分优待我们，你看你在这里的这段时间，我们可是随时都在那边做客啊。这种机会并不是人人都能有的。我想，虽然寒舍简陋，但是只要客人们到这里来，就有机会和我们一起享受罗新斯的盛情款待，这对客人们来说也算是一种福气了吧！。"

他的得意忘形让伊丽莎白哭笑不得，但是她还是说出了几句简单而客气的话来奉承他。柯林斯先生听了以后，高兴得简直不知道该如何是好。

"亲爱的表妹，你大可以放心地回哈福德郡去传播好消息，你一定得那么做！把你在这里每天看到的、听到的都告诉他们，让他们都知道你的朋友夏绿蒂在这里过得非常如意。总之，我相信你的朋友嫁给我并没有失算……不过这一点不说也没关系。我亲爱的伊丽莎白小姐，我希望你将来也能攀上这样一门幸福的婚姻，像我跟夏绿蒂这样情投意合、心心相印。你看，我们这一对夫妇真是天造地设，不是吗？"

伊丽莎白以十分诚恳的语气继续说，她确实也觉得他们两人的婚姻是再合适也没有了。她的话只说了一半，夏绿蒂就进来了。伊丽莎白想到夏绿蒂要跟这样一个男人朝夕相处，觉得她实在可怜，不知道她如何能忍受这样的痛苦。夏绿蒂有时候确实也会觉得难

过，当有客人们来的时候，她还能稍感安慰，现在她看到客人们要走了，不由得觉得有点难过。但是她并不需要伊丽莎白的怜悯，这里的许多事情，家务事、教区里的事，都还没有让她感到完全乏味。

马车来了，仆人们把小姐们的箱子放到车顶，用绳子系好。大家依依不舍地告别之后，柯林斯先生便送两位小姐上车。他们从花园的小路往前走去，他一路上不断地跟伊丽莎白唠叨着，把去年他在浪博恩受到款待的事情也搬了出来，并还要伊丽莎白代他问候嘉丁纳夫妇，虽然他根本不认识他们。

当两位小姐上车，正要关上车门的时候，柯林斯突然想起她们还没给罗新斯的太太小姐们留言，便慌慌张张地提醒她们："你们当然没有忘记要我给她们传话，感谢她们这么多日子以来对你们的款待。"

伊丽莎白敷衍他了几句。然后，她们就出发了。

马车刚上路，玛丽亚就叫了起来："天啦！我觉得我们好像昨天才到这里来一样，但是好像又发生了很多事情！"

一路上，她们都没说什么话。不到四个小时，她们就到了嘉丁纳先生的家里。她们打算要在这里再住上几天。

伊丽莎白见到姐姐珍，觉得她的精神看起来还不错，但就是不知道她的心情如何。舅母们早就为她们安排好了各种各样的娱乐节目，把她们的时间排得满满的，让伊丽莎白根本就没有机会跟姐姐好好谈一谈。幸好，珍要跟她们一起回浪博恩，到时候她们就有的是时间聊天了。

但是伊丽莎白却忍不住现在就想把达西先生跟她求婚的事告诉珍，她知道珍听到这件事情之后，一定会大惊失色，而且伊丽莎白自己的虚荣心也能得到很大的满足。不过，最后伊丽莎白还是控制住了自己，没有把这件事情告诉她姐姐。她知道在提到这件事情的时候，就肯定会涉及宾里先生，而她姐姐听到这个人的名字肯定会伤心的。

39

在嘉丁纳太太家住了几天之后，五月的第二个星期，伊丽莎白、珍和玛莉亚一块从格瑞斯乔治街出发往哈德福郡走。在那里一个镇上的饭店里，班奈特先生已经事先安排好了一辆马车在那里等她们。

刚到饭店门口，她们就看到凯瑟琳和莉迪亚趴在楼上的窗户边望着她们。这两位小姐已经到这里一个多小时了，对面的一家帽子店已经被她们光顾过。买过帽子之后，她们百无聊赖，对站岗的哨兵评头论足了一番，然后又吃了一些色拉。

她们见姐姐们到来，便立刻向她们表示欢迎，又要了一些冷盘，然后对姐姐们说道："你们看，这么好的菜，你们没想到吧！"

姐姐们表示了感谢。莉迪亚又说："我和凯蒂存心要请客，但是你们得借钱给我们，因为我的钱都在那边的帽子店里花光了。"说着，她把新买的帽子拿出来炫耀道："你们看，我买了这个。我觉得不是很好看，但是就将就着买一顶吧。到了家里，我要把它拆开重新做，到时候你们就知道这顶帽子会被我弄得多漂亮了。"

姐姐们都说她买的这顶帽子太难看了，她却毫不在乎地说："你们还没看见更难看的呢！那家店里还有几顶帽子，比这顶还要难看得多。等会儿我就去买点漂亮的缎子，来把它重新装饰一下，也就还看得过去了。唉，民兵团再过两个星期就要离开梅列敦了，他们走了之后，我看穿什么衣服戴什么帽子都无所谓。"

"他们真的就要离开了吗？"伊丽莎白对这个消息感到非常高兴。

"他们要到布赖顿（英国南部避暑胜地）去。我希望爸爸也能带我大家到那里去避暑，要不然，这个夏天该多么无聊啊！我相信妈妈一定也很赞成我的主意。"

伊丽莎白暗自想道；"这可真是好主意啊。光是梅列敦一个的民兵团，就把这里的小姐们弄得神魂颠倒了，真无法想象要是有了布赖顿那整营的士兵和军官，我们还会忙成什么样子！"

莉迪亚又说道："我有个大消息要告诉你们，而且是个天大的好消息。你们猜猜看是什么消息？提醒你们一下，是关于我们大家都喜欢的一个人的。"

珍和伊丽莎白互相看了一眼，打发侍者走开。

莉迪亚见状，大声笑着叫了起来："嗨！你们也太过小心了吧，还非得把人家打发走。可是我相信他平常不知道听了多少不堪入耳的话呢！不过，把他打发走了也好，因为他是个不折不扣的丑八怪，我从来没有见过那么难看的下巴！不说他了，还是来听听我要说的新闻吧！我要说的，是有关我们最可爱的韦翰先生。韦翰不会有跟玛莉·金结婚的危险了，那位小姐到利物浦去了，而且不会再回来。你看，韦翰安全了！"

"应该说是玛丽·金安全了！"伊丽莎白说，"她走得正好，免得结下一门冒失的婚姻。"

"要是她明明爱他却又不跟他结婚，那可真是个大傻瓜呢！"

珍说："但愿他们双方的感情不太深，否则的话那太痛苦了。"

伊丽莎白："我相信韦翰对她的感情不会深的，应该说，他对谁的感情都深不了。"

莉迪亚大声叫道："我敢保证，他根本就没把那位小姐放在眼里。谁会喜欢这样一个满脸雀斑的小东西！"

伊丽莎白听了她妹妹的话，不禁想起自己以前曾经有过同样的想法，只是从来没有这样粗鲁直接地说出来而已。想到这里，她非常吃惊，觉得自己以前真是荒唐到家了。

几位小姐们吃完饭，姐姐们付了账，便开始整理东西准备回家。摆弄了好一阵子，小姐们终于坐上了马车，她们的箱子、包裹

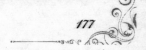

以及凯瑟琳和莉迪亚买的那些难看的帽子，也放上了马车。

"我们这样挤成一团可真有意思！"莉迪亚大声说道，"这顶帽子我很喜欢。我还要再去买一个帽盒。对了，你们离开家这么久，有没有遇到什么好玩的事情？有没有见到让你们看上眼的男人？有没有跟人家勾搭过？快讲一讲吧！我还真希望你们出去一趟能带一位丈夫来呢！我说珍，你都快二十三岁啦，天啦！我要是不能在二十三岁以前结婚，那可就太丢人了！还有你，丽兹，菲利普姨妈也希望你快点结婚，她说，丽兹要是嫁给了柯林斯先生就好了。不过我可不觉得那有什么好，柯林斯先生没什么趣味。天啦！我一定得比你们都先结婚，这样我就可以带你们去参加各色各样的舞会！对了，你们不知道那天在弗斯托上校家里，我们做了什么！我们给把查姆柏伦穿上了女人的衣服，把他打扮成一个女人吧。那真是太有趣啦！除了上校、弗斯托太太、凯蒂和我之外，其他的人都以为他是个女人呢！还有姨妈也知道，不过她是因为我们问她借件长衣服，她才知道的。你们想象不到，查姆柏伦扮成女人之后有多像啊！丹尼、韦翰、普拉特和其他军官根本就认不出是他。我当时简直笑得不行了，弗斯托太太也笑得很厉害。那些男人见我们一直笑，就猜到有什么诡计，过了很久，他们才识破了。"

大家一路上就听着莉迪亚这样说说笑笑，凯蒂不时也插上几句话。她们说来说去，无非说的就是舞会上的事，也总免不了要提起韦翰的名字。

到家之后，班奈特太太见到珍还是跟以前一样漂亮，便觉得十分高兴。班奈特先生见她们回来，也感到十分高兴，一次一次地对伊丽莎白说："丽兹，我真高兴你终于回来了。"

卢卡斯全家也都在这，他们是来接玛丽亚的，顺便也听听新闻。卢卡斯太太隔着桌子，不断地问玛丽亚，夏绿蒂在那边过得好不好。班奈特太太忙着向珍询问城里流行的新鲜玩意儿，然后马上转过头去说给卢卡斯家几位年轻小姐听。

莉迪亚的声音最大，她兴致勃勃地跟大家讲着到镇上去的趣闻，并对玛莉说："你要是跟我们一起去就好了，你不知道那有多有趣呢！我们去的时候，一直都把窗帘放了下来，人家都以为这是空车呢！后来凯蒂晕车，我们才把窗帘掀开的。我们在乔治饭店用世界上最好吃的菜招待了她们三位，要是你去了，我们也会招待你的。回来的时候也很有意思，我本来还以为车子装不下我们呢！我们就那样挤在一起，说说笑笑，声音大得恐怕十英里之外的人都听得到！"

玛莉一本正经地回答道："亲爱的妹妹，不怕扫你的兴，你说的这些我实在不感兴趣。这些也许会令一般的女子开心不已，但对我而言，我觉得还是读书更加有意思。"

莉迪亚根本就没把她的话放在心上。到了下午，她非要姐姐们陪她到梅列敦去看望朋友，伊丽莎白坚决反对，她怕人家说班奈特家的几位小姐回家不到半天，便马不停蹄地跑到梅列敦去追求军官。另外，她也不想见到韦翰。那个民兵团马上就要调走了，这真是让人求之不得。她希望他们走了之后，一切都重新平静下来，她也要把这些事情统统忘记。

伊丽莎白看到母亲在跟父亲讨论去布赖顿避暑的计划。莉迪亚说得不错，母亲果然很赞成去那里跟军官们一起度过夏天。但是，伊丽莎白也看出，父亲的回答虽然含糊其辞，但是他丝毫没有让步的意思，绝对不会同意这个计划的。母亲碰惯了钉子，因此她并没有因为丈夫的拒绝就死心，仍然抱着希望，不断地努力去说服丈夫。

40

到了晚上，伊丽莎白再也忍不住，便把达西先生向她求婚的事情告诉了珍。凡是牵扯到珍的地方，她都一概不提，只说跟求婚有

关的部分。不出她所料，珍一听到这个消息果然大吃一惊，但是她非常喜爱和欣赏自己的妹妹，觉得不管她受到哪位先生的垂青都是理所当然的，因此很快就平静了下来，不再感到惊讶了。

听妹妹说完了之后，珍一方面不赞成达西先生那种不得体的态度来向伊丽莎白求婚，另一方面也替他感到难过，因为他在遭到拒绝之后一定会很难堪。她说："那种没有礼貌的态度确实不可取，不过，你想想看，你拒绝他以后他会失望到什么地步啊！"

伊丽莎白回答道："我也替他感到难过。不过，既然他在向我求婚的时候还有那么多的顾虑，那我相信他对我的爱慕很快就会消失得无影无踪的。你不会责怪我拒绝了他吧？"

"当然不会。"

"那你会责怪我以前那么护着韦翰吗？"

"怎么？我可看不出你喜欢那个可爱的青年有什么错。"

"等我说完，你就知道有什么错了。"

于是她便把达西先生给她的信中有关韦翰的部分，一五一十地讲给她姐姐听。珍非常吃惊，比听到达西向妹妹求婚的消息还要吃惊。她从来没有想到世间还有这么多的罪恶，而且这些罪恶还是集中在一个人的身上！虽然以前当达西先生遭人误解的时候，她很想帮达西说话，但是现在她同样不希望韦翰被说成这样一个十恶不赦的人。她实在太善良，总以为每个都像她一样善良。

伊丽莎白说："你可别想两全其美。在我看来，他们两个人一共就只有那么多的优点，凑在一起勉强能够得上一个好人的标准。最近这段时间以来，这些优点在他们两个人之间移来移去，把我弄得晕头转向。不过，现在我还是比较偏向达西先生，觉得这些优点都应该属于他。你偏向谁呢？你可以自己选择。"

珍想了好一会儿，脸上才勉强露出笑容，说道："我想这可能是我一生中最让我吃惊的事情了，韦翰原来这坏！话说回来，达西先生真可怜，你想想，你拒绝了他之后，他会感到多么痛苦多么

失望，而且为了跟你解释，他还不得不把自己妹妹的事情都讲出来！"

"看到你这么同情他，我反而倒觉得心安理得了。你在感情上对他的慷慨造成了我在感情上对他的吝啬。你要是再继续为他悲伤，那我就更加轻松得意了。"

"韦翰也很可怜！可惜他看起来那么善良温柔、风度翩翩。"

"要我说，这两个年轻人都有问题，一个的好处全藏在里面，一个的好处全露在外面。"

"我可不认为达西先生在仪表方面有什么欠缺，只有以前的你才那么想。"

"我倒觉得毫无理由地讨厌一个人也是一件非常聪明的事情。因为厌恶和憎恨往往能启发人的智慧。你不断地骂人当然说不出一句好听的话，但是你要是要一直取笑别人，就不得不时地说出几句绝妙的话来。"

"丽兹，我相信当你第一次读那封信的时候，感受肯定跟现在不一样吧。"

"当然不一样，我当时难受得要命，可是找不到人来听我倾诉，也找不到人来安慰我。我多么希望有人能告诉我，我其实根本不像自己想象的那么软弱和虚荣。亲爱的珍，我可真少不了你啊！"

"你以前在达西面前提到韦翰的时候，口气那么强硬。现在看来，你当时的言语真是太不得体啦！"

"确实不得体，但当时我对达西先生抱有偏见，因此态度自然就那么强硬。对了，我们是不是应该把韦翰的事情说出来，让大家都知道他是怎样的一个人？"

珍想了一会儿，说道："我觉得不必太让他下不了台。你觉得呢？"

"我也这么想。再说，达西先生并没有允许我把他信中的内容

大肆宣扬，反而嘱咐我说凡是涉及到他妹妹的部分，都得严格保守秘密。要是这件事情不能说的话，那么我又能拿出什么证据来证明韦翰的品行恶劣呢？现在大家都对达西先生抱有那么深的成见，对韦翰抱有那么深的好感，我想即便我们说了别人也不会相信我们的。幸好韦翰马上就要离开了，他究竟是好是坏，跟这里的人也没什么关系了。我相信总有一天事情的真相会被大家知道的，到时候我们大可以嘲笑他们没有及早得知。不过，目前我们还是保持沉默吧。"

"没错。我想现在我们要是去跟大家宣扬他的品行的话，他的名声和前程就通通被断送掉了。说不定他现在已经感到后悔，决定改过自新，我们可不要弄得人家走投无路。"

伊丽莎白把事情跟珍说清楚之后，心情稍微平静了一些，两个星期以来压在心里的石头终于放了下来，感到十分轻松。不过，还有一件心事，她不敢告诉珍，那就是达西先生信的前半部分。她不敢告诉她姐姐，宾里先生对她是多么爱慕，更不敢告诉她宾里究竟为什么一去不回。除非事情到了迫不得已的地步，不然她还是不吐露这个秘密为好。她自言自语地说道："要是宾里和姐姐果真缔结了美满因缘，到时候我就可以把这件事情说出来了。但是这件婚事的可能性有多大？我想要是真有那么一天，我相信宾里先生自己说的会比我说的动听得多。看来，无论怎么也轮不到我来向珍说明这件事了。"

伊丽莎白现在终于有时间来仔细观察珍，发现她的心里并不像她表面上那么快活。她仍然挂念着宾里先生。从一开始，她就看出了宾里先生的出类拔萃，对他产生了初恋一般的柔情蜜意。而且，由于她品行端正，再加上年纪不小，因此对他的感情也就更加坚定。但是，既然她看到事情并没有按照她的意愿去发展，也就说服自己打消了对他的指望，否则，真不能想象她现在要忧郁到什么地步了。

有一次班奈特太太对伊丽莎白说道："丽兹，你对珍和宾里先生的事情怎么看呢？我已经下定了决心，不在任何人面前提起那位先生。那天，我就跟菲利普太太说过，我知道珍在伦敦连他的影子也没有见着。凡是可能知道消息的人，我都一一问过了，可是没有听到任何人说他今年夏天要回尼日斐花园来。哎，他真不值得珍对他钟情，我看她这辈子也别指望能嫁给他了。"

"我看他也不会回尼日斐花园来了。"

"我才不管他来不来呢！我只是觉得他太对不起我可怜的珍了。要是我是珍的话，我才忍不下这口气呢！哼，我相信珍一定会伤心欲绝，忧虑成疾，最后香消玉殒，到时候宾里先生就一定会后悔当初不该这么狠心地对待他了。"

伊丽莎白没有回答，母亲这种荒唐的想法并不能让她感到安慰。

母亲又接下去说道："对了，柯林斯夫妇过得好吗？太好了，希望他们能一直这么好下去。他们的一日三餐如何呢？我想，他们的生活也够节俭吧，夏绿蒂只要有她母亲一般精明能干，肯定也会成为一个抠门的主妇。他们平时的生活一点也不浪费吧？"

"没错，一点也不浪费。"

"很好，很好，我看他们是肯定不会入不敷出的。好吧，愿上帝保佑他们！我想，他们肯定会常常谈起你父亲去世以后，他们来继承浪博恩遗产的事情吧！"

"这事他们怎么会当着我的面提起呢？"

"当然不会当着你的面提起，但是我相信，他们私底下一定经常谈论这事。哼，不知道他们拿到这笔财产能不能心安理得，要是叫我来接受这笔非法的财产，我才觉得不好意思呢！"

41

眨眼间，一个星期就过去了。再过一个星期，梅列敦的民兵团

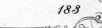

就要离开了。就因为这个，这一带的年轻小姐们一个个都垂头丧气的，仿佛世界末日就要来了一样。班奈特家年纪较大的两位小姐没有受到影响，照样过着她们的日子，但是凯瑟琳和莉迪亚却伤心欲绝，看见两位姐姐无动于衷，便责怪他们冷酷无情。"天啦！"她们总是大声叫道，"他们走了以后，我们这里还有什么意思呢！丽兹，你居然还笑得出来！"

不仅是她们，就连她们那位慈祥的母亲也跟着她们一起伤心。她想起在二十五年以前，自己也因为同样的事情而感到无比痛苦。"一点也没错，"她说，"当初米勒上校他们团离开的时候，我的心简直碎了，哭了整整两天呢！"

"我的心也一定会碎的。"莉迪亚说。

班奈特太太说："要是我们能跟他们一起到布赖顿去就好了！"

"就是，要是我们也能去布赖顿就好了，可是爸爸偏不同意！"

"而且洗洗海水浴对我的身体可有好处了。"

凯瑟琳接着说道："菲利普姨妈说海水浴对我的身体大有好处的。"

就这样，这两位年轻的小姐，就成天到晚地跟着她母亲长吁短叹。伊丽莎白见此情形，本来想好好地笑话她们一番，但是她忽然想起了达西先生对她们的评价，不由得感到羞愧难堪，因此开玩笑的心情便立刻消失得无影无踪。她觉得他所指出她家人的毛病确实非常正确，难怪他会因此而干涉宾里跟珍之间的事情了。

莉迪亚的悲伤没有持续多久，很快就重新笑逐颜开了，因为弗斯托太太邀请她跟他们一起到布赖顿去。弗斯托太太很年轻，结婚不久，跟莉迪亚一样精力旺盛得不知道往哪儿发泄好。她们两人非常合得来，虽然认识的时间不长，交情却相当深了。

莉迪亚高兴得不知所以，到处去向人家宣扬这个好消息，还要

大家祝福她的好运气。她母亲也跟她一样欣喜若狂。但是可怜的凯瑟琳却只能继续怨天尤人，抱怨自己的坏运气。"我真不明白，弗斯托太太为什么不叫我一起去，"她说，"虽然我跟她的交情不像她跟莉迪亚那么要好，但是她也总该邀请邀请我啊。照理说，我比莉迪亚年纪大两岁，就算是出于礼貌，她也应该先邀请我的。"

伊丽莎白对这件事的态度跟母亲和莉迪亚完全不同。她觉得要是莉迪亚真的跟着那些轻浮的军官们一起到布赖顿去的话，那她肯定会越发地放纵，说不定会弄出什么事情来。她知道自己肯定说服不了母亲和莉迪亚，只能悄悄地去对父亲说，要父亲坚决阻止莉迪亚去。她告诉父亲。莉迪亚在这里的时候就已经荒唐无耻，到了布赖顿之后，身边有像弗斯托太太这样一个女人跟她做朋友，还有成群的军官对她献殷勤，她就一定会变得更加忘了自己的。

班奈特先生听完她的话，说道："你说得很对，不过莉迪亚不到外面去出一出丑，是绝对不肯善罢罢休的。她这次出去丢人现眼，不用花家里的钱，又不用费家里的事，这种机会我还求之不得呢。"

伊丽莎白说道："莉迪亚那么轻浮放纵，一定会引起很多闲言闲语的，这会给我们姐妹都带来很大的不幸。事实上，我们已经因为她的不知检点而蒙受了不幸。你要是想得到这一点，你肯定就会重新来考虑这件事情了。"

"已经因为她的不知检点而蒙受了不幸？"班奈特先生说道，我亲爱的丽兹，你这话是什么意思，难道她把你们的追求者给吓跑了不成？难道那些年轻人就这么见不得世面，一见你们妹妹的放荡行为，就临阵退缩，不敢再向你们问津？"

"我不是这个意思，我也并不是因为心上人被她吓跑了，才生出这番埋怨的。我只是觉得莉迪亚这种放荡不羁、到处追逐的行为，确实会影响我们的体面，让人家都瞧不起我们。爸爸，你可千万不要生气，我说的话虽然不太好听，但是却都是真话。你要是

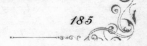

再不管一管莉迪亚，她这辈子就无药可救了。她才不过十六岁，就已经成了一个风流放荡的女子，弄得她自己和她的家人都受人非议。她要是再这样继续发展下去，一定会成为放荡无耻、受人唾弃的女人。她除了年轻貌美之外，就一无可取，头脑简单、没有见识，自以为到处都能博得人家的追逐，结果到处都被人家瞧不起。凯蒂也是，无知又爱慕虚荣，并且毫无主见，莉迪亚要怎样她便怎样，我看她很快就会成为第二个莉迪亚的。我的好爸爸呀，任何认识她们的人，都会看不起她们，嘲笑她们，而且还经常连累姐姐们也跟着她们丢脸。你觉得这个问题还不够严重吗？"

　　班奈特先生听了，便握住她的手说道："我的好孩子，你们放心好了，不管你跟珍有多么荒唐的妹妹，但是认识你们的人都会尊重你们、喜欢你们的，绝不会因为你们有了两个甚至三个愚蠢的妹妹，就看不起你们的。要是我们不让莉迪亚到布赖顿去，我们这个夏天就别想过得安静了。就让她去吧，弗斯托上校是个有头脑的人，不会任由她胡作非为的。而且她又这么穷，没有哪个男人会认真看上她的。布赖顿跟这里不一样，那里有的是风流美貌的女子，莉迪亚在那里想做个放荡的女子还不够格呢！她到那里受受挫折，也能让她稍微清醒一点，免得她老这么不知天高地厚。相信她还不至于荒唐到无可救药的地步。再说，我们总不能把她一辈子都关在家里吧！"

　　伊丽莎白见父亲这么坚持，也只好作罢。她认为自己已经尽了全力，没有必要再为这事过分烦心。再说，她也觉得莉迪亚不至于就一定会做出什么荒唐的事情来。

　　此刻的莉迪亚正沉醉在幸福的幻想之中：在豪华的浴池附近，所有的街道上都是英俊的军官；在堂皇富丽的营帐里，几十个甚至上百个穿着红制服的军官，都在向她献着殷勤；她笑颜如花地在军官中应酬自如，同时跟许多英俊的年轻人卖弄着风情。在她心里，能跟军官们一起到布赖顿去实在是人间最大的幸福，要是她知道伊

丽莎白竟然竭力要阻止她的幸福，不知道会生气成什么样子。她母亲也跟她一样，把她去布赖顿的事当作天大的好消息。她因为丈夫不答应带全家人去布赖顿，本来感到非常失望，唯一安慰的就是莉迪亚总算能去一次。她要是知道她的二女儿跟她丈夫谈话的内容，不气个半死才怪呢！

　　班奈特先生果然没有对莉迪亚加以任何阻拦，因此到她离开家的那一天，她仍然欢欢喜喜的，一点也不知道自己的幸福差一点就被断送了。

　　民兵团出发的前一天，韦翰跟别的几个军官到浪博恩来吃饭。伊丽莎白和韦翰先生见了最后一面。其实自从回家以后，他们已经见过好几次了，因此伊丽莎白丝毫没有觉得尴尬和不安。从前她对他的好感现在已经消失得无影无踪，他那曾经让她心动不已的翩翩风度，现在只让她觉得虚伪做作，十分让人讨厌。而令人反感的是，他竟然向伊丽莎白流露出了想要重修旧好的意思，以为自己只要愿意追求她，她就应该感到满足和高兴。伊丽莎白见他这副自以为是的卑鄙模样，心里既生气又难受，但是嘴上却没有说什么。

　　他问伊丽莎白在汉斯福玩得怎么样，伊丽莎白便故意提起费茨威廉上校和达西先生也在那里待了三个星期，还问他认不认识费茨威廉上校。韦翰一听，脸色立刻就变了，不过他很快就恢复了镇定，笑容可掬地说，他认识费茨威廉上校，而且以前还经常跟他见面，又说他是个非常讨人喜欢的年轻人，问伊丽莎白喜欢不喜欢他。

　　伊丽莎白热情地回答说喜欢。他便又立刻以一种满不在乎的神情问道："你刚才说他在罗新斯住了多久来着？"

　　"差不多三个星期吧。"

　　"你跟他见面的次数多吗？"

　　"很多，几乎每天都要见面。"

　　"他跟他表哥可大不相同啊。"

187

　　"确实大不相同。不过，我想达西先生跟人家熟了之后，也很讨人喜欢的。"

　　韦翰听了这话，顿时大惊失色，大声叫了起来："那可就太奇怪了！"他稍稍控制了一下自己的情绪，尽量让自己的声音听起来不那么紧张，"那我倒想请问一下，他跟人家说话的时候，是不是态度不那么高傲了？他在对待人家的时候，是不是要有礼貌多了？说实话，我可不敢指望他……"说到这里，他故意把声音压低一些，"指望他的本质会变好。"

　　"当然没有，"伊丽莎白说，"我相信他的本质还是跟过去一样。"

　　韦翰捉摸不透她这话是什么意思，又见她脸上显出奇怪的表情，忍不住感到紧张和害怕。伊丽莎白看了他一眼，继续说道："我说达西先生跟人家熟了也很讨人喜欢，并不是说他的思想和态度有什么改变，而是说跟他熟悉了以后，就会更加了解他的个性，因此也就不会再讨厌他了。"

　　韦翰的脸不由得红了起来，神情十分慌乱。他好几分钟都没有说话，最后，他好不容易才勉强冷静下来，温柔地对她说道："你很清楚我跟达西先生之间的恩恩怨怨，因此也很容易明白我对他的看法。当我听到你说他现在至少会在表现上装得像个样子，实在感到非常高兴。你知道，我一向都觉得他那种傲慢虽然对他自己来说毫无益处，但是对别人说不定倒是好事。因为他既然这么傲慢，也就不屑用那些卑鄙的手段来对付我了。我最怕的就是，他现在装装样子也不过就是为了唬弄唬弄他的姨妈，好让他姨妈对他有个好印象。你知道，他每次在他姨妈面前都是小心翼翼的，生怕露出了狐狸尾巴，生怕跟德·包尔小姐结不了婚。这对他来说，可是一件时刻都不敢掉以轻心的大事。"

　　伊丽莎白微微一笑，稍微点了一下头，并没有回答，也不打算继续跟他讨论这个问题。韦翰不知道究竟发生了什么变化，但是他

可不敢再去向伊丽莎白献殷勤了。最后，他们客客气气地道别，双方都希望最好永远不要再见到对方了。

宴会结束了以后，莉迪亚便要跟弗斯托太太一起到梅列敦去，打算明天一早就直接从那里动身。不过，在跟家人告别的时候，莉迪亚可没有表现出任何离愁别绪来，反而兴高采烈，恨不得马上就到布赖顿。倒是凯瑟琳流了几滴眼泪，不过并不是因为舍不得莉迪亚，而是因为她自己没有同样的福分去享受那醉人的幸福。

班奈特太太郑重其事地跟女儿道别，还嘱咐她千万不要错过享乐的机会。莉迪亚求之不得地答应了，虽然其它的任何嘱咐她都听不进去，但是这个嘱咐她还是乐意照办的。她高高兴兴地跟大家说再见，姐姐们对她说的那些祝她一路平安的话，她一句也没听见。

42

如果要让伊丽莎白说一说什么叫做婚姻的幸福，她一定说不出什么好听的话来，因为她自己家里的情况就非常糟糕。当初她父亲因为爱慕她母亲的年轻和美貌，以为这些能够给他带来很大的乐趣，于是便毫不犹豫地娶了这样一个头脑简单、见识粗浅的女人。结婚没有多久，他对她太太的感情就荡然无存了，夫妻之间的互敬互爱也都消失得无影无踪。从那时开始，他对于家庭幸福的理想也彻底终止了。如果是别的人，遇到这种情况，便很有可能用荒唐的举动和出轨的行为来聊以自慰，但是班奈特先生却没有那样做，欣赏乡间美景和读各种书籍便成为他最大的乐趣。当然，他太太也不是完全不能带给他乐趣，至少她的愚蠢和无知还可以供他娱乐。

伊丽莎白觉得父亲不应该让孩子们瞧不起自己的母亲，但是她尊重父亲的才能，也理解他的痛苦，因此也只好尽量不去想这件事情。眼看着父母之间的感情一天比一天冷漠，她也只能视若无睹。她越来越深刻地体会到，父母不幸的婚姻会给子女们造成多大的痛

苦，也越来越深刻地感觉到，父亲不把他的聪明才智用在适当的地方，会带来多大的害处。假如父亲不把他的聪明都用来捉弄和嘲笑自己的太太，而是用在管教自己的子女这上面，那么即使不能增加太太的见识，也至少能够在人前保存子女的体面。

民兵团走了之后，伊丽莎白再也不用跟韦翰见面了。除此之外，没有别的让她感到高兴的事情。宴会少了许多，母亲和妹妹无时无刻不在埋怨着生活的无聊，把家里的气氛弄得十分沉闷。这些军官走了之后，凯瑟琳暂时安静了下来，让伊丽莎白感到很欣慰。但是，一想到另外一个品行更加不端的妹妹，现在正身处于军营和浴场的双重危险之中，随时都可能做出让全家人丢人的事来，伊丽莎白就无比担忧。但是这还不是她全部的烦恼。她现在越来越觉得，本来十分渴望和期待的事情，一旦真的实现的时候，就会觉得它其实并不像自己想象的那么有意思。于是她只好又把希望重新寄托在另外一件事情上，准备迎接另一次失望。

目前她最盼望的事情，就是跟舅舅和舅母到湖区去旅行，因为只有这样，她才能暂时摆脱母亲和凯蒂无休无止的抱怨，以及对莉迪亚的担心。她想，要是珍也能跟他们一起去湖区旅行，那就更完美了。

她常常想："其实这样也不错。因为就是生活中有了不如意的地方，我才能随时都抱有希望。要是一切都被完美无缺的话，那么反而不知道该怎么办才好。虽然姐姐不能跟我们一起去旅行，让我觉得非常遗憾，但是至少也算是让我存有了这样一份希望，享受了希望的这个过程。完美的事情不一定都是最好的，也许非得要有点缺陷，才能避免过度失望。"

莉迪亚临走的时候，曾经答应会经常给母亲和凯瑟琳写信，详细地告诉她们自己的近况。但事实上，她的来信却少得可怜，而且每封信都只有寥寥数行，说的也都是些无关紧要的事情。她给她母亲的那些信，无非是写有多少军官在对她献殷勤，在那里看到了多

少漂亮的衣服和装饰品，她新买了一件长衣服，她马上就要跟弗斯托太太到兵营去，等等。她写给凯瑟琳的信，虽然要长一些，但是说的也无非都是这些无聊的事情。

几个星期以后，那些到城里过冬的人家都回浪博恩来了。大家都穿起了夏天的衣服，到处都是一片生机勃勃的景象。班奈特太太还是老样子，成天到晚唉声叹气，但是凯瑟琳却已经恢复，不再为那些军官掉眼泪了。伊丽莎白看到眼里，感到十分高兴，她希望到圣诞节的时候，凯瑟琳能够变得头脑清楚一些，不至于像以前那样，除了追逐军官之外就什么也不会。她但愿作战部能够行行好，千万别再调一个民兵团到梅列敦来，否则好不容易才恢复平静的梅列敦又要被闹得天翻地覆了。

由于嘉丁纳先生生意繁忙，伊丽莎白跟舅舅、舅母去英国北部旅行的日期一再被推延。旅行时间也大大缩短了，只有一个月的时间；旅行范围也缩小了，只到德比郡为止，不能按照原来的计划去湖区尽情地游山玩水了。其实德比郡也足够他们游览，那里有马特洛克、恰滋华斯、鸽谷等风景名胜，至少要花去他们三个星期的时间，才能游玩个遍。而且，嘉丁纳太太对德比郡怀有非常深厚的感情，她曾经在那里住了七年，早就盼望能有机会旧地重游。

但是伊丽莎白对这个安排却感到十分失望，她是非常希望能够按照原计划去湖区的。但是事已至此，她也没有什么办法。而且她生性开朗，很快就摆脱了失望和沮丧，重新高兴起来了。她相信，他们在德比郡也能玩得非常开心的。

一提到德比郡，她就不由自主地想到了彭伯里和它的主人达西先生。她自言自语地说："我一定要泰然自若地走进他的故乡，捡几块漂亮的水晶！希望我不会在那里遇到他！"

出发的时间终于到了。嘉丁纳夫妇带着他们的四个孩子来到浪博恩，其中两个女孩的年纪稍大一点，一个六岁，一个八岁，另外两个男孩都还很小。嘉丁纳夫妇决定把孩子们都留在浪博恩，让孩

子们的表姐珍去照顾他们。珍的脾气温柔、知书达礼，再加上孩子们都非常喜欢她，因此让她来担当这个任务真是再合适不过了。

嘉丁纳夫妇在浪博恩住了一夜，第二天一大早，他们就跟伊丽莎白一起出发了。他们三个确实是非常融洽的旅伴，身体都很健康，性格都很随和，一路上都有说有笑，气氛十分活泼愉快。

至于他们沿途究竟见到了哪些美景，这里不打算一一赘述。而且相信读者对他们沿途必经的地方，比如牛津、布莱恩、沃里克、凯尼尔沃思、伯明翰等，也都了解得够多了。这里只讲一讲德比郡的一小部分，一个叫做莱普顿的小镇。嘉丁纳夫妇曾经在那个小镇上住过，便打算在游览了名胜古迹之后，到那里去探望探望老朋友。因为莱普顿离彭伯里只有五英里路，嘉丁纳太太便打算先顺路到彭伯里去看看。嘉丁纳也赞成了这个计划，并征求伊丽莎白的意见。

嘉丁纳太太对她说："亲爱的伊丽莎白，那个地方可是你早就久闻大名的，你的许多朋友都和那个地方有关系，你知道，韦翰就是在那里长大的。我相信你一定愿意到那里去看看。"

伊丽莎白听她又提起韦翰，觉得非常尴尬，便说她认为不必到彭伯里去，因为她觉得已经看够多豪宅了，不必非得到彭伯里去看那几幢豪华的房子。

嘉丁纳太太说："要是那里只有几幢豪华的房子，我就不想去那里游玩了。但是你知道吗，那里有全英国最美丽的树林，那才是我真正想看的呢！"

伊丽莎白其实倒不是不想去那里看那片美丽的树林，但是她想到，要是到那里去的话，很可能会遇到达西先生。想到这里，她不由自主地脸红了。她不知道该如何跟舅母解释，想来想去，觉得干脆把这件事情的前因后果跟舅母说个明白。但是后来她又仔细想了想，觉得这样也不妥，还是先去打听一下达西先生在不在彭伯里，然后再决定下一步该怎么做。

临睡之前，她便装作若无其事的样子，向女佣打听彭伯里是个什么样的地方，主人叫什么名字等，然后又小心翼翼地问主人这段时间是否要回这里来。女佣的回答让她很满意，她告诉她，主人不会回来。

得到这个回答之后，伊丽莎白如同吃了一粒定心丸，再也不用担心什么了。而且，她对达西的故乡也抱有很大的好奇心，想去看看那究竟是个什么样的地方，那里又有一幢什么样的房子。于是，当舅母再次问起她的意见时候，她就大大方方地对舅母说，她非常赞成去彭伯里的计划。

43

第二天，他们三人便坐着车子到彭伯里去。一路上伊丽莎白都感到心神不宁。当彭伯里的树林出现在他们眼前的时候，她的心跳得更加厉害。

花园非常大，而且也非常美，他们坐着车子在花园里走了很久。伊丽莎白每看到一处美景，就要由衷地发出一阵赞叹。大约走了半英里路，他们来到一个比较高的山坡上，彭伯里庄园就映入了他们眼帘。这是一幢非常漂亮的石质建筑物，房子前面有一条曲折蜿蜒的小溪，颇具天然风情；房子后面连着一大片茂密的树林；房子两边点缀着美丽的花园，让人觉得赏心悦目。伊丽莎白从来没有见过这么自然、这么美丽的地方，舅舅和舅母也称赞不已。这时，伊丽莎白想到，要是能成为这样美丽的庄园的女主人，实在也是一件不错的事情。

他们继续坐车望前走，离庄园大门越来越近。伊丽莎白情不自禁地感到一阵害怕，生怕女佣的消息有误，怕在这里撞见达西先生。

来到庄园门口，他们请求进去参观。很快，就有人招呼他们进

客厅等候。过了一会儿，女管家来了，她是一位十分端庄的老妇人，不像他们想象中的那么漂亮，但是却远比他们想象的要温柔有礼。她带着他们来到餐厅，这是一间很敞亮的屋子，布置得非常精致。伊丽莎白走到窗前，看着他们刚才来的那条山路，只见树林葱葱郁郁，溪流清澈秀美，实在称得上是风景如画。

他们又参观了其它许多房间，每个房间都布置得相当得体，比罗新斯相比要雅致得多。房间里的陈设也非常符合主人的身份，豪华而不俗气，富贵而不奢侈。不管从哪个房间的窗户向外看，都能看到一派自然风光。伊丽莎白对这一切都非常满意，情不自禁地想道："我差一点就成了这里的女主人了呢！要是那样的话，我早就对每个房间都熟悉得不得了，不会像现在这样以一个客人的身份来这里参观了。而且，要是我真成为了这里的女主人，现在就可以以主人的身份，来招待舅舅和舅母。可是，"她忽然想了起来，"不行，这是不可能的事情。我要是真的嫁给了他，那就再也见不到舅舅和舅母了。他绝对不会允许我邀请他们到这里来做客的。"

想到这里，她心里才好受了一些，不至于因为当初拒绝了他而感到后悔。

她很想问一下女管家，问她主人是不是真的不在家。但是她却鼓不起勇气这么做。幸运的是，他舅舅正好问了这个问题。雷诺太太听了之后回答说，他不在家。接着她又说道："不过他明天就会回来，而且还会带很多朋友回来。"

伊丽莎白听了，庆幸他们来的正是时候。要是晚一天来，那可就糟糕了。

嘉丁纳太太叫伊丽莎白过去看挂在壁炉上方的一幅画像。伊丽莎白走到画像前面，看清楚了那是韦翰的画像。舅母似笑非笑地问她觉得好不好，伊丽莎白没有回答。这时，雷诺太太走过来告诉他们说，画像上这位年轻人是老主人账房的儿子。接着，她又说道："据说他现在到军队去了，恐怕他现在已经变成一个浪荡子了。"

　　嘉丁纳太太听了，笑吟吟地看了伊丽莎白一眼。

　　雷诺太太又指着另一幅画像说："这就是我们年轻的主人，画得像极了。这幅画是跟韦翰先生那一幅一起画的，大约画了有七八年了。"

　　嘉丁纳太太看了看那张画像，说道："我早就听人家说过，彭伯里年轻的主人一表人才。看来的确是名不虚传呢！"她又转过头来伊丽莎白说道："丽兹，你倒说说看，到底画得像不像？"

　　雷诺太太听到说伊丽莎白原来认识她的主人，便不由得对她更添了几分敬意："这位小姐跟达西先生很熟吗？"

　　伊丽莎白红着脸回答道："不是太熟。"

　　"你觉得他长得英俊吗，小姐？"

　　"很英俊。"

　　"没错，我敢说，像他那么好看的人还很少见呢！楼上的画室里还有一张他的画像，比这张大，而且也比这张画得要好。不过老主人生前最喜爱这间屋子，也很喜欢这些小画像，这些画像的摆法也一直没变过。"

　　伊丽莎白先前还在奇怪，达西先生为什么会把韦翰的画像也放在这里。听女管家那么一说，她才知道原来是为了尊重老达西先生的意思。

　　雷诺太太又指给看另一张画像，那是达西小姐的肖像。画上的她还只有八岁。

　　嘉丁纳先生问道："达西小姐也像她哥哥一样漂亮吗？"

　　"那还用说！我从来没有看过这样漂亮的小姐，而且还那么多才多艺！她每天都要练习弹琴。楼上那架钢琴是我主人送给她的礼物。明天，她会跟他一块儿回来。"

　　雷诺太太见嘉丁纳先生为人随和，便十分乐意跟他交谈。而且，她也非常乐意跟客人们谈论达西两兄妹。因此，只要嘉丁纳先生有问题，她都一一做答。

"你主人每年住在彭伯里的时间多吗？"

"不是很多，每年大概只有一半的时间住在这里。但是达西小姐却总是要到这里来避暑的。"

伊丽莎白听到这里，回想起达西那封信，便在心里说："要不然就是到拉姆斯盖特去。"

"要是你主人结婚的话，我想他住在这里的时间就会多一些的。"

"我也这么想，先生。但是我不知道我什么时候才能如愿呢！我真不知道有哪位小姐能配得上他。"

嘉丁纳夫妇都笑了起来。伊丽莎白说："你这么说，真是太维护你的主人了！"

"不，我说的都是实话，认识的人没有一个不这么说呢！我从他四岁的时候，就到这里来了。这么多年以来，我从来没听他说过一句重话。"

伊丽莎白听了这话，觉得不可思议。因为在她心里，达西先生肯定是个脾气很不好的人。她很想听女管家再说几句达西先生的事，但又不好意思开口问。这时，她听见她舅舅说："能有这样好脾气的主人，实在不多见。你真是不错，能碰上这样一个好主人。"

"你说得没错，我知道自己再也不可能找到一个比他更好的主人。我常说，一个人小时候脾气好，长大了脾气自然也就好。果然不出我所料，他从小就乖，长大了也还是这样。"

伊丽莎白更加惊奇，心里怀疑道："达西先生真是这样一个人吗？"

嘉丁纳太太说："他父亲也是个了不起的人，"

"是的，太太，老达西先生确实是个伟大的人！他的儿子也跟他一样，那么好心肠，那么体贴穷人。"

伊丽莎白既惊讶又好奇，很想听女管家继续说下去。可惜的

是，在这以后，雷诺太太不是谈论画像的大小，就是谈论房间的大小，再也没有说出任何让她感兴趣的话来。

嘉丁纳先生认为这位女管家之所以这样夸赞她的主人，无非是出于对主人的偏爱。不过，他也跟伊丽莎白一样，对这个话题很感兴趣，便又问了一些问题。这正中伊丽莎白的下怀。

雷诺太太一边带领着他们走上主楼梯，一边继续谈论着主人的优点："他是个很善良、很开明的庄园主，不像现在一般的年轻人那样自私自利，一心只为自己打算。我们这里没有一个佣人不说她好。我倒是听到有人说他傲慢，不过我真是看不出来他到底什么地方傲慢了。我想，他只是不像一般的年轻人那么爱说话罢了！"

嘉丁纳太太一边走，一边轻轻地对伊丽莎白说："她把他那位主人说得那么好，好像与事实不怎么相符！谁会想到，他竟然会那样对待我们那位可怜的朋友！"

伊丽莎白回答说："也许我们以前是被骗了。"

"不可能吧，我看韦翰说得有凭有据的。"

他们在女管家的带领下，来到一间漂亮的客厅。这间客厅是才布置起来的，比楼下那间布置得还要精致和美丽。雷诺太太告诉他们，这间房间是给达西小姐准备的，她去年在彭伯里的时候，就看中了这个房间。

"达西先生真是一位尽心的好哥哥。"伊丽莎白一边说，一边走到窗户前面欣赏景色。

雷诺太太听到人家夸奖他的主人，非常高兴地说："他一直都是这样，只要妹妹喜欢，他没有哪件事情是不依她的。"

雷诺太太又带他们参观了画室。画室里陈列着许多美丽的油画，但可惜的是伊丽莎白在这方面完全是外行，因此也不知道该如何欣赏。她倒是更喜欢达西小姐所画的几张粉笔画，因为这些画比较容易看懂。

画室里陈列的，大都是达西家族的画像。伊丽莎白对那些陌生

的面孔都不感兴趣，只挑熟人的画像来看。她终于在众多的画像中，找到了雷诺太太在楼下所说的达西先生的那张画像，这张的确画得更像一些，他脸上的笑容也更像他平时看起来时的那种笑容。

伊丽莎白对画里那个人油然而生一种亲切感。她在这幅画像跟前站了好几分钟，看得都几乎出神了，在离开画室之前，她还特意走过去又看了一下。她不知道自己为什么突然对这个人这么感兴趣。以前跟他见面很频繁的时候，她也从来没有过这样的感觉。也许真的是雷诺太太对他的称赞起了作用。有什么比一个聪明的佣人的称赞更加有用呢？伊丽莎白相信不管是做为一个哥哥，还是做为一个主人，达西先生都表现出了足够的善良品德。他手里操纵着多少人家的幸福，但是他没有利用自己的权力为非作歹，而是尽量给人家造福。她又想起了他对自己的爱慕，觉得既自豪又感激。

凡是可以参观的地方，女管家都带他们走遍了。之后，他们便跟着女管家下楼。雷诺太太已经吩咐了一个园丁在花园门口等他们。

跟女管家告别之后，他们便准备离开这里。伊丽莎白忍不住又回过头来看了这幢房子一眼，舅父母也都停下了脚步，跟她一起转过身来。

这时候，伊丽莎白突然看见房屋的主人正从大路上向这边走了过来。伊丽莎白第一反应就是立刻躲开，但是两人之间相隔大约只有二十码，根本来不及躲了。达西先生也看见了她，刹那间，四目相对，两个人的脸都一下子变得通红。

达西先生虽然非常吃惊，但是他还是很快就镇定下来，走到伊丽莎白面前来跟她说话。他的语气虽然还是不够镇定，但是至少不再慌乱了。伊丽莎白见他已经走了过来，也只好硬着头皮接受他的问候，脸上的红晕始终没有消退。嘉丁纳夫妇虽然刚刚才看过了他的画像，却仍然没有认出他就是这里的主人。不过，他们从园丁那惊奇又恭敬的神情中，也很快明白了这位先生的身份。他们看见达

西先生正在跟伊丽莎白说话，便稍稍退后了一点。

他十分有礼貌地问候她的家人，态度跟上次在肯特郡的时候完全不同。伊丽莎白慌慌张张地回答了他，简直不知道自己到底在回答些什么。她觉得自己冒冒失失地闯到人家家里来，还被人家给逮个正着，实在是最有失体统的事情。其实达西先生也不见得比她镇定，说话的声音也明显没有往日的从容。他问她什么时候从浪博恩出发的，到德比郡有多长时间了，诸如此类的问题他反复地问了好几遍，足以说明他的内心并不像他的表面这么冷静。

最后他们又默默地站了几分钟。然后达西先生便向她告辞离开。

等他走了以后，嘉丁纳夫妇走到伊丽莎白跟前说，他确实是个仪表堂堂的年轻人。伊丽莎白此刻正心事重重，他们的话一句也没有听进去。她又羞愧又后悔，自己为什么头脑发昏，非要到这里来呢？好像是故意送上门的一样。他是那么傲慢的一个人，这下他该怎样瞧不起她了啊！哎，女管家不是说他明天才回来的吗，为什么他偏偏要早一天赶回来呢！天啦，他们要是早走十分钟就好了，就能避免发生这尴尬的一幕了。

想起刚才两人见面的时候，那种别扭的情形，伊丽莎白不由自主地脸红了。她发现他的态度跟从前相比，有了很大的不同，这究竟是怎么回事呢？他竟然会主动过来跟她说话，而且还是那么彬彬有礼，这真是让人奇怪。她认识他这么久，从来没有见过他这么温柔谦和的态度，上次在罗新斯花园，他把那封信交给她的时候，他的态度还是那么不可一世。到底是怎么回事呢？伊丽莎白实在是百思不得其解。

他们沿着河边往前走。这里的地势比刚才低了许多，树林更加茂密葱翠，风光更加旖旎动人。他们一边走，一边欣赏着沿途的美景，嘉丁纳夫妇不时指着某处的景色要伊丽莎白看。伊丽莎白心不在焉地答应着，敷衍着张望一下，然后又默默地想着自己的心事。她现在一心想的就是达西先生，想知道他现在想些什么。他会不会

觉得她很冒昧，居然跑到彭伯里来了？他会不会像以前一样爱慕她？看他说话时那客气的态度，似乎对她已经没有任何非分之想，但是听他那慌乱的语调，又显然不是毫无牵挂。

嘉丁纳夫妇看她心不在焉，便问她怎么回事。她这才打起精神，觉得自己还是应该装装样子，等没人的时候再去想那些心事。

他们走进树林，爬上了山坡。从树林的缝隙中，可以看到对面那一座座小山，以及山谷中的美景。过了一会儿，他们又看见了清澈的溪流。嘉丁纳先生很想在整个林子里转一圈，但是园丁却得意地告诉他们，转一圈差不多有十英里路。于是，嘉丁纳先生只得放弃了这个想法。

走了一会儿，他们开始下坡，来到了小溪边。溪上有一座简陋的小桥，他们就从这座桥上到了对岸。这里的山谷比别处都要狭窄得多，只能容纳这样一条小溪，以及溪边那一条古木参天的小路。伊丽莎白很想沿着那条曲折的小路去看看那边的景色，但是嘉丁纳太太却喊着走不动了。于是大家只好抄近路向住宅那边走，好尽快上马车。

嘉丁纳先生平时很喜欢钓鱼，这会儿他看见溪水不时地出现几条鳟鱼，便忍不住跟园丁谈论起鱼来，有时还干脆站在溪边不动，因此他们走得很慢。过了一会儿，他们看见达西先生又出现在他们的视野之中，都大吃一惊。伊丽莎白尤为吃惊，她实在不知道他为什么又到这边来了。不过，她暗暗提醒自己，这次见面一定不能像刚才那样手足无措，一定要表现得从容大方。

达西先生很快就到了他们跟前。她抬头看了他一眼，见他比刚才更加镇定自若，说话也更加彬彬有礼。于是她也强迫自己定下心来，也落落大方地跟他交谈起来，由衷地赞美了彭伯里的美丽风光。但是她突然又想到，自己这样卖力地赞美人家的地方，会不会让他误解？想到这里，她便红着脸不再说话。

两人又沉默了一会儿，达西先生便要求她赏脸把两位亲友介绍

给他认识。伊丽莎白大为惊讶，因为当初他向她求婚的时候，曾经那么傲慢无礼地轻视她的亲戚，现在却如此礼貌周全地要她给他介绍。她想："他大概把他们当做上流社会的人了。等我介绍完毕，他知道他们是怎样的人之后，不知道会有多么吃惊呢！"

想到这里，伊丽莎白觉得既有趣又难受，但她还是大方地做了介绍。她偷偷地看了他一眼，看他会有什么反应。她想，他也许会马上就找个借口跑走，离开这些让他觉得丢脸的朋友吧？不过还好，达西先生虽然微微有点吃惊，但是却没有撒腿就跑，反而陪着他们一起往宅子那边走。他很快就跟嘉丁纳先生攀谈起来，而且似乎交谈得还很愉快。她留心听着他们的谈话，觉得舅舅的谈吐举止，处处都十分得体，而且也风雅有趣，足以获得人家的尊敬和喜爱。伊丽莎白不由得有点得意，她终于让他知道，她也有几个有见识的亲戚。她还听到他们谈起了钓鱼，达西先生非常客气地跟嘉丁纳先生说，既然他就住在附近，那么要是愿意的话，随时都可以过来钓鱼，还答应借钓具给他。

嘉丁纳太太挽着伊丽莎白走在前面，听见达西先生的话，便对她扬了扬眉毛，表示对此感到十分吃惊。伊丽莎白心里得意极了，因为很明显，他这么殷勤多礼，还不是看在她的面子上。但是，得意归得意，她也同样感到奇怪，不明白为什么自上次分别以来，他就像变了个人一样。"他不会是为了讨好我，才故意这么温和谦逊吧？不会是因为我上次把他骂了一顿，他就下定决心洗心革面吧？我看他不可能有这么爱我。"

他们就这样走了一会儿，嘉丁纳太太实在走累了，觉得伊丽莎白的臂膀不够有力，于是便走过去挽着自己的丈夫。就这样，达西先生便替代了她的位置，和伊丽莎白走在了一起。他们两个人单独相处，还是无话可说，最后还是伊丽莎白打破了沉默，决定向他说明一下他们到这里来游玩，事先已经打听到他不在这里。于是，她便对他说，他这次回来得十分突然，因为女管家告诉他们，他要明

天才回来的。达西先生说他本来是打算明天再回来的，但是他因为找账房有事，所以便提前了一天回来，他那批朋友明天也会到这里。接着，他又说道："他们中很多人你也认识，宾里先生和他的姐妹们都来了。"

伊丽莎白点了一下头，回想起他们上一次提起宾里时的情形。她看了看他，从他的神情来看，多半也在回想这件事。

过了一会儿，达西先生又说："在这些人当中，有个人特别想认识你，那就是我的妹妹乔治安娜。我想趁你们还在莱普顿的时候，介绍她跟你认识认识。不知道你是否愿意赏这个脸呢？"

伊丽莎白听了这话，不由得感到受宠若惊。她很清楚，达西小姐想要认识她，无非是受了她哥哥的鼓励。看来，达西是经常在她妹妹面前提起她了。想到这里，她觉得十分得意。

他们继续往前面走着，很快就把嘉丁纳夫妇远远地甩在后面去了。当他们走到停放马车的地方时，嘉丁纳夫妇离他们还远得很呢。

达西先生请她进屋去坐坐，伊丽莎白谢绝了。于是，两个人便面对面地站在草地上，却实在没有什么话说。伊丽莎白觉得这样沉默下去，实在不像个样子，因此搜肠刮肚地找话来说。她想起了自己正在旅行，便跟对方大谈各处的美丽风光。但是嘉丁纳夫妇实在走得太慢了，以至于两个人的话都说完了，他们都还没有走到马车前来。最后，他们终于姗姗来迟，达西先生再三邀请他们进屋去休息一下，但是他们都礼貌地谢绝了。告别之后，达西殷勤得扶着两位女士上了马车，等马车开始行驶了，他才走进屋子去。

嘉丁纳夫妇两人对开始评论达西，说他的为人比他们想象得要好得多。嘉丁纳先生说："他的举止十分得体，礼貌也十分周到，一点架子也没有。"嘉丁纳太太说："他的模样是有那么一点高高在上，但是却并不让人觉得讨厌。我现在觉得那位女管家的话一点也没错，他确实并不傲慢。只是有人会从他的态度上，误以为他很

傲慢罢了。"

"真想不到他会对我们这么殷勤周到……我说的不是客气和礼貌，而是真正的殷勤和周到。其实他完全不需要这么做，他跟伊丽莎白的交情又不是很深。"

舅母说："他的确没有韦翰那么迷人，或者说他不像韦翰那么会讨人喜欢。但是我也看不出来他哪里讨厌。丽兹，你以前怎么会说他是个很讨厌的人呢？"

伊丽莎白不知道该怎么回答，只好说她后来也逐渐觉得他其实并不讨厌，说她上次在肯特郡见到他的时候，就对他有好感多了，但是她从来没见过他像今天上午那么谦和殷勤。

舅父说："不过，这些贵人们都是这样，他们说的话不一定都靠得住。他今天说要请我到他的庄园去钓鱼，但是说不定他明天就改变主意，根本不让我进他的庄园呢！"

伊丽莎白想为他辩解两句，却不好意思开口。

舅母又说："真难想象他竟然会那样对待可怜的韦翰。我实在不明白，虽然他说话的时候，表情有点严肃，但是人家也不会因此就说他心肠不好的。我看，他肯定是表面一套，私底下做的是另外一套。那位女管家把他说成全世界最好的人，我看倒未必靠得住。你不知道，她在说那些话的时候，有好几次，我差点没笑出声来。不过，不管怎么样，他一定是个很慷慨的主人，对于一个佣人来说，这一点就足够成为称赞他的理由了。"

伊丽莎白觉得自己要是再不站出来替达西说几句公道话，那就实在太过意不去了。于是，她便告诉他们，她在肯特郡的时候，听达西的一些亲戚朋友们提起过韦翰的事情，说韦翰的为人绝对不像大家想的那么善良厚道，达西先生也不像韦翰所说的那么无耻绝情。她把达西先生信的后半部分一五一十地复述了出来，但是并没有说是谁讲的。

嘉丁纳太太听了这话，觉得非常吃惊。这时他们已经来到了莱

普顿，嘉丁纳太太的心思便很快就转移到这个充满了回忆的地方去了。她兴致勃勃地把镇上的住处一一指给伊丽莎白看。刚吃过午饭，她便跟丈夫和侄女一起去探亲访友。这一个晚上就在一片热闹欢腾的气氛中度过了。

伊丽莎白没有什么心思去结交新的朋友。白天发生的事情都还历历在目，她觉得一切实在太出乎意料了，达西先生今天为什么会表现得那么温和殷勤呢？最为奇怪的是，他为什么要把她妹妹介绍给她认识呢？

44

伊丽莎白猜测，达西小姐回到彭伯里的第二天，她哥哥就会带她到莱普顿来拜访她，因此伊丽莎白决定那一整天都不离开旅馆，最多在附近走走，免得人家上门来找不到人。没想到的是，达西小姐到彭伯里的当天，她哥哥就带着她来拜访伊丽莎白了。那天，伊丽莎白和舅舅、舅母正在旅馆换衣服，准备到一位朋友家去吃饭。这时，他们听到一阵马车声，便走到窗户去张望，看见一位男士和一位小姐，坐着一辆双轮马车，正向旅馆这边驶过来。伊丽莎白从马车夫的号衣上认出了这是达西先生家的车子，便对舅舅和舅母说，有贵客要来看望他们。

嘉丁纳夫妇见她说话的表情十分羞涩，又联想起昨天的种种情形，于是便对这件事情有了一个全新的认识，那就是达西先生爱上了伊丽莎白。这样一来，昨天他们在彭伯里的时候，之所以受到主人的殷勤招待，便是理所当然的事情了。

伊丽莎白并不知道舅舅和舅母脑子里在转什么念头，此刻的她陷入了一片慌乱之中。她对即将到来的见面充满了不安，怕达西先生因为爱她的缘故，在妹妹面前极力地吹捧她，也许那位小姐到时候会发现她其实并不是那么讨人喜欢。伊丽莎白越是希望能给对方

留个好印象，就越是害怕适得其反。她的脸蛋因为焦急而红彤彤的，为了不让舅舅和舅母看出自己心神不定，她离开了窗户，在房间里走来走去，竭力想让自己平静下来。

达西兄妹到了旅馆，大家相互介绍了一番。达西小姐虽然只有十六岁，但是却发育得很好，身材要比伊丽莎白高大得多。她的相貌比不上她哥哥漂亮，但是长得也十分讨人喜欢，言行举止都像个大人，十分文静谦和、端庄大方。伊丽莎白见她跟自己同样羞怯，不由得觉得十分惊讶，因为她一直听说达西小姐是个非常傲慢的人，也一直以为达西小姐一定像她哥哥一样冷漠高傲、不留情面。伊丽莎白仔细地观察了几分钟，就断定达西小姐是个单纯、害羞的姑娘，跟传言中的她完全不符。

过了一会儿，达西先生就告诉伊丽莎白说，宾里马上就要来拜访她。他话音刚落，楼梯上就传来了急促的脚步声，随即宾里先生就出现在了房间里。伊丽莎白本来对他非常不满，但自从上次看了达西的信之后，知道他对珍是真心真意的，因此也就心平气和了。何况，就算她对他还有什么余怒未消，他这次来访也足以说明他的情意恳切。宾里先生问候了伊丽莎白的家人，虽然只是几句很平常的问候，但是他亲切关注的态度，让人觉得十分愉快。

嘉丁纳夫妇早就听说了宾里的大名，此次见面，觉得他确实是位非常讨人喜欢的年轻人。但是最让他们感兴趣的并不是他，而是另一位先生。他们仔细地观察达西先生和伊丽莎白之间的情景，想证实一下自己的判断和猜测有没有错。最后，他们得出结论，两个人之间确实有一种情意绵绵的感觉，虽然他们俩女的心思还不能确定，但是那位先生显然已经坠入爱河了。

伊丽莎白此刻可没有舅舅和舅母那么有空，她正忙着应付客人。她既要去判断自己对这些客人的观感，又要努力去博得大家对她的好感。虽然她并不确定自己是否有本事博得大家的喜欢，但事实上，在场的客人们都对她颇有好感。这倒不是因为她应酬得好，

而是因为客人们在来之前，就已经对她存有好感了……宾里先生一心想跟她恢复从前的交情，乔治安娜非常想讨好她，而达西先生就更不用说了。

见到宾里先生，伊丽莎白很自然地想到了自己的姐姐。她很想知道宾里是否也像她一样，会想到她的姐姐。有好几次，当宾里先生看着她的时候，她就觉得他是想在她的身上找出一点她姐姐的影子。当然，这也许只是伊丽莎白自己的错觉。不过有一件事情她可以肯定的，那就是虽然人家都说宾里先生爱慕达西小姐，但是她并没有看出两人之间有什么特别的情意。她坚信，当初宾里小姐斩钉截铁地说，她哥哥不久就将与达西小姐缔结连理，显然不过只是一个一相情愿的谎言。

伊丽莎白很希望宾里先生能多跟自己谈一谈关于珍的事，但是他却因为胆怯而很少提及。只是趁着别人不注意的时候，他才以一种遗憾万分的口气说道："真是不幸，我跟她已经很久没有见面了！"伊丽莎白还没有来得及回答，他又接着说道："算起来已经有八个多月没有跟她见面了。我们最后一次见面是去年十一月二十六日分别的，那天我们在尼日斐花园开舞会。"

伊丽莎白见他对这件事记得这么清楚，便觉得这已经能够说明他对姐姐的真心。后来，他又小声地问她，姐妹们现在是否都还在浪博恩。这些话听起来并没有什么特别，但是说话人的表情和语气却大有深意。

伊丽莎白并没有一直注意达西先生，但是每一次她向他望去的时候，都可以看到他脸上那种亲切的表情。她仔细地听着他的谈话，觉得他的言谈十分温和，没有丝毫的傲慢和鄙视。伊丽莎白觉得十分惊讶，她想道："昨天我看到他的态度那么殷勤亲切，还以为只是一时的敷衍，但是今天他的态度仍然这么和蔼可亲，这真是不可思议啊。几个月以前他还觉得，跟她这些没有地位的亲戚打交道有失身份，但是现在他却乐于结交他们，并且极力想博得他们的

喜欢。"她又想起上次在汉斯福的时候，他向她求婚时的那种态度，跟现在简直是判若两人。她从认识他以来，不管是在尼日斐花园跟他朋友们在一起的时候，还是在罗新斯跟他那些高贵的亲戚们在一起的时候，他都没有像现在这样温柔谦和地说说笑笑。他为什么要如此呢？他又不是不知道，现在他热情对待的这些人，不但不能增进他的体面，反而会让他受到尼日斐花园和罗新斯那些太太小姐们的嘲笑。

半个多小时以后，客人们起身告辞。临走的时候，达西要他妹妹跟他一起，邀请嘉丁纳夫妇和伊丽莎白到彭伯里去吃顿饭。达西小姐显然还不习惯这样邀请客人，显得有点羞怯和忸怩，但是她还是毫不犹豫地照他哥哥的话做了。嘉丁纳太太听了之后，便转过头来望着伊丽莎白，征求她的意见，因为她觉得这次请客主要就是为了她。没想到伊丽莎白低着头，一声不吭，于是嘉丁纳太太只好又转过头去看自己的丈夫。嘉丁纳先生本来就十分喜欢交际，十分愿意接受此次的邀请。于是，嘉丁纳太太便大方地答应了，并把日子定在后天。

宾里很高兴，因为这样一来，他就可以跟伊丽莎白多一次见面的机会，可以再多问她一些问题。他说他到时候要向她打听打听哈福德郡一些朋友的消息，这话在伊丽莎白听来，就觉得无非是要打听她姐姐的消息，因此感到十分高兴。

客人们走了之后，伊丽莎白回忆刚才的情景，越想越觉得高兴。但是她很害怕舅舅和舅母对自己问东问西，于是就借口换衣服，赶快走开了。其实，她完全没有必要担心，因为嘉丁纳夫妇虽然确实对她跟达西先生之间的关系感到好奇，而且也发现了很多蛛丝马迹，证明两人显然不是一般的交情，但是他们却不会像别人那样，没有体统地追问不休，非要人家说出她的心里话不可。

在嘉丁纳夫妇看来，他们从昨天认识达西开始，就觉得他身上找不到半点不好的地方，完全不像哈福德郡那些人所批评的那样。

他们对达西先生的观感，跟那位女管家说的话一般无二，因此他们都觉得女管家的话是可信的。而且，那位女管家从他四岁的时候，就开始照顾他，对他的了解肯定比别人都要深得多，再加上女管家本身是个让人尊敬的人，所以她说的话确实很有分量。根据莱普顿的朋友们说的那些话来看，他们对他的非难，无非是说他的傲慢，此外大家根本指不出他还有别的什么错。他或许是真的有些傲慢，但这很可能是因为小镇上的人见他从不露面，于是就自然免不了要说他傲慢。可是，大家都一致公认，这位先生是个很慷慨的人，对穷人十分关切，经常救济他们。最后再说到韦翰，嘉丁纳夫妇一到莱普顿，就发现人家对韦翰的评价并不怎么好听。大家虽然不怎么清楚他和达西先生一家之间的关系，但是都知道他离开德比郡的时候，欠下了很多债务，而这些后来又都是达西先生替他还清的。

晚上的时候，伊丽莎白跟舅母商量，觉得达西小姐一到彭伯里，顾不得吃饭就赶紧来拜访他们，实在是礼貌周全。她们认为自己也应该更有礼貌一些，去回访她一次。最后她们打定主意，第二天一大早到彭伯里去拜访她。做出这个决定之后，伊丽莎白感到非常高兴，可是她又不清楚自己究竟在高兴些什么。

这个晚上对伊丽莎白来说，既漫长又短暂。漫长的是因为她心里一直想着彭伯里，比昨天晚上还要想得厉害，因此觉得长夜漫漫，辗转难眠；短暂是因为她要想的事情太多了，一个晚上根本不够她想。她弄不清楚，她现在对达西的感情，究竟是爱还是恨。她当然不会恨他，虽然她曾经一度讨厌过他，但是现在她为自己曾经有过的那种情绪感到羞耻。那么，她是爱他吗？她想也不至于吧。昨天见面，她看到他的态度变得那么讨人喜欢，而且又听人家说了那么多他的好话，便不由得尊敬起他来。今天他特地带着妹妹赶来看她，而且还那么用心地跟她的舅舅和舅母攀谈，让她在尊敬之上又增添了几分亲切感。不过，问题的关键还不在这里，而在于虽然自己曾经毫不犹豫地拒绝了他的求婚，但是他却丝毫没有埋怨和愤

恨的表现，反而殷勤地想跟她交好。而且，虽然看得出来他仍然旧情难忘，但是却没有什么不得体的或是过激的表现，只是竭尽全力想博得她亲友们的好感。

伊丽莎白亲眼看着这位先生从当初的傲慢无礼变成今天这样的温柔谦和，不得不把这奇妙的变化归结于爱情的力量。现在，她还说不清楚对这份爱情究竟是什么样的感受，但是有一点可以肯定，那就是她对这份爱情绝对不反感，而且还希望能够让它继续滋长。她相信他对自己感情依旧，仍然有可能再来向自己求婚，但是她却不确定，自己对下一次的求婚会抱着什么样的态度。"还是看看再说吧！"她对自己说。

第二天一大早，嘉丁纳先生吃过早饭就马上出去了。昨天他跟几位先生谈到钓鱼的事情，于是达西先生和宾里先生便邀请他今天中午到彭伯里去钓鱼。

45

自从达西先生向伊丽莎白求婚之后，伊丽莎白就明白了以前宾里小姐之所以那么讨厌她，无非是在跟她争风吃醋罢了。她知道这次到彭伯里去做客，宾里小姐见了她，肯定不会欢迎她。不过，她倒是想看看，这次见面，那位小姐是否会真的不顾体面，非要弄得人家都看出她的居心不可。

到了彭伯里的宅子，佣人带她们进入客厅。客厅北面有一扇很大的窗户，窗外是一大片草地，上面种满了美丽的橡树和西班牙栗树，十分茂密葱郁。这真是一幅让人赏心悦目的夏日风光。

达西小姐就在这间客厅里接待她们两人，在场的还有赫斯特太太和宾里小姐，以及那位在伦敦跟达西小姐住在一起的安涅斯勒太太。乔治安娜非常礼貌也非常用心地招呼着她们，只是态度不够自然。这其实是因为她很少独自招呼客人，因此不免感到羞怯，但是

这种态度却很容易让别人误解她是一个傲慢、目中无人的小姐。幸好，伊丽莎白和舅母都看出了她真正的性格，绝不会也产生这样的误解。

赫斯特太太和宾里小姐显然并不欢迎她们的到来，但还是对她们行了个屈膝礼。大家坐好之后，很久都没怎么开口说话，显得实在有些别扭。最后，还是安涅斯勒太太第一个开口，跟嘉丁纳太太攀谈起来，再加上伊丽莎白也竭力找些话来说，才不至于让气氛过分僵硬。安涅斯勒太太是个非常有修养的女士，比那两位宾里小姐要有礼貌得多，她竭力和客人们攀谈着，场面渐渐热闹了起来。达西小姐也想加入她们的谈话，但是又缺乏勇气，只是不时地小声咕哝一两句。另外两位女士则根本不太想谈话，偶尔敷衍几句。

宾里小姐一直都在仔细地观察伊丽莎白，特别注意她跟达西小姐的交谈。其实她完全不用费心，因为伊丽莎白跟达西小姐座位离得比较远，交谈起来并不方便，而且达西小姐也不怎么喜欢说话，因此两人的交谈其实并不太多。另外，伊丽莎白自己心事重重，也没有太多的精力刻意跟达西小姐交谈。她时时刻刻地都在希望达西先生进来，但是似乎又害怕他进来。究竟是希望多些，还是害怕多些，她自己也说不清楚。

宾里小姐也没怎么说话。后来，她冷冷地开口，向伊丽莎白的家人问候。伊丽莎白也用同样冷淡的语气做了回答。双方便不再说话。

过了一会儿，佣人们便送来了点心、冷盘和水果。达西小姐本来忘了让人送这些吃的东西来，幸亏安涅斯勒太太不断地对她使着眼色，她才想起了自己做主人的职责。吃的东西端上来以后，大家就都有事可做了……虽然不是每个人都善于交谈，但是至少每个人都善于吃。大家一见那些新鲜美丽的葡萄、桃子等，便都围着桌子坐下来。

她们正在吃东西的时候，达西先生走了进来。在他走进来的一

刹那，伊丽莎白总算弄明白了自己的心思，还是希望多于害怕。不过，不到一分钟，她觉得似乎害怕又多于了希望。

达西先生本来和宾里一起陪着嘉丁纳先生在河边钓鱼的，后来听说嘉丁纳太太和伊丽莎白过来拜访乔治安娜，便立刻离开他们回到家里来。伊丽莎白打定主意，千万要表现得镇定从容、落落大方，免得人家都以为他们两人之间有什么特别的关系。

但是这似乎并不容易做到，因为在场的每一个人，都对他们两人充满了怀疑。达西先生一进来，每个人都在盯着他看，留心地注意着他的一言一行。表现地最为露骨的是宾里小姐，但是好在她还能控制自己，不管是在跟达西还是在跟伊丽莎白说话的时候，都还能够保持礼貌和从容。

达西小姐见哥哥来了，便显得要活泼一些，尽量多开口说话。达西先生希望自己妹妹能跟伊丽莎白尽快熟悉起来，于是就极力促进她们双方交谈。宾里小姐看在眼里，又是气愤又是嫉妒，终于连礼貌也顾不上了，冷冷地对伊丽莎白说道："伊丽莎白小姐，听说梅列敦的民兵团开走了，我想府上一定觉得这是一大损失吧？。"

她碍于达西的面子，不敢明目张胆地提起韦翰的名字，但是伊丽莎白却明白她的意思。她想起自己曾经跟这样一个人有过密切的交情，不由得感到十分难受，但此刻不是伤心的时候，她得好好还击一下这位没有礼貌的小姐才行。于是，她用一种满不在乎的语气回答了她的那句话，同时不由自主地向达西望了一眼。达西满脸通红，脸上露出痛苦的表情，紧张地望着伊丽莎白。她的妹妹也神色慌乱，低着头一句话也不说。

宾里小姐肯定没有想到，自己一句不伦不类的话会让心上人这么难受，她说这话的目的，无非是想提醒达西，伊丽莎白曾经倾心于那个男人，甚至还可以让他想起伊丽莎白几个妹妹，为了追逐军官而闹出的那些荒唐笑话。她以为这样一来，就能让达西看不起伊丽莎白。至于达西小姐跟韦翰私奔的事情，她倒是一无所知。除了

伊丽莎白之外，这件事情达西从来没有向任何人透露过，对宾里和宾里的亲友们隐瞒得更是小心，因为他一直打算把妹妹嫁给宾里的。不过，虽然他早就抱有这样的想法，但是并不是因为这个才故意去拆散珍和宾里。

达西见伊丽莎白神色从容，才放下心来。过了一会儿，达西小姐也镇定了下来，只是一时半刻还不好意思开口说话，更不好意思看她哥哥。其实她哥哥并没有留意到她也牵扯在这件事情里面，他之所以一听到韦翰的名字就感到痛苦，纯粹是因为伊丽莎白的缘故。宾里小姐处心积虑地想让达西讨厌伊丽莎白，结果却弄得自己下不了台，于是就再也不敢提起韦翰。

过了一会儿，伊丽莎白和嘉丁纳太太便起身告辞。达西先生送她们上马车的时候，宾里小姐便趁机向乔治安娜数落伊丽莎白的不是，把她的人品、服饰、长相都一一批评。不过乔治安娜并没有接话，因为她哥哥曾经在她的面前大力赞赏和推崇过伊丽莎白，而且见面以后，她也觉得伊丽莎白是个亲切可爱的人。

达西送走了客人，回到客厅里来的时候，宾里小姐又把刚才对他妹妹说的话，重新说了一遍。她大声地说道："达西先生，今天上午伊丽莎白·班奈特小姐真难看啊！我和露易莎简直认不出她来了。从去年冬天以来，她变得太厉害了，我从来没见过谁的皮肤像她那样又黑又粗糙。"

达西听了这话很不高兴，但他还是冷冷地回答说，他没看出她有大的变化，只有皮肤稍微黑了一点，这不过是夏天旅行造成的，没有什么值得奇怪的。

宾里小姐说道："说实话，我实在看不出她哪里漂亮。她的脸太瘦了，皮肤又太粗糙，五官也不精致。说到她的眼睛，人家把它们说得有多美，我却看不出有什么特别的地方。她那双眼睛让人一看就觉得她是个刻薄的人。还有她的言行举止，完全是一派乡下人的作风，简直难登大雅之堂。偏偏她还没有自知之明，总以为自己

了不起，真让人难以忍受。"

宾里小姐看出达西已经爱上伊丽莎白，便想用这种办法来打消他的爱，实在不是什么高明的举动。但是人在气昏头的时候，总是免不了会做出一些不理智的事情。她见达西沉着脸，一句话也不说，便以为自己的诡计得逞，于是就得意扬扬地接下去说道："我记得我们第一次去哈福德郡的时候，听人家说她是当地有名的美人。见到她之后，我们都觉得十分奇怪，不知道为什么会有这样的传言。我还记得有一天晚上，她们在尼日斐花园吃过晚饭以后，你说：'要是她也算得上是一个美人的话，她母亲也算得上是一个天才了！'可是，后来你好像对她的印象好了起来，有一段时间，你好像也觉得她很漂亮。"

达西实在受不了，便冷冷地回答道："我是说过那样的话，不过那是在刚刚认识她的时候。最近一段时间以来，我的看法已经有所改变，我觉得她是所有我认识的小姐中，最漂亮的一个。"

说完，他便自顾自地走开了。宾里小姐本来想趁机嘲弄伊丽莎白一番，没想到却落得自讨没趣的结果。

嘉丁纳太太和伊丽莎白回到旅馆之后，便谈论起了这次做客的经历。她们把所有的人都评头论足了一番，包括他的朋友、他的妹妹、他的佣人，甚至连他的房子，他请客人们吃的水果和点心，她们全都谈到了，偏偏就是没有谈到那位先生本人。其实，伊丽莎白很希望舅母能够谈谈她对达西先生的印象如何，却不好意思开口；而嘉丁纳太太也希望侄女能把话题扯到那位先生身上，但又不方便主动提起。

46

伊丽莎白刚到莱普顿的那几天，没有收到珍的来信，因此感到非常失望。直到第三天，她才不再感到焦虑，因为珍的信终于来

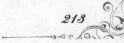

了，而且是两封，其中一封上面注明曾经送错了地方。伊丽莎白对此并不感到奇怪，因为这封信上的地址确实写得很潦草。

嘉丁纳夫妇让伊丽莎白一个人静静地留在旅馆看信，自己出去散步去了。他们走了以后，伊丽莎白先抽出曾经送错地方的那封信，那是五天以前写的。信的前半部分，讲的是一些小规模的宴会和约会，还提到了左邻右舍的一些琐碎事情。信的后半部分却报告了一个惊人的消息，而且是在写了前半部分的第二天写的：

"亲爱的丽兹，在我刚写好信之后，我们突然接到了一个令人震惊的消息，一个让人意想不到，又非常严重的事情。放心吧，家里人都好，我要说的是有关莉迪亚的事。昨天晚上十二点钟，我们正要上床睡觉的时候，收到了弗斯托上校的一封急信。他在信上告诉我们，莉迪亚跟他们团里的一个军官到苏格兰去了。直接地说，就是跟韦翰私奔了！我们所有人听到这个消息的时候，都吓了一跳，但凯蒂却说她觉得这件事情并不让她感到意外。我对这件事感到十分难受，因为莉迪亚竟然冒冒失失地跟韦翰这样的人凑成了一对。不过，我还是愿意相信有关韦翰的那些不好的传言都是人家的误解。我想，虽然他这个人有些轻率，但他跟莉迪亚私奔并不见得就有什么不良的企图，因为莉迪亚不可能让他有利可图，他知道我们父亲不可能有钱给他。不过，这个消息还是让大家都觉得非常痛苦，可怜的母亲简直就伤心欲绝，父亲虽然也很震惊，但总算还能支持得住。幸好他不知道这事发生以后，人家对我们家的议论。当然，我们自己也不必把这些无聊的议论放在心上。

韦翰和莉迪亚大概是在星期六晚上十二点左右离开布赖顿的，可是一直到昨天早上八点多，大家才发现他们两人失踪了。弗斯托太太看到了莉迪亚留了她的一封短信，才知道他们两人私奔了。弗斯托上校马上就写信把这个消息告诉了我们，并说他随后就要到我们这里来。亲爱的丽兹，我相信他们两人现在并没有跑多远。我不

能再写下去了，因为我还得去安慰母亲。天啦！我简直不知道自己在写些什么，我想你肯定也觉得莫名其妙吧。"

伊丽莎白读完了这封信以后，想也不想，就赶紧拆开另一封信读了起来。这封信比上一封信晚写一天：

"亲爱的丽兹，我相信你已经收到我上一封信了吧？那封信写得很仓促，所以很多事情可能没有写清楚，我希望这封信能把事情说得明白些。不过，虽然这次时间比较充裕，但是我却依然不敢保证我能写得有条有理，因为我的脑子仍然很混乱。我实在不愿意告诉你这些，但是没有办法，我还是得把坏消息告诉你。

弗斯托上校在寄出那封急信以后，几个小时之后就到了我们这里。他告诉我们，虽然莉迪亚给他太太的那封信中，说他们要去格利那草场（位于苏格兰。由于英格兰的婚姻法不适用于这里，因此许多私奔者逃往此地结婚），但是他太太却相信韦翰肯定不打算去那里，而且也绝对不可能跟莉迪亚结婚。弗斯托上校听到这话，感到事情非同小可，便立刻出发去追他们。他一直追到伦敦，详细地打听了当地所有旅馆都一遍，结果都没有人见过他们两人。上校十分担心，怀疑他们根本没有去苏格兰，便迅速来到浪博恩，把这个可怕的消息告诉我们。

虽然我们都觉得韦翰先生跟莉迪亚的结合十分荒唐，但是我们还是希望能听到他们结婚的消息。因此，你能想象得到，我们在听了上校的话之后，是多么震惊而痛苦。亲爱的丽兹，我们真是痛苦到了极点，尤其是父亲和母亲，他们都认为这件事情已经无可挽回，但我却觉得韦翰不至于那么坏。我想也许他们还是觉得在城里结婚比较方便，所以不打算去苏格兰了，并不是不打算结婚。而且，就算韦翰真是坏得透顶，存心玩弄莉迪亚，但是莉迪亚竟然会愿意在没有婚姻的保障之下，就草率地跟他在一起吗？这是绝对不

可能的。

　　我把我的想法说出来之后，弗斯托上校却摇了摇头，说他不相信他们俩会结婚，又说韦翰是个靠不住的人。天啊！可怜的妈妈已经病倒了，整天都不出门；父亲简直快支持不住了，我从来都没有见过他那么痛苦的样子。凯蒂似乎对此事早有所知，她现在责怪她自己没有早点把韦翰跟莉迪亚的亲密关系告诉家里人。可是我们不能责怪她，因为她既然答应替他们保守秘密，她就有权利不让我们知道。

　　亲爱的丽兹，我希望你要是方便的话，还是尽早回来吧，最好舅舅和舅母也能来。虽然我这种想法很自私，但是我们真的很需要你们的帮助。舅舅和舅母都是通情达理的人，相信他们绝不会见怪。父亲决定跟弗斯托上校一起到伦敦去找他们，虽然不知道他的具体计划，但是看他那种痛苦的样子，我实在放心不下他。还是请舅舅前来帮助他吧，我相信舅舅一定能体谅我们的心情，一定不会拒绝帮我们这个忙的。"

　　伊丽莎白读完信以后，情不自禁地叫了起来："舅舅到哪儿去啦？"她慌乱地从椅子上跳了起来，打算立刻去找舅舅，然后一分钟也不耽搁，马上赶回浪博恩。她刚走到门口，门就打开了，达西先生迎面走了进来。

　　达西见伊丽莎白她脸色苍白、神情慌乱，不由得吓了一跳。他还没来得及开口询问，伊丽莎白就大声叫了起来："对不起，我有紧急的事情要去找我舅舅嘉丁纳先生！请原谅我要失陪了。"

　　达西不清楚究竟发生了什么事情，也顾不上礼貌，大声地问道："天啦，这究竟是怎么回事？"说完，他稍稍冷静了一下，接下去说道："我不想耽搁你的时间，不过还是让我去帮你找嘉丁纳先生回来吧！要不，打发一个佣人去找也行。总之你自己不能去，你现在虚弱极了。"

伊丽莎白感到自己的两腿无力，也觉得自己没有办法出去找舅舅和舅母，只好打发了一个佣人去找。她甚至连吩咐佣人的力气也没有，说话的时候声音低得不能再低，几乎没法让人听清楚。

达西本来觉得自己不便继续留在这里，但他看见伊丽莎白的身体极度虚弱，不放心离开她，便在她身边坐了下来，十分温柔关切地对她说："让我把你的女佣人找来好吗？你吃点东西吧，要不我给你倒一杯酒吧？你好像很不舒服？"

伊丽莎白勉强自己冷静下来，答道："不要，谢谢你。我很好，只是刚刚得知了一个从浪博恩传来的不幸消息。"

她说着不禁哭了起来。达西不明白事情的底细，只得含含糊糊地安慰了她几句，然后就以一种同情的眼光沉默地望着她。伊丽莎白知道这件事反正迟早要传出去的，就对达西说道："我刚刚收到珍的信，告诉了我一个非常可怕的消息，我最小的妹妹莉迪亚丢下了她的家人和朋友，落入了韦翰先生的圈套，跟他一起私奔了。你很清楚韦翰是个什么样的人，莉迪亚既没钱又没势，他不可能跟莉迪亚结婚。莉迪亚这一生都毁了。"

达西听到这个消息，惊讶得说不出话来。伊丽莎白激动地说道："我本来是可以阻止这件事情发生，因为我早就清楚韦翰是个什么样的人。可是我没有能够让大家都知道这一点。天啦！我要是早把我知道的那些事情告诉家里人就好了，就不会出这场乱子了。可是现在，说什么都已经太晚了！"

达西说道："我真是又难过又惊讶！这消息靠得住吗？"

"怎么靠不住！他们是从布赖顿出发的，弗斯托上校追他们一直追到伦敦，到那里就追不下去了。我敢肯定他们一定没有去苏格兰。"

"有没有想过去找她呢？"

"我父亲到伦敦去找了。珍希望舅舅也回去帮忙，我希望我们立刻出发。可是，这件事情是毫无指望了，碰到像韦翰这样一个

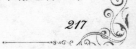

人，还有什么办法呢？要想找到他们是非常困难的事。天啦，这真是可怕！"

达西摇了摇头，没有说话。

"我早就应该向大家拆穿他的为人，可是一时心软，没有这么做。这都是我的错！"

达西没有接话。他不停到在房间里走来走去，眉头紧皱，像是在苦苦思索，好像根本没有听到她的话一样。伊丽莎白见他这样，很快就明白了他在想什么。她知道，她对他的魔力消失了，当他得知这个消息以后，他就不再爱慕她了。对此，她并没有感到意外，也不会去责怪他，因为家里有了这样的奇耻大辱，人家看不起自己是理所当然的。而且，即便他委曲求全，继续勉强爱她，她不但不会觉得快乐，反而会觉得更加痛苦。伊丽莎白想到这里，第一次觉得自己真正爱上了他。

一想起莉迪亚给大家带来的耻辱和痛苦，她立刻觉得自己痛苦微不足道了。她用一条手绢掩住了脸，不再说话，不再去看那位先生。过了一会儿，她听到达西用同情的语气小心翼翼地对她说道："恐怕你希望我快点走开吧！我知道自己待在这里实在没什么用。我真希望自己能说几句安慰的话，或者能为你做点什么，来稍微减轻一下你的痛苦。我想发生了这件不幸的事情，会让你今天不能到彭伯里去看我妹妹了吧？"

"是的，对不起，请你代我们向达西小姐道个歉，就说我们有急事要立刻回家。请替我们保守秘密，让这件不幸的事情尽可能多隐瞒几天吧。不过，我也知道隐瞒不了多久的。"

他答应保守秘密，又说了几句安慰的话，说希望这件事情最后的结果不至于像她想象的那么糟糕，希望能够得到圆满地解决。然后，他又看了她一眼，便告辞离开了。

他离开之后，伊丽莎白又开始胡思乱想。她想到，这次在德比郡出人意料地与他见面，又受到他的殷勤对待，让她觉得十分愉

快。她曾经恨不得从来没有认识过这个人，现在却又希望能够继续跟他的交情。想到这里，她不由得叹了口气。

一般人都认为，一见钟情的感情，或者见面几次就相互爱慕的感情，才是真正可贵的爱情。从这个角度来看，伊丽莎白这种因为感激和尊重而产生的感情，实在有点微不足道。可是，伊丽莎白之所以会用这种方式来爱上达西先生，实在有她的道理。以前她对韦翰动心的时候，是属于一见钟情那一种，但是后来这段感情却无疾而终。因此，后来她对达西便采用了这种比较乏味的恋爱方式。

伊丽莎白又读了珍的第二封信一遍，进一步地打消了韦翰会跟莉迪亚结婚的指望。事实上，她在读第一封信的时候，就感到十分奇怪，实在不明白韦翰为什么会跟这样一个无利可图的姑娘结婚。读到第二封信的时候，她心中的疑问便得到了解释……韦翰果然压根就没有打算跟莉迪亚结婚。对韦翰来说，莉迪亚虽然一无可取，不值得他与她结婚，但是她风流妖媚，做个女伴还是够格的。虽然珍在信上说她相信事情没有想象中那么糟糕，但是也只有像她那样心地太过善良的人，才会对此还抱有希望。

当然，莉迪亚不会存心跟人家私奔而不打算结婚，但是她见识浅薄，又经不起勾引，因此很容易上韦翰的当。虽然在哈福德郡的时候，她并没有特别钟情于韦翰，但是她是个轻浮风流的少女，随便哪个人稍微勾引她一下，她就会上钩的。简单地说，只要人家看得起她，她就会喜欢人家。这一切都是因为缺乏家教，家里平时对她的任性妄为过于放纵的结果。

伊丽莎白现在归心似箭，她知道家里现在一团糟糕，父亲不在家，母亲又病倒了，一切都是可怜的珍一个人在张罗，因此自己得立刻回家帮助她。还有，舅舅的帮助也很重要。想到这里，她盼望舅舅和舅母回来的心情，就更加迫切了。

嘉丁纳夫妇听了佣人的话，以为伊丽莎白得了什么急病，便慌慌张张到赶了回来。他们一见到伊丽莎白便关切地询问她，是否身

体有不适。伊丽莎白向他们说明了急着找他们回来的原因，并把两封信拿出来给他们看。虽然嘉丁纳夫妇平时不怎么喜欢莉迪亚，但听说了这件事情之后，还是为她感到忧虑。何况，这件事情不只关系着她自己的终身幸福，还关系着代价的体面。嘉丁纳一口答应将尽自己的最大努力提供帮助，让伊丽莎白十分感激。虽然没有觉得事出意外，可是还是感激涕零。

很快，他们三人就已经收拾好东西，准备立刻上路。嘉丁纳太太忽然想起跟彭伯里的约会，便问道："我们怎么跟彭伯里说呢？我听说刚才达西先生也在这里，是吗？"

"没错，我跟他说了我们不能去吃饭。这件事我已经跟他说清楚了。"

嘉丁纳太太不好多问，心里暗暗奇怪："难道伊丽莎白把这件事情的来龙去脉都告诉达西先生了吗？两人的关系已经好到这个地步了？真不知道这到底是怎么回事！"

她虽然十分好奇，却不可能在这个时候去问伊丽莎白这样的问题。因为他们在离开莱普顿之前，还有很多事情要处理，比如写信给他们在这里的朋友，编造一些借口，告诉他们自己为什么会突然离开。幸运的是，这些事情处理起来十分顺利。一个小时以后，嘉丁纳先生就跟旅馆结清了账，跟太太和侄女一起，坐上马车向浪博恩出发了。

47

他们在路上的时候，嘉丁纳先生对伊丽莎白说道："我反复地考虑了一下，觉得这件事情应该没有那么糟糕，你姐姐珍的想法或许是对的。不管怎么说，莉迪亚并不是无依无靠，韦翰怎么会存心拐骗这样一位姑娘呢？难道他以为他的亲戚朋友们会不闻不问吗？而且，莉迪亚跟他私奔之前，还是住在上校那里的，难道他就敢这

样冒犯上校？我看，他不至于会糊涂到这个地步，连自己的前途也不顾了。”

伊丽莎白听了这话，不由得高兴起来，问道："你真的这么想吗？"

不等自己的丈夫回答，嘉丁纳太太说道："我赞成你舅舅的看法，你相信我，我看韦翰不见得就这么坏，会这么不顾廉耻，不顾自己的名誉，不考虑自己利害关系。丽兹，你相信韦翰竟然能做出这种事情来吗？"

"你刚才说的那些，除了他自己的利害关系之外，别的我敢说他都不在乎。但愿他比我们想象的要好吧，不过我可不敢抱太大的希望。要是他们打算结婚的话，那为什么不到苏格兰去呢？"

嘉丁纳先生回答道："我们现在并不能肯定他们没有到苏格兰去。"

"怎么不能肯定呢？他们把原来的马车打发走了，重新租了一辆马车。这一点还不能说明问题吗？而且，苏格兰的路上也打听不到他们。"

"好吧，假设他们在伦敦吧，但是这也不能说明他们不打算结婚。他们也许只是暂时在那里躲避一下，也许是因为两人都没什么钱，因此就想干脆在伦敦结婚算了。虽然伦敦结婚没有苏格兰结婚那么方便，但是从花费的角度来看，要节省很多。"

"如果他们真的打算结婚的话，他们为什么一定要这么保密，不让人家找到他们呢？不，不，你的想法不实际。你不是也看了珍的信了吗？连他们最好的朋友弗斯托太太都觉得他们不可能结婚。韦翰是绝对不会跟一个没有财产的女人结婚的，他大可以跟某位有丰厚遗产的小姐结婚，你以为他会为了莉迪亚放弃发财的机会吗？莉迪亚除了年轻风流之外，对他还有什么别的吸引力？至于他会不会考虑他自己的利害关系，为了自己前途而收敛一下自己的行为，那我就不知道了，因为我不清楚他这次行动的后果。另外，他看到

我们的父亲平时一副懒散的模样，以为他不会过分插手这件事情，所以就安心地带着莉迪亚跑掉了。"

"就算是你说的那样，难道你认为莉迪亚会糊涂到那个地步，竟然愿意不跟他结婚就同居吗？"

伊丽莎白眼里含着泪水，说道："按道理说，我不应该怀疑自己的妹妹竟然会这样不知廉耻、不顾体面，可是我确实不知道该怎么说才好，也许是我想错了。她年纪还小，又没什么头脑，也没有告诉过他该怎么处理这一类的问题。半年以来，不对，是整整一年来，她的脑子里就只有寻欢做乐这一件事。民兵团来了以后，她除了到处卖弄风情，到处追逐军官之外，就什么也不知道了。她本来就已经够风流了，再加上环境的影响，就变得更加……我不知道该怎么形容……更加容易被人引诱吧。我们都知道，韦翰相貌英俊，又会花言巧语，足以让一个女人着迷，莉迪亚自然就更不例外了。"

嘉丁纳太太说道："可是，珍就不这么看，她就不认为韦翰坏到那个地步。"

"珍什么时候又把什么人当做坏人呢？不管是什么样的人，无论他过去的行为怎样，除非有确凿的事实证明，不然她是绝对不相信人家是坏人的。不过，其实她对韦翰的了解跟我一样清楚，我们都知道他是个放荡无耻的家伙，既没有品德，又不顾体面，只知道虚情假意地讨好人家。"

嘉丁纳太太听了这话，感到非常好奇，很想弄清楚伊丽莎白是如何得知韦翰底细的，便问道："你了解得那么清楚？"

伊丽莎白回答道："我当然清楚。那天我不是跟你说过他对达西先生有多无耻吗？达西先生对他仁至义尽，但是他在浪博恩的时候却那样批评人家。除了这个以外，还有很多事情，只是我不方便说出来。总之，他对彭伯里不断地造谣中伤，把达西小姐说成那样一个人，让我们都以为她是一位高傲冷酷的小姐，但是我们后来亲

眼看到，达西小姐纯真可爱、和蔼可亲，一点也不装腔作势，和他说的正好相反。"

"既然你跟珍都知道韦翰底细的，那莉迪亚怎么会一点也不知道呢？难道你们没有把这些事情告诉她吗？"

"事情就糟在这里。其实我也不是很早就知道，而是到了肯特郡以后，经常跟达西先生和他的亲戚费茨威廉上校在一起，才有机会得知事情的真相。我回家去以后，民兵团就快要离开梅列敦了，因此我和珍就觉得没必要把这些事情说出来。反正韦翰就要离开了，以后他跟这里的人都没有任何关系，大家知不知道他的真面目，有什么关系呢？当时我们就是这么打算的，所以后来莉迪亚要跟弗斯托太太一起去布赖顿的时候，我也没有想过要告诉莉迪亚韦翰究竟是个怎么样的人。我当时真的没有想到，竟然会有这样的后果，没想到他竟然会勾引莉迪亚。"

"这么说来，莉迪亚跟他们一起到布赖顿去的时候，你还不知道他跟韦翰已经之间已经有点意思了吧？"

"哪里想得到呢？他们之间没有流露出任何一点相互爱慕的痕迹，要是有的话，我们大家不会看不出来的。当初他刚到梅列敦来的时候，莉迪亚确实很喜欢他，但那时候我们大家谁不喜欢他？韦翰并没有对莉迪亚另眼相看，因此过了没多久，她对他那种热恋，就转移到别的军官身上去了，因为他们更加看得起她。"

他们一路上都在谈论着这件事情，哪些方面值得担忧，哪些方面还有希望等，总之把所有可能谈到的，基本上都说得差不多了。实在没什么可谈的，他们就暂时告别了这个话题，但是过了一会儿，他们的谈话又回到了这件事情上来。除了这件事情以外，伊丽莎白的脑子里暂时装不下其它事情了。

中途他们在旅店住宿了一夜，第二天继续赶路。中午的时候，他们就到了浪博恩。虽然旅途劳累，但伊丽莎白却感到非常欣慰，因为他们的行程还算迅速。他们一进院子，嘉丁纳先生的孩子们就

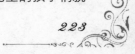

赶紧跑到台阶上等着。马车一到门口，孩子们就欣喜若狂地赶紧上前去迎接他们。

伊丽莎白跳下马车，匆匆忙忙地亲吻了每个孩子，然后就迅速地往屋子里跑去。珍这时候正好从母亲房间里出来，站在楼梯口迎接她。姐妹俩热情地拥抱，双方都忍不住热泪盈眶。

伊丽莎白急切地打听是否有韦翰和莉迪亚的消息。珍回答说：“还没有任何消息。幸好舅舅来了，我希望以后一切都会顺利起来的。”

“爸爸进城去了吗？”

“是的，他是星期二走的，我在信上没有告诉过你吗？”

“他有没有写信回来？”

“写过一封，是星期三寄来的，信上只写了几句话，说他已经平安抵达，把他的详细地址告诉了我，这是他临走时再三要求他做的。别的就没说什么了，他只说等有了重要的消息，就会再写信来的。”

“妈妈怎么样？家里人都好吗？”

“都还好。妈妈的身体也没什么大碍，只是精神上受了刺激。她现在还在楼上的化妆室里，我相信她看到你们回来了，一定会很高兴的。玛莉和凯蒂也很好。”

“那你呢？”伊丽莎白关切地问道，“你脸色这么难看，你一定非常难受吧？”

珍告诉她自己也很好。姐妹俩又说了几句话，就看见舅舅和舅母带着一群孩子都过来了，因此谈话只能就此告一段落。珍走过去，向舅舅和舅母表示了欢迎和感谢。

大家都走进客厅，舅舅和舅母又问起了那对私奔男女的事，可惜珍没有什么新的消息可以告诉他们。珍心地善良，凡事都喜欢从乐观的方面去想，虽然现在没有什么消息，但是她还是相信事情一定会有一个圆满的结局。她盼望着哪天早上会收到一封信，要么是

父亲写来的，要么是莉迪亚写来的，信上会宣布那一对冒失的男女结婚的消息。

大家又说了一会儿话，然后就到班奈特太太的房里去了。班奈特太太一见到他们，便声嘶力竭地哭诉起来。她把韦翰的卑鄙下流痛骂了一顿，倾诉了自己的委屈和痛苦，然后又抱怨其他人的冷漠无情。几乎所有人都被她骂到了，只有一个人没有骂，那个人就是盲目溺爱女儿，使女儿铸成大错的罪魁祸首……她自己。

她说："要是当初听我的话，全家人都到布赖顿去的话，根本就不会发生这种事情了。莉迪亚这个可怜的姑娘，弗斯托太太怎么放心把她丢在一边呢？就是因为他们不小心照应她，才会让她被人拐骗。我知道，像莉迪亚这样一位好姑娘，只要有人照应，绝对不会做出这种事情来的。我早就说，我应该亲自带莉迪亚去布赖顿的，可是没人听我一句。可怜的孩子啊！班奈特先生去找他们去了，他要是碰到韦翰，就一定会跟他决斗的，天啦，他一定会被韦翰给活活打死的，我们可怎么办啊？他被打死了，柯林斯一家人就会到浪博恩来，把我们大家都从这里赶出去的。天啦，弟弟，你要是不帮帮我的忙，我们就活不下去啦！"

大家听到她说出这些可怕的疯话，都大声地叫了起来。嘉丁纳先生向她保证，不管是对她，还是对她家里人，他都一定会用心照顾的。然后，他又对她说，明天他就要动身到伦敦去帮助班奈特先生，尽量把韦翰和莉迪亚找回来。

接着，他安慰她道："你不用太着急，事情不一定会有想象中的那么糟糕。再说，他们离开布赖顿还不到一个星期，没有消息是很正常的事情。再过几天，我们肯定就会有他们的消息了。等我们把事情弄清楚了，如果他们真的还没有结婚，也不打算结婚的话，到时候再来商量该怎么办。我一进城，就赶紧去把姐夫找到，然后就住到我家里去，这样我们有更多的时间商量，一定会想出办法来的。"

班奈特太太回答道："我的好弟弟，你这话说得真是有理。你到城里之后，一定要想办法把他们找到。要是他们还没有结婚，一定要叫他们结婚。对了，记得告诉他们，结婚的礼服不用担心，等他们结婚之后，他们要多少钱做衣服，我就给他们多少钱。最要紧的是，千万不要让班奈特先生跟韦翰打起来。告诉班奈特先生，他走了之后，我真是受罪，一天到晚都在担惊受怕，我的神经简直快撑不下去了。还有，告诉我的宝贝莉迪亚，她要做礼服的话，一定要跟我说，不要自作主张，因为他不知道哪一家店里的料子好。哎，我的好弟弟，多亏你这么好心帮忙，我相信你会把事情都处理好的。"

嘉丁纳先生又说了几句安慰她的话，说自己一定会尽力而为。他提醒他不可过分地乐观，但也不必过分忧虑。大家一直谈到吃饭的时候，班奈特太太要留在自己的房间里吃饭，而其他人则到饭厅去吃。

嘉丁纳夫妇都认为其实她大可不必跟家里人分开吃饭，但是他们想了一想，也不打算反对她这么做，因为班奈特太太说话不谨慎，要是让佣人们听到她的话，那可不是一件体面的事情。因此，最好还是让一个最可靠的佣人去伺候她，让她尽情地去发她的牢骚。

刚才大家在谈话的时候，玛莉跟凯瑟琳都没有到场。她们都在忙着自己事情，一个在读书，一个在化妆。这会儿，她们两人都到饭厅来吃饭来了。和其他人相比，她们显得要平静许多，似乎并没有因为这件事而受到太大的影响。凯瑟琳说话比以前急躁一些，也许是因为她心疼自己的妹妹，也许是因为她对韦翰感到愤恨。玛莉对这件事似乎有很多见解，大家坐下来之后，她神情严肃地对伊丽莎白低声说道："遇到这样的事情，真是家门不幸。相信外面已经对我们家议论纷纷。人言可畏，我们一定要小心提防。我们姐妹之间，也要相亲相爱，互相安慰，让心灵的创伤早日愈合。"

伊丽莎白没有回答，玛莉又接着说道："对莉迪亚而言，这件事情固然十分不幸，但对我们来说，这至少可以让我们引以为戒。女子一旦失去贞洁，那么便会名誉扫地。美貌易逝，名誉又何尝容易保全。世界上到处都是轻薄的男子，一个女子就应该处处谨慎，免得一失足成千古恨。"

伊丽莎白诧异地看着她，一句话也说不出来。玛莉仍然在滔滔不绝地说着，她要从这件事情中归纳出真知灼见。

吃过饭之后，伊丽莎白跟珍终于有时间单独说说话。伊丽莎白问了很多问题，珍也尽可能详细地做了回答。伊丽莎白相信，这件事情的后果一定很不幸，珍虽然没有她那么绝望，但也觉得这种可能性很大。

伊丽莎白说道："有很多地方我不是很清楚，你能说得再仔细一点吗？弗斯托上校是怎么说的？他们俩在私奔之前，人家都没看出半点不寻常的痕迹来吗？照理说，那段时间，大家应该经常看到他们在一起才对啊。"

"弗斯托上校说，他也怀疑过他们两人之间似乎有点意思，尤其是莉迪亚。不过，他怎么也想不到，他们竟然会私奔。上校真是个殷勤的人，他为这事操了不少心，还特地赶到浪博恩来安慰我们。"

"那么丹尼呢，他也认为韦翰不会跟她结婚吗？他是不是早就知道他们打算私奔了？出事之后，弗斯托上校有没有见过丹尼？"

"见过，不过丹尼说他一点也不知道他们打算私奔，也没对这件事情发表什么意见。"

"弗斯托上校来这里之前，我想你们谁也没有想到他们不会正式结婚吧？"

"当然没有想到，我们怎么可能会有那样的念头呢？我当时只是为莉迪亚感到担心，害怕她跟韦翰结婚以后会不幸福，我毕竟听你说过他以前的那些事，知道他是个什么样的人。父亲跟母亲只是

觉得这门婚姻太过冒昧，但是从来都没有怀疑过他们不打算结婚。
凯蒂还好胜地说，她早就知道了会有这样一天，因为莉迪亚给她的
上一封信，就已经隐隐约约地透露出了一些口风。听她那个意思，
好像在几个星期以前，就知道他们两个相爱的事了。"

"几个星期以前？难道莉迪亚到布赖顿之前，她就知道了？"

"我想应该没有那么早。"

"弗斯托上校是不是很看不起韦翰？他知道韦翰的底细吗？"

"他对他的评价好像确实变了。他觉得韦翰荒唐轻薄，奢侈无
度。私奔的事情发生以后，很多人都说韦翰在离开梅列敦的时候，
还欠下了很多债务。我希望这些都是谣言。"

"天啦，珍，要是我们早点让大家都知道他是个什么样的人，
那就不会发生这件事情了！"

珍说："可能不会发生，但是我们当初完全是一片好意，不愿
意去揭露他过去的种种错误。谁也想不到会弄成这样。"

"弗斯托上校还记不记得莉迪亚留给他太太那封信的内容？"

"他把那封信带来了。"珍说着，把信拿出来，递给伊丽莎白。

信的全文如下：

"亲爱的海丽：

我想明天一大早你一定会感到十分惊奇，因为你会发现我不见
了！但是我相信等你弄清楚我到什么地方去了的时候，你一定会笑
出声来的……我要到格利那草场去。要是你不知道我是跟谁一起去
的话，你可真是个大傻瓜，因为这个世界上，我只爱着一个男人，
只有跟他在一起，我才会觉得幸福。要是你不愿意把这个消息告诉
我家里人的话，你就别告诉好了。我想，等他们收到我的信时，看
见我的签名是'莉迪亚·韦翰'，他们一定会吃惊得不得了的。这
个玩笑真有意思，我简直忍不住要大笑起来了。请你帮我向普拉特
道个歉，告诉他今天晚上我没办法跟他跳舞了，我相信他一定会原

谅我的。你还可以告诉他，下次有机会跟他见面的话，我一定会跟他跳舞的。对了，我到了浪博恩的时候，就派人来取衣服。请你告诉莎蕾一声，要她把我那件细洋纱的衣服补一补，因为上面不小心弄上了一条裂缝。最后，代我问候弗斯托上校。再见，希望你能祝我们一路顺风！

你的好朋友莉迪亚·班奈特"

看完信，伊丽莎白忍不住叫了起来："真是一个糊涂的姑娘！遇到这样的事情，居然还写得出这样的信来！不过，有一点还算不错，那就是不管韦翰是如何欺骗她，至少她是当真打算跟韦翰结婚的。可怜的爸爸，他该有多么难过啊！"

"我从来没有见过他那么惊骇的样子。整整十分钟，他一句话也说不出来。妈妈听到这个消息，一下子就倒了。全家都闹得一团糟糕！"

"珍，"伊丽莎白担心地问道，"所有的佣人都知道这件事情的底细了吗？"

"我不清楚，希望他们不知道吧。这种事情要想瞒得密不透风，也不是一件容易的事情妈妈那种歇斯底里的毛病又发作了，我尽量去安慰她，但是她还是大喊大叫，也许佣人们都听到了。"

"珍，这段时间真够你累的。我一回来就发现你脸色很差，要是那件不幸的事发生的时候，我也在家就好了。"

"不用担心，玛莉和凯蒂都很愿意为我分担忧虑，可是我不好意思让她们这么累。凯蒂身体不好，玛莉又要用功看书，我想我最好不要去打扰她们休息。幸好星期二那天父亲刚走，菲利普姨妈就到浪博恩来了，一直陪我到星期四才走。她尽力安慰我们，还帮了我们不少的忙。卢卡斯太太也很好心，她星期三早上来慰问过我们，还说只要我们需要，她们一家随时都愿意帮忙。"

伊丽莎白说道："多谢她的好意，不过还是让她待在自己家里

吧。遇到这样的事情，谁会希望自己的邻居来插手！忙她倒是帮不上，反倒会让我们觉得难堪。就让她们背后得意去吧！"

过了一会儿，她又问父亲到城里去，打算怎么找莉迪亚。

珍说："他说他打算到艾普桑去，因为韦翰和莉迪亚就是在那儿换马车的。父亲说希望能在那里找马车夫问问，看能不能问出什么消息来。他认为，一男一女从一辆马车换到另一辆马车上，不会没有人注意，因此很可能问得出关键线索来。他主要想问韦翰和莉迪亚在克拉普汗所搭乘的那辆出租马车的号码，然后再查一查这辆马车停车的地方。他就跟我说了这些，他临走的时候，情绪十分不安，能告诉我这么多已经不错了。至于他还有什么别的打算，我就不知道了。"

48

第二天早上，大家都希望班奈特先生能写封信回来，告诉大家事情的进展如何。但是让人失望的是，邮差并没有带回来只字词组。班奈特先生一向都不喜欢写信，这是大家都知道的，但是在这种时候，大家都以为他至少能勉为其难，多写一两封信。嘉丁纳先生也希望能在去伦敦前看到他的信，了解一下事情的大致情况。不过，既然没有信来，大家只得认为事情没有任何进展。幸好嘉丁纳先生马上就要去伦敦，他至少会经常给浪博恩一家带来消息的。

嘉丁纳临走的时候，答应大家一定会劝说班奈特先生尽快回来。班奈特太太听了，感到十分欣慰，因为在她看来，他丈夫要想避免在决斗中被人家打死，唯一的办法就是尽快离开那个是非之地。

嘉丁纳太太和她的孩子们还要在哈福德郡多待几天，因为她觉得，待在这里可以让外甥女们多一个帮手。她可以帮她们伺候班奈特太太，等她们空下来的时候，又可以安慰安慰她们。姨妈也常常

来看她们，而且据她自己说，她来的目的是为了让她们高兴高兴，给她们打打气，不过，她没有一次不谈到韦翰的奢侈淫逸，每次都可以举出新的事例。她每次走了以后，总是让她们比她没有来以前更加意气消沉。

三个月以前，整个梅列敦的人们都把这个男人捧到了天上，说尽了他的好话；三个月以后，整个梅列敦的人又都把他踩到了地下，把他当做一个十恶不赦的恶棍。人们纷纷传说，他在梅列敦每一个商人那里都欠下了债务，又说每个商人家里的姑娘都受过他的引诱。大家都认为他是天底下最坏的年轻人，都声称早就发现他其实并不像表面上看起来那么可爱。关于这些传言，伊丽莎白和珍只是半信半疑，但她们听到这些话之后感到更加痛苦，因为韦翰要真的有那么坏的话，她们的妹妹迟早会毁在他的手里。时间已经过了这么久，要是两人真的去了苏格兰的话，现在也应该有消息了。看来，弗斯托上校没有说错，韦翰根本就没有结婚的打算。

星期二，嘉丁纳太太收到他丈夫的一封信，信上说，他一到城里就找到班奈特先生，并已经说服他住到自己家里去。班奈特先生已经去艾普桑和克拉普汗查过，可惜没有打听到一点消息。现在他决定到各个旅馆再去打听一下，因为他认为韦翰和莉迪亚到伦敦之后，一定会先找个旅馆住下来的。嘉丁纳先生并不认为这种办法可行，但既然姐夫愿意这么做，他也只好尽量配合。信上还说，班奈特先生暂时不打算离开伦敦。信的最后还有这样的一段话：

"我已经写信给弗斯托上校，请他在民兵团里帮我们打听一下，看是否有哪位年轻人知道韦翰会躲在伦敦的什么地方。要是真有人能提供一点线索的话，对我们来说可是大有用处的。不过，目前还没有找到能够提供消息的人。我想了一想，丽兹也许比任何人都了解情况，也许她知道他现在城里还有些什么亲戚。"

伊丽莎白当然知道舅舅为什么认为她知道情况，但可惜的是，她确实一点也不知道，无法提供任何有用的消息。她只听韦翰提起过自己的父母，此外并没有听说他有任何亲友。她倒是觉得，韦翰在民兵团里的一些朋友，说不定能提供些消息。

浪博恩一家人每天都在焦虑和等待中度过。每天邮差来的时候，她们都希望能收到班奈特先生或嘉丁纳先生的信。就算没什么好消息，至少她们也想知道事情的进展如何。

可是，嘉丁纳先生的第二封信迟迟不来，班奈特先生更是杳无音信。在等待伦敦来信的时候，她们意外地收到了从另外一个地方寄来的信，是柯林斯写给班奈特先生的。珍在父亲临走之时，受到了父亲的嘱托，让她代替他拆读一切来信。于是，珍便打开信来读，伊丽莎白也跟她一起看了这封信。

信是这样写的：

"长者先生赐鉴：

昨天接到从哈福德郡的来信，知道先生府上发生了如此不幸的事。在下与妻子得知以后，对此深表同情和遗憾。这次不幸的事情一旦发生，全家的名誉都被败坏。先生家门不幸，竟然有如此不孝的女儿，早知道如此，又何必辛苦把她抚养成人？在下实在不知道应当如何安慰先生，希望先生能放宽胸怀。据我妻子夏绿蒂言，莉迪亚表妹之所以做出这样的事情来，无非是因为平时管教不严格，过于放纵的关系。我却认为并非如此，莉迪亚表妹年纪轻轻，就做出如此伤风败俗的事情来，可见其本身的质量存在缺陷，因此先生千万不必引咎自责。不久以前，我遇到了凯瑟琳夫人和德包尔小姐，把这件事情告诉了她们。夫人跟我的看法一致，都认为表妹此次失足，足以辱没家声，而且还会殃及其姐姐们的终生幸福，使意欲前来攀亲者望而却步。想起去年十一月的时候，我曾打算与贵府攀亲，现在看来真是深为庆幸，不然我也难免受到牵连。最后，希

望先生不必过于伤心，如此自甘堕落的女子，任其胡作非为，不足怜惜。"

　　嘉丁纳先生收到弗斯托上校的回信以后，才写了第二封信。信上没有任何让人振奋的消息，民兵团没有人知道韦翰在城里还有什么亲戚。韦翰在进入民兵团时交游很广，但是后来好像跟那些朋友都疏远了，因此找不到能够提供消息的人。而且，这次他和莉迪亚私奔的事，他没有向任何人透露过消息。至于为什么要把紧口风，据说是因为他临走的时候欠下了一大笔赌债，另一个原因就是怕莉迪亚的亲友发觉。弗斯托上校还说，他在布赖顿欠下的债务，至少有一千多英镑。

　　嘉丁纳先生原原本本地告诉了大家这些事情。珍看了这封信，忍不住吃惊地叫了起来："真是一个不可不扣的赌棍！我从来没有想到他竟然是这样的人！"

　　嘉丁纳先生的信上还说，他跟姐夫在城里找了很久，却没有任何结果。在他的劝说之下，班奈特先生决定明天就回浪博恩来。至于韦翰和莉迪亚的事，就交给嘉丁纳先生去办。

　　女儿们听到父亲要回来，都感到十分欣慰。但是班奈特太太却叫了起来："什么！他还没找到可怜的莉迪亚，就要一个人回来吗？他还没找到他们，怎么能回来呢？他一走，那谁去跟韦翰决斗，谁去逼着他跟莉迪亚结婚？"她完全忘了当初他担心丈夫被韦翰打死时，说的那些话了。

　　嘉丁纳太太也想回家了，决定在班奈特先生动身回浪博恩的那一天，就带着孩子们回伦敦去。这样，浪博恩可以打发马车去送她，然后再顺便把主人接回来。

　　嘉丁纳太太还在德比郡的时候，就对伊丽莎白与达西先生的关系感到十分好奇，现在她仍然没有弄清楚。伊丽莎白从来没有主动在他们面前提到过达西先生，而且回浪博恩之后，她也并没有收到

那位先生的信。伊丽莎白的情绪低落，嘉丁纳太太当然能够看得出来，可是她认为这都是由于家里出了这件事的缘故，根本没有联想到别的地方去。只有伊丽莎白清楚自己心里的想法，她想，要是不认识达西，那么莉迪亚的这件事也不会让她这么痛苦了，至少，她可以减少几个失眠之夜。

班奈特先生回来之后，还是跟以前一样沉默寡言，提也不提这件事。下午，大家跟他一起喝茶的时候，伊丽莎白才大胆地问起他这件事。她说，他一定为此十分痛苦，她也为他感到十分难过。

她父亲听了她的慰问，回答道："不要说这样的话。这都是我自作自受，我自己做的事情，应该由我自己来承担！"

伊丽莎白说："这不是你的错，你不必责怪你自己。"

"你别安慰我了，人总免不了要埋怨自己的。丽兹，我一辈子也没有埋怨过我自己，这次你就让我也尝尝这种滋味吧。放心吧，我很快就能够振作起来的。"

"他们会在伦敦吗？"

"当然，除了伦敦，还有别的什么地方能把他们藏得这么好？"

凯瑟琳听到这里，插嘴道："而且莉迪亚老早就想要到伦敦去的。"

班奈特先生冷冷地说道："那么现在她可称心如意啦！她能在那里住上好一阵子呢。"

过了一会儿，他又说道："丽兹，我真后悔当时我没听你劝告。从这件事情来看，你确实很有见识。"

这时，珍送茶进来给她母亲。班奈特先生见了，大声对她太太说道："你还真是会享福啊，在倒霉的时候居然也这么自得其乐！什么时候我也来学一学你的样子好了……头戴睡帽，身穿睡衣，没事就给人添麻烦。等凯蒂跟人家私奔以后，我也得像你那样。"

凯瑟琳听了撅着嘴说道："我不会私奔的，爸爸。要是我到布

赖顿去的话，肯定比莉迪亚老实！"

"你还想到布赖顿去！别说是布赖顿，就是只到梅列敦，我也不敢保证你不会像你那位有本事的妹妹一样做出丢人的事来。不，凯蒂，我现在学会了小心，我一定得让你知道我的厉害。从今往后，无论哪个军官都别想踏进我家门一步，连从我们村子外面经过都不准！你也别想再出去参加什么舞会，在自己家里跟自己的姐妹们跳一跳还可以。我不准你走出家门一步，除非你每天在家里至少有十分钟给我规规矩矩的，像个人样。"

凯瑟琳被父亲的话吓得哭了起来。

班奈特先生又说道："行了，行了，不用伤心。要是你从今天开始，就做个老老实实的好姑娘的话，那么十年之后，我一定带你去看阅兵典礼。"

49

班奈特先生回来的第三天，珍和伊丽莎白在屋后的灌木丛中散步的时候，忽然看见女管家向她们走过来。姐妹俩以为是母亲打发女管家来叫她们的，便向管家走去。女管家对她们说道："我想我打扰你们谈话了吧？请原谅。不过，我猜你们一定听到了从城里来的好消息，所以我来问一问。"

"什么意思啊，希尔？我们没有听到什么从城里来的消息啊！"

女管家惊讶地大声说道："你们不知道吗？专差给主人送来了一封嘉丁纳先生的来信，信已经到了半个多小时啦。"

珍和伊丽莎白一听，来不及多问，就赶紧往家跑去。她们俩在客厅和书房都找了一遍，到处都没父亲的影子。她们正准备上楼的时候，一个厨子对迎面而来，对她们说道："小姐，你们是在找老爷吧？他去小树林散步去了。"

　　于是两位小姐又跑出屋子，往小树林跑去。珍不如伊丽莎白那么矫健，很快就落了她的后面。而伊丽莎白则一鼓作气地跑到了父亲的面前，迫不及待地对他喊道："爸爸，你收到舅舅的信了？"

　　"收到了。他专程打发人送来的。"

　　"信里说些什么，好消息还是坏消息呢？"

　　班奈特先生说道："哪有什么好消息？不过，也许你愿意看上一看。"

　　伊丽莎白迅速地把信接过来。这时候，珍也跑过来了。

　　班奈特先生说道："念出来吧，反正我也没看清楚写了些什么。"

　　于是，伊丽莎白念起信来：

　　"亲爱的姐夫，我终于打听到外甥女的消息，希望这个消息能让你感到你满意。总算是幸运，星期六你刚离开，我就打听到了他们在伦敦的住址。具体是如何打听到的，等见面的时候我再告诉你。现在，你只要知道我看到了他们俩……"

　　珍听到这里，忍不住喊了起来："总算找到他们了，他们结婚了吗？"

　　伊丽莎白接着读下去：

　　"我看到他们俩，但是他们并没有结婚，而且也没有任何结婚的打算。不过，只要你能答应一个条件，他们结婚就指日可待了。这个条件很简单，你早已经为你的五个女儿们安排好了五千镑的遗产，现在请你提前将莉迪亚应得的那一份给她吧。另外，你再跟她定一个契约，在你有生之年，每年再给她一百镑的年金。我自认为这些条件还算合理，因此便毫不犹豫地替你答应了下来。不过，我还是希望能够得到你的答复，因此派人送来这封快信。如果你认为

那些条件可以答应，并愿意让我全权代表你来处理此事，那么我就马上吩咐人去办理财产过户手续。你放心，这件我会处理妥当的，你可以安心地待在浪博恩等待好消息。请你尽快给我一个清楚明白的答复。还有，我们认为婚礼最好立刻举行，相信你也会同意的，莉迪亚今天就要到我们这儿来。到此，你应该了解韦翰并不像传言中那么举步维艰，莉迪亚的那笔钱，把韦翰的债务还清以后，还能有所剩余。

　　　　　爱德华·嘉丁纳八月二日星期一于格瑞斯乔治街"

　　伊丽莎白读完了信，自言自语道："韦翰竟然会跟她结婚，这可能吗？"

　　珍说道："这样看来，韦翰其实并没有我们想象的那么坏。亲爱的爸爸，恭喜你。"

　　"你写回信了吗？"伊丽莎白问。

　　"没有，不过看来得马上写了。"

　　伊丽莎白听了，便请他赶快回去写信："亲爱的爸爸，你快回去写吧。这件事可是一分钟也不能耽搁的！"

　　珍也催促他赶快回信，并说道："要是你怕麻烦的话，就让我代你写吧！"

　　班奈特先生回答道："我确实不想写，可是不想写也得写。"他一边说，一边转过身来跟她们一起往回走。

　　伊丽莎白问道："我想，他提出的条件你都会答应吧？"

　　"当然答应！老实说，他要得这么少，我倒觉得不好意思呢。"

　　"看来，他们俩结婚的事已成定局了。虽然韦翰这个人人品很有问题，但也只能这样了。"

　　"没错，可是不管怎么样，他们都非结婚不可了。不过，有两件事我很想弄清楚。第一，你舅舅究竟给了韦翰多少钱，才让他愿

意跟你妹妹结婚的；第二，我以后应该怎样来还他这笔钱。"

珍不解地问道："钱？舅舅？爸爸，你这话是什么意思啊？"

"这还不清楚吗，莉迪亚没有哪一点地方可以让人家看上的。那点钱也不可能打动我们可爱的韦翰先生，我生前每年给她一百镑，加上遗产，一共也没多少钱。"

伊丽莎白说："说得也对，我刚才还没有想到，一定是舅舅给了他钱，不然，他还清债务之后，怎么可能还剩得下钱来？真是个慷慨善良的人！我看他肯定花了不少钱呢！"

"照我看来，韦翰要是拿不到一万镑就答应娶莉迪亚的话，他可真是个大傻瓜呢！"班奈特先生说道，"不过我不应该说他坏话，因为我马上就要跟他成为一家人了。"

"一万镑！我的天啦，即使只有一半，我们也还不起啊！"

班奈特先生没有回答。大家沉默地回到家里，班奈特先生便到书房里去写信，两位小姐往饭厅走去。

父亲一走，伊丽莎白便大声说道："天啦，他们真的要结婚了！这真是让人意想不到。不过，我们还是得感到高兴，虽然他们多半不会幸福。"

珍说："我想了一下，觉得韦翰要不是因为真正爱莉迪亚，他肯定不会跟她结婚的。而且，他欠下的债务应该也没有人们传言的那么多。即使舅舅帮他偿还了一些，但也绝对不可能有一万镑那么多。你想，舅舅有那么多孩子，用钱的地方还多着呢。他怎么可能一下子拿出来那么多钱？"

"要想知道舅舅到底帮了我们多大的忙，只要打听一下韦翰究竟欠了多少债务就行了。因为韦翰自己肯定是一分钱也没有的。舅舅和舅母真是太好了，他们把莉迪亚接回家去，为了保全了她的名声和面子，不惜花费重金。他们对我们一家的恩惠，我看我们是一辈子也报答不了。莉迪亚现在应该已经到了他们那儿了吧？要是她到现在还不觉得惭愧，她可真是个没心没肺的人。我想，她见到舅

舅和舅母的时候，肯定会觉得无地自容！"

珍说："我想我们大家都应该把他们两人以前的事情都忘掉。他既然已经答应跟她结婚，他肯定也打算改邪归正了。我相信他们以后会安安稳稳、规规矩矩地过日子，也相信他们会幸福的。要不了多久，人们就会忘记他们的荒唐行为。"

"不可能的。"伊丽莎白说道，"既然他们已经有过这样的荒唐行为，那么不管是你还是我，或者是其他人，都不可能忘得了的。不过，现在我们没有必要去谈论这种事。"

她们忽然想起母亲到现在都还不知道这件事，便到书房去，问父亲是否允许她们把这个消息告诉母亲知道。班奈特先生正在写信，他头也不抬，冷冷地说道："随你们的便。"

"我们可以把舅舅的信给她看吗？"

"我说了随你们的便！快走开。"

于是，伊丽莎白从他的写字台上拿起那封信，跟珍一起上楼去找她们的母亲。正好，玛莉和凯瑟琳也都在班奈特太太那里。伊丽莎白先向她们透露了这个消息，然后就把信念给她们听。班奈特太太一听说莉迪亚要结婚，就高兴得心花怒放，极度兴奋，跟之前那段时间的忧烦惊恐形成了鲜明的对比。她早就把女儿的行为失检忘到了九霄云外，也丝毫不担心女儿婚后是否会觉得幸福，只要一听到女儿结婚，她就感到万分安慰。

"天哪，我的莉迪亚就要结婚了！我又可以跟她见面了！十六岁就结婚，我亲爱的莉迪亚！我早就知道事情不会那么糟糕的，这多亏了我那好心的弟弟，他就是有办法，不管什么事情都能办得妥妥当当的。我真想早点见到我的莉迪亚，早点见到亲爱的韦翰！可是还有衣服，嫁妆！不行，我得赶快跟他们谈一谈。丽兹，乖，快下楼去问问你爸爸愿意给莉迪亚多少嫁妆。等一会儿，还是我自己去吧。凯蒂，快拉铃把希尔叫来，我要赶快穿好衣服下楼去。莉迪亚，我就要见到她了，这真让人高兴！"

　　珍见她得意忘形，希望能让她冷静一下，便提醒她这件事多亏了嘉丁纳先生，全家人都应该好好感谢他。

　　"没错！"班奈特太太叫了起来，"你说得对极了。除了自己的亲舅舅，谁还肯帮这种忙？他以前只是送些礼物给我们，现在才真正地给了我们好处。天啦，我真是太高兴啦。我有一个女儿要出嫁了，她马上就要成为韦翰太太了。这个称呼真是动听！要知道，她还不满十六岁呢！我亲爱的珍，我现在太激动了，还是你来替我写信吧。钱的问题我以后再跟你爸爸商量，不过结婚的东西可得马上就订！"

　　接着，她抱出了一大堆的名目，细纱、印花布、麻纱等，恨不得把所有的东西都买下下。珍耐心地劝阻她，叫她等到父亲有空的时候，先跟父亲商量好了再订购东西。

　　班奈特太太因为太过高兴，也不像平时那么固执了。她的脑子很快又转到别的问题上去了："我穿好衣服之后，要马上到梅列敦去，把这个好消息告诉菲利普太太听。回来的时候，我还可以顺路去看看卢卡斯太太和朗格太太，让她们也知道莉迪亚要结婚的消息。凯蒂，快下楼去，让他们赶快把马车给我套好。我想出去透透气，一定能使我的神经恢复得快一点。对了，你们有什么事情需要我在梅列敦帮你们办的吗？哦，希尔来了。希尔，你知道莉迪亚小姐快要结婚了吗？她结婚的那天，你们大家都可以喝到一杯喜酒！我真是太高兴了！"

　　女管家希尔表示自己非常高兴，热烈地向班奈特太太和几位小姐们表示祝贺。伊丽莎白对这场闹剧实在看不下去了，便离开大家，回自己的房间去了。

　　当她一个人的时候，她静静地考虑着这件事情，觉得莉迪亚婚后的生活不可能好到哪里去，但是也不至于糟糕到不可收拾的地步。当然，结婚之后，她很可能在财产上面临困难，而且在感情上多半也没有什么幸福可言，但这至少能让她避免身败名裂的下场。

伊丽莎白想起自己两个小时以前还在为这件事情忧虑万分，现在一切总算是解决了。

50

一直以来，班奈特先生都会从每年的收入中积蓄一部分，以保证以后太太和女儿们的生活。现在他对金钱方面的需求比以往更加迫切，而且也认识到自己以前的积蓄还是不够多，否则这次为莉迪亚挽回名誉的事，就不需要让嘉丁纳先生花大笔的钱，去说服全英国最无耻的青年跟莉迪亚结婚了。这桩婚姻本来就很荒唐，如今却还要让莉迪亚的舅舅出钱去成全这件事，实在让班奈特先生感到有点过意不去。他下定决心，一定要打听出嘉丁纳先生究竟拿出了多少钱，以尽快地报答他的恩惠。

事实上，班奈特夫妇在刚结婚的时候，根本没有想过要省吃俭用，因为那时候他们认为他们肯定能生儿子，这样一来产业就不必由外人来继承，那么儿女们也就衣食无忧了。不幸的是，五个女儿接连出世，夫妇俩开始着急，但还没有完全放弃生儿子的指望。莉迪亚出生许多年以后，班奈特太太都还一直以为会生儿子。等这个希望完全落空之后，再开始节约开支为将来打算，已经有点太迟了。幸好班奈特先生精于算计，因此虽然太太不惯节省，但也还不至于入不敷出。

按照当年的婚契，班奈特太太和子女们一共应享有五千镑的遗产。至于这五千镑的遗产究竟如何分配，由班奈特先生在遗嘱上决定。现在发生了这件事，班奈特先生只能提前做出决定，毫不犹豫前同意了信上的那个建议。他给嘉丁纳先生回信，说他完全同意他的一切建议，所有的条件他都一律照办。老实说，韦翰跟莉迪亚结婚一事，竟然安排地如此顺利，让他喜出望外，因此那些条件在他眼里实在是微不足道。虽然他每年必须要给他们一百镑，但这对他

来说，并没有什么损失。因为莉迪亚在家里的时候，平常的开销，再加上她母亲贴给她的零花钱，加起来一年也差不多有一百镑。

另外还有一点也让班奈特先生对这件事情感到很满意，那就是他不必亲自去办这件事，一切都有嘉丁纳先生代劳。虽然事情刚一发生的时候，他在冲动之下，亲自到伦敦去找女儿，但是现在他又恢复了从前的平静和懒散。不过，尽管他做事喜欢拖延，但是这封回信倒是完成得很快，而且信一写完立刻就寄了出去。在信上，他把一切需要请嘉丁纳先生代劳的地方都详详细细的说了一遍。至于莉迪亚，因为他实在对她失望至极，因此连问候也没问候她一声。

莉迪亚出嫁的好消息很快地传遍了左邻右舍。大家都对这件事情议论纷纷，尤其是那些喜欢蜚短流长的老太婆，以前总把"嫁个如意郎君"之类的祝福挂在嘴边，但是现在看到她嫁给了韦翰这样一个丈夫，又纷纷预言，她一定会落得十分悲惨的下场。

班奈特太太已经有两个星期没有下楼吃过饭了，在得知如此让人欣喜若狂的消息之后，她兴高采烈地坐上了首席。以她的头脑，当然无法想到这件事情背后的羞耻和可笑，反而觉得非常得意。从珍十六岁那年开始，她最大的心愿就是嫁女儿，现在她终于如愿以偿地看到一个女儿出嫁了，当然高兴地忘我。这几天，她想的、说的，都离不开结婚的排场之类的事，什么婚纱啊、新的马车啊、佣人啊，都是她津津乐道的话题。她还张罗着要给女儿女婿在附近找一所住宅，看了很多处房子，她都不满意，不是嫌房子太小，就是嫌房子不够气派，根本不考虑那一对年轻夫妇有多少收入，能住得起什么样的房子。

"要是库丁一家搬走的话，那么海叶花园倒是个不错的选择。斯托克那幢房子，要是客厅再大一点的话，也还可以。可惜阿西沃斯离这儿太远了，我可不忍心让她离开我十英里那么远！帕维洛奇的阁楼又太难看了！"

当有佣人在面前的时候，班奈特先生从不去打断太太的话，任

由她说下去。但是只要佣人一离开，他就毫不客气地对她说道："我的好太太，我们得把这件事情谈清楚。你要为你的女儿女婿租房子，不管是租一幢也好，还是打算全部都租下来也好，我都不想干涉。但有一点你要记住，这附近的房子一幢也不要租。你可不要以为我还愿意跟他们做邻居，也不要以为我还会请他们到浪博恩来做客。"

班奈特太太一听到这话，便不屈不饶地跟丈夫吵了起来。班奈特先生这次是铁了心，声明莉迪亚不要想从他这里得到半点疼爱，甚至不愿意拿出一分钱来为女儿添置衣服，这让他太太既吃惊又茫然。她不明白丈夫怎么会这么狠心，竟然会生这么大的气。在她眼里看来，女儿出嫁没有嫁妆是一件最为丢脸的事，至于女儿在出嫁之前就已经跟韦翰同居了两个星期，她倒是觉得毫不介意。

伊丽莎白现在非常后悔当时让达西先生知道了这件事，因为既然自己妹妹马上就可以名正言顺地结婚了，那么以前的那一段不体面的私奔自然可以当做没有发生过。当然，她并不是害怕达西会四处宣扬这件事情的隐情，没有人比他更能保守秘密了。但是，任何人知道了这件事，都不会比让达西知道了这件事情更让她感到难过。不过，即使他不知道这件事，他们之间就能跨过那条难以逾越的鸿沟吗？就算莉迪亚体面地跟韦翰结了婚，达西也绝对不会再向她求婚，因为他们一家已经有那么多的缺陷，现在还要再加上韦翰那样一个无耻的人，他怎么能忍受跟这样一家人成为亲戚呢？

当然，她不能责怪他不再来向她求婚了。在德比郡的时候，他真心诚意地想博得她的欢心，但是知道莉迪亚那件丢人的事情之后，他改变初衷，也是理所当然的。伊丽莎白觉得很丢脸，而且也很伤心，甚至感到后悔，但是她并不知道自己究竟在后悔些什么。现在她并不对攀附他的身份地位存有指望，但是她又对他的身份地位耿耿于怀；现在她已经打听不到他的消息，却又非常盼望能得到他的消息；现在她们两人已经没有什么希望再见面，但是她又认为

要是她们能朝夕相处的话，一定会幸福无比。四个月以前，她那么骄傲而不留余地地拒绝了他的求婚，但是现在却又全心全意地盼望着他来求婚。这要是让他知道了，不知道会得意成什么样子呢！虽然他是个很有度量的男人，不会像一般人那么斤斤计较，但是人之常情，他难免会感到得意的。

现在她终于认识到，不管是在个性上，还是在才能上，他都是一个最为适合她的男人。虽然他的性格和对一些事情的看法，跟自己并不是完全吻合，但是一定能互补得天衣无缝。她相信，他们要是能结合的话，必然能够互相促进：自己大方活泼，可以让达西的性情变得更柔和诙谐；而达西精明稳重，一定也能让自己变得更加优雅成熟。

可惜的是，现在想这些已经太晚了。这门幸福的婚姻就这样错过，那些正想要踏入婚姻的情人们，也失去了一对用来借鉴参考的榜样和楷模。班奈特家里即将要缔结这一门亲事，同时也就失去了缔结另外一门亲事的可能。提到即将要缔结的这门亲事，她实在想象不出，婚后莉迪亚跟韦翰两人究竟依靠什么生活。但是一点是可以肯定的，这种只顾一时情欲而不顾道德的结合，是不可能真正幸福的。

嘉丁纳先生在收到班奈特先生的回信之后，立刻又写了一封信来。他在信上，对班奈特先生那些感激的话简单地客气了几句，又对他们一家大小都问候了几句，然后又说希望班奈特先生以后再也不要提起这件事情了。

他这封信的主要目的，是把韦翰已经决定脱离民兵团的消息告诉他们。信的这一部分是这样写的：

"我希望结婚的事情一定下来，他就立刻离开民兵团。不管是对他自己，还是对莉迪亚来说，这都是个非常理想的决定。我相信你一定也会同意我的看法。韦翰先生想参加正规军，他有几个朋友愿意对他提供帮助。现在，驻扎在北方的一个军团，已经答应让他

进入部队做一名旗手。我想他离开这里远一些的话，对他的前途更加有利，希望他到了人生地不熟的地方之后，行为能检点一些，重新做人，为他自己争点面子。另外，我已经给弗斯托上校写过信，把韦翰的决定告诉了他，并让他通知韦翰的所有债主，我们一定会遵守诺言，按时偿还债务。是否能请你也就近向梅列敦的债主们通知一声？随信附上债主名单一份。这些债主名单，都是他自己说出来的，我希望他没有欺骗我们，也不再有任何隐瞒。至于结婚的事，我们会在一星期之内把它办好的。他们结婚之后，如果你们不想邀请他们到浪博恩来的话，那他们可以从伦敦直接起程去军队。不过，听我太太说，莉迪亚很想在走之前跟你们见见面。她最近一切都好，还请我代她向你和她母亲请安。"

班奈特先生和他的女儿们，都跟嘉丁纳先生一样，认为韦翰离开民兵团，不管是对他自己还是对其他人来说。都是一件非常有利的事。但是班奈特太太却不高兴，因为这样一来，她的宝贝女儿莉迪亚就会离开她很远了。再说莉迪亚刚刚跟民兵团的年轻人处熟，现在就离开，未免太可惜了。

"她那么喜欢弗斯托太太，要是让她离开的话，可就太糟糕了！还有，这里有很多年轻人，她也很喜欢呢！我看北方那个军团里的军官们未必能讨她的欢心呢！"

莉迪亚要求在去北方之前再回家一次，遭到了她父亲的断然拒绝。珍和伊丽莎白考虑到妹妹的体面和感受，希望她的婚姻能够得到家里的承认和重视，因此便恳切地请求父亲，让他答应莉迪亚结婚之后能和丈夫一起回浪博恩一趟。班奈特先生在她们的软缠硬磨之下，终于让步了。这下，班奈特太太可就得意得不得了，她可以趁这个机会，把女儿女婿像宝贝一样领到各处去给大家看看。

班奈特先生在给嘉丁纳先生的回信中，答应让新婚夫妇们回来一次。但这时候，伊丽莎白忽然想到，韦翰也许不会同意回浪博恩来。因为从她自己的角度来想，她实在不愿意见到韦翰，她相信韦

翰一定也抱着和她相同的想法。

<h2 style="text-align:center">51</h2>

　　莉迪亚的结婚的日子终于到了。珍和伊丽莎白都为她担心，恐怕比莉迪亚她自己都还担心得更厉害些。班奈特先生打发了一部马车去接新婚夫妇，他们大约吃过午饭之后，就能到浪博恩了。珍设身处地地为莉迪亚着想，心想这样的丑行要是发生在自己身上的话，这次重见父母，一定会感到无地自容的。一想到这里，她就加倍地为妹妹感到难过。

　　全家都在起居室里等待新婚夫妇的到来。他们终于来了，当马车在门前停下的时候，班奈特太太笑得合不拢嘴，她丈夫板着脸，女儿们则既惊奇又不安。门口已经有了莉迪亚说话的声音，很快，大门打开了，莉迪亚兴奋地跑进屋来。班奈特太太高兴得不得了，赶紧走过去，一边拥抱莉迪亚，一边微笑着把手伸给韦翰。她大声地祝福他们新婚快乐，说她相信他们一定会成为非常幸福的一对。

　　班奈特先生对他们就没有那么热情了。他看见这一对男女丝毫没有表现出羞耻，反而一副安然自得的模样，忍不住非常生气，脸色比平时更加严肃了。不仅是他，伊丽莎白也对这对新婚夫妇的表现感到厌恶，就连珍也感到惊异。

　　莉迪亚还是跟以前一样，那样喧哗吵闹、胆大撒野、无所忌惮。她走到每个姐姐的面前，吵着要让她们恭喜她。当大家都坐下来之后，她环顾四周，见房子里有些变化，便微笑着说她好久没有回来了。

　　韦翰更是丝毫没有觉得难堪，仍然维持着他那一贯的仪表，亲切斯文、讨人喜欢。要是不明就里的人，看到他到岳父岳母家里来的时候，这样地殷勤有礼、笑容可掬，一定会大加赞赏。只可惜在发生了这件事情之后，他这副模样就难免让人觉得讨厌了。伊丽莎

白忍不住想道，原来一个人不要脸的时候竟然可以这样厚颜无耻。她想到这个人居然跟自己成为一家人的时候，不禁脸红了。珍也红了脸，但那对新婚夫妇却面不改色。

不管怎么样，这样的场合还是不怕冷场的。韦翰不肯闭上嘴乖乖地坐着，他正好坐在伊丽莎白旁边，便从容地问起几个老朋友的近况如何，反倒让伊丽莎白不好意思起来。新娘和她母亲有说不完的话，她还主动谈起了很多跟私奔有关的事情。这些话要是换一个人，是无论如何也说不出口的。

"天啦！想想看吧，"莉迪亚大声说道，"我已经离开这里三个月了呢！可是我觉得好像就两个星期一样。虽然时间很短，但是发生的事情却很多。天啊！我走的时候，怎么也想不到自己再回来的时候就已经结婚了。不过想一想，这样结婚也不错呢！"

听了她的话，班奈特先生板着脸、珍难受地要命、伊丽莎白啼笑皆非地望着莉迪亚。但是莉迪亚对一切都不闻不问，仍然得意扬扬地继续说道："啊，妈妈，邻居都知道我要结婚了吗？我想他们说不定还不知道呢！我们在路上的时候，看见威廉·戈丁的马车，就赶快追了上去，把马车的玻璃窗放了下来，还摘下了手套，把手伸到窗户，好让他看见我手上的戒指。"

伊丽莎白实在无法忍受，便站起身离开客厅。过了一会儿，大家都到饭厅去吃饭，伊丽莎白才重新过来跟大家待在一起。一进饭厅，莉迪亚就大摇大摆走到母亲右边坐下，对珍喊道："珍，不好意思，这次得由我来坐你的位置了，因为我已经结婚了！"

既然莉迪亚刚进门的时候就不觉得羞耻和尴尬，这会她就更加肆无忌惮了。她一直说说笑笑，说她想去看看菲利普姨妈，又说她想去看看卢卡斯一家，还要把所有的邻居都统统拜访一遍。她还把结婚戒指炫耀给管家和佣人看，让大家都叫她韦翰太太。吃过饭回客厅之后，她又对母亲说道："妈妈，你觉得我的丈夫怎么样？他是不是可爱地不得了？我想姐姐们一定都非常羡慕我吧！唉，谁叫

她们不跟我一起去布赖顿呢？那才是挑选丈夫的好地方呢！”

“你说得没错，我本来就打算全家人一起到布赖顿去的。可是，我的宝贝，我真不愿意你们离开我去那么远的地方。你非去不可吗？”

“当然非去不可了！离得远有什么关系，你可以和爸爸、姐姐们一起来看我们啊。你知道，我们整个冬天都会待在纽卡斯尔，我相信那里一定会有很多舞会。我会负责帮姐姐们找到好舞伴的。”

班奈特太太高兴地回答道：“那可就太好啦！”

“你们回来的时候，可以让姐姐们继续再多留几个月。我保证，在今年冬天以内，我一定能帮她们找到丈夫的。”莉迪亚又说。

伊丽莎白连忙谢绝：“谢谢你的好意，只是我们都不习惯这种找丈夫的方式。”

韦翰在离开伦敦之前就已经接到了军队的委任，必须在两星期以内就到团部去报到，因此他们两人在家里只能待十天。不过，大家对相聚的仓促都没有任何惋惜，只有班奈特太太一个人长吁短叹，害怕离别到来。她抓紧时间，陪着女儿四处走亲访友，时常在家里举行宴会。宴会往往都很热闹，因为大家都希望能借这个机会仔细看看这对可笑的夫妇，同时也解解闷，找点乐子。

伊丽莎白很快就看出，韦翰对莉迪亚的感情绝对没有莉迪亚对他的感情那么深厚。两人之所以凑在一起，多半是因为莉迪亚爱韦翰的缘故。这跟伊丽莎白以前的猜测没有出入。至于韦翰并不怎么爱莉迪亚，却还愿意跟她私奔，也没有什么值得奇怪的地方。很显然，韦翰并不是存心要打算带莉迪亚私奔的，而是因为被债务所迫，不得不逃跑。既然有一个女人心甘情愿地想跟自己一起逃跑，在路上陪陪自己，他当然没有理由拒绝。

而莉迪亚确实对他非常着迷，她每说一句话，都要叫上一句“亲爱的韦翰”。在她心里，没有任何人能比得上他。

有一天早上，莉迪亚跟两位姐姐坐在一起的时候，她对伊丽莎白说道："丽兹，你还没有听我讲过我结婚的情形吧？我记得我在跟妈妈和别的姐姐们讲的时候，你都不在场。你一定想听一听这件美妙的事情是怎么办的吧！"

伊丽莎白回答道："我不想听，这件事情我想我们已经谈论得够多了！"

"你这个人可真奇怪！我一定要把详细情形告诉你。我们是在圣克利门教堂结婚的，因为韦翰就住在那个教区里面。我们是约定好十一点钟到那儿，舅舅和舅母也跟我一起去。你不知道，那天早上，我心里有多紧张呢，真怕发生什么意外的事情，耽误了婚礼。要是那样的话，我肯定会发疯的！那天早上，我在梳妆打扮的时候，舅母一直在我旁边跟我讲话，不过她说什么我完全没有听进去，因为我一心一意惦记着我亲爱的韦翰，不知道他是不是穿他那套蓝色的礼服去结婚。那天早上我们也跟平时一样，是早上十点钟吃早饭的，但我老觉得那顿饭的时间太长了，总是吃不完似的。顺便说一下，我在舅舅和舅母那里住的那段时间，一点也不开心，连一次舞会也没有，甚至连家门都没跨出过一步，真是无聊得要命！怎么说呢，在伦敦虽然不很热闹，但总还有几个小戏院可以去消遣消遣吧，不至于非得要这么没意思。话说回来，那天马车刚一来，舅舅就被人家有事给叫走了。我担心得不得了，生怕他赶不回来，把婚礼给耽搁了。幸好，他不到十分钟就回来了，我才放下了心。不过后来我又想起来，我其实没有必要这么担心，因为要是他真的有事回不来了，还有达西先生可以代劳呢！"

伊丽莎白听到这里，不由得大吃一惊，问道："什么？达西先生！"

"没错，他要陪我们一起到教堂去呢。哎呀，我的天哪，我怎么把这事给说出来了呢？我答应过一个字也不提的，这可是一个秘密。这下不知道韦翰会怎么怪我呢！"

　　"如果是秘密的话，你就别再说下去了。"珍说，"你放心，我们不会继续追问你的。"

　　"没错，是秘密就不应该说的。"伊丽莎白也这样说道，但她却抑制不住自己的好奇心。

　　"谢谢，"莉迪亚说，"不过要是你们继续追问的话，我一定会忍不住全部说出来的。那样的话，韦翰一定会很生气。"

　　这话明明是怂恿她们问下去。伊丽莎白只能强迫自己离开这里，不然的话，她实在控制不了想追问下去的欲望。

　　虽然不能问，但打听一下总是应该的吧？毕竟，达西先生参加了她妹妹的婚礼，这是一件多么荒唐奇妙的事情。他为什么会出现在这件跟他毫无关系的事情中呢？伊丽莎白想来想去，也想不出个所以然来。最初，她认为他这么做是有心表示亲近，但后来她自己也觉得这种想法太不切合实际。她实在被自己的好奇心憋得难受，便给舅母写了一封短信，请她给自己一个解释。她在信上写道："你知道，他跟我们交情并不深，居然会跟你们一起参加婚礼，我怎么能不感到惊奇万分呢！我希望你能回信告诉我事情的原委。当然，要是真的如莉迪亚所说的那样，必须保守秘密的话，我也只好不问了。"

　　写完了信以后，她又自言自语地说："亲爱的舅母，要是你非要保守秘密不告诉我的话，我想尽办法也要去打听到。"不过，那样一来，恐怕困难就更大了。珍多半已经从莉迪亚的谈话中了解到这件事，但是她是个非常讲信用的人，绝对不会暗地里去把听到的话透露给伊丽莎白听的。伊丽莎白对珍的作风十分钦佩，也没有尝试过要从她嘴里问出什么来。在舅母的回信到来之前，她认为自己最好还是对此事保持沉默为好。

52

　　伊丽莎白很快就收到了舅母的回信。她一接到信，就赶紧跑到那个僻静的小树林里去，坐在一张长凳上，开始读那封信。她打开信笺，看了一眼，见信写得很长，就知道舅母肯定没有让自己失望。

　　"亲爱的伊丽莎白：

　　一收到你的信，我便赶紧坐下来回信。我想你问的问题，我很难三言两语就解释清楚，因此我决定用整个上午的时间来给你写回信。老实说，你提出的问题让我感到十分诧异，因为我真的没想到，你竟然会问出这样的问题。别误会，我这并不是生气的话，而是确实想不到你居然还会问这个问题。你舅舅也跟我一样惊奇，因为当时我们都认为，达西先生之所以要那么做，无非都是为了你。如果你听不明白我的话，那么也只好让我来跟你解释清楚了

　　在我回到伦敦的当天，有一位贵客来见你的舅舅，那位贵客就是达西先生。他跟你舅舅密谈了好几个小时。他走了之后，我问你舅舅怎么回事，他说达西先生发现了你妹妹和韦翰的下落，因此特地赶来告诉我们一声。据达西说，他已经跟你妹妹和韦翰见过面了，而且还跟韦翰谈过好几次，跟你妹妹也谈过一次。他还责备自己说，要是他当初早点揭穿韦翰的真面目，就不会有哪个姑娘再相信他、倾慕他了，那么这件事情就不会弄到这个地步了。他认为这件事情他有着不可推卸的责任，因此必须要出面解决这件事，设法补救。有关他插手这件事情的动机，他就是这么解释的，但我想即便他还有别的目的，也是光明正大的。他还说明了他是如何找到那一对男女的，好像是从一位叫杨吉的太太那里打听到消息。这位太太以前是达西小姐的家庭教师，后来不知犯了什么错，被解雇了。她跟韦翰一直有来往，因此达西先生就从她那里入手，果然打听到

了韦翰他们的住址。于是，他去拜访韦翰，然后又单独跟莉迪亚谈话，要她赶紧回家里去。没想到莉迪亚坚持不肯离开韦翰，还以为韦翰迟早会跟她结婚。但是在他与韦翰的谈话过程中，他清楚地看出，韦翰并没有半点结婚的打算，而且他还把莉迪亚跟他私奔的后果，归罪于她自己的愚蠢。韦翰说他很快就要脱离民兵团，他的前途简直一塌糊涂，根本不知道应该到什么地方去找个谋生的差事。达西先生问他，为什么不立刻跟你妹妹结婚，那样的话，他也许还能从班奈特先生那里得到一些帮助，结婚以后，境况一定会比现在好一些。但是韦翰却说，他还指望攀上一门更加有利的亲事，能够痛痛快快地赚一大笔钱。不过，虽然他抱着这样的指望，但以他目前的状况来说，要是救急的办法，他也未尝不会动心。达西先生决定给他一笔钱，让他答应跟你妹妹结婚。他们就此事谈过好几次，韦翰最开始当然是漫天要价，后来经过商讨，总算把这笔钱减少到一个合理的数目。

　　他们之间谈妥了之后，达西先生便打算把这件事情告诉你舅舅。你父亲还在伦敦的时候，他来过一次，你舅舅当时不在家。达西先生认为你父亲不像你舅舅那么容易商量，便决定等你父亲走了以后再来。星期六他又来了，那时候你父亲已经回浪博恩。正如我在前面说的那样，他们在一起谈了好几个小时。第二天，也就是星期天，他又找你舅舅。连续谈了几天，到星期一的时候，事情才完全谈妥。事情谈好之后，你舅舅马上派专人送信到浪博恩来。

　　在这里，我还要说一点，那就是我们这位贵客实在太固执。别人经常指责他的种种错处，但事实上他最大的毛病就是喜欢一个人来承担所有的责任。你舅舅很愿意来包办这件事，也就是满足韦翰提出的一切要求（我这样说，并不是为了讨好你，因为那对男女，不管是男方还是女方，都不配享受这样的待遇），但是达西先生却非要自己一个人出那笔钱不可。他们争执了很久，最后你舅舅不得不依从他。对你舅舅来说，这其实是很难受的，因为他不但不能为

自己的侄女效力，还要掠人之美。不过，我相信你的来信让他感到很高兴，因为终于可以把这件事情跟你解释清楚，他不用再无劳居功了。

亲爱的丽兹，这件事你最多只能说给珍听，不要告诉别的人。我想你肯定能想象得到，他为你妹妹和韦翰的事出了多大的力。我相信，他替韦翰偿还了不下一千镑的债务，还替他买了一个职位，同时还给你妹妹一千镑。对于为什么要由他一个人来支付这些钱的理由，就像我说的那样，他总说自己对此事有不可推卸的责任。但是，不管他的话说得多么动听，要不是考虑到还有别的原因促使他这么做，我们是绝对不肯答应他的。事情都解决了之后，他便回彭伯里去，并说婚礼举行的当天，他还会到伦敦来。

现在我把你想知道的，都原原本本地告诉你了，希望不会引起你的不愉快。在举行婚礼的前一个星期，莉迪亚住在我们这里，韦翰也经常来。韦翰的样子，还是跟我上次在哈福德郡见到时一样，莉迪亚也是老样子，她住在我们这里的时候，很多行为都让我非常不满。这些我本来不打算告诉你的，但是星期三我收到珍的信，说你们大家都见识了莉迪亚回家以后的怡然自得，那么我想我告诉你她在伦敦时的表现，也不会让你更加难过。好几次，我一本正经地跟她说，她此次的行为真是大错特错，让全家人都很为他担心，谁知道她根本听不进去我的话。说实话，我是看在你和珍的份儿上，才尽量容忍她的。

婚礼举行那天，达西先生准时到了我们这里，正如莉迪亚所告诉你的，他参加了婚礼。第二天，他跟我们一起吃了饭。亲爱的丽兹，要是我对你说，我是多么喜欢他，你会生我的气吗？他对待我们态度，跟上次我们在德比郡时候一样和蔼可亲，他的言谈举止都非常讨人喜欢。在我看来，他没有任何缺点，只是稍微欠缺一点活泼而已。关于这个缺点，我相信他只要娶个活泼的太太，就一定能得到改变的。不过，我们都认为他很调皮，因为他连你的名字也没

有提过。你不会认为我说得太放肆了吧，要是真的太放肆，请你原谅我吧，千万不要惩罚我将来不准去你们的彭伯里。到时候，我可打算好好地把那个花园逛遍，还要弄一辆的双轮小马车，用一对漂亮的小马拉着我在林子里游玩呢！

　　就写到这里吧，我的孩子们已经叫了我半个多小时了。

　　　　　　你的舅母M. 嘉丁纳九月六日于格瑞斯乔治街"

　　看完舅母的信，伊丽莎白心里七上八下，说不出是什么滋味，不知道是快乐多于痛苦，还是痛苦多于快乐。她也曾经幻想过达西先生对她妹妹和韦翰的事提供帮助，但这个念头她并不敢多想，因为她觉得他不会好心到那个地步。同时，她也担心，要是他真的这么做了，自己不知道该如何报答他。她怎么想不到，以前的胡思乱想，现在都成为了事实。他竟然会千方百计地去寻找他们的下落，竟然会去向他所痛恨不已的杨吉太太求情，竟然去跟一个他连名字也不愿意提起的人谈话，说服他，规劝他，最后不得不用金钱来打动他。他这么做，只是为了保全一个他根本看不起的女人的名誉。

　　伊丽莎白在心里轻轻地对自己说，他这样做，都是为了她。当然，她完全可以就此认为他还爱她，可是一想到她曾经拒绝过他，她就不敢再存有这样的奢望。难道自己能指望他还爱着一个拒绝过自己的女人吗？何况，现在他要是跟自己结婚的话，就必然要跟韦翰成为亲戚，这是他绝对不能容忍的！凡是稍有自尊心的人，都忍受不了这样的亲戚关系。

　　毫无疑问，在这件事情上，他出了很大的力，而他之所以要出这么大的力，理由他自己已经说明了。他说他当初没有及时揭穿韦翰的过错才造成了今天的局面，因此以行动补偿，这当然说得过去。而且，他也有条件有能力表示自己的慷慨。可是，这真的就是他努力奔走的全部理由吗？虽然伊丽莎白不敢奢望他这么做完全是为了她，但是她还是难免抱着希望，觉得他对她并没有完全忘情，

因此遇到一件让她痛苦的事情，他还是愿意竭尽全力来帮助他。

莉迪亚能够跟韦翰结婚，能够保全了名声，这一切都全是他的功劳。这个人有恩于自己和自己的家人，可是自己却不能报答他，想起来就让人觉得难受。而且，自己以前竟然还那么厌恶过他，那么生硬地拒绝他、伤害他，现在想起来，真是后悔不堪。伊丽莎白感到愧疚，同时也感到自豪。她把舅母赞美他的话读了又读，只觉得赞美得还不够。不过，她想起舅舅和舅母都以为他跟她感情深切，但事实上她却知道并不是那么一回事，因此不由得感到几分懊恼。

伊丽莎白正在出神，忽然有人向这边走来，打断了她的思绪。她赶快站起来，打算离开这里，却看见韦翰走了过来，便只好站着不动。

韦翰走到她身边说道："不好意思，我打扰你了吧，亲爱的姐姐？"

伊丽莎白笑着说："是打扰了，不过，打扰并不意味着不受欢迎。"

"我希望自己没有打扰你才好呢！我们一向都是好朋友，现在又成了亲戚了。"

"大家都出去了吗？"

"好像是吧。妈妈和莉迪亚到梅列敦去了。亲爱的姐姐，我听舅舅和舅母说过，你好像去彭伯里玩过了。"

"确实去过了。"

"我真羡慕你的眼福啊。可惜的是我不能再去哪个地方了，否则，我到纽卡斯尔去的时候，还可以顺路去那里拜访一下。我想，你一定见到了那位可亲的老管家了吧。可怜的雷诺太太，她以前可喜欢我了。不过我想，她在你面前肯定没有提起过我的名字。"

"不，她倒是提到了。"

"她怎么说的？"

"她说你进了军队，不过恐怕……恐怕你情形不太好。你知道，隔得那么远，有些捕风捉影的传言也是不足为奇的。"

"没错。"他咬着嘴唇回答道。

伊丽莎白本以为他碰了这样的钉子，就不会再提这件事了，没想到他又接着说道："上个月我在城里碰到了达西，而且还见了好几次面。我真不知道他到城里来干什么。"

"也许是准备跟德·包尔结婚的事吧，"伊丽莎白说，"在这种时候到城里去，一定是为了什么特别的事。"

"说得没错。你在莱普顿见到过他吗？我听嘉丁纳夫妇说，你在那里跟他见过面的。"

"见过，他还介绍他妹妹给我们认识。"

"你喜欢她吗？"

"非常喜欢。"

"是吗？我听说她最近两年改变了很多，以前我见到她的时候，真觉得她绝对不讨人喜欢。我很高兴她能有所改变，也很高兴她能让你喜欢上她。"

"改变也很正常，她已经过了最容易惹祸的年纪了。"

"你们去过金波顿吗？"

"我记不清楚有没有去过那个地方了。"

"你知道吗？当初我要接任的那个牧师职位就在那里。那是个非常美妙的地方，而且那所牧师住宅也漂亮极了。我觉得那里的一切都很适合我。"

"你喜欢做牧师吗？"

"当然喜欢。那本来应该是我终身的职业的，我相信就算刚开始从事它的时候有点困难，但是过不了多久就好了。不过，一个人不应该老是沉湎于过去，既然已经事过境迁，我就不应该再回忆这件事情，虽然我的确失去了这样一个非常适合我的好差事。对了，你在肯特郡的时候，有没有听到达西谈起过这件事？"

"谈过的。他说那个位置不是无条件给你的，而且按照遗嘱，他完全有权利来处理这件事。"

"他是这样说的？不过，他也可以这样说，我以前不早就告诉过你吗？"

"我还听说，你有一段时间，并不像现在这么喜欢当牧师。你曾经郑重其事地宣布过不想做牧师，因此达西先生就取消了你的权利。"

"是吗？不过我记得我以前也跟你说过的。你还记得吗？我们第一次谈起这件事的时候，我就是这样跟你说的。"

他们一边走一边说，很快就走到家门口了。伊丽莎白不想再跟他纠缠下去，不过看在妹妹的面子上，她又不想太让他下不了台。因此，她亲切地对他笑了笑说："算了吧，韦翰先生。现在我们已经是一家人了。我们不必再为了以前的事情争论不休了，希望我们以后也不要有什么冲突。"

她说着向他伸出手来，让他吻了一下。韦翰这时候的感觉很复杂，他不再跟伊丽莎白说什么，就沉默地跟在她后面走进了屋子。

53

从此以后，韦翰就再也没有提过这件事。以免自讨没趣，也免得惹伊丽莎白生气。伊丽莎白见他不再旧事重提，也觉得非常高兴。

很快就到了韦翰和莉迪亚离开浪博恩的日子了。班奈特太太再三要求丈夫答应他们全家都一起搬到纽卡斯尔去，但是丈夫根本不搭理她。因此她不得不跟她心爱的莉迪亚分开，而且至少分开一年。

班奈特太太对她女儿哭道："哦，我的莉迪亚宝贝，我们什么时候才能再见面呢？"

"天哪！我也不知道。也许两三年都见不了面。"

　　"记得常常写信给我，我的好孩子。"

　　"我尽力而为吧，你知道，结了婚的女人恐怕没有那么多的时间写信。倒是姐姐们可以常常写信给我，反正她们也无事可做。"

　　韦翰比他太太会说话得多，他一声声的道别让人很难不被打动。他笑容满面、彬彬有礼，实在让人无法把他跟一个堕落的青年联系起来。

　　他们一离开，班奈特先生就说："韦翰真是我有生以来见过的最漂亮的一个人。他连假笑也笑得那么可爱，而且说起跟大家调笑，更是没有人能比他做得更出色。有这样一位女婿，我真是无比骄傲。我敢说，连卢卡斯爵士也未必能攀得上一位比韦翰更可贵的女婿。"

　　莉迪亚和韦翰走以后，班奈特太太难过了很多天，她常常说："我想再也没有别的什么事情，比跟自己的亲人离别更加难受的了。他们走了以后，我好像失去了归宿。"

　　伊丽莎白说："这就是嫁女儿的下场，妈妈。幸好你的另外四个女儿现在还没有人要，否则你会更加难受的。"

　　"你说得不对。莉迪亚离开我，并不是因为结婚的缘故，而是因为他丈夫的部队太远了。要是他们能住得离我们近一点的话，我们就不必忍受离别的痛苦了。"

　　班奈特太太为了这件事，很久都打不起精神来。不过最近有个消息却使她大大地振奋了起来，那就是尼日斐花园的主人最近一两天内就要回到乡下来打猎的消息。据说，尼日斐花园的管家正在收拾房子等待他的到来呢！班奈特太太听到这消息，兴奋地不知道该如何是好。

　　第一个告诉她这个消息的，是她的妹妹菲利普太太。她一听到这个消息，便说道："好极了，宾里先生终于要来了，这真是太好了。不过，他来不来，我倒是不在乎，你知道，我们一点也没把他放在心上，而且再也不想见到他了。不过，他既然愿意回到尼日斐

花园来，我们当然还是欢迎他，可是这与我们也没什么关系。妹妹，我们不是早就说好再也不提这件事情了吗？他真的会来吗？"

她的妹妹说："放心吧，他肯定会回来的。他的女管家昨天晚上到梅列敦去过，我还亲自碰到过她，特地问过她，她主人是不是真的要回来的。她告诉我说，主人确实要回来了，而且最迟星期四就会来。她还说，她正准备到肉铺里去买点肉，准备主人来的时候做顿像样的饭菜。她还有六只鸭子，可以宰了吃。"

珍得知宾里先生要回来的消息，不由得感到十分慌张。她已经很久没有提到过这个人的名字，现在居然要再次见到这个人。当她跟伊丽莎白单独相处的时候，她说道："丽兹，今天妈妈在谈起这个消息的时候，我发觉你一直在望着我。我知道我当时的脸色一定很难看，但并不是因为对他有什么特别的感情，只不过只因为我觉得大家都在盯着我，所以有点慌乱。告诉你吧，这个消息没有对我产生任何影响，我既不觉得兴奋，也不觉得难过。只有一点让我高兴，那就是我想我们这次见面的机会一定不会多。我自己倒是不排斥跟他见面，但就怕别人的闲言碎语。"

要是伊丽莎白上次没有在德比郡见过宾里的话，她肯定不会认为他此次到来是因为还对珍存有指望。从那次见面的情景来看，她觉得他对珍依然未能忘情。那么，这次他回尼日斐花园来，究竟是因为得到了他朋友的允许才来的呢，还是他自己跑来的呢？她又想到，这个可怜的人，连回到自己租的房子里来，都会引起别人的胡乱猜测，真是一件荒唐的事情。

虽然珍嘴上说宾里的到来并没有对她造成什么影响，但是伊丽莎白却很容易地看出，这个消息对珍产生了很大的影响，让她变得心神不宁、坐立不安。

大约在一年以前，班奈特太太和她丈夫曾经热烈争论过要不要去拜访宾里先生，现在班奈特太太又旧事重提了。她对她的丈夫说："我的好老爷，宾里先生回来了，你一定得去拜访他一次。"

班奈特先生回答道："不去，不去！去年你说只要我去拜访了他，他就会选中我们的一个女儿做太太，可惜到最后只是竹篮打水一场空。这回说什么我也不干这种傻事了。"

班奈特太太又说，宾里先生一回到尼日斐花园，邻居们肯定都会去拜访他的。

她丈夫听了后说道："我讨厌什么拜访不拜访的，要是他想见我们，叫他自己上门来找我们吧，反正他又不是不知道我们住在哪里。要是每个走了来，来了走，我都要去拜访一次的话，我可没那么多闲工夫。"

"你不去拜访他？那太没礼貌了。不过，我还是要请宾里先生到我们这里来吃饭，我想他不会责怪我们礼数不周的。我可以把郎格太太和戈丁一家人都请来，再加上我们自己家里的人，一共是十三个，正好留个位子给宾里先生。"

她打定了主意这么做，心理也觉得安慰了一些，也不计较丈夫的无理取闹了。不过，有一点她还是觉得不舒服，那就是别的邻居能够比自己先看到宾里先生。

珍对她妹妹说："我现在觉得他还是不要来得好，虽然我见到他能若无其事，但是老听到人家提起这件事情，我真觉得难以忍受。妈妈虽然是一片好心，但是她不知道她说的那些话，让我有多么难受。希望他不会在尼日斐花园住很长时间。"

伊丽莎白说："我很想安慰你几句，但是不知道说什么才好。我可不像别的人那样，看见人家难受，就说一大堆没用的废话。我想你一定能明白我的意思。"

宾里先生终于回尼日斐花园了。班奈特太太是最早获得消息的人之一，同时也是操心操得最早的人之一。既然不能去拜访他，那么她就只能数着日子，看哪天给他下请帖比较合适。幸运的是，一切都很顺利。宾里先生回哈福德郡的第三天，班奈特太太便从化妆室的窗户，看见他骑着马朝她家走来。

　　一见到这位贵客，班奈特太太立刻高兴起来，并赶紧召唤女儿们一起到窗前来分享她的快乐。珍坐在座位上一动也不动，伊丽莎白不想扫母亲的兴，便走到窗户望了一眼，却看见跟达西先生也跟宾里一起来了，于是便赶紧回去坐在她姐姐身旁。

　　凯瑟琳说："妈妈，那位跟他一起来的先生是谁啊？"

　　"肯定是他的朋友吧！宝贝，我也不知道。"

　　凯瑟琳看了一会儿，又说："你们看，像是以前经常跟他一起的那个人啊，那个谁……哎呀，想不起名字了，就是那个很傲慢、个子很高的先生啊。"

　　"天哪，原来是达西先生！没错，就是他。老实说，我一见到他就觉得讨厌，不过只要是宾里先生的朋友，我们总是欢迎的。"

　　珍听到这话，非常关切地看了伊丽莎白一眼。她并不知道两人在德比郡见面的情景，以为伊丽莎白自从上次收到达西先生的信之后，这还是第一次见面，因此觉得伊丽莎白一定会觉得十分尴尬。姐妹两各有心事，都坐着沉默不语，而她们的母亲依然在喋喋不休地说着他很讨厌达西先生，只不过是看在他是宾里朋友的份儿上，才愿意客客气气地接待他。

　　幸好伊丽莎白没有听见这些话，否则她心里肯定更不好受。珍只知道达西先生曾经向伊丽莎白求婚被拒绝，以为伊丽莎白对达西根本就没有什么特别的感情，她当然不知道伊丽莎白心里的感情变化。而且伊丽莎白也没有把舅母的信拿给珍看过，因此珍也不知道达西对他们都有着莫大的恩典，也不知道伊丽莎白对他另眼相看。伊丽莎白觉得自己对达西的感情，即使不如珍对宾里那样深切，但至少也是合情合理的。

　　达西这次回到尼日斐花园，主动到浪博恩来找她，让伊丽莎白既惊讶又高兴。时间过了这么久，他对她的心意始终如一，这怎么能不让她笑逐颜开呢？但是她仍然放心不下，怕一切只是自己在自作多情。她想，还是先看看达西先生的表现，再决定自己应该对他

存什么样的心思吧!

　　她打定主意，就坐在那里专心做起针线来，以掩饰自己的内心的不平静。等佣人们走近房门的时候，她忍不住抬起头来望了珍一眼，见她脸色比平时苍白了一些，但看起来仍然十分镇定自若。当两位贵客到来的时候，珍的脸不由自主地红了起来，但她仍然从容不迫地接待了他们，落落大方地跟他们交谈，一点也没有做作的痕迹。

　　伊丽莎白说了几句问候的话，便重新坐下来做她的针线。她没怎么说话，只是偶尔大着胆子瞟了达西几眼，见他神色严肃，跟在彭伯里的温柔亲切比起来，简直就不像是同一个人。伊丽莎白猜想，这可能是他在她母亲面前，不能像在她舅舅和舅母面前那样放松的缘故。她觉得自己猜测很合情理。她又看了宾里一眼，看出他既高兴又不安。她再看自己的母亲，发现他对宾里先生那么殷勤周到，对他那位朋友却冷淡敷衍，让她十分过意不去。其实她母亲对这两位客人的态度完全是轻重倒置，真正对他们一家有恩惠的人，拯救了她女儿的名誉的人，她竟然对他如此冷漠。伊丽莎白因为知道事情的详细经过，因此觉得加倍地难受。

　　达西向伊丽莎白询问了嘉丁纳夫妇近况如何，伊丽莎白回答了他，显得有点紧张。之后，达西先生便不再说什么。伊丽莎白认为他的沉默可能是由于没有坐在自己身边的呀，但是上次在德比郡的时候，他也没有坐在她的身边，可是他的态度跟现在就完全两样。那时候，他要么跟自己说话，要么跟她舅舅和舅母说话，丝毫也不沉默和拘泥。伊丽莎白忍不住抬起头来望着他，见他不时地看看珍，又不时地看看自己，然而大部分的时间，还是望着地面发呆。可以看出来，这次他明显不像上次在德比郡的时候，那样急于博得大家的好感。

　　伊丽莎白感到失望，她想："要是他这样的话，又何必来这里呢？"除了达西先生之外，伊丽莎白没有兴趣跟任何人说话，但她

又不知道该如何开口，鼓起勇气问候了他的妹妹，然后又无话可说。

班奈特太太倒是有说不完的话，她说道："宾里先生，你走了好久啦！"

宾里先生赶忙回答说，确实有很长一段时间了。

"我还担心你不再回来了呢！大家都说，你一到米迦勒节就要把你尼日斐花园退掉，我就说那个消息肯定不可靠。你不知道，你走了以后，这边可发生了不少事情呢。卢卡斯小姐结婚了，我自己也有一个女儿出嫁。这件事情你听说了吗？我想你肯定在报纸上看到过了吧！《泰晤士报》和《快报》上都有消息，可是都写得太草率了，上面只是写'乔治·韦翰先生最近将于与班奈特小姐结婚，'其它就什么也没提，她的父亲、她的住所、什么也没写。这篇稿子还是我弟弟嘉丁纳写的呢，我真不知道他怎么会写得这么糟糕！宾里先生，你看到了吗？"

宾里说看到了，又向她表示祝贺。伊丽莎白低着头，不知道达西先生此刻的表情如何，也不敢抬起头来看他。

班奈特太太接着说："顺利嫁出去一个女儿确实是件开心的事，可惜他们离我太远了。宾里先生，你知道吗，他们到纽卡斯尔去了，很远很远呢，也不知道什么时候才能回来。韦翰已经脱离了民兵团，加入了正规军，这你应该知道吧。谢天谢地！我们的韦翰总算还有几个能帮得上忙的朋友，我希望他能再多几个朋友才好呢！"

伊丽莎白知道母亲这番话是故意说给达西先生听的，感到非常尴尬，恨不得找个地缝钻进去。不过，这番话倒是很有用，让她决定不能让母亲继续胡说八道下去了。于是，她便打起精神跟客人攀谈起来。她宾里是否打算在这里住一段时间。宾里回答说，应该会住上几个星期。

班奈特太太一听到这话，便说道："宾里先生，你要是把你庄

园里的鸟儿都打完了，就请到我们的庄园里来打，你爱打多少就打多少。我相信班奈特先生一定会非常乐意请你来的，而且一定会把最好的鸟儿留给你。"

伊丽莎白听她母亲这样有失体统地一味讨好人家，觉得非常难堪。她想起一年之前，她们都以为宾里和珍一定能缔结美好姻缘，却在一转眼的工夫就一切落空。现在事情又出现了转机和希望，但也许这一切又会成为镜花水月。她深深地感到，不管是对珍还是对她自己来说，即便以后能够得到幸福，也补偿不了这几分钟的痛苦。她想："希望我们今后永远不要再见到他们，跟他们做朋友虽然愉快，但痛苦显然要远远地多于这些愉快。"

不过，当她看到那位先生又被姐姐所打动，便也不觉得那么痛苦了。毕竟，珍的幸福也会让她觉得快乐。宾里刚进来的时候，没怎么跟珍说话，但没过多久就变得像以前一样殷勤了。珍的态度还是那么温柔和顺，只是不像去年那么爱说话了。她希望能让人家觉得她没有丝毫异常，自己也觉得自己表现得很镇定。然而由于她心事太重，因此有的时候会不知不觉地陷入沉默之中。

当两位客人告辞的时候，班奈特想起了自己打算邀请他们来吃饭，于是就立刻提出把这个邀请提了出来。她说道："宾里先生，你记得去年冬天上城里去的时候，答应一回来就到我们这儿来吃饭，结果却一去不回，让我难过了好久。你知道，我一直都记挂着这件事呢！"

宾里听到她提起这件事，陷入了沉思之中，半天才说，当时是因为有事情耽搁了。说完，他跟达西先生便告辞离去。

本来班奈特是打算今天就请他们留下来吃饭的，但是她又想到虽然自己家里平时的饭菜很不错，但招待这两位贵客便显得有点寒碜了。她决定等哪天好好预备好几个菜的时候，再请宾里先生过来吃饭。

54

　　客人们一离开，伊丽莎白便到屋外去散步，让自己摆脱那些沉闷的念头，重新打起精神来。这次达西先生的表现让她觉得既惊讶又难受。她实在不明白，他这次既然不打算讨好任何人，那来这里又有什么意义呢？她想起舅母的信上说，他在城里的时候，对舅舅和舅母那么和蔼可亲，态度那么讨人喜欢，为什么对自己反而这么冷淡呢？要是他真的对自己已经毫无情意，为什么不能大大方方地说话呢！真是一个捉摸不透的男人！伊丽莎白下定决心，以后再也不去想他了。

　　正想着，她姐姐走了过来，打断了她的思绪。她看见珍容光焕发，就知道这次贵客来访，虽然让她自己十分失望，却让她姐姐十分满意。

　　珍说："太好了，最困难的时候总算过去了。现在我觉得非常自在，这一次我能从容对待他，我相信下次也一定能。现在我倒是很高兴他星期二要来这里吃饭，因为到时候大家就能发现，我跟他不过只是无关紧要的普通朋友。"

　　伊丽莎白笑着说："无关紧要的普通朋友！珍，我看你还是当心点儿好！"

　　"亲爱的丽兹，"她姐姐抗议道，"你千万不要认为我那么软弱，我跟他之间还会有什么危险呢？"

　　"我看你危险可大了，你准能让他对你死心塌地！"

　　到星期二，也就是班奈特府上举行宴会的时候，那天来的客人很多，但班奈特太太最为盼望的，还是宾里先生。上次的见面十分愉快，因此这位太太又开始在心里打起了如意算盘。两位贵客准时到达，他们一走进客厅，伊丽莎白就密切留意宾里先生，看他是不是像以前一样在珍的身边坐下。她那精明的母亲也在留心这件事情，因此并没有请他坐到自己身边。

　　宾里先生看起来是很想挨着珍坐下，但有点犹豫不决。这时，珍正好回过头来，微笑了一下，于是宾里先生受到了鼓励，拿定主意在她身边坐了下来。伊丽莎白看见这一幕情景，感到非常得意，忍不住向达西望了一眼，见达西若无其事的坐在那里。要不是她正好看见宾里又惊又喜地朝达西看了一眼，还以为宾里的此次行动，是受到了达西先生的特别恩准呢!

　　果然，在吃饭的时候，宾里先生又流露出了对珍的爱慕之情。虽然这种爱慕不像从前表现得那么露骨，但是明眼人仍然一眼就能看得出来。伊丽莎白相信，只要宾里先生能按照自己的意愿来决定自己的终身大事，那么他跟珍的婚事就是十拿九稳的了。一想到这里，她就感到十分高兴。虽然她自己的事情不那么理想，但能看到珍如愿以偿，也是一件让人快乐的事。

　　达西先生的座位离伊丽莎白很远，跟她母亲坐在一起。伊丽莎白觉得这样的安排不管是对达西，对她母亲，还是对她自己来说，都是兴趣索然。达西跟她母亲偶尔也交谈，伊丽莎白虽然听不清楚他们在谈论些什么，但是她看得出两个人都十分拘泥、不自然，而且她母亲态度冷淡，对达西只是敷衍应酬。想到达西对自己一家情深义重，而自己的母亲却对人家这么冷漠，伊丽莎白心里感到非常难受。她很想让他知道，自己家里还是有一个人感激他的恩德，并不是所有的人都忘恩负义。

　　达西和宾里还没进来之前，伊丽莎白感到十分沉闷，迫切地希望他们能快点到来。她想，要是今天他还是像那天一样沉默冷淡，那么自己就要永远放弃他。等他们进来之后，她看达西的神情，看得出来他还是对她有意。她非常希望能有机会跟达西交谈一番，以免辜负了人家特地来拜访的一片苦心。她这么想着，心里感到焦虑不安，因为她一直没有找到机会跟他交谈。珍在给客人倒茶，伊丽莎白在给客人倒咖啡，女士们把桌子围得密不透风，根本没有让其他人插足的余地。

达西本想过来的，但这时一个小姐还对伊丽莎白说道："我们绝对不要让那些男人来把我们分开。不管是哪个男人，我们都不让他坐到这张桌子来，好不好？"达西见此，也只好走开。

伊丽莎白的目光一直没有离开过他，不管看到他跟谁说话，心里都觉得非常嫉妒，连给客人倒咖啡的心思也没有了。过了一会儿，她又开始埋怨自己："我这是怎么回事啊，他是一个被我拒绝过的男人，我怎么能指望人家重新爱上我呢？我看没有哪个男人会这么没骨气，会向同一个女人求婚两次的！达西这么爱面子，就更不会这么做了。"

就在这时，达西将空咖啡杯送过来。伊丽莎白终于高兴了一些，立刻抓住这个机会跟他说话："你妹妹还在彭伯里吗？"

"对，她会一直在那住到圣诞节。"

"只有她一个人吗？她的朋友们都走了吗？"

"也不是一个人，还有安涅斯勒太太陪着她。其他的客人几个星期以前就到斯卡巴勒去了。"

他回答之后，伊丽莎白还想找别的话来说，却怎么也找不出来了。不过，她知道，达西要是愿意跟她说话的话，总是能找到话题的。这时，刚才那位跟伊丽莎白咬耳朵的小姐又过来跟她说悄悄话了，达西只好走开。

等客人们喝完茶，牌桌便摆了起来。伊丽莎白希望他能到自己身边来，无奈她母亲到处拉人玩"惠斯脱"，达西也只好勉为其难地充个数，跟其他客人一起坐上了牌桌。伊丽莎白的希望落空，心里觉得非常失落，所有玩的兴致也都荡然无存了。她坐上了另一张牌桌，索然无味地玩着牌，不断地向达西张望。达西也不停地注意着伊丽莎白，结果两个人输了牌。

散场的时候，班奈特太太本来打算留宾里和达西吃晚饭的，可惜她还没来得及发出邀请，那两位先生就已经吩咐人套好了马车。班奈特太太只好作罢。

客人们一走，班奈特太太对女儿们说道："孩子们，你们今天过得高兴吗？我觉得一切都好极了，饭菜味道也好，鹿肉烧得也恰到好处。你们听见没有，客人们都说从来没有吃过这么肥的鹿肉呢！汤也熬得很美味，比我们上星期在卢卡斯家里吃的不知要好多少倍！连达西先生都说鹧鸪烧得好吃极了，他自己至少有三个法国大厨，却还是觉得我们的菜好吃！珍，你今天真美，我从来没见过你什么时候比今天更好看。我问郎格太太你美不美的时候，她也赞不绝口呢！你猜她还说了些什么？她说：'啊，班奈特太太，珍迟早是要嫁到尼日斐花园去的。'她就是这么说的。我觉得朗格太太真是个好人，她的侄女们也都是些很好的姑娘，只可惜长得不好看。不过我真喜欢她们！"

班奈特太太将宾里和珍的一切情景都看到眼里，断定她一定能将他弄到手的，因此感到兴奋不已。她又开始想入非非，认为宾里先生很快就会向珍求婚的，并开始盘算攀上这门亲事给她家带来多少好处。可是，第二天宾里先生却没有来求婚，让她这个做母亲的大失所望。

珍对伊丽莎白说："昨天过得真有意思，客人们相处得又融洽，谈话也很投机。希望以后能有机会常常聚会。"

伊丽莎白笑了一笑，没有回答。

珍赶紧说道："丽兹，你笑什么？难道怀疑我说的话不是真的吗？没错，我是很欣赏这位年轻人的聪明和蔼，还有他的举止谈吐，但是我并没有对他存有什么非分之想。最让我感到满意的是，他虽然比人家都殷勤随和，却并没有想要博得我的欢心。"

伊丽莎白说："你真是的，不准我笑，又老是说些让人发笑的事情！"

"有些事情别人是很难相信的！"

"有些事情别人是根本不会相信的！"

"你为什么觉得我没有说真心话呢？"

"我不回答你这个问题。我们每个人都喜欢叫人家给我们出主意，但是我们一旦真出了主意，人家也不会领情。对不起，我实在不相信你对他的感情就像你说得那么简单。"

55

过了几天，宾里先生又到班奈特府上来拜访来了。这次达西先生没有跟着一起来，他在当天早上就已经动身去了伦敦，大约要十多天以后才回来。宾里先生坐了一个小时，看起来非常高兴。班奈特太太留他吃饭，他说很抱歉，但是他已经有了其它的约会了。

班奈特太太很失望，但没有办法，只好说："希望你下次来的时候，能赏脸留下来吃顿饭。"

宾里先生回答说只要她不嫌麻烦，他很乐意来这里看望她们。

"明天能来吗？"班奈特太太问道。

他第二天正好没有约会，于是便爽快地接受了她的邀请。

第二天一大早他就来了。当时太太小姐们还正在梳妆打扮，班奈特太太穿着睡衣，头发没梳好，就赶紧跑进珍的房间里去大声叫道："亲爱的珍，快点下楼！宾里先生来了！他真来了！快，快点。哎呀，莎蕾，你别管丽兹小姐的头发啦，赶快到珍小姐那里去！快点！"

珍说："我们马上就好了。也许凯蒂比我们两个都快，因为她已经弄了差不多半个小时了。"

"关凯蒂什么事？你别管她了！快点，好孩子，你的腰带在哪儿？"

班奈特太太走了以后，珍不肯一个人下楼去，要求一个妹妹陪她下去。

吃饭午饭之后，班奈特先生按照他平常的习惯到书房里去了，玛莉也上楼弹琴去了，其余的人都坐在客厅里。班奈特太太有心要

给珍和宾里制造单独相处的机会，便对伊丽莎白和凯瑟琳挤眉弄眼。伊丽莎白装作没有看见，凯蒂看了半天，无辜地问道："怎么啦，妈妈？你干嘛一直对我眨眼睛呢？你到底要我做什么呀？"

"没什么，孩子，没什么，我没有对你眨眼睛。"没办法，她不得不又多坐了五分钟。但她觉得这是难得的机会，不想就这样浪费掉，便突然站起来，对凯瑟琳说："来，宝贝，我要跟你说句话。"说着，她便拉着凯蒂走了出去。

珍当然明白母亲的意图，她对伊丽莎白望了一眼，意思是伊丽莎白不要也那么做，她经受不起这样的摆弄。果然，班奈特太太打开了半边门，轻声喊道："丽兹，亲爱的，过来，我要跟你说句话。"

伊丽莎白只得走出去。一走出客厅，她母亲就对她说："我们最好不要去打扰她们。凯蒂跟我上楼去，你也另外找个地方待着吧！"

伊丽莎白也不跟她争辩，在门口站了一会儿，等母亲走了之后，又回到客厅来了。

虽然班奈特太太费尽心计，却终究没有如愿，因为宾里先生并没有公开以珍的情人这一身份自居。他非常温和有礼，对班奈特太太的愚蠢可笑和不知分寸，都不动声色地耐心忍受着。伊丽莎白把一切看在眼里，感到十分满意。

到吃晚饭的时候，宾里先生几乎不用主人邀请，便主动留下来吃饭。临走之前，他又毫不犹豫地答应班奈特太太，明天会再过来跟班奈特先生一起打猎。

宾里先生走了以后，珍再也不说对他无所谓这一类的话了，也没有跟伊丽莎白谈论这个问题。伊丽莎白对这件事却很有信心，她觉得只要达西先生不回来搅和，那么宾里跟珍的婚事就稳稳当当了。不过她又想到，达西先生一定早已同意这件事情，不然事情也不会进展得这么顺利。

　　第二天宾里准时赴约，整个上午都跟班奈特先生待在一起打猎。班奈特先生对宾里的态度十分和蔼，因为他没有什么可笑的地方让他讨厌，也没有愚蠢的地方让他看不起。他们两人谈得很愉快。宾里也觉得班奈特先生没有以前那么古怪，因此也十分高兴。

　　吃过午饭之后，班奈特太太又想办法把闲人都支开，好让宾里跟珍又单独在一起。其他的人都到另一个房间去打牌去了，伊丽莎白觉得不便跟母亲作对，因此便回自己房间去写信。

　　她写完信以后到客厅，一打开客厅门，就忽然明白，母亲的确比自己要高明得多。珍和宾里一起站在壁炉前，正在窃窃私语，一见伊丽莎白推门进来，便赶快分开。那种慌张的神态，明眼人一看就知道是怎么回事。两位当事人感到很尴尬，伊丽莎白觉得更加尴尬，后悔自己不该冒冒失失地闯进来。她正打算走出去，宾里先生突然站起，凑到珍的耳边低语，然后便迅速走了出去。

　　他一离开，珍就快乐地喊了起来，热情地抱着妹妹，不断地感叹自己是天底下最幸福的人。她喃喃地说道："真是太幸福了！这实在太幸福了！我不配这么幸福。啊，要是大家都像我这么幸福就好了！"

　　伊丽莎白马上就明白了怎么回事，便热烈地祝贺她。她真心诚意地说了很多话，每句话都能让珍觉得自己更加幸福。珍说："我得马上去告诉妈妈这个消息，我可不能辜负她老人家的一片好心。我要亲自去告诉她，不能让别人转述！宾里现在已经告诉爸爸了。哦，丽兹，我相信每个人知道这件事情都会感到高兴的。天哪，我怎么当得起这么大的幸福！"

　　说完，她便上楼去找母亲。伊丽莎白一个人留在客厅里，想起为了这件事，家里人几个月以来操碎了心，没想到现在一下子就得到解决了。她想到这里，忍不住微笑起来，自言自语道："这个结局真有意思。这就是他那位朋友处心积虑的结果，这就是他那位妹妹自欺欺人的下场！真是个幸福圆满的结局！"

没过几分钟，宾里又回客厅来了。他已经和班奈特先生简明扼要地谈好了。他一打开门，见只有伊丽莎白一个人，就连忙问道："你姐姐在哪儿？"

"上楼去找我妈妈去了，马上就下来。"

宾里关上门走到她面前，要她恭喜他。伊丽莎白诚心诚意地祝福他们，说她相信他们将来一定会非常幸福，因为珍聪明美丽、性情温柔，这就是幸福的基础。而且，两个人的性格和爱好都很相近，生活在一起一定会非常融洽。宾里听了很高兴，不断地讲着自己有多么幸福，珍有多么完美，一直讲到珍下楼来才为止。

这个夜晚，每个人都十分愉快。珍终于如愿以偿，整个人都容光焕发，比平时更加娇艳美丽；凯瑟琳忍不住微笑，一心希望这样的好运也能早日降临到自己头上；班奈特太太一直跟宾里先生喋喋不休，总觉得不管说什么，都不能将自己的满腔喜悦充分表达出来。

至于班奈特先生，他并没有多说什么，但从他跟大家一起吃晚饭时的表情来看，他也非常开心。不过，客人在的时候，他对这件事情只字不提。等宾里走了之后，他才对珍说道："恭喜你，珍，你现在可真成了最幸福的姑娘啦。"

珍走上前去吻他，对他的祝福表示感谢。

班奈特先生又说道："真高兴你这样幸福地解决了自己的终身大事。我相信你们结婚以后，一定能和睦相处。只是你们两个性格很相似，遇到事情都容易犹豫不决，结果说不定会件件事情都拿不定主意。还有，你们性情那么温和，佣人们肯定会欺负你们。另外，太慷慨也不是好事，到最后说不定会弄得入不敷出。"

"希望不会这样。要是我处理不好收支问题的话，我就不是一个好主妇！"

班奈特太太叫了起来："入不敷出！我的好老爷，你怎么说得出这样的话！宾里先生每年有四五千镑的收入呢，说不定还不止，

怎么可能入不敷出呢！"她又转过头来对珍说道："我亲爱的珍，我今天晚上肯定高兴得睡不着觉。我早就知道会这样的，我就说嘛，你不会白白得长得这么漂亮！去年他一到我们这里来，我就觉得你们两个简直就是天生一对！哦，我这辈子都没见过比他更英俊的人了！"

珍本来就是她最宠爱的女儿，现在她的心里，更是除了珍和宾里，就容不下别人了。以前被她当做宝贝的韦翰和莉迪亚，早就被她忘得一干二净。

珍的两个小妹妹都簇拥着珍，要她结婚以后给她们好处。玛莉要求给自己使用尼日斐花园藏书室的权利，凯瑟琳要她答应她每年冬天开几场舞会。

宾里每天都到浪博恩来，而且经常是一大早就赶来，一直要待到吃过晚饭才走。不过，有的时候他还是不得不去应酬一下别人，因为总是有那么一两家人不知好歹，非要请宾里去吃饭。

只要宾里一来，珍的整个心思就都放到他身上去了，根本不理睬别人，连跟伊丽莎白说话也顾不上了。只有宾里不在的时候，珍才有时间跟她谈话，她说道："宾里说他今年春天的时候一点也不知道我在城里。"

伊丽莎白答道："我猜他也不知道。他有没有说为什么他没有得到消息。"

"他没有说，不过我想一定是他的姐妹们故意隐瞒他的，因为她们不希望我跟宾里交情太深。这也不奇怪，因为他确实可以找一个样样都比我好的姑娘。可是，我相信她们总有一天会明白，宾里先生跟我在一起是非常幸福的，到那时候她们也一定会慢慢地回心转意。我们会重新成为朋友，不过肯定不能像以前那么要好了。"

"这还是我第一次说这样的话呢！不过我倒是很高兴，要是再看到你被那虚伪的宾里小姐欺骗，那我可真受不了。"

"宾里先生去年十一月里到城里去的时候，还是很爱我的。他

是听信了别人的话，以为我一点也不爱他，因此才不回来的。我希望你相信他。"

"我当然相信他。不过说起来他也有不对的地方，他太谦虚了，所以才以为你不爱他。"

珍听妹妹这么说，就自然而然地开始赞美起宾里的谦虚。伊丽莎白很高兴宾里并没有告诉珍达西也阻止过这件事情，不然的话，即使像珍这么一个心胸宽广、宽宏大量的人，也难免会对达西抱有成见。

珍的确十分满足，她大声说道："我真是太幸福了！哦，丽兹，家里这么多人，为什么就偏偏是我最幸福呢？多希望你也能够跟我一样幸福啊！但愿你也能找到一个这么情投意合的人！"

"幸福不幸福是因人而异的。就算我遇到十个这样的人，也不会像你这么幸福的，除非我性格跟你一样好。唉，不可能的，让我为我自己祈祷吧。也许我运气好的话，说不定能遇到另外一个柯林斯先生呢！"

班奈特太太迫不及待地把喜得贵婿的消息，偷偷地讲给了菲利普太太听，菲利普太太又大胆地把它传遍了整个梅列敦。于是，附近的街坊邻居都知道了班奈特家的大小姐要嫁给尼日斐花园主人的事。几个星期以前，当莉迪亚韦翰私奔的消息刚刚传出来的时候，大家都认为班奈特一家丢尽了脸、倒尽了霉。现在，大家又都觉得班奈特一家成为了世界上最幸运的人家了。

56

宾里和珍订婚大约一个星期以后，有一天上午，班奈特家的小姐们正和宾里先生坐在客厅里聊天，忽然外面传来一阵马车的声音。大家立刻离开座位，走到窗户，看见一辆四马大车驶进花园里。大家都很奇怪，因为这么一大早的，不知道是哪位客人来了，

而且从那辆马车豪华的配备来看，这位客人肯定不是这附近的邻居。

宾里见有客人来访，便叫珍跟他一起暂时离开这里，免得被讨厌的客人给缠住，不能痛快地交谈。珍答应了，跟他一起到树林里散步去了。剩下伊丽莎白几个人仍然留在客厅里，等着迎接客人。

门开了，伊丽莎白万万没想到，走进来的竟然是凯瑟琳·德包尔夫人，不由得感到十分吃惊。班奈特太太虽然不认识这位夫人，但看见她衣着华丽、神态傲慢，就知道她不是普通人，因此对她来拜访自己一家感到十分荣幸。

伊丽莎白跟她打招呼，她只稍微侧了一下头，神情十分冷漠，然后一屁股坐在沙发上，一句话也不说，也没有要求人家介绍。伊丽莎白很看不惯她那副目中无人的模样，但还是礼貌地向母亲介绍了她。班奈特太太虽然已经想到这位来客身份高贵，却无论如何也没有想到竟然会是德·包尔夫人。她一方面感到十分得意，一方面又诚惶诚恐、竭尽全力地招待好她，生怕怠慢了这位贵客。

凯瑟琳夫人面无表情地坐了一会儿，便冷冰冰地对伊丽莎白说道："你一定过得很好吧，班奈特小姐？我想，那位太太就是你母亲吧？"

伊丽莎白回答说是。

"哪一位是你妹妹？"

伊丽莎白还没来得及回答，班奈特太太就抢着说道："是的，夫人。"她为自己能跟这样一位贵客交谈而感到万分荣幸，"这是我的第四个女儿。我最小的一个女儿最近出嫁了，大女儿现在跟她的朋友出去散步，那位青年很快就要成为我们自己人了。"

凯瑟琳夫人正眼也不看她，也没有接她的话。过了半天，她才说道："你们这儿还有个小花园。"

班奈特太太说到："比起罗新斯来就差远了，夫人。不过我敢肯定，我们这个花园比威廉·卢卡斯爵士的花园要大得多呢！"

"你们这个房间窗子都朝西，到了夏天根本不适合做客厅。"

班奈特太太告诉她，她们一到下午就从来不坐在这里。接着，她又问道："我可不可以冒昧请问夫人，柯林斯夫妇都好吗？"

"他们都很好，前天晚上我还跟他们见过面的。"

伊丽莎白一直以为凯瑟琳夫人这次到这里来，肯定是路过这里，顺便给她带来一封夏绿蒂的信。因此，当她提起夏绿蒂的时候，伊丽莎白以为她就要把信拿出来的。但是这位夫人却没有拿信出来，让伊丽莎白觉得十分诧异，不明白她到这里来的目的是什么。

班奈特太太恭恭敬敬地请夫人吃些点心，但是凯瑟琳夫人生硬而无礼地拒绝了。接着，她站了起来，对伊丽莎白说道："班奈特小姐，我刚才看到草地的那边颇有几分天然的美景，我想到那边去逛一逛，你能不能陪我去走走？"

班奈特太太听了，大声说道："没问题，夫人。丽兹，你去吧，陪夫人去逛逛，我相信她一定会喜欢我们这个幽静的小地方。"

伊丽莎白到自己房间里去拿了一把太阳伞，然后下楼来跟这位夫人一起向外面走去。大门打开，凯瑟琳夫人站在门口稍微打量了一下，说道："这屋子还算过得去！"说完，她也不管伊丽莎白，自顾自地继续向前走。

走到门口的时候，伊丽莎白看见她的马车停在门口，她的侍女还坐在车子里等她。凯瑟琳夫人一直没有说话，两个人默默地沿着小路往树林里走去。伊丽莎白觉得这个老太婆今天比往常更傲慢，比往常更加让人讨厌。她虽然不知道夫人来找她究竟是为了什么，但她肯定绝对不会是什么好事，因此打定主意绝不先开口说话。

伊丽莎白忽然想起了达西先生，便忍不住侧过头去看了一下夫人的脸，心里想道："真看不出她跟达西先生竟然是亲戚，她哪一

点像达西呢？"

走进小树林之后，凯瑟琳夫人终于开口说话了。她以一种不容否认的语气对伊丽莎白说道："班奈特小姐，你一定知道我到这里来的原因。我相信你的良心一定会告诉你，我究竟为什么到这里来。"

伊丽莎白听了她的话，完全摸不着头脑，说道："不，夫人，你弄错了。我真的不知道你为什么会屈尊到我们这样的小地方来。"

夫人生气地说道："班奈特小姐，你要弄清楚，我这个人最讨厌人家跟我开玩笑的。你不是个诚实的人，但我是，你可以去问问，谁不承认我是出了名的诚实坦白。何况，现在这件事至关重要，我当然更要认真对待。两天以前，我听到一个非常让人吃惊的消息，不仅你姐姐将要高攀上一门亲事，就连你，伊丽莎白·班奈特小姐，也要高攀上我的侄子达西先生。当然，我很清楚这都是没有根据的流言，因为我绝对不相信我亲爱的侄子竟然会做出这样丢脸的事，但我为了慎重起见，还是决定到你们这里来一次，把我的意思告诉你。"

伊丽莎白听了这话，感到既惊讶又厌恶。她的脸由于愤怒而涨得通红，说道："那就奇怪了，既然你认为这些都是流言，既然你认为根本不会有这样的事情，又为什么要自找麻烦地亲自跑一趟？请问你老人家这么老远地跑来，究竟想跟我说什么？"

"我要你立刻去辟谣，让大家都知道这事根本连影子都没有。"

伊丽莎白冷冷地说："如果大家真的都在谣传这件事的话，你亲自跑到这里来，反而会让人家认为这事是真的。"

"如果大家真的都在谣传这件事的话？班奈特小姐，你存心要装疯卖傻是吗？难道这些谣言不是你自己传出去的吗？难道你不知道现在这件事情已经闹得满城风雨了吗？"

"我不知道，我从来没有听说过。"

"你能告诉我这件事是毫无根据的吗？"

"我可不想冒充像你老人家一样坦白。你有什么问题尽管问好了，但我可不想回答。"

"岂有此理！班奈特小姐，我非要你回答。达西先生向你求过婚没有？"

"你老人家自己刚才不是还说，根本不会有这样的事情吗？"

"是不应该有这样的事情，只要他还有头脑，就绝对不会发生这种事情。但是他在你千方百计的诱惑下，也许会一时糊涂，做出这种对不起他自己，也对不起他家里人的事情来。也许你用了什么手段，把他给迷住了。"

"我有没有把他迷住，我也没有必要告诉你。"

"班奈特小姐，我想你还没弄清楚我的身份。我是达西最亲近的长辈，我有权利过问他的一切大事。"

"也许吧。但是你没有权利问我的事，我没有义务告诉你这些。"

"我告诉你，不管你怎么费尽心思妄想攀上这门亲事，也绝对不会成功的，一辈子也不会成功。达西先生早跟我的女儿订过婚了，他们是肯定要结婚的。你还有什么话要说？"

"有。如果他真的跟你女儿订过婚了，你有什么理由认为他会向我求婚呢？"

凯瑟琳夫人迟疑了一会儿，然后回答道："他们的订婚，跟一般的订婚有所不同。从他们还在摇篮里的时候，我跟达西先生的母亲就说好了要把他们配成一对，将来要让他们结婚，亲上加亲。现在眼看我们的愿望就要实现，眼看他们就要结婚的时候，却忽然半路上出来个门户低微、非亲非故的小丫头从中作梗。我想问你，难道你一点也不顾及他跟德·包尔小姐默认的婚姻？难道你一点也不知道羞耻吗？"

"如果你没有别的理由反对我跟你侄子结婚的话，我想我是不会让步的。你以为你们在他们还不懂事的时候就安排下的婚姻有用吗？你问过达西先生他自己愿意跟你女儿结婚吗？如果达西先生根本不愿意跟德·包尔小姐结婚，也没有责任跟她结婚，那他当然有权利自己重新选择。如果他正好选中了我，我为什么不答应呢？"

"不管是从体面上来说，还是从利害关系上来说，你都不能这么做。我告诉你，班奈特小姐，要是你跟他结婚的话，你休想他的家人、他的亲友们会看得起你。任何一个跟他有关的人都会鄙视你、厌恶你，大家都会认为你跟他的结合是一种耻辱，他们连你的名字也不愿意提起。"

"这真是不幸！"伊丽莎白说道，"但是我相信做了达西先生的太太一定能享受到其它许多的好处，能够抵消这些不愉快。总而言之，还是划算的。"

"好一个不害臊的丫头！今年春天的时候你到我们那里来，记得我是怎么殷勤招待你的吗？你就是这样报答我对你的照顾吗？难道连一点感恩之心也没有？坐下来，我们好好谈谈。班奈特小姐，你应该明白，既然我到这里来了，就一定要达到我的目的，谁也阻止不了我。我这个人最大的特点就是，不管什么人跟我玩什么花招，我都不会认输的。"

"如果是那样的话，那只会让你自己更加难堪，对我可没有什么影响。"

"不许插嘴，好好地听我说！我的女儿跟达西才是天生的一对。他们的母亲都出身高贵，父亲虽然没有爵位，但也都出自地位显赫的名门世家，家产十分丰厚。不仅是他们双方的父母，他们的亲戚朋友们也都一致认为他们两人的结合是完美的，没有人能把他们拆散。你想想你自己，不管门第还是财产，你哪一点配得上他？难道就凭着自己的痴心妄想，就能够做上达西夫人了吗？别妄想了！你因为想高攀达西先生想得昏了头，连自己的出身也忘了。"

"你放心吧，我还没有昏头到连自己的出身也忘了的地步。你的侄子是个绅士，我是绅士的女儿，我们正好门当户对。"

"没错，你的父亲确实是个绅士。但是你的母亲呢？你的姨父姨母呢？你的舅父舅母呢？我告诉你，我对他们的底细可是一清二楚。"

伊丽莎白说："我亲戚是什么样的人，你侄子都不计较，跟你又有什么关系？"

"你老老实实地告诉我，你到底有没有跟他订婚？"

伊丽莎白本来不打算回答这个问题，但是她认真地想了一想，不得不回答道："没有。"

凯瑟琳夫人听了这话十分高兴，说道："你能答应我，永远不跟他订婚吗？"

"我不能答应。"

凯瑟琳夫人生气地说道："班奈特小姐，你真让我吃惊，我实在没有想到你竟然这么不讲理！你别以为你这么一说我就会妥协，你要是不答应我的要求，我就不走！"

"我当然不会答应你这么荒唐的要求，你别妄想我会答应你。你一心想把自己的女儿嫁给达西先生，就算我答应了你不接受他的求婚，难道你以为他跟你女儿的婚事就稳当了吗？如果他真的看上了我，那么就算我拒绝了他，难道他就会去向你的女儿求婚了吗？凯瑟琳夫人，我觉得你的想法简直是异想天开，而且毫无道理。你以为你莫名其妙到跑到这里来跟我说这几句话，我就会被你吓倒了吗？你要怎么干涉你侄子的事情，这我不管。但是，你绝对没有权利来干涉我的事。这件事情你不用再说了，你不会从我这里听到任何满意的答案的。"

"你别着急，我的话还没说完呢！除了你那些卑微的亲戚之外，我还要加上一件事，就是你那不知廉耻的小妹妹跟别人私奔的事！这件事的底细我完全清楚，她能跟那个男人结婚，是你父亲

和舅舅花钱换来的。这样一个浪荡的姑娘，她配做我侄子的小姨子吗？她丈夫是老达西先生账房的儿子，这样一个人配跟达西做亲戚吗？你以为彭伯里的门第竟然可以这样让人随便糟蹋吗？"

伊丽莎白听了回答道："你说完了吗？我想你已经把我侮辱够了，现在我要回家去了。"

她一边说一边站起来准备离开，凯瑟琳夫人也站了起来。两个人一同往屋子那边走去。

凯瑟琳夫人怒气冲天，一边走一边说道："这么说，你完全不顾他的体面，非要跟他结婚不可了？你难道不知道，要是他跟你结了婚，大家都会看不起他吗？"

"凯瑟琳夫人，你不要再说了。我想你已经明白了我是什么意思。"

"你告诉我，你是非要跟他结婚不可吗？"

"我从来没有这么说过。该怎么做我自有主张，怎么做幸福我就会怎么做，你管不了！任何一个局外人都管不了。"

"好吧，我劝说了你半天，你竟然一句话也没有听进去。你这个不知廉耻的丫头！你存心要让他的亲戚朋友们都看不起他，存心要让他受到全天下人的耻笑！"

伊丽莎白说："没有那么严重吧！我跟达西先生结婚，跟廉耻扯得上什么关系。要是他跟我结了婚，他的家人和亲戚就看不起他的话，那我也不在乎。至于是否全天下的人都会耻笑他，我想只要是明白道理的人，都不会这么无聊的吧！

"这就是你的主意吗？这就是你给我的回答吗？好吧，班奈特小姐，现在我知道该怎么对付你了。你别以为你这么顽固就能达到目的，我这次来只是为了试探试探你，没想到你真的这么无耻！等着瞧吧，你一定会因为你今天说过的这些话感到后悔的。"

这时候她们已经走到马车跟前，凯瑟琳夫人准备上车，想了一想，她又掉过头来说道："我不向你告辞，班奈特小姐，我也不问

候你的母亲。我非常不高兴，你们这些不识抬举的人！"

伊丽莎白没有回答，自己一个人走进了屋子，她听到马车驶走的声音。上了楼，她在化妆室门口碰到她的母亲。班奈特太太见伊丽莎白一个人回来，便连忙问凯瑟琳夫人为什么不回到屋子里休息一会儿再走。

伊丽莎白说："她还有事，就不进来坐了。"

班奈特太太说道："她长得真好看，而且这么客气，竟然会到我们这样的地方来！我想，她这次来，恐怕是要到别的地方去，路过这里，顺便来告诉我们一句，说柯林斯夫妇过得很好，是吗？你们刚才散步的时候都聊了些什么？她没跟你说什么特别的话吧？"

伊丽莎白回答说没有。她实在没有办法把刚才那场谈话的内容说出来。

57

凯瑟琳夫人离开之后，伊丽莎白一直都心神不宁地想着这件事情。凯瑟琳夫人以为伊丽莎白和达西已经订了婚，特地老远地从罗新斯赶来，企图阻止伊丽莎白和达西的婚姻，那么一定是听了言之凿凿的传言。问题是，这些传言是从什么地方来的，又有什么根据呢？伊丽莎白实在无从想象。后来，她想起了达西跟宾里是好朋友，她自己又跟珍是姐妹，现在大家都知道了宾里跟珍订婚的消息，很自然地会从一件婚姻联想到另外一件婚姻上去。就连伊丽莎白自己也曾经想过，她姐姐跟宾里结婚以后，她跟达西见面的机会就会比以前更多了。一定是卢卡斯一家人有这样的想法，并且在跟夏绿蒂通信的时候，把这种想法告诉了夏绿蒂，这件事才会传到凯瑟琳夫人的耳朵里去的。

想到这里，伊丽莎白不禁有点沮丧。她的邻居们都对达西先生的关系抱有这么高的期望，但是她自己却觉得这事的可能性并没有

那么大。而且，一想到凯瑟琳夫人说的那些话，她就感到更加不安。如果她硬要横加干涉，说不定会造成很严重的后果。她说她要坚决要阻止这门婚姻，那么她一定会去找她的侄子，告诉他跟伊丽莎白结婚会有多少害处。至于达西听了她的话之后会有什么样的反应，会不会听从凯瑟琳夫人的主张，那伊丽莎白可就不敢说了。按理来说，他肯定比伊丽莎白尊重那位老夫人的意见，而且他自己也曾经说过他认为他们两人门第差得太远之类的话，只要凯瑟琳夫人在他面前说上几句，那么就一定能击中他的弱点。那些让伊丽莎白觉得荒唐可笑的理由，在达西先生听来，也许觉得正是十分高明的见解呢。

伊丽莎白想，如果他现在还在犹豫不决的话，那么这位夫人一去拜访他跟他说那些话，那他肯定会打消跟伊丽莎白结婚的念头。这样一来，虽然他答应宾里先生说要回来，但是相信他也不会遵守约定了。她心里又想："要是这几天他给宾里先生来信，说不能赴约的话，那我就一切都明白了，就不会再对他存有任何指望。如果在现在我就快要爱上他，就快要答应他的求婚的时候，却发现他并不是真心爱我，只是会在偶尔想起我的时候感到惋惜一下的话，那我就会连惋惜他的心都不会有。"

第二天早上，伊丽莎白下楼的时候，正好遇见她父亲从书房出来，手里拿着一封信。他一见到伊丽莎白，就叫住她："丽兹，我正要找你呢！你跟我到房间里来一下。"

伊丽莎白不知道父亲要跟自己说什么，但她相信父亲要说的多少都跟他手上的那封信有关。她猜那封信一定是凯瑟琳夫人写来的，因此感到很不舒服，心想自己免不了要跟父亲好好解释一番。她一边想着，一边惴惴不安地跟着父亲走到壁炉边坐下。

父亲说："今天早上我收到一封信，让我感到非常吃惊。我想你肯定知道这封信里说的是什么吧，因为里面说的都是关于你的事情。说起来也真是遗憾，我竟然一直不知道除了你姐姐之外，我

还有一个女儿也有结婚的希望。还是先让我恭喜恭喜你情场得意吧。"

伊丽莎白听了这话，立刻就想到这封信不是凯瑟琳夫人写来的，而是她的侄子写来的。她的脸一下子就红了，不知道自己是应该为了他的来信而感到高兴呢，还是应该因为他不直接把信写给自己而感到生气。她正在胡思乱想，听到他父亲又说道："看你的样子，你好像心里有数。不错，年轻姑娘们对这些事情似乎都非常敏感。但是就算你聪明绝顶，你也猜不出来这封信究竟是谁写来的。我告诉你，这封信是柯林斯先生寄来的。"

"柯林斯先生？他写信来做什么！"

"当然是有话可说了。信的一开头，他就热切地恭喜我的大女儿将要出嫁。我想这个消息肯定是卢卡斯爵士告诉他。不过，这件事情跟你没有关系，就让我们忽略它吧。我们来看看跟你有关系的部分是怎么写的……'在我们夫妇对您的大女儿这门婚事表示祝贺之后，还要再提一提另外一件事情。这个消息的来源跟上一消息的来源相同，说除了您的大女儿珍的婚事之外，最近您二女儿伊丽莎白小姐也将要订婚。而且，我们听说这位女婿，无论从身份还是从地位上来说，都是一等的贵人。'丽兹，你知道这位贵人是谁吗？……'这位贵人年轻有为，不但门第高贵、家财万贯，而且有权有势。但是，虽然他的条件十分优越，但是假如他向伊丽莎白求婚的话，千万不要草率答应。'丽兹，你还没猜出来是谁吗？下面马上就要提到了……'请原谅我的直率，但是我很清楚，这位贵人的姨母凯瑟琳·德包尔夫人对这门婚姻，肯定是不会赞成的。'明白了吧，这个人就是达西先生！丽兹，你不觉得奇怪吗？我倒是觉得很奇怪呢！你想，我们有这么多的熟人，为什么卢卡斯一家和柯林斯偏偏要挑出这么最不可能一个人来撒谎呢？这不是太荒谬不过的谎言吗？谁都知道，达西先生根本就没有看上这里的任何女人，他可能连你长什么模样都记不清楚，怎么会传出你跟他订婚的谣言

来？我真佩服这些人的想象力！"

伊丽莎白勉强微笑着，她从来没有任何时候像现在这样，对父亲的幽默感深感厌烦。

"恩？你不觉得很有趣吗？"班奈特先生问道。

"啊，当然有趣，你接着读吧！"

" '前几天晚上我把这个消息告诉了凯瑟琳夫人，夫人十分不高兴，明确表示她绝对不会同意这门婚事，因为她认为伊丽莎白小姐门户低微，如果达西先生跟她结婚的话，实在是有失体统，而且也会辱没门风。我听了夫人的话，觉得自己有责任把夫人的意见转告给你们，也让伊丽莎白表妹及早另做打算。' 柯林斯先生还说： '莉迪亚表妹私奔的事情得到圆满地解决，让我深感到欣慰，但是这件事情毕竟已经弄得人尽皆知，败坏了家庭的名声。既然如此，他们结婚之后，您就不应该将他们接到家里来住。但我却十分吃惊地听说，他们结婚之后竟然大摇大摆地回了浪博恩，而且还受到了家里人的热情接待，实在让人难以理解。' 很好，这就是我们这位伟大的牧师所谓的宽恕精神。信的后半部分都是写的他亲爱的夏绿蒂的一些情形，他们快要生小孩了。丽兹，怎么，你好像不愿意听？我想，你应该不会像那些小姐一样假装正经，一听到这些废话就要感到生气吧？要是我们不能时常地被人家取笑取笑，同时也取笑取笑别人的话，那活着还有什么意思呢？"

伊丽莎白大声说道："我没有不愿意听，相反，我听得很有趣。不过，这件事情实在非常奇怪。"

"确实很奇怪，但这也正是有趣的地方。要是他们说的是另外一个人的话，还说得过去，可笑的是，他们偏偏要拿达西先生来开玩笑！我相信那位贵人根本没有把你放在眼里，而你对他也是厌恶至极。话说回来，柯林斯先生的信写得实在有趣，虽然平时我最不喜欢的就是写信，但是要让我跟柯林斯先生断绝书信往来的话，我可不愿意。我每次读到他的信总觉得比韦翰更讨我喜欢。虽然我

那位女婿既冒失又虚伪，但是比起柯林斯先生来说，我觉得还是小巫见大巫。对了，我听说凯瑟琳夫人特地到我们这里来过，她来做什么？是来表示反对的吗？"

伊丽莎白没有回答。她的心里觉得很难过，她想哭的欲望从来没有像现在这样强烈过。但是在表面上，她又不得不强颜欢笑，否则就会引起父亲的疑心。她想起刚才父亲说达西先生根本没有把她放在眼里，这话实在让她觉得伤心。但是，她想了一想，觉得这不应该怪父亲知道得太少，只能怪自己的幻想得太多。

58

伊丽莎白本以为达西先生肯定会给他的朋友宾里寄来一封道歉信，说他不能按照之前的约定回来。但是，凯瑟琳夫人来过之后没有几天，宾里就带着达西先生一起到浪博恩来了。

珍见到达西先生，生怕母亲把他的姨母来访的消息告诉达西。幸好，班奈特太太还没有来得及提到这件事，宾里就提议说想去散步，因为他想跟珍单独相处。大家都同意了他的建议，但是班奈特太太从来没有散步的习惯，玛莉又不愿意浪费时间，因此出去散步的实际只有五个人：宾里、珍、伊丽莎白、达西和凯瑟琳。

一出门，宾里和珍就马上落在大家的后面，让伊丽莎白、达西和凯瑟琳三个人互相应酬。三个人并排走着，都没怎么说话。凯瑟琳一直都很怕达西，因此不敢开口；伊丽莎白心事重重，正在下着最后的决心；达西也同样想着自己的心事，也许跟伊丽莎白一样，正在下决心。

他们路过卢卡斯家的时候，凯瑟琳说她想顺便去看看玛丽亚。伊丽莎白觉得用不着三个人都去，因此就让凯瑟琳一个人进去，而她跟达西两人就继续往前走。她犹豫了很久，终于鼓起勇气来，对达西说道："达西先生，我是个自私的人，只考虑自己，从来没有

考虑过你的感受。但是当我知道你对我妹妹的慷慨帮助之后，我就再也不能保持沉默，不能不向你表达我的感激之情。我想，要是我家里人都知道了这件事情的话，那么感激你的人就不止是我一个人了。"

达西听了伊丽莎白的话，感到十分惊讶，情绪有些激动地说道："我非常抱歉！这件事要是换个角度来看，也许会让你感到难过。我没有想到 竟然会知道这件事情，我以为嘉丁纳太太非常可靠的。"

"这事不怪我舅母，是莉迪亚自己不小心先露出了口风，引起了我的好奇心，因此我非要打听个清楚不可。我要代表我的全家人感谢你，感谢你为了这件事费了那么多心。要不是你从中张罗的话，我想他们还结不了婚。"

达西说："我接受你的感谢，但是不能接受你家里人的感谢。因为当时我之所以那么用心地去办那件事，主要是为了分担你的忧虑。我必须承认，虽然我很尊敬你的家人，但当时我在做这件事情的时候，我心里只想到你一个人。"

伊丽莎白听了这话，不由自主地脸红了，一句话也说不出来。达西先生也陷入了沉默之中。过了好一阵，他认真地对伊丽莎白说道："我知道你的性格直爽，不会故意戏弄我。我的心愿和感情还是跟四月的时候一样，我想请问你一句，不知道你的决定有没有改变。只要你告诉我你仍然拒绝，我从此以后就再也不会提起这件事情。"

伊丽莎白知道达西现在的心情一定非常焦虑不安，因此她不能再继续沉默下去。她吞吞吐吐地告诉他说，从四月到现在的这段时间，她的心情已经有了很大的变化。现在，她愿意非常愉快而感激地接受他的盛情。

达西听了这个回答，立刻兴奋不已。伊丽莎白从来没有见他这么快乐过。他现在的样子，就跟任何热恋中的人一样，热情而温柔

地对她倾诉衷肠。他英俊的脸因为洋溢着幸福和喜悦，变得更加光彩夺目。可惜伊丽莎白不好意思抬头看他的脸，只是低着头听他的声音，听他诉说着他对她的热切情感，说她对他而言有多么重要。

他们一直往前走，也没留意究竟在往哪里走。他们有说不完的话，有诉说不完的衷肠，有体会不完的浓情蜜意，根本分不出心思来注意别的事情。从达西的话中，伊丽莎白知道，他们两人之所以能像现在这样情意绵绵，还得归功于他那位姨母。果然不出伊丽莎白所料，凯瑟琳夫人确实去找过达西了，而且把她跟伊丽莎白的谈话原原本本地对他讲了一遍，尤其是她认为那些最厚颜无耻的地方，着重地跟达西描绘了一番。她的意图，是想让达西听到这些话之后，对伊丽莎白产生厌恶，从而打消跟伊丽莎白结婚的念头。可惜事情的结果正好相反，达西不但没有因此退缩，反而从那些话中看出了伊丽莎白对他的情意。

他对伊丽莎白说："以前我一直以为你是非常讨厌我的，但是听了姨母的话之后，我似乎看到了希望。以我对你的了解，假如你真的那么讨厌我的话，你一定会对我的姨母供认不讳。"

伊丽莎白脸红了。她笑着对达西说道："没错。你知道我这个人性格直爽，既然我能够当着你的面毫不留情地骂你，那么当着你姨母的面，或者任何亲戚的面，我也一样会骂你。可是我没有骂你，也坚决不答应你姨母说我永远不跟你订婚，因此你就觉得我其实并不讨厌你。"

"你骂我也是应该的。老实说，虽然你对我的指责都是没有什么根据的道听途说，但是有一点你却说得很对，就是我傲慢、不可一世的态度。我想起那次向你求婚时我说的那些话，就觉得自己是不可原谅的。"

伊丽莎白说："过去的事情就不要再提了。其实以前我们双方态度都不好，但是从那次以后，我觉得我们都变得有礼貌多了。"

"过去的事情是不应该再提，但是我一想起那时候我的行为、

我的态度，还有我的表情，我就觉得实在对不起你。我永远也忘记不了你当时说的那句话，你说：'要是你有礼貌一点的话就好了。'我当时听了你这句话，觉得难以接受，但冷静下来一想，我又觉得你说得很对。"

"没想到我的那句话竟然让你这么难受，我绝不是故意要让你难受的。"

"我知道。当时你认为我对你并没有真正的感情，你当时是那么想的吗？我还记得那时候你说，不管我怎么向你求婚，也不可能打动你的心。你说你绝对不会答应我的求婚的。"

"别再提那些话了吧，当时我的确说得有点过分。说真的，不只是你难受，我一想起那时候的情形也难过得很呢！"

达西又问道："那么，那封信……你在收到我的那封信之后，是否对我有好感一点了呢？我在信上所说的那些话，你相信吗？"

伊丽莎白说，看了那封信之后，对他的看法确实有了很大的改观。

达西说："我在写那封信的时候，我就想到你看信的时候一定会很难受，但是我没有别的办法。那封信你还留着吗？我希望你早就已经把它毁掉。我记得信里面有些话，尤其是开头那些话，一定会让你非常恨我的。哦，我实在不愿意想到这个。"

伊丽莎白笑着说："要是你认为我不毁掉信，就随时会变心的话，那么我今天晚上就回去把它烧掉。不过话说回来，我再怎么容易变心，也不会因为看了那封信就跟你翻脸的。"

"当时我写那封信的时候，以为自己心平气和，"达西说，"但是事情过了之后，我才知道我当时其实是出于一种怒气。"

"信的开头确实有几分怒气，但信的结尾却是皆大欢喜。还是不要提这件事情了吧！不管是写信的人也好，还是收信的人也好，现在的心情跟那时都已经完全不同了。我认为，一切不愉快的事情，都应该把它忘掉。如果要回忆过去，也应该只回忆那些让人愉

快的事情，这是我的人生观，我认为你应该学一学。"

"我并不觉得这是你的人生观，而是因为你天真无邪。对你来说，过去的事情基本上都让你感到满意，因此你回忆起来都觉得愉快。但是对我来说就不是这样，我的回忆里免不了有一些痛苦的事情，但这些事情我又不能不去回忆。虽然我自认为我并不是一个自私的人，但是实际上我却自私了一辈子。从很小的时候开始，大人们就教我应该如何为人处世，却没有告诉我该怎么约束约束我的脾气，让我养成了傲慢自大的性格。你知道，从小我就是独生子，父亲虽然知书达理，却免不了对我骄宠纵容，无形中让我的自私和傲慢越来越严重。甚至，他们还鼓励我傲慢，告诉我别人的见识都不如我，告诉我别人都没有优点和长处。从八岁到二十八岁，我都是在这样的教养中长大的。伊丽莎白，幸好你跟我说了那一番话，否则也许我到现在都还是这样。你给我的那一顿教训，当时虽然让我觉得十分难受，但是事后想起来，我觉得你说的都有道理。我那时候还以为你一定会答应我的求婚呢！你拒绝我，我才明白过来，要是一位姑娘值得我爱，而我却又对她轻视鄙薄，想赢得她的芳心是万万不可能的。"

"你当时真的以为我一定会答应你的求婚吗？"

"是的。你一定会笑我太自负了吧！当时我还以为你在等着我来向你求婚呢！"

"我当时的态度一定很可怕吧！我这个人就是这样，常常一冲动起来就做些不顾后果的事情。我想，从那天下午开始，你一定非常恨我吧？"

"恨你？开头或许有一点，但是一冷静下来，我就明白真正该恨的人是谁了。"

"还有一件事我想问你，但是不好意思问出口。那次我们在彭伯里见面，你是怎么想的，你是不是觉得我很唐突？"

"唐突倒是不觉得，只是稍微有点吃惊而已。"

"你吃惊，我比你还要吃惊呢！我没想到会受到你那么殷勤周到的招待。老实说，我觉得自己实在不配你这么款待我。"

达西说："我当时是想尽量做到礼貌周全，让你看到我的态度有所改变，让你知道你的指责对我已经发生了作用，希望你能原谅我。我当时确实没有要跟你重修旧好的意思，不过也许是在见到你半个小时之后，脑子里又有了这样的念头。"

伊丽莎白红着脸低头不语。达西又说，乔治安娜非常想跟她做朋友，但是当时伊丽莎白匆忙离去，让乔治安娜觉得十分难过和失望。说到这里，他们自然就把话题扯到那件不幸的事情上。达西说，当时在旅馆听伊丽莎白说起那个消息的时候，他就已经下定决心，帮助她去找她的妹妹，还要尽量让那对男女结婚。当时他一直沉默不语，其实就是在盘算这件事情。

他们就这样一边说话，一边不停地往前走。过了很久，达西看了看表，才知道时间已经很晚了。于是，他们便掉头往家走去。

达西问道："已经这么晚了！宾里和珍到什么地方去了？"

他们又聊起了这一对情侣的事情。达西已经知道了宾里跟珍订婚的消息，衷心地为他们感到高兴。

伊丽莎白说："我想问问你，对于他们订婚，你觉得意外吗？"

"不，一点也不。我去伦敦之前，就知道这事肯定会成功了。"

伊丽莎白笑着说："这么说，真的是你早就默许他这么做了。我真的没猜错。"

达西听了这话，赶紧否认。但是伊丽莎白坚持认为事实就是这样。

达西只好说道："我到伦敦去的前一个晚上，向宾里坦白整件事情，告诉他我曾经力图阻止他跟珍在一起，但现在我已经明白，这种做法真是荒谬不堪。我还告诉他说，以前我觉得你姐姐并不爱

他，是他自己一相情愿，但是现在我看出了珍其实对宾里是一往情深的，而且我也知道宾里一直都还爱着你姐姐。我相信他们结合的话一定会很幸福，因此就鼓励他去向你姐姐求婚。"

伊丽莎白见他竟然能够这么轻易地指挥他的朋友，忍不住笑了起来。她问他："你说你看出了我姐姐对宾里一往情深，这是你自己观察出来的呢，还是受到我说的那些话的影响呢？"

"也许受了一点你的影响，不过主要还是我自己观察出来的。最近我到你家里去做了两次客，特地留心观察了你姐姐，看出她确实对宾里情意深切。"

"那宾里先生呢？我想，你一告诉他我姐姐爱他，他应该也立刻相信了吧？"

"没错。宾里这个人非常谦虚，而且还有些胆怯，所以当他遇到这种迫切问题的时候，常常自己拿不定主意，总喜欢来征求我的意见。我还对他招认了一件事，就是去年冬天你姐姐进城去待了三个月，当时我明明知道这个消息，却故意瞒着宾里。宾里听了这件事情很生气，但是我想他跟你姐姐终成眷属，很快就会忘记一切不愉快的往事。现在，他已经真心真意地原谅了我。"

伊丽莎白觉得宾里这个人也太容易相信别人的话了。她心里觉得好笑，忍不住想说一句，宾里先生真是个可爱的人。不过，她觉得现在自己还不应该跟达西开玩笑，现在就开他的玩笑未免还太早，因此就把这句已经到了嘴边的话咽了下去。

他们继续说着话，继续预言着宾里跟珍的幸福……当然，这种幸福比起他们自己的幸福来说，还差得很远呢。一直走到家门口，他们才分开，先后走进屋子，以免让人家觉得他们太过亲密。

59

伊丽莎白刚一走进客厅一走进家门，她姐姐珍就问她："亲爱

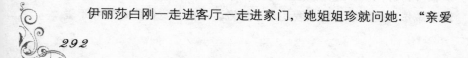

的丽兹，你们到什么地方去了？"等她在沙发上坐下来之后，几乎家里所有的人都问了她同样的问题，因为他们两人实在散步得太久了。伊丽莎白只能回答说，他们随便走走，结果不知道走到什么地方去了，好不容易才找到回来的路。她说话的时候神情慌乱，脸涨得通红，但是幸好大家都没有产生怀疑。

这个晚上就这样过去了。公开了的那一对恋人情意绵绵、有说有笑，没有公开的那一对沉默不语、眉目传情。达西性格沉稳，因此他虽然十分喜悦，却不喜形于色；伊丽莎白心慌意乱，她只知道自己很幸福，但又不知道具体是什么样的幸福滋味。她很清楚，虽然他跟达西已经达成了默契，但是还有许多困难和麻烦摆在后面。全家人除了珍之外，其余没有一个人喜欢达西先生，她不知道事情公开之后，父母是不是会同意。她甚至觉得，也许父母会激烈地反对，甚至以他的地位和财产都没有办法挽回。

客人们离开之后，伊丽莎白把这件事情告诉了珍。珍一直不是个多疑的人，但是她听了伊丽莎白的话，却根本不相信。

"你在开玩笑！丽兹。跟达西先生订婚？哦，不，不，你在骗我对吗？我知道这是不可能的。"

"天啦，我唯一的希望就寄托在你的身上，没想到你的反应这么糟糕。要是你不相信我的话，别人就更不会相信我了。我真的没有骗你，是真的。今天散步的时候，我们已经说定了。"

珍半信半疑地看着伊丽莎白，说道："不会有这种事的，丽兹，我知道你非常讨厌达西。"

"你不知道，这中间经历了许多的曲折。不过，这些事情现在没有必要再提了。虽然我以前对他有点偏见，但是我对他的看法已经大大地改观了。以后，我一定要把从前我讨厌过他的事情忘得一干二净。"

虽然伊丽莎白已经把事情说得很清楚了，但是珍还是不能完全相信，仍然疑惑地看着她。伊丽莎白不得不更加一本正经地再次声

明，她跟达西先生确实已经订婚了。

珍抑制不住自己的惊讶，大声的喊道："天啦！这是真的吗？现在我想我应该可以相信你了，我的好丽兹。恭喜你，我一定得恭喜你！不过，实在很扫兴，但是我不得不问你一句，你确定嫁给了他会幸福吗？"

"当然会，我跟达西先生都认为我们将成为世界上最幸福的一对。但是，珍，你听到这个消息高兴吗？你愿意要这样一位妹夫吗？"

"非常愿意，我想宾里知道这个消息也会非常开心的。我跟他以前也谈论过这件事情，但是我们都认为不可能，完全没有可能，没想到现在居然成为了事实。丽兹，你真的非常爱他吗？你知道，什么事情都能够随便，但是婚姻绝对不能随便。要是没有爱情的话，那就一定不能结婚。你真的爱他吗？真的觉得应该跟他结婚吗？"

"是的，要是你知道了我跟他之间的事情，你就知道我这么做是再正确也没有了。"

"你这话是什么意思？"

"要是我告诉你说，我爱他比爱宾里更多，我想你会生气吧？"

"亲爱的丽兹，你能不能严肃一点？你把能够告诉我的话都跟我说一遍吧！你能不能老实告诉我，你爱上他有多久了？"

"这种感情是慢慢培养的，我也说不出来具体是从什么时候开始的。也许是从看到他那彭伯里的美丽花园开始的吧！"

珍再次提醒她严肃一点，这次伊丽莎白总算不再调皮，认认真真地把自己爱上达西的经过详细地说了一遍。珍知道伊丽莎白确实很爱达西先生，也就放心了。她高兴地说道："现在我觉得更加幸福了，因为你跟我一样的幸福。我一向都很喜欢达西这个人，现在知道他爱你，那我就更加喜欢他了。我想，除了宾里之外，我最喜

欢的人就是他啦。他本来跟宾里是朋友，现在又成了你的丈夫，这真是再好也不过了。不过，丽兹，你也太狡猾了，你一点也没跟我提起过这件事，也没有对我透露一点蛛丝马迹。我偶尔听说到一点消息，都还是别人告诉我的，不是你亲口告诉我的。当时，我还当是人家胡乱猜测呢！"

伊丽莎白告诉她说，以前她不想在珍的面前提起达西，是因为怕珍联想到宾里。而且，伊丽莎白自己也心绪不宁，因此就不想提到这个人。但是现在，一切不愉快都已经成为过去，她再也没有必要隐瞒了。她把达西帮助莉迪亚和韦翰结婚的那件事情告诉了珍，两姐妹一直谈到深更半夜，才意犹未尽地回房睡觉。

第二天一大早，班奈特太太从窗子上看见宾里和达西朝这边走来，就大声地叫道："天哪！那位讨厌的达西先生又来了！他怎么那么不知趣，明知道人家不欢迎他，还老是到这儿来？我希望他出去打鸟，要不出去散步也行，只要别烦我们就行了。丽兹，看来你今天还得跟他出去散步，不然他会一直在这里打扰宾里的。"

伊丽莎白正在想找什么借口才能跟达西单独出去，现在听到母亲的这个提议，正是求之不得，忍不住微笑起来。不过，她听到母亲老是说达西讨厌，又不免有点生气。

宾里跟达西刚走进来，宾里便意味深长地望着伊丽莎白。伊丽莎白一见他那颇有深意的眼神，就知道达西已经把他们的事告诉宾里了。过了一会儿，宾里大声地说道："班奈特太太，不知道这附近还有什么复杂的小路，可以让丽兹今天再去迷路吗？"

班奈特太太说："我建议达西先生、丽兹和凯蒂，今天上午到奥克汉山去散散步。那里有一段非常美丽的山路，达西先生还没有看过那里的风景呢！"

宾里先生说："这个建议不错。不过，我想凯蒂恐怕不想走那么远的路吧？"

凯瑟琳回答说，她宁愿待在家里。达西表示他非常想到那座山

上去看看那里的风景，伊丽莎白也默默表示同意。她准备上楼去换衣服，班奈特太太跟在她后面，对她说道："丽兹，真是对不起，又要让你跟那个讨厌的人一起出去，不过，这一切都是为了珍，你千万不要计较。反正你就随便敷衍敷衍他就行了，用不着跟他说太多话。"

伊丽莎白跟达西先生散步的时候，两人商量好当天下去就去向班奈特先生提亲。至于班奈特太太那边，就由伊丽莎白自己去说。伊丽莎白不知道母亲是不是会赞成她跟达西的婚事，虽然达西有的是钱、有的是势，但即使凭这些恐怕都挽回不了她母亲的心。不过，伊丽莎白相信，不管她母亲赞成也好、反对也好，她都说不出什么动听得体的话来。一想到这里，伊丽莎白心里就觉得难受。

下午，班奈特先生刚走进书房，达西便立刻站起来跟着他走进去。伊丽莎白知道他要趁现在就去请求父亲的同意，心里感到十分紧张。她倒不是怕父亲反对，而是怕父亲因此不愉快。她想，她是父亲最宠爱的女儿，如果父亲为了她的终身大事而被弄得不开心的话，那她就太过意不去了。她忐忑不安地坐在客厅里，急切地想知道事情的结果。过了一会儿，达西回来了，脸上带着微微的笑容，伊丽莎白这才松了一口气。又过了一会儿，达西走到伊丽莎白身边，装作欣赏她做针线活的样子，趁别人不注意，悄悄地对她说道："你父亲在书房里等你，你快点到他那里去。"

伊丽莎白来到书房，见父亲正在房间里焦急地踱来踱去。他一看到伊丽莎白，就对她说道："丽兹，你到底在做些什么？你疯了吗？你怎么会跟这个人结婚？你不是一向都很讨厌他吗？"

伊丽莎白开始后悔以前说的那些关于达西先生的话，要是当时她不是把他批评得那么过火，她现在也不用面对这么为难的情况，不用这么尴尬地去解释了。可是，事到如今，她不得不面对一切的后果。她红着脸告诉她父亲说，她爱上了达西先生。

"你的意思是，你已经打定主意非要嫁给他不可啦？当然，他

很有钱，可以让你穿上比珍更昂贵的衣服，坐上更豪华的马车。可是，难道这就能让你感到幸福吗？"

伊丽莎白说："除了你认为我不是真心爱他之外，你还有别的反对意见吗？"

"没有，一点也没有。我们大家都知道他是个非常傲慢而难以接近的人，但是如果你是真心喜欢他的话，这也算不上是缺点。"

伊丽莎白泪眼婆娑地说："我的确是真心喜欢他，真心爱他。他是个非常可爱的人，你们大家都不了解他。我请求你不要再这样批评他了，否则我会感到非常痛苦。"

班奈特先生说："你不要着急，丽兹，我已经答应他了。像他那样的人，不管对我们提出什么要求，我们当然也只有答应。不过我还是要劝你仔细地考虑清楚，你真的决定要嫁给他吗？我了解你，丽兹，要是你不能真正地敬重你的丈夫的话，不是真心觉得他比你聪明、比你有见识的话，那么你就不可能会觉得幸福。你知道吗，要是结错了一门婚姻，那是一件多么悲惨的事情。好孩子，我可不希望以后看你因为不能真心爱你的终身伴侣而感到痛苦。这可不是闹着玩的。"

伊丽莎白认真严肃地回答说，达西确实是她选中的对象，确实是值得他尊敬和爱慕的人。她对他的感情，不是一朝一夕生长起来的，而是经过长时间的考验磨练出来的。为了让她的父亲信服，她列举出了他的种种优点，直到他父亲完全相信她是真心爱他。

班奈特先生说道："好孩子，要是他真的像你说的那样，那他确实配得上你。丽兹，原谅我这么啰嗦，我是不愿意看到婚姻不幸。"

为了进一步加深父亲对达西的好感，伊丽莎白又把达西先生帮助莉迪亚的事情告诉了她的父亲。班奈特先生听了，感到十分吃惊："什么，原来这一切都是达西从中张罗！是他一手撮合了他们的婚姻，替那个家伙还债，帮他找差事！很好，这的确给我省去了

很多的麻烦，也帮我节省了不少钱。我昨天还在想，要尽快把钱还给你舅舅呢。可是，谁能想到这一切都应该归功于这位热恋中的年轻人呢？这些年轻人，什么事情都喜欢自作主张，要是我提出要还他的钱，那他一定会大吹大擂，说他如何如何爱你，无论如何也不会让我还钱的。"

班奈特先生想起前几天给伊丽莎白读柯林斯先生那封信的时候，伊丽莎白当时表现地那么心神不定，现在他终于知道为什么了。他提起这件事，取笑了她一阵，然后才让她出去。伊丽莎白刚走到门口的时候，听见班奈特先生说道："要是还有什么年轻人要来向玛莉和凯蒂求婚的话，就告诉他们我正闲着呢，让他们赶快进来吧。"

伊丽莎白从书房出来之后，先到自己房间里坐了半个小时，等自己完全镇定下来之后，才到客厅里去跟大家待在一起。这个下午过得十分愉快和自然，她觉得一切的重大问题都解决了，心里只感到幸福和轻松。

晚上，当班奈特太太进化妆室去的时候，伊丽莎白也跟着她一起走进去，把这个消息告诉了她。班奈特太太听到这个消息，并没有像伊丽莎白想象的那样欣喜若狂或气愤填膺，只是静静地坐着，一句话也说不出来。过了好一会儿，她终于才弄清楚了伊丽莎白的意思，明白自己家里又有一个女儿要出嫁了，而且还是嫁给一位非常有钱的先生。到最后，她终于完全明白了过来，于是马上就开始坐立不安，在屋子里走来走去，高声叫道："天啦，这是真的吗？我的老天，达西先生，谁能想到是达西先生呢！我的丽兹，我的心肝宝贝，你马上就要成为阔太太了。想想看，你将得到多少针线钱，你将会有多少珠宝首饰、多少马车啊！珍跟你相比，那真是差得太远了……简直就是一个天上、一个地下。太好了，这太好了，这么可爱的丈夫，这么英俊！这么魁梧！这么有钱！天啦，我以前那么讨厌他，你帮我去请求他的原谅吧！我希望他不会计较。丽

兹，我的心肝宝贝，想想看，他在城里的大房子，那么多的漂亮家具！天哪，每年一万镑的收入！我简直就要发狂了！"

她的这番话足以证明她完全赞成这门婚姻。伊丽莎白感到松了一口气，心里想道，幸好她这些得意忘形的话只有她一个人听见。

她回到自己的房间，还没待到三分钟，她母亲就赶了过来，对她叫道："我的心肝，我高兴得要发狂了！一年一万镑的收入，也许还不止！天啦，他怎么这么有钱！而且还有特许结婚证！你当然要用特许结婚证。告诉我，我的宝贝，达西先生喜欢吃什么菜，我得明天一大早就来准备！"

伊丽莎白心想，看来明天母亲免不了又要在那位先生面前出丑了。虽然她现在已经博得了她的爱慕，也获得了家里的同意，一切似乎都没有问题了，但是谁知道还会不会节外生枝呢？幸好，第二天班奈特太太表现得出乎意料地好，因为她十分畏惧这位未来的女婿，不敢在他面前多说话，只是尽量地对他献殷勤，或是在他讲话的时候偶尔插几句嘴，恭维一下他的高谈阔论。

班奈特先生跟达西相处得很好，看得出来他对达西十分满意。不久以后，班奈特先生对伊丽莎白说，他越来越喜欢达西先生了。他说："我对我这三个女婿都非常满意，当然，也许韦翰是我最宠爱的一个。不过，你的丈夫跟珍的丈夫一样讨人喜爱。"

60

伊丽莎白非要达西告诉她，他究竟是如何爱上她的。她问："你是从什么时候开始爱上我的。我知道，一旦开始爱上了，以后就一发不可收拾。但是你究竟是从什么时候走上这第一步的？"

达西回答说："老实说，我也不知道是从什么时候、在什么地方，你的什么言行举止引起我的注意，让我开始爱上你的。那应该是很久以前的事情了。当我发现自己爱上你的时候，其实我已经爱

你很久了。"

"那你究竟爱我的什么呢？我的美貌并没有让你动心，我对你态度也从来都不殷勤多礼。相反，随时我都在揶揄你、嘲弄你。你老实说吧，你是不是爱上了我的唐突无礼呢？"

"我爱上了你的头脑灵活。"

"与其说是灵活，还不如说是唐突，十足的唐突。真正的原因是，你对于那些刻意去讨好你的人已经感到了厌倦，尤其是那些女人，她们不管是说话、做事，目的都是为了博得你的一声赞美、博得你的欢心。你之所以会注意我，是因为我跟她们不同，因此才打动了你的心，对吗？假如你的感情不是这么高尚，喜欢别人阿谀奉承你，那么我的行为一定会引起你的厌恶。但是幸好，不管你自己怎么谦虚，你毕竟是个与众不同的人，看不起卑躬屈膝的人。我分析得对吗？我考虑了一下，你对我的爱情还算是合情合理的。老实说，你完全没有想过我究竟有什么优点，不过，这也很正常，因为恋爱中的人大都头脑发昏，根本不会去想这种事情。"

"当初珍在尼日斐花园生病的时候，你特地跑来看她，对她那么温柔体贴，不正是你的优点吗？"

"像珍这么好的人，谁能不好好地对她呢？不过，你就把这件事情当作是我的长处吧！你想怎么夸奖我，你就怎么夸奖我，我不会反对。但是，你可别以为我也同样会夸奖你，我会做的只是找一切机会来为难你、嘲笑你，我马上就要开始这么做了。我问你，你第二次到这里来吃饭的时候，为什么要表现得那么冷淡呢？似乎完全没有把我放在心上的样子。"

"那是因为你特别沉默，所以我不敢跟你交谈。"

"我是因为觉得难为情啊！"

"我也一样。"

"就算是吧，那为什么后来那一次，你也同样不说话呢？"

"如果我爱你爱得少一点的话，我想我的话就会多一点了。"

"你的每个回答总是这么有道理，而碰巧我又偏偏是个特别懂道理的人，所以我会同意你这个回答！我想，要不是我主动跟你交谈的话，不知道你要拖到什么时候才会再向我求婚，也许永远都不会有那么一天了。幸亏我提起你帮助莉迪亚的那件事，才促使你说出了那些话吧。但我怕我促成的太厉害了。"

"一点也不。其实并不完全是你的促成，凯瑟琳夫人蛮不讲理，跑到我那里来告诉你如何如何，反而让我明白了你的心意，消除了我的种种疑虑。那时候，我就打算一定要当面向你问个清楚。因此说起来，我还是很主动地获得了今天这份幸福。"

"这么说来，凯瑟琳夫人倒是帮了很大的忙啦！我想她应该感到很高兴，因为她自己说过她最喜欢帮助别人。我还得问问你，你回尼日斐花园来做什么？别告诉我你是来骑骑马的！"

"我到这里来的真正目的，是为了来看看你，看看是不是还有机会让你爱上我、嫁给我。当然，对别人，包括对我自己，我总是说我是来看看你姐姐是不是真的喜欢宾里，要是她真的喜欢他的话，我就把我当初拆散他们的事情告诉宾里，消除他们两人之间的误会。

"你有没有勇气把我们要结婚的消息告诉凯瑟琳夫人，让她知道自己自食其果？"

"我不是没有勇气，而是没有时间。当然，这件事迟早都得做的，不如现在动手吧。伊丽莎白，你给我拿一张信纸来，我马上就开始写信。"

"很好。不过，我恐怕不能像某位小姐一样，坐在你的旁边欣赏你那工整的书法了，因为我自己还有一封信要写。我不能不回信给我那可爱的舅母了。"

在舅母的上一封来信当中，她过分地高估了伊丽莎白和达西之间的关系，伊丽莎白不知道应该怎么跟她解释，因此就一直没有回信。现在可不同了，伊丽莎白觉得应该让舅舅和舅母知道她跟达西

订婚的好消息。于是，她立刻坐在桌子前面写道：

"亲爱的舅母：感谢你写给我这么亲切而动人的长信，让我知道了那件事情的种种细节。我本来应该早点给你回信的，但是我当时实在心情不佳，因此就一直没有回信。你在信里所想象的那些，实在有点言过其实。但是现在，你爱怎么想就怎么想吧，只要你不要以为我已经跟达西结婚就行了。还有，你得马上再写一封信，好好地赞美达西一番，而且一定要比上一封信赞美得更加厉害。我还要感谢你当初没有带我到湖区去旅行，而是去了美丽的德比郡。你说要弄几匹小马，以后好去游览彭伯里那美丽的庄园，这个想法实在很有意思，今后我们就可以随心所欲地逛那个园子了。天哪，我现在成了天下最幸福的人。当然，以前别人也说过这样的话，但是谁也不会像我这样名副其实。我甚至比珍还要更加幸福，她不过只是抿嘴微笑，我却要放声大笑。最后，达西先生分一部分爱我的心问候你们，欢迎你们以后到彭伯里来做客。"

达西写给凯瑟琳夫人的信就完全又是另外一种风格了。而班奈特先生写给柯林斯先生的信，又跟达西和伊丽莎白的信都不相同：

"贤侄先生：我得麻烦你再恭喜我一次，因为我的二女儿将要成为达西夫人了。另外，请多花时间劝解劝解凯瑟琳夫人，让她不要暗自神伤。如果我是你的话，我一定会站在达西先生这一边，因为他比那位夫人能给人带来更大的利益。"

宾里小姐得知哥哥跟珍结婚的消息后，写来了一封祝贺信。信写得非常动人，但是却显得有点虚伪做作、缺乏诚意。她也写了一封信给珍，把以前说的那些假惺惺的话又搬了出来，说得情深意切，让珍感动不已。虽然她已经不再相信这位小姐的话，但是她还

是给她回了一封信，而且措辞十分亲切真诚。

达西小姐也给哥哥写来了一封祝贺信。她说她在接到哥哥跟伊丽莎白结婚的喜讯时，感到无比欢喜。她的信足足写了四张信纸，但还是不足以表达她的喜悦，也不足以表达她怎样热切地盼望未来的嫂嫂会疼爱她。

伊丽莎白还没有收到夏绿蒂的祝贺，这时候她听到一个消息，说柯林斯夫妇马上就要动身回哈福德郡来。原来，凯瑟琳夫人收到达西的信以后，知道伊丽莎白跟达西结婚的事情已经成为定局，忍不住大发雷霆。但夏绿蒂偏偏对这门婚事又极为赞成，为了避免跟凯瑟琳夫人发生正面冲突，她决定暂时避开一下，等这场风暴过去了再回去。

伊丽莎白感到十分高兴，在自己这么幸福的时候，又能得到自己好朋友的当面祝福，实在是一件非常美妙的事情。可惜的是，当大家果真见了面以后，伊丽莎白看到柯林斯先生对达西极力讨好和奉承，不免感到十分难受，开始认为这种快乐的代价有点太高了。幸好，达西对柯林斯的奉承镇定地容忍着。他的脾气最近有了很大的改观，不再像从前那样冷漠傲慢，甚至当威廉·卢卡斯爵士恭维他娶到了当地最美丽的姑娘，还说希望以后自己能常常跟达西在宫中见面的时候，达西也没有表现出明显的不耐烦。直到威廉爵士走开之后，达西才无奈地对着伊丽莎白耸了耸肩。

让人难以忍受的还有菲利普太太。她为人粗俗不堪，说出的话毫无见识。她看到宾里先生和颜悦色、容易相处，因此在他面前就很随便。但是她却不敢对达西放肆，因为她跟她的姐姐班奈特太太一样对这位先生敬而远之，说话总是小心翼翼。即便是这样，她说的话还是免不了不得体，举止也仍然不文雅，让人哭笑不得。为了不让达西受到这些不愉快的纠缠，伊丽莎白便尽量让她跟自己说话，或是跟珍和宾里说话。

这么多的不愉快当然让恋爱的快乐大打折扣，但同时这也让她

对未来的幸福生活更加充满了期待。伊丽莎白真希望能快点离开这些讨厌的人，早日到彭伯里去，在那美丽幽雅的地方过一辈子风趣自在的生活。

61

　　班奈特太太两个大女儿出嫁的那一天，也是这位太太有生以来最高兴的一天，因为这两个女儿的婚事都攀得再好不过了。以后，她常常在别人面前提起达西太太和宾里太太，那种得意忘形的样子是不言而喻的。过了不久，她的另外两个女儿也顺利出嫁，她生平最大的心愿终于了结。说来奇怪，在此之后，她竟然比以前要头脑清楚一些、谈吐举止也显得有见识一些。不过，有时候她还是会神经衰弱。这也许是她丈夫的幸运，否则他就不能从这种稀奇古怪的家庭中得到乐趣了。班奈特先生最舍不得的就是伊丽莎白。虽然他一向都不喜欢外出做客，但是伊丽莎白出嫁之后，他却经常到彭伯里去看她。

　　宾里先生和珍虽然性情温和、平易近人，但是他们也不愿意住得离班奈特太太以及梅列敦的亲友们太近。因此，他们只在尼日斐花园住了一年，然后就在德比郡邻近买了一幢房子。这样一来，珍和伊丽莎白相隔大约就只有三十英里，她们姐妹俩又可以像从前一样保持亲密无间的来往和交情。

　　两位姐姐结婚之后，凯瑟琳大部分时间都在两为姐姐那儿轮流居住。在那里，她结交的人都比较高尚，让她受益匪浅。她的个性本来就不像莉迪亚那样放纵，现在在一个比较好的环境里，没有从前那些疯狂的朋友来影响她，她也就逐渐变得不像以前那样轻狂无知和放纵不堪了。当然，这还要得益于家里对她的严格管家，坚决不要她跟莉迪亚来往。虽然莉迪亚经常说想接凯瑟琳到她那里去住，说她那里有多少舞会、多少军官，但是班奈特先生从来没让凯

瑟琳去过。

不久之后，凯瑟琳也出嫁了，只剩下玛莉还待字闺中。班奈特太太怎能不着急，随时都逼着玛莉出去社交应酬，让她这个女儿，没有办法专心研究学问。现在，玛莉再也不需要为了跟自己的姐妹们争妍比美而操心了，因此也不再像从前那样急于表现自己。虽然她的这种改变未必是出于心甘情愿，但这种改变还是不错的。

韦翰和莉迪亚还是老样子。韦翰知道伊丽莎白已经完全清楚了自己的为人，也知道了自己是如何对达西先生忘恩负义的，但是他却丝毫没有觉得不自在，仍然像什么事情都没发生过的一样，甚至还指望能从达西和伊丽莎白那里得到一些好处。伊丽莎白结婚的时候，收到接到了莉迪亚的一封祝贺信。从信上，伊丽莎白可以看出，就算韦翰本人没有那种指望，她的太太也有这样的意思。

信是这样写的：

"祝你幸福。如果你爱达西先生有我爱韦翰的一半，那你就会感到非常幸福。你现在能够这么富有，真是一件让人开心的事情，希望你还没有忘记我们。我相信韦翰非常希望能在宫里找份差事，否则我们可能就难以维持生计了。随便什么差事都可以，每年只要有三四百镑的收入就行了。不过，如果你不愿意跟达西先生提起的话，那就不必提了。"

伊丽莎白当然不愿意跟达西提起，她在回信中打消了莉迪亚的这种指望。不过，她平时尽量在开销上节省一点，把积攒下来的钱拿去接济她那不幸的妹妹。那对年轻的夫妇收入那么少，两人却一点也不知道省吃俭用，总是挥霍无度，过了今天就不管明天。他们经常搬家，总想找便宜的房子住，结果反而多花了不少钱。每次他们搬家，伊丽莎白和珍总会收到莉迪亚的信，要求她们在经济上帮

助她一下。

韦翰很快便不再对莉迪亚有什么爱恋，莉迪亚对他的感情要稍微持久一些。虽然她荒唐无知，但是谢天谢地，她还是顾全了她婚后应有的名誉。

达西仍然很看不起韦翰和莉迪亚这对夫妇，不愿意邀请他们到彭伯里来。但看在伊丽莎白的面子上，他还是热心地帮助韦翰寻找差事。韦翰经常到伦敦或别的地方寻欢作乐，这时候莉迪亚耐不住寂寞，就经常到伊丽莎白那里来做客，更是经常到珍那里去，而且一住下来就不肯离开。连宾里性情那么温和的人，也难免因此而感到不高兴。

达西结婚的时候，宾里小姐伤心欲绝。不过很快她就把一切的怨恨都打消了，还是经常到彭伯里来做客。她对达西依然一往情深，比以前更加喜欢乔治安娜，对伊丽莎白也比较有礼貌一些。她知道，毕竟现在伊丽莎白才是这里的女主人。

乔治安娜常年住在彭伯里，她跟伊丽莎白感情融洽、互相尊崇和喜爱。一开始，乔治安娜看到伊丽莎白对哥哥说话的时候那么活泼调皮，不由得感到万分惊讶，甚至还有点担心。她一向都非常敬畏哥哥，无论如何也想象不到他现在竟然会被伊丽莎白公开打趣。后来，她终于明白，做妻子的可以对丈夫调皮、放纵，但是做妹妹地却绝对不能不尊重哥哥。

至于凯瑟琳夫人，她对这门婚事极为气愤，甚至毫不客气地回信把达西大骂了一顿，对伊丽莎白骂得尤其厉害。双方曾一度断绝书信往来，后来在伊丽莎白的劝说之下，达西才不再计较那位夫人当初的无礼，亲自上门去求和。凯瑟琳夫人装腔作势地拒绝了一下之后也就接受谈和了。她疼爱她的侄子，同时也对这门婚姻抱有好奇心，想看看他们夫妇两人究竟过得怎样，因此虽然她认为彭伯里的门户受到了玷污，但还是屈尊到彭伯里来拜访过他们。

　　伊丽莎白夫妇一直跟嘉丁纳夫妇保持着深厚而密切的交情。达西和伊丽莎白一直喜欢这对夫妇，而且还打从心里感激他们……要不是他们当初带伊丽莎白到德比郡去旅行，说不定也就没有现在这门幸福美好的姻缘了。